U0482170

Research on Chinese and
Foreign Literature and
Art in the English-Speaking World

主编 ◎ 曹顺庆

英语世界中外文学与艺术研究丛书

英语世界的古代诗话译介与研究

欧 婧 ◎ 著

中国社会科学出版社

图书在版编目(CIP)数据

英语世界的古代诗话译介与研究／欧婧著．—北京：中国社会科学出版社，2021.9

（英语世界中外文学与艺术研究丛书）

ISBN 978-7-5203-8390-5

Ⅰ.①英⋯　Ⅱ.①欧⋯　Ⅲ.①古典诗歌—英语—文学翻译—研究—中国　Ⅳ.①I207.22②H315.9

中国版本图书馆 CIP 数据核字（2021）第 082792 号

出 版 人	赵剑英
责任编辑	任　明
责任校对	周　昊
责任印制	郝美娜

出　　版	中国社会科学出版社
社　　址	北京鼓楼西大街甲 158 号
邮　　编	100720
网　　址	http://www.csspw.cn
发 行 部	010-84083685
门 市 部	010-84029450
经　　销	新华书店及其他书店

印刷装订	北京君升印刷有限公司
版　　次	2021 年 9 月第 1 版
印　　次	2021 年 9 月第 1 次印刷

开　　本	710×1000　1/16
印　　张	21
插　　页	2
字　　数	362 千字
定　　价	128.00 元

凡购买中国社会科学出版社图书，如有质量问题请与本社营销中心联系调换
电话：010-84083683
版权所有　侵权必究

英语世界中外文学与艺术研究丛书　总序

　　本丛书是我主编的"英语世界中国文学的译介与研究丛书"之姊妹篇。前后两个系列丛书均有其特定的研究范围、研究对象与研究关键。本丛书的研究范围仍然锁定在"英语世界",这是因为英语是目前世界上使用最为广泛的语言,英语文化圈在目前世界文明生态中占据着极为重要的地位,通过英语世界的研究可观西方学术研究之概貌。研究对象则由上一丛书的"中国文学"拓展至"中外文学与艺术",一方面继上一丛书使命,继续梳理英语世界中国文学的译介与研究,查缺补漏;另一方面,通过研究英语世界外国文学与艺术研究成果,向国内学界引介英语世界最新研究成果与研究方法,促进中西对话与文明互鉴。丛书研究的关键就在于清晰把握英语世界中外文学与艺术的研究规律与模式,具体涉及研究脉络梳理、研究方法提炼、研究对象定位、研究特征总结等方面。

　　学术的发展与创新并非是闭门造车的结果,而是需要不断进行跨文化对话、相互影响与相互汲取养分,借异质文明因子以激活本民族、本文明中的文化、文论与文学因子,从而创造出文化新质,在真正意义上实现文明互鉴。目前,我已指导了50多部英语世界研究的博士论文,绝大多数研究生毕业后从事高校科研与教学工作,并以此研究方向申请到国家社科基金项目11项,出版了不少令人瞩目的研究成果。事实证明,英语世界研究是一个大有可为的研究领域。

　　之所以说这是一个大有可为的研究领域,还有一个更为重要的原因是,英语世界研究之研究有助于中国文论话语体系的建设。为什么这么说呢?自1996年我正式提出中国文论"失语症"以来,便带领研究生围绕"如何构建中国文论话语体系"这一解决"失语症"的关键举措展开研究，逐渐衍变为四个方面的学术研究领域：一是围绕文论"失语症"本身进行话语建构的内涵与意义阐释；二是研究中国文化经典在英语世界、法语世界、德语世界以及"一带一路"沿线国家中的多语种译介与传播研究，深入跟踪文化经典面向全球的译介、误读、变异、话语权、形象、文化软实力等的学术动向，并结合英语世界外国文学研究最新动态，促进国内理论体系建设；三是基于前两者的研究成果，提出了"比较文学变异学"创新理论，开创了中西文学交流与对话的系统性、延续性特色研究领域，为中国文论话语体系建设做出了重要贡献；四是不断推动比较文学学科理论与中国学派建设。而英语世界中外文学与艺术的研究是我们进行中国文论话语体系研究与建设的关键一环。倘若没有追踪英语世界中国文学与艺术的译介与研究，我们就不会发现跨文化传播中的误读、形象扭曲、译介失落、文化过滤等传播与接受现象，就不会有中国比较文学新学术话语——变异学的诞生；倘若没有梳理英语世界外国文学与艺术的研究，我们就不会发现相对于国内研究而言的新材料、新方法与新视域，就不会反过来促进国内研究；倘若我们没有进行英语世界研究，我们就不会去深入探究中华文化海外传播的接受问题、中西文学与艺术研究的比较问题、中国文论话语建设的他者视域问题，等等。

  本丛书是当前国内学界较为系统地深入研究英语世界中外文学与艺术研究的学术实践，内容包括英语世界中国古代诗话研究、英语世界中国山水画研究、英语世界莎士比亚研究、英语世界弗吉利亚·伍尔夫研究等。从研究思路来看，这些研究首先历时性梳理英语世界研究之脉络，或分时间段分析研究历程、特点与难点，或以专题研究形式深入剖析各个专题的研究特征。难能可贵的是，这些研究并未局限于英语世界研究学术史的梳理，而是以此为基础，从跨文明角度审视中国文学与艺术的海外传播，并从文明互鉴与对话的角度，结合英语世界研究状况，或进行中西比较，或对国内研究方法进行重估，其旨归均在于促进国内理论体系的完善。从研究方法来看，这些研究综合运用了比较文学、传播学、译介学、文化研究以及我近几年提出来的中国比较文学研究新话语——比较文学变异学理论，一方面基于学术史的研究，总结中华文化海外传播的路径与规律，为我国中国传统优秀文化海外传播战略提供可行性参照；另一方面清晰地勾勒出英语世界外国文学与艺术研究历程，为国内相关研究提供新材料与新视域。

"士不可以不弘毅，任重而道远。"中国文论话语体系建设仍需长期的推动与实践。发扬和传播本土优秀文学研究成果乃中国文学真正走进世界文学的秉要执本之举。与此同时，中国文学研究成果也要加强与异质文明之间的交流与对话，甚至通过变异和"他国化"互相吸收优秀文明成果，形成文学和文论的互补、互助，不断促进文学创新、文化创新。我们不仅要从西方文学宝库中"拿来"优秀作品和文学理论，更要主动"送去"我国优秀文化与文学瑰宝，在一"拿"一"送"的双向对话与互动过程中，从中总结并发扬文化发展与创新的规律，从而在世界范围内扩大我国文化影响力，从而提升我国软实力。这是我们当前正在做的，也是今后我们将长期从事的事业。

曹顺庆
2021年4月于四川大学

目 录

绪 论 …………………………………………………………（1）
  一 研究对象 ………………………………………………（2）
  二 英语世界中国古代诗话的国内外研究现状 …………（9）

第一章 英语世界中国古代诗话研究的传播与总结 ……（17）
  第一节 19世纪至20世纪70年代的传播 ………………（17）
    一 19世纪至20世纪70年代出版的图书 ……………（18）
    二 19世纪至20世纪70年代的学术论文 ……………（28）
    三 19世纪至20世纪70年代的博士学位论文 ………（32）
  第二节 20世纪80、90年代的传播 ……………………（33）
    一 20世纪80、90年代出版的图书 …………………（34）
    二 80、90年代的学术论文 ……………………………（41）
    三 80、90年代的博士学位论文 ………………………（50）
  第三节 21世纪以来的传播 ……………………………（55）
    一 21世纪以来的出版图书 ……………………………（55）
    二 21世纪以来的学术论文 ……………………………（67）
    三 21世纪以来的学位论文 ……………………………（76）
  第四节 英语世界中国古代诗话传播现状总结 ………（83）
    一 研究对象数量的增加与范围的扩大 ………………（83）
    二 不同时期同一研究者对诗话研究的发展推进 ……（87）
    三 诗话研究方法论的多元与延伸 ……………………（89）

第二章 古代诗话的英译本研究 …………………………（93）
  第一节 《六一诗话》的英译 ……………………………（94）

一　《六一诗话》的全译本 …………………………………（95）
　　二　《六一诗话》的选译本 …………………………………（97）
第二节　《沧浪诗话》的英译 ……………………………………（114）
　　一　《沧浪诗话》的全译本 …………………………………（114）
　　二　《沧浪诗话》的选译本 …………………………………（116）
第三节　《姜斋诗话》的英译 ……………………………………（129）
　　一　《姜斋诗话》的全译本 …………………………………（129）
　　二　《姜斋诗话》的选译本 …………………………………（130）
第四节　宋代诗话的选译研究 ……………………………………（135）
　　一　《彦周诗话》的选译本 …………………………………（135）
　　二　《后山诗话》的选译本 …………………………………（137）
　　三　《中山诗话》的选译本 …………………………………（140）
　　四　《临汉隐居诗话》的选译本 ……………………………（141）
　　五　《西清诗话》的选译本 …………………………………（143）
　　六　《王直方诗话》的选译本 ………………………………（145）
　　七　《蔡宽夫诗话》的选译本 ………………………………（146）
　　八　《潜溪诗眼》的选译本 …………………………………（147）
　　九　《艺苑雌黄》的选译本 …………………………………（151）
　　十　《竹坡诗话》的选译本 …………………………………（152）
　　十一　《石林诗话》的选译本 ………………………………（153）
　　十二　《韵语阳秋》的选译本 ………………………………（154）
　　十三　《诚斋诗话》的选译本 ………………………………（155）
　　十四　《白石道人诗说》的选译本 …………………………（156）
　　十五　《后村诗话》的选译本 ………………………………（157）
　　十六　《庚溪诗话》的选译本 ………………………………（158）
　　十七　《优古堂诗话》的选译本 ……………………………（159）
　　十八　《艇斋诗话》的选译本 ………………………………（159）
　　十九　《藏海诗话》的选译本 ………………………………（160）
　　二十　《碧溪诗话》的选译本 ………………………………（161）
　　二十一　《岁寒堂诗话》的选译本 …………………………（161）
　　二十二　《风月堂诗话》的选译本 …………………………（164）
　　二十三　《苕溪渔隐丛话》的选译本 ………………………（165）

二十四　《诗人玉屑》的选译本 …………………………… (166)
第五节　金、元代诗话的选译研究 …………………………… (168)
一　《滹南诗话》的选译本 …………………………… (169)
二　《诗法家数》的选译本 …………………………… (170)
三　《诗法正论》的选译本 …………………………… (171)
第六节　明代诗话的选译研究 …………………………… (172)
一　《艺苑卮言》的选译本 …………………………… (172)
二　《四溟诗话》的选译本 …………………………… (173)
三　《归田诗话》的选译本 …………………………… (175)
四　《麓堂诗话》的选译本 …………………………… (176)
五　《诗薮》的选译本 …………………………… (178)
六　《诗镜总论》的选译本 …………………………… (180)
第七节　清代诗话的选译研究 …………………………… (180)
一　《渔洋诗话》的选译本 …………………………… (181)
二　《带经堂诗话》的选译本 …………………………… (182)
三　《原诗》的选译本 …………………………… (183)
四　《说诗晬语》的选译本 …………………………… (188)
五　《一瓢诗话》的选译本 …………………………… (190)
六　《随园诗话》的选译本 …………………………… (190)
七　《寒厅诗话》的选译本 …………………………… (193)
八　《静志居诗话》的选译本 …………………………… (194)
九　《春酒堂诗话》的选译本 …………………………… (194)
十　《诗筏》的选译本 …………………………… (195)
十一　《围炉诗话》的选译本 …………………………… (196)
十二　《剑溪说诗》的选译本 …………………………… (197)
十三　《瓯北诗话》的选译本 …………………………… (197)
十四　《石洲诗话》的选译本 …………………………… (199)
十五　《念堂诗话》的选译本 …………………………… (200)
十六　《贞一斋诗话》的选译本 …………………………… (200)
十七　《然脂集例》与《名媛诗话》的选译本 ………… (201)
第三章　中国古代诗话的术语译介 …………………………… (204)
第一节　"诗话"的译介 …………………………… (205)

第二节　古代诗话中"神""气""象"的译介 …………………（210）
　　一　"神" ………………………………………………………（211）
　　二　"气"（含"神气""才气""志气""正气"）…………（214）
　　三　"象"（含"意象""物象""兴象""形象"）…………（216）
第三节　古代诗话中"理""意"的译介 ………………………（218）
　　一　理（含"义理""神理""正理""理、事、情"）……（219）
　　二　"意"（含"命意""语意""立意"）……………………（223）
第四节　古代诗话中"情""景"的译介 ………………………（225）
　　一　"情"（含"性情""情性""性灵"）……………………（226）
　　二　"情、景" ………………………………………………（227）
第五节　古代诗话中"悟""识"的译介 ………………………（228）
　　一　"悟"（含"妙悟""悟入"）……………………………（228）
　　二　"识"（含"真识""才、胆、识、力"）………………（229）
第六节　古代诗话中"韵""味""趣""致""清""色"
　　　　的译介 …………………………………………………（230）
　　一　"韵"（含"神韵"）……………………………………（231）
　　二　"味" ……………………………………………………（232）
　　三　"趣"（含"兴趣""风趣"）……………………………（233）
　　四　"致"（含"极致""兴致""思致"）……………………（234）
　　五　"清"（含"清新""清健"）……………………………（236）
　　六　"色"（含"本色""物色""声色"）……………………（236）
第七节　古代诗话中"法""体""格""调"的译介 …………（237）
　　一　"法"（含"诗法""句法""死法、活法"）……………（239）
　　二　"体"（含"正体、变体""体物""近体"）……………（240）
　　三　"格"（含"常格""气格""句格""诗格""格律"
　　　　　"格物"）……………………………………………（241）
　　四　"调"（含"声调""音调""风调""意调""格调"）……（242）
第八节　古代诗话中"虚""实"的译介 ………………………（244）
第九节　古代诗话中"正""变"的译介 ………………………（246）
第十节　对于古代诗话术语译介的思考 ………………………（249）
第四章　英语世界研究者对古代诗话研究的方法论视角 ………（254）
　第一节　研究者对诗话作者、评论对象生平的传记式研究………（256）

一　阿瑟·韦利、施吉瑞对袁枚《随园诗话》相关生平
　　　　传记的研究 …………………………………………（257）
　　二　黄洪宇对《瓯北诗话》中吴伟业相关生平传记
　　　　研究 …………………………………………………（266）
　第二节　刘若愚对古代诗话"形而上""表现""技巧"
　　　　　"实用"的分类方法论研究 …………………………（269）
　第三节　研究者对诗话作品的现象学、阐释学、接受理论
　　　　　方法研究 ……………………………………………（278）
　　一　萨进德对《原诗》的现象学方法研究 ………………（281）
　　二　顾明栋、Ji Hao、田菱、方葆珍对古代诗话的阐释学、
　　　　接受理论方法研究 …………………………………（284）
　第四节　研究者对古代诗话的女性主义方法研究 ………（292）
　第五节　有关英语世界研究者对古代诗话研究方法的思考 ………（298）
结　语 ……………………………………………………………（309）
参考文献 ………………………………………………………（313）

绪　　论

"诗话",既是中国古代文学中对诗歌进行论述品评的一类体裁,也是古代"话"体文学批评的重要组成部分。按照许顗《彦周诗话》自序的界定:"诗话者,辨句法,备古今,纪盛德,录异事,正讹误也。"[1]古代诗话作品形似散文随笔,多以文言文书面语为主,记录不同朝代诗歌作品及其作者相关生平语录、历史轶事,并对相关诗学术语、美学理念等进行品评。古代诗话存在时间跨度较长的发展历程,从早期的记事记言发展到就诗学理论展开论述,这一过程带动了词话、曲话、文话等"话"体文学批评的发展。"诗话"最终形成的形制体例与理论范式,使其在文学批评史中占据重要地位。

中国传统诗歌历史源远流长,诗话作为随之应运而生,主要围绕诗歌相关议题展开讨论的体裁,它的明确出现并逐渐发展壮大,却相对较晚。在题名中明确使用"诗话",并以此作为体裁的界定标准,始于北宋欧阳修所著《六一诗话》。该作品原只称《诗话》,后人援引时借用欧阳修"六一居士"的自号,对其重新加以命名。这一著述的问世,标志着"诗话"这一古代文论体裁得以被明确界定。"'诗话'的本义,按其内容来说,就是关于诗的故事;按其形式来说,就是关于诗的漫谈;按其体制来说,就是关于诗的随笔。"[2] 符合这一体裁定义的著述,逐渐在后世得以发展。以此为起点与契机,诗话这一新兴文体得以在宋朝文人士大夫阶层广泛传播,并随之诞生了诸多符合这一文体特点的诗话佳作,正如四库馆臣所论:"诗话莫盛于宋,其传于世者,以修此编为最古。其书以论文为

---

[1] 何文焕辑:《历代诗话》(上册),中华书局1981年版,第378页。
[2] 蔡镇楚:《诗话学》,湖南教育出版社1990年版,第21—22页。

主,而兼记本事。诸家诗话之体例,亦创于是编。"① 自北宋发展到晚清,诗话这一作品集群的数量已蔚为大观,其内容指涉诗歌创作、鉴赏、诗人故实、轶事、诗学术语、技法、诗史品评、考释等多个方面,已经成为中国古代文学理论不可分割的重要组成部分。

随着国际文化交流的逐渐频繁,自19世纪后期起,部分古代诗话作品通过英语翻译、概括介绍等方式,传播到欧美等国。宇文所安、刘若愚、阿瑟·韦利、叶维廉等长期以来关注中国传统诗歌的知名学者,也将各自的研究视角投注到诗话作品的具体文本之中。虽然中国古代诗话已陆续在英语世界传播了百年有余,但国内学界现今尚未有以此为题的全面、系统的研究成果。国内学界在对诗话为代表的历代文论有所关注,并对其诗学价值展开持续探讨的同时,有必要对中国诗话这一系列作品文本的海外译介、研究情况进行一个较为清晰的认识。因此,对英语世界相关诗话研究的原始材料,进行相应的关注、梳理与分析阐述,则显得极具意义。

"英语世界的中国古代诗话研究"这一议题,着力关注的既是诗话作品在国内学界历来的学术价值与地位,更是在文化传播的"他者"视角下,得以体现的中国古代文论话语的独特之处。中国古代诗话,在英语世界(主要是指英国、美国等以英语为母语或交往手段的国家及文化圈)得以被译介、研究,具有彰显中国文化面向世界进程的现实意义。本题所指英语世界拟为以英语为语言媒介来进行写作的译介和研究的文化圈。英语世界相关研究对象(包括以英语为母语或第二语言的作者所撰写的相关英文论著及研究成果)是中国文化"走出去"的具体实例,也是中国文化在异域文明中被接受、传播的典范。

一 研究对象

本书的研究对象是以英语进行创作、发表,并以中国古代诗话作品为研究对象的学术专著、期刊论文、学位论文等,主要关注的是国外学术界对中国古代诗话的介绍、翻译、阐释、论述,以及其所采用的各自不同的关注视域与方法视角。英语世界对古代诗话的研究成果,包括不同时期不同学者对不同诗话的译介、研究,或同一学者有所延续、发展的相关研究。其中需要重点关注的是,英语世界研究者对共计53部诗话作品进行

---

① 永瑢等:《四库全书简明目录》,上海古籍出版社1985年版,第872页。

的英文全译或选译。以此英译现状为基础,再展开对诗学术语英译与研究方法论等层面的进一步探讨。与此同时,能够通过这一研究,关注到中西方文化视角对传统诗歌理论的建构差异,从而凸显出"他者"文化视角下的中国诗话,是如何在译介、研究的传播接受过程中,产生了相应的文化过滤与阐释变异。借助英语世界研究者以西方文论方法视角对古代诗话相关理论的解读,立足"他者"以观"自身",对中西方不同语言逻辑、话语方式之间的沟通融合有所理解,有助于针对受"失语症"所困的文论发展现状,展开中国文论话语重建方法的思考,既能以对外传播的实例,彰显古代诗话自身的艺术成就与理论价值,也能为中华文化后续对外交流提供有效的参考借鉴。

　　首先需要明确的是本书题目所涉及的两大关键概念——"英语世界"与"古代诗话"。"英语世界"这一已被多处学术研究所采纳的概念范围,并不简单指涉欧美等西方国家,也并不只是由"英语"所限定的地理"世界"范围。黄鸣奋《英语世界中国古典文学之传播》认为,"'英语世界'现今包括三个层面。它们分别以英语为母语、通用语和外国语。以英语为母语的文化圈在发生学意义上仅限于英国;以英语为通行语的文化圈导源于英国的殖民活动,其他地理范围为英国的殖民地或前殖民地;以英语为外国语的文化圈是由于各英语国家的对外影响而形成的,目前几乎可以说覆盖了全球"①。这一较为权威的界定,大致上限定了"英语世界"这一学术视域所涉及的范围,并且一定程度上影响到了后续学界对这一概念的定义,由此而导向了作为研究对象的所选议题相关文献材料的生成。在博士论文《英语世界的〈庄子〉研究》中,何颖更为明确地细化了黄鸣奋所定义的三个层面:"(1)发生学意义上的地域(英国、美国);(2)语言使用的区域;(3)传播媒介:主要指以英语或翻译成英文作为文本的《庄子》,也包括中国人自己翻译成英文的《庄子》。"②由此可见,"英语世界"这一学术范围定义,不仅仅局限于作为英语发源地的英国,或广泛将其应用为官方通用语的北美、大洋洲等地区国家,同样也包括其他将英语作为外国语而用其作为语言载体进行的学术写作,由此各非英语国家的学者用英语进行的翻译、写作,同样隶属于英语世界所关注的材料范围。

---

① 黄鸣奋:《中国古典文学之传播》,学林出版社1997年版,第24页。
② 何颖:《英语世界的〈庄子〉研究》,博士学位论文,四川大学,2010年。

其次需要明确界定的是"古代诗话"的范围。蔡镇楚在《中国诗话史》中将诗话界定为"中国古代一种独特的论诗之体"①，并将其进行了"广义"与"狭义"的划分。"广义"的诗话，是一种可以囊括各式诗歌评论样式的文体，不以某部作品为起始标志。"狭义"则可按其文本内容，界定为诗歌之"话"，即诗歌的相关闲谈、论述，并按照体裁划分为与诗歌相关的随笔散文体，"以欧阳修的《六一诗话》为首创，以资闲谈为创作旨归"②。吴文治也认为"诗话，就其狭义而言，本指我国古代诗学理论批评的一种专著形式"③，这种"狭义"的定义严格了"诗话"作为文学体裁的外延，同时也在某种程度上限定了古代诗话著作的历史年限。本书中的"中国古代诗话"的限定范围，即明确采用这一"狭义"定义，特指在著作名称或内容中明确体现"诗话"特点的，即以北宋欧阳修《六一诗话》为起点，截止到清朝的文人诗话作品。

欧阳修《六一诗话》一卷，共计 28 则，成书于北宋熙宁四年（1071），体式为类似宋人笔记的散文、随笔。许顗《彦周诗话》成书于南宋，略晚于前者，许顗通过自序，对这一文类体裁进行了为后世学界所广泛认同的定义。需要注意的是，这一界定与其他类似诗话的诗评、诗品、诗格作品的区别。清人沈涛在《匏庐诗话·自序》中指出："诗话之作起于有宋，唐以前则曰品，曰式，曰条，曰格，曰范，曰评，初不以诗话名也。"④ 即宋之前，虽已经出现了专门记述诗歌、诗人、诗史、掌故逸事等相关议题的文体，例如南朝梁钟嵘《诗品》、唐孟棨《本事诗》等，但因其未具备"诗话"的题名，而在严格意义上并不属于本书所关注的古代诗话作品的范围。

将"诗话"视作一种体例明确的古代文学体裁或文学批评门类，应从形式与内容两方面对其进行界定。郭绍虞等现代学者，将《六一诗话》视为严格意义上的中国诗话作品的起点，郭绍虞在《清诗话·前言》中论及诗话的起源："溯其源流所自，可以远推到钟嵘的《诗品》，甚至推到《诗三百》或孔、孟论诗片语只言，但严格地讲，又只以欧阳修《六

---

① 蔡镇楚：《中国诗话史》，湖南文艺出版社 2001 年版，第 5 页。
② 蔡镇楚：《中国诗话史》，湖南文艺出版社 2001 年版，第 5 页。
③ 吴文治：《五朝诗话概说·宋辽金元明》，黄山书社 2002 年版，第 1 页。
④ 沈涛：《匏庐诗话·自序》，转引自张伯伟《中国诗学研究》，辽海出版社 2000 年版，第 262 页。

一诗话》为最早的著作。"①他又在《宋诗话辑佚·序》中说:"诗话之称当始于行欧阳修,诗话之体,也创自欧阳修。欧阳氏自题其《诗话》云:'居士退居汝阴,而集以资闲谈也。'……所以诗话之体原同随笔一样,记事则泛述见闻,论语则杂举隽语,不过没有说部之荒诞,与笔记之冗杂而已。所以仅仅论诗及辞者,诗格、诗法之属也;仅仅论诗及事者,《诗序》《本事诗》之属是也。诗话中间,则论诗可以及辞,也可以及事,而且可以辞中之事,事中及辞。这是宋人诗话与唐人论诗之著之分别。"②

北宋之前论诗作品所采用的"格""式""法""本事"等词,直接体现出它们在题名上区别于"诗话"的特点。《四库全书总目》在"诗文评"类小序中,对论诗的历代作品进行了分类:"勰究文体之源流而评其工拙;嵘第作者之甲乙而溯厥师承,为例各殊。至皎然《诗式》,备陈法律;孟棨《本事诗》,旁采故实;刘攽《中山诗话》、欧阳修《六一诗话》,又体兼说部。后所论著,不出此五例中矣。"③ 可以看出,不同类别的诗评各有其文本特点。钟嵘的《诗品》追溯历代诗歌创作的源流,在这一分类举例中更接近于诗歌史视角下诗人特点的梳理与评价;而唐朝皎然的《诗式》、王昌龄的《诗格》等论诗作品,则多谈及诗歌创作的体例、风格;而孟棨《本事诗》则关注诗人创作的相关故实,其体例分别都有一定侧重的特点。

而北宋时期的《中山诗话》与《六一诗话》,则呈现出随笔化的特点,以较为零散的结构对诗歌创作、鉴赏等层面,进行较为直观、微观的记录、品评,也更类似于宋朝时大为兴盛的笔记体,从而更加凸显出"诗话"自北宋起的独有特点。以此为代表的宋及以后诗话,既符合《四库全书总目》划分的"诗文评"诗学批评门类,又因其对诗人轶事典故的记述考证,而"体兼说部"。王运熙、顾易生主编的《中国文学批评通史》中的定义是:"'诗话'云者,就是诗论和说话的结合"④,即侧重于诗话随性轻松,偏口语化表达形式的风格,与诗歌批评理念论述的结合。

---

① (清)王夫之等撰,丁福保编:《清诗话》,上海古籍出版社1963年版,第1页。
② 郭绍虞辑:《宋诗话辑佚》上册,中华书局1987年版,第2页。
③ 吴伯雄编:《四库全书总目选》(卷一九五),《集部四八 诗文评类一 诗文评类小序》,凤凰出版社2015年版,第524页。
④ 王运熙、顾易生主编:《中国文学批评通史·肆 宋金元卷》,上海古籍出版社1996年版,第461页。

由此可见,"诗话的诗学传统有二:一是诗学批评传统,二是诗学叙事传统"①,体例发展成熟的诗话,往往呈现出诗论述评与记事记言兼备的特点。欧阳修所处的北宋时期,正是士人文化逐步兴起的时代,"以资闲谈"的《六一诗话》承袭了前代论诗专著的随笔散文体例,又以分条列目的形式,记录下的多是片段式的审美感悟与评论,并同时奠定了以"诗话"这一文类限定论诗著述体例的传统。北宋早期以记事记言为主的诗话,随着时间推移而逐渐扩充自身范畴,从而将诗歌语言技法、美学理论、诗学术语等诗歌批评探讨纳入其中。

由此可见,若将宋代以前的论诗作品,囊括在体例限定较为模糊的"大诗话"范围之中,那本书所论及的对象,则应明确为自北宋《六一诗话》起,在体裁范式上都较为独立清晰的"小诗话"。在自北宋到晚清的"小诗话"的限定范围中,着重关注历代的诗话文本在英语世界的不同程度的英译与研究。古代诗话主要出自后人编选的《宋诗话全编》《辽金元诗话全编》,《明诗话全编》《清诗话》《清诗话续编》《历代诗话》《历代诗话续编》等所收录的书目,也包括《苕溪渔隐丛话》《诗话总龟》《诗人玉屑》等由古代文人编撰修订的诗话总集。值得一提的是,"诗话"作为论诗作品的标题,虽然是限定古代诗话体裁的一大标准,但并不代表诗话作品一定会以此为题名。界定其边界,还应以"话"体诗歌批评具备"诗文评"与"体兼说部"相结合的特点,作为另一大衡量标准。因此《诗薮》《诗法家数》《原诗》等不具"诗话"之名的论诗作品,也是被收录在古代诗话作品集群之中的考察对象。值得注意的是,除去前文所述等诗话总集,《四库全书总目》卷一百九十五至卷一百九十七中,"集部"中"诗文评类一""诗文评类二""诗文评类存目"中所收录的宋朝至清朝的部分诗评,或以"诗话"入名,或其内容为品评诗歌艺术及理论。这一总目所涵盖的诗话作品,符合上述有关体裁文类的界定,故而也应成为本书所关注的对象。

清代学者何文焕收编选录的《历代诗话》②一书,共收录作品有28种,近代学者丁福保编选的《历代诗话续编》③,对其进行补充,在原基础上新增收录共计29种。《历代诗话》及其续编,作为收录从唐至清的

---

① 吴承学、何诗海编:《中国文体学与文体史研究》,凤凰出版社2011年版,第231页。
② (清)何文焕辑:《历代诗话》,中华书局1982年版。
③ 丁福保辑:《历代诗话续编》,中华书局1983年版。

各种论诗作品的近代编选总集，在诗话文本传播流通的过程中，占据了相当重要的代表性。但需要注意的是，此两部选集中所收录的《诗品》《诗式》《二十四诗品》《本事诗》《乐府古题要解》《诗人主客图》《风骚旨格》等论诗作品，按照上述体裁标准，都不被纳入古代诗话的考察范围。宋代诗话作品，其创作数量虽颇为众多，但据郭绍虞的《宋诗话考》①，现存完整的宋人诗话仅有42种，又另有46种，是保存部分残余的版本，或本无其书而由后人纂辑而成，又有50种是已佚或本有佚文传世而未及编辑成书者，由此共计138种。后续又有《宋诗话全编》共十卷②，收录宋代诗话达多达562种。又有《辽金元诗话全编》③共收录辽诗话21种、金诗话154种、元诗话245种，总计420种，又有《明诗话全编》④收录诗话722种，其中有120余种是原已单独成书的诗话著作。观此数量，可见由宋至明，诗话作品的创作发展已卓为显著。据丁福保收编《清诗话》⑤与郭绍虞收编的《清诗话续编》⑥，清朝诗话则共计收录77种。张寅彭编纂、杨焄点校的《清诗话全编·顺治康熙雍正期》⑦，则按照顺治、康熙、雍正三朝的断代，共收录诗话89种。在上述卷帙浩瀚的诗话著作资料中，能够看出古代诗话作品对于诗学话题的选择和探讨范围十分广泛。数以千百计的古代诗话著作，既直接阐述了作者本人对诗词创作的理论见解，又传达了作者对前人创作的品评鉴赏，以及由此体现出的不同历史时期的诗歌审美，并对故实掌故、创作轶事、诗人语录等进行记述点评。诗话既是独立的传统诗学、美学、文学的著作，也极大地丰富了传统诗歌批评研究的理论体系，由此为众多英语世界研究者所关注。

  针对上述古代诗话，可按照其文本内容进行一定类别的划分，这种对于文本内容范畴进行分门别类的方式，既为长期以来国内学界理解古代诗话的发展流变提供了导向，也是英语世界研究者关注、研究诗话作品的一种潜在标准。郭绍虞指出："论诗之著不外二种体制：一种本于钟嵘《诗

---

① 郭绍虞：《宋诗话考》，中华书局1979年版。
② 吴文治主编：《宋诗话全编》，江苏古籍出版社1998年版。
③ 吴文治主编：《辽金元诗话全编》，江苏古籍出版社2006年版。
④ 吴文治主编：《明诗话全编》，江苏古籍出版社1997年版。
⑤ 丁福保编：《清诗话》，上海古籍出版社1978年版。
⑥ 郭绍虞编：《清诗话续编》，上海古籍出版社1983年版。
⑦ 张寅彭编纂，杨焄点校：《清诗话全编·顺治康熙雍正期》，上海古籍出版社2018年版。

品》,一种本于欧阳修《六一诗话》,即溯其源,也不出此二种。……其介于二者之间的,只能说是欧派的支流。至于专论诗格诗例或声调等问题的,又可说是钟派的支流。大抵这两派,《诗品》偏于理论批评,比较严肃;《六一诗话》偏于论事,不成系统,比较轻松。"[①] 以《六一诗话》为代表的一类诗话,多承袭自它的"闲谈"特点,即着重于对前代或当时诗人及其创作轶事、言行起居等进行记录考释,而较少对诗歌写作、鉴赏层面的美学理论进行阐述。

《诗品》虽不能纳入本书所考察的古代诗话范围,但其开创的"论诗及辞"的理论倾向,对北宋以后的诗话发展演变起到了提纲挈领之用。尤其是进入明清的诗话作品,虽然也一定程度上延续了《六一诗话》记事论人的"闲谈"风格,但更侧重于诗评、诗论,并运用相关术语为自身论述增添学理性,更加注重诗歌批评的逻辑性,从而突出了诗话作品以美学鉴赏、诗学理念等为中心的内容特点。蔡镇楚在《中国诗话史》中指出,这种转变的标志是南宋初年叶梦得的《石林诗话》,虽然该作品的理论阐述所占比重较少,却开启了"诗话"这一文体对于诗歌学理进行阐述的风气。明清诗话作品例如胡应麟《诗薮》、王夫之《姜斋诗话》、叶燮《原诗》等,都呈现出了明显的理论化,甚至脱离论诗论人的"闲谈"随笔特点,而倾向于更为系统化的论述。在此之中也有特例,如严羽的《沧浪诗话》,虽然创作于南宋,却以诗辨、诗体、诗法、诗评、考证等五个层面开启了以禅喻诗的理论传统。该诗话独到的文论价值,历来是英语世界研究者的关注重点。这种划分诗话的标准,也被英语世界的研究者们所吸纳。在他们对诗话的文本内容进行介绍、英译以及研究传播时,会结合相关背景知识,从而对古代诗话文本进行有意图的选择、过滤,并对这些文本展开携带着前提信息的接受与研究。明确这一划分诗话类别的标准,才能完成对古代诗话作品集群的范围框定,从而有助于明确本议题所关注的研究对象,有助于对其展开进一步的学理分析。

综上所述,本书的研究对象明确为以英语为语言载体,即以英语为母语或主要外语进行写作的,此为研究材料的语言范围;其创作者主要为中国本土区域以外的外国学者,即欧美国家研究中国古典文学理论的学者,同时也应包括在国外进行了长时间学习与研究,以西方视域为重要前提的

---

① 丁福保编:《清诗话》,郭绍虞序,上海古籍出版社1978年版,第4页。

华人或华裔学者；文本材料等出版物范围，则是以上述年代与体裁所严格限定的古代诗话作品为研究对象的，在中国本土之外所发表的论文、专著等研究成果，或在个别必需的特殊情况下，有可能也会将国内学者所发表的英文译本或英文研究成果纳入研究考察的范围。按照一定的时间线索与思路，整理、归纳英语世界对数以千百计的古代诗话作品，所进行的选择性英译、介绍、阐释论述等研究现状，本书共统计出53种古代诗话作品的译介情况。英语全译或选译、节译，是英语世界研究者在就作品、作者等信息进行介绍概括的基础上，对诗话文本展开的进一步具体研究，从而使研究者能够就诗人轶事语录、具体诗句、诗学术语、理论概念等展开译介解读与论述分析。最终使英语世界研究者得以运用"他者"视角下的西方文论方法论，展开对传统诗歌批评、诗学话语的阐释分析与系统建构。针对上述53种诗话的英译，以及数量更广的诗话的对外介绍、传播展开研究，其意义与价值所在，则需要联系本议题的研究现状，展开进一步讨论。

二　英语世界中国古代诗话的国内外研究现状

目前，国内学者大多对诗话的作者思想，以及诗话文本、诗学术语本身进行研究，肯定了这一群体性著作在传统文论与批评领域所取得的文学成就、理论价值。国内学界有关"诗话"公开发表的论文，经中国知网检索共计五千余篇，涉及中国古代文学、古代文论、古代史、古典文献、文体学等多个领域。与"诗话"有关的博士论文有一百余篇，涉及对文学史、文论史或具体文本的阐述，对古代诗话具体作品与创作者的研究，更数不胜数，但相关成果多进行本国视域内的作家、文本与思想研究，未对英语世界的诗话研究成果系统探讨或总体论述。然而，鉴于国内学者对中国古代诗话作品本身的研究与关注由来已久，随着国内对传统文学理论与"话"体批评研究的长期发展，以及对国外汉学研究成果关注度的逐步加深，国内学界近年来也开始逐渐关注到国外研究者对传统文学理论作品的研究。

自20世纪90年代开始，国内研究者对于国外学界研究古代诗话的关注，积累了一定的成果，如学界对于宇文所安、刘若愚、卜松山、林理彰、孙康宜等英语世界学者的相关古代文学研究，有一定程度的介绍、整理与阐述。王逸平、周发祥、李逸津出版于1998年的《国外中国古典文论研究》①,是较为早期重点关注中国古代文论在国外汉学界传播与接受的专著,除关注欧美汉学界以外,也探讨了古代文论作品在日、韩、俄苏学界的英译与研究,虽尚未细节深入地探讨个别汉学家的思想成果,但表明国内学界已开始逐渐意识到,应将学术视野投注到不同的文化土壤中,关注外国汉学家对中国古典文论思想的译介与阐释,从而展开中国文学在异域环境下如何传播影响的进一步探讨。王晓路于 2000 年出版的专著《中西诗学对话——英语世界的中国古代文论研究》②,以及后续出版的《西方汉学界的中国文论研究》③《北美汉学界的中国文学思想研究》④,对欧美学界乃至英语世界所进行的中国古代文学理论研究,进行了一个较为系统全面的梳理,并有所侧重地阐述、介绍了刘若愚、叶维廉、余宝琳、宇文所安、苏源熙等汉学家的思想成果。在此基础之上,史冬冬的专著《他山之石——中国古代文学与文论研究》⑤,以宇文所安的中国古代文学研究整体为核心,着重探讨宇文所安主要成果中对唐诗史与古代文学思想的理解与思想架构。同样关注到国外汉学家对古代文论,尤其是诗学理论研究的专著,还有徐志啸于 2011 年出版的专著《北美学者中国古代诗学研究》⑥,在前述汉学家的基础上,还增加了陈世骧、周策纵、叶嘉莹、孙康宜、蔡宗齐等的研究论述,将汉学家的范围扩展到包括在北美长期进行研究工作的华人或华裔研究者。徐宝锋于 2014 年出版的专著《北美中国古代文论研究的汉学形态》⑦同样涉及这一议题,关注刘若愚、欧阳桢、陈世骧、高友工、孙康宜、林顺夫等北美汉学家,对古代文论研究的思想脉络与理论方法,力图从宏观整体上加深对古代文论汉学研究发展态势的把握。徐宝锋也提出了国内学界现阶段对于国外汉学界关注的不足,"对于其他在中国古代文论研究领域取得较大的汉学家却因中文资料的匮乏而论者寥寥,这实际上造成了国内学界对海外汉学中国古代文论研究理解上的褊狭,非常不利于本土与海外中国古代文论研究领域之间的有

---

① 王逸平、周发祥、李逸津:《国外中国古典文论研究》,江苏教育出版社 1998 年版。
② 王晓路:《中西诗学对话——英语世界的中国古代文论研究》,巴蜀书社 2000 年版。
③ 王晓路:《西方汉学界的中国文论研究》,巴蜀书社 2003 年版。
④ 王晓路:《北美汉学界的中国文学思想研究》,巴蜀书社 2008 年版。
⑤ 史冬冬:《他山之石——中国古代文学与文论研究》,巴蜀书社 2010 年版。
⑥ 徐志啸:《北美学者中国古代诗学研究》,上海古籍出版社 2011 年版。
⑦ 徐宝锋:《北美中国古代文论研究的汉学形态》,吉林大学出版社 2014 年版。

效互动与对话"①。这一论断反映出国内学界对于海外汉学界古典文论研究的探讨尚存在一定局限,这在一定程度上也是缘于对于英文原始研究材料的关注度不够。由此可见,面向国内学界,进行英语世界原文文献的整理、介绍、阐述,呈现出其必要性。

张西平等著的《20世纪中国古代文化经典在域外的传播与影响研究》②,对包括小说、诗歌、戏剧、传统典籍等在内的古典文化文本,于20世纪在国外传播的具体情况,进行了一个较为全面的整理、总结。传播影响区域包括东亚、南亚、东南亚、阿拉伯、欧美等国家地区。该书同时梳理了以翻译出版物发行为主的,中国文化相关文本在国外各地区的传播历程,重点肯定了新中国国家外文局极具创见的引领工作,以及著名翻译家许渊冲在英译中国文化经典过程中所起到的重要实践作用。在该书第九章"域外中国文献学:中国古代文化经典域外传播研究的基础"中,专门以历时的线索,分别列出了20世纪中国古代经学典籍、史学典籍、文学典籍在域外传播的编年举要③,对各种外文译本的书目进行了整理排布,是可供研究国外传播中国古代文化的重要材料,也体现了现今国内学界对这一中国文化对外传播进程的关注。然而,对于中国文学理论作品文本的译介传播的关注,以及相关书目的整理,却有所欠缺,同样也体现出中国古代诗话作品作为有别于诗歌、小说、戏剧等文学体裁的体例,虽然其自身具备阐释中国古代文学话语方式的理论价值,却难免在一定程度上被现有学界的研究视野所忽略。

本书所隶属的"英语世界中国文学的译介与研究"这一系列课题中,历年以来该课题对先秦典籍、唐诗、唐宋词、元曲、六朝小说、明清小说、唐传奇、历代神话传说等作品文本在英语世界译介传播的研究,以及英语世界研究者对中国文学史的编写等议题都有所涉猎,并提供了可供一窥英语世界中国古代文学研究成果集成的平台。现今国内学界,或又有研究者对某一汉学家进行重点阐述,例如前文所述史冬冬对宇文所安及其唐诗史、古代诗学研究成果进行阐述的专著,而对宇文所安的相关中国古代

---

① 徐宝锋:《北美中国古代文论研究的汉学形态》,吉林大学出版社2014年版,第41页。
② 张西平等:《20世纪中国古代文化经典在域外的传播与影响研究》,经济科学出版社2015年版。
③ 张西平等:《20世纪中国古代文化经典在域外的传播与影响研究》,经济科学出版社2015年版,第347—402页。

文学研究成果进行再研究的，也已有国内高校博士论文共三部。① 又有詹杭伦于 2005 年出版的《刘若愚：融合中西诗学之路》②，在梳理刘若愚的生平经历与学术道路的基础上，对其包括晚唐诗、北宋词、古代文论等研究对象在内的学术成果，进行了总结论述，后续 2011 年则有以《刘若愚跨文化诗学思想研究》③ 为题的博士论文，从跨文化对话与融合的视角，探讨刘若愚所建构的以西方理论视野为导向的中国诗学研究理论体系。同时近年来，也有部分期刊论文探讨宇文所安、刘若愚对于中国古代文论及诗学理论进行解读时，对相关文论、诗学术语所进行的英译，将对诗话作品的文学意义与历史作用的关注，更进一步地细化到了具体术语概念及其美学、诗学、哲理含义的论述之中，体现出了这一研究的逐步推进深入。同样受到关注的，还有华人学者、诗人叶维廉，李硕的《比较和比较的意义：叶维廉诗学研究》④，闫月珍的《叶维廉与中国诗学》⑤ 等专著，与博士论文《叶维廉比较诗学学科理论研究》⑥，都着重于关注叶维廉跨中西文化的比较诗学研究，及其代表性的"文化模子"说等诗学话语。上述成果以中西话语融合的视角，阐释叶维廉如何将西方理论话语与道家美学等传统文论话语相结合，并在跨文化诗学理论体系中展开中西文学对话。由此可见，现有的国内学界对英语世界学者及其思想成果的研究，往往集中于对个人主体的研究成果进行梳理，即以较具代表性的外籍或华裔汉学家为个案，进行较为整体的论述总结。

现今国内学界，也对某一朝代文学作品、作者、诗派，代表文论创作与术语阐释等文本，在英语世界的译介传播进行了一定程度的研究，但尚未对"古代诗话"这一系列文本进行较为综合、全面的关注。例如"英语世界中国文学的译介与研究"课题中，已有研究英语世界刘勰《文心雕龙》译介的博士论文⑦，以及在某一方法论视角下的译介研究，如《整

---

① 高超：《宇文所安唐诗研究及其诗学思想的建构》，博士学位论文，天津师范大学，2012 年；葛红：《宇文所安唐诗史方法论研究》，博士学位论文，西北大学，2010 年；陈小亮：《论宇文所安的唐代诗歌史与诗学研究》，博士学位论文，浙江大学，2009 年。
② 詹杭伦：《刘若愚：融合中西诗学之路》，北京出版社 2005 年版。
③ 纪燕：《刘若愚跨文化诗学思想研究》，博士学位论文，山东大学，2011 年。
④ 李硕：《比较和比较的意义：叶维廉诗学研究》，中山大学出版社 2016 年版。
⑤ 闫月珍：《叶维廉与中国诗学》，中国社会科学出版社 2011 年版。
⑥ 刘鹏：《叶维廉比较诗学学科理论研究》，博士学位论文，暨南大学，2001 年。
⑦ 刘颖：《英语世界的〈文心雕龙〉研究》，博士学位论文，四川大学，2007 年。

体论观照下的〈文心雕龙〉英译研究》①。"体大而虑周"的《文心雕龙》，获得了英语世界研究者的常年重视，其英译、介绍与阐释论述等种种研究情况，得以被国内学界所梳理、总结，成为英语世界研究者关注古代文论及其理论话语的有力证明。国内学界现有研究成果中，对中国古代诗话的具体著作在英语世界的译介与传播现状的研究，多集中在北宋严羽的《沧浪诗话》上。

早在1986年王丽娜已于《文艺理论研究》发表论文《严羽〈沧浪诗话〉的外文译著简介》②，历数《沧浪诗话》自1922年起，通过英语、德语、俄语、日语等语言媒介被进行介绍、翻译的情况，开启了相关后续研究。基于2011年北京大学博士论文《语言转换与文化重构——〈沧浪诗话〉在英语世界》③，蒋童、钟厚涛、仇爱丽于2015年出版的《〈沧浪诗话〉在西方》④，以及任先大为首的，在湖南省哲学社会科学基金项目"20世纪学术史视域中的严羽研究"中的部分成果，即对《沧浪诗话》在欧美汉学界的译介与研究进行总结、阐释的系列期刊论文，包括《欧美汉学界〈沧浪诗话〉研究的百年回顾与思考》《严羽及其〈沧浪诗话〉的海外阐释——以北美汉学界为中心》《北美汉学界的〈沧浪诗话〉研究述评——以华裔族群为中心》。⑤ 上述论文不仅整理了欧美汉学界对《沧浪诗话》的介绍、英译、论述，也对其译介与阐释的诗学术语进行了整理与解读，这一点与国内学界对宇文所安、刘若愚的中国文论研究的关注，存在着相似之处。英语世界对《沧浪诗话》的关注与传播由来已久，足以引起国内学界对其英译文本、诗学术语的探讨，并构成了本议题前期国内研究现状的重要基础。但英语世界相关研究尚有可待进一步讨论的空间，例如《沧浪诗话》不同译文版本的具体比对，以及英语世界研究者学术方法论的深入探究等。

---

① 钟明国：《整体论观照下的〈文心雕龙〉英译研究》，博士学位论文，南开大学，2009年。
② 王丽娜：《严羽〈沧浪诗话〉的外文译著简介》，《文艺理论研究》1986年第2期。
③ 钟厚涛：《语言转换与文化重构——〈沧浪诗话〉在英语世界》，博士学位论文，北京大学，2011年。
④ 蒋童、钟厚涛、仇爱丽：《〈沧浪诗话〉在西方》，中国文联出版社2015年版。
⑤ 任先大：《欧美汉学界〈沧浪诗话〉研究的百年回顾与思考》，《古代文学理论研究》2011年第1期；任先大、李燕子：《严羽及其〈沧浪诗话〉的海外阐释——以北美汉学界为中心》，《湖南社会科学》2011年第5期；任先大、李燕子、刘红麟：《北美汉学界的〈沧浪诗话〉研究述评——以华裔族群为中心》，《云梦学刊》2012年第1期。

国内研究者对于国外学界研究清代诗话《原诗》的整理也有一定的成果,有不少期刊论文专门整理了这部古代诗话作品在国内汉学界的外文译介与理论解读。邓心强的《海外叶燮研究综述》① 集中阐述了美国学者宇文所安、日本学者青木正儿、德国学者卜松山对其的代表研究著作。卜松山对于《原诗》文本及其诗学理论进行论述的英文专题论文,宇文所安对《原诗》的节选译介与相关研究等,是国内学界眼光投射的一大重点。对于卜松山《叶燮的〈原诗〉及其诗歌理论——清代早期诗学》一文的关注与研究,有邓心强、王德兵、佴荣本等人发表的相关期刊论文。同时国内学者还将《原诗》的诗学理论和外国文论进行了对比阐释,如殷晶波的《比较贺拉斯〈诗艺〉和叶燮〈原诗〉的美学思想》,方汉文的《清叶燮〈原诗〉之"理"和柏拉图的"理念"Idea》等。总体来说,国内学者注意到了《原诗》在海外学界的译介、研究现状,也对传统诗学与西方文论概念的理论相通之处有所认识,但是对英语世界《原诗》传播、研究现状的总体了解尚有不足。

　　同时,国内学界还有研究者对个别译者就个别诗话展开英译的个案,通过期刊论文或学位论文而进行的分析论述。如关注《沧浪诗话》的个别译本的特点②,或就《全唐诗话》《岁寒堂诗话》的英译方法展开讨论③,或对阿瑟·韦利进行整体关注时涉及其《随园诗话》相关研究④,或就宇文所安对某一部诗话的英译与论述展开分析⑤。此类研究成果对具体案例进行研究论述,同样未能呈现英语世界古代诗话研究的整体现状。

　　国内学界针对诗话国外研究的整体性关注,也有一定程度的研究成果。以部分诗话作品在英语世界的译介、研究的书目、期刊论文、学位论文等为对象,进行参考文献整理介绍的国内学界研究成果,出现在前文所

---

① 邓心强:《海外叶燮研究综述》,《重庆邮电大学学报》2009 年第 6 期。
② 钟厚涛:《异域突围与本土反思——试析〈沧浪诗话〉的首次英译及其文化启示意义》,《文化与诗学》2009 年第 1 期。
③ 宗婷:《〈全唐诗话〉文本解读和英译问题初探》,硕士学位论文,山西大学,2013 年;杜伊韵:《〈岁寒堂诗话〉的对外译介推广及其策略研究》,硕士学位论文,山西大学,2015 年。
④ 冀爱莲:《翻译、传记、交游:阿瑟·韦利汉学研究策略考辨》,博士学位论文,福建师范大学,2010 年。
⑤ 王德兵:《辨异 细读 阐释:论宇文所安的"诗话"跨文化研究——以〈六一诗话〉为例》,《淮北师范大学学报》(哲学社会科学版)2014 年第 4 期;何洁茵:《"诗有别材,非关书也"中"材""非关"之辨——读宇文所安〈中国文论:英译与评论〉第八章"沧浪诗话"札记》,《甘肃广播电视大学学报》2014 年第 6 期。

述两部专著《中西诗学对话——英语世界中的古典文论》与《西方汉学界的中国文论》中。这两本学术专著以21世纪之前的西方汉学界为视域，将其对中国古典文论的研究概况进行了收集整理与论述，对英语世界中国古代文论研究文献进行整理介绍，为后期国内学界的相关研究提供了基础与参考。例如，两部专著中提及卜松山、林理彰、费威廉、宇文所安等人对《原诗》的关注与阐释，以及《北美汉学界的中国文学思想研究》一书中对于刘若愚、宇文所安、费威廉的中国文论思想进行了重点的归纳与总结，都是国内学界对于英语世界中国古代诗话研究有所涉及的前期成果。同样地，随着近年来国内学界对中国文化对外传播影响的重视度逐渐提升，也有越来越多的专题论文对中国古代文论作品在其他国家地区被译介、研究的历年成果进行历时性的梳理与总结，例如张海明的《海外和台港地区的中国古代文论研究》①，张雯的《中国古代文论在美国传播的三部曲》②，陈引驰、李姝的《鸟瞰他山之石——英语学界中国文论研究》③ 等期刊论文，都是对汉学界中国文论研究成果论文、书目的整理。虽然这类研究成果呈现出纵向上的条理性，却因侧重于宏观介绍，而缺少对具体文论研究成果文本的剖析，更遑论对古代诗话作品这一系列文本在英语世界的一系列译介、研究进行较为细节的探讨与阐述。

总体来说，现今国内学界已经认识到了中国古代文学与文论，在国外视域的译介、接收、探讨的传播历程，也注意到了中国古代诗话作品的个别作者及其诗学主张、理论探讨，在海外学界尤其是英语世界中的译介、研究现状。国内研究者通过"他者"视角的投注，对中国古代诗话这一传统诗学文论话语再次展开解读，由此对传统诗学与西方文论概念的理论相通之处有所认识，足以在比较文学的学术视野之中，结合以往被忽略的研究材料，对中国传统文论及其理论话语展开另一层面的新思考与新探讨。然而，国内当下研究仍欠缺对中国古代诗话这一系列文本在英语世界的译介、研究现状的整体认识与把握，也尚未对这一英语世界中国诗学话语的研究成果进行较为细致的译本探讨、对比，或进行诗学术语层面的阐

---

① 张海明：《海外和台港地区的中国古代文论研究》，《东方丛刊》1997年第1、2辑。
② 张雯：《中国古代文论在美国传播的三部曲》，《中南大学学报》（哲学社会科学版）2012年第1期。
③ 陈引驰、李姝：《鸟瞰他山之石——英语学界中国文论研究》，《中国比较文学》2005年第3期。

释。相应地，国外学界也尚未完全关注到这一跨中西文论研究视角所带来的比较诗学与比较文学研究价值。

　　古代诗话作为古代文论与诗歌批评的作品集群，这一具有特定时期与体裁界定的系列文本，其所承载的文学理论话语价值，在跨语境传播中所体现的重要性，尚未被集中地呈现并探讨。可以说国内研究注意到了部分诗话著作文本的译介与阐释，但多停留在资料介绍与纵向梳理的角度上，也尚未对系列的具体文本与诗学术语进行分析，尤其是对英语世界研究者的译介与方法论研究视角进行关注。立足于英语世界研究者的视域，关注"英语世界的中国古代诗话研究"的他者文化视角，是这一议题所应重点掌握的题中之意。

　　针对英语世界的中国古代诗话进行系统、全盘的研究，目前是国内学界尚未涉足的议题，这是一个值得深入探索的研究领域。随着中国文化在世界范围内受到越来越多的瞩目，作为传统文学组成部分的诗学理论，在英语国家学者中所受到的重视也将逐渐增加。立足于英语世界研究者所处的"他者"视角，探究他们如何从自身文化背景与话语规则出发，翻译、研究古代诗话著作这一系列文本，并结合自身话语规则对古代诗学文论的研究价值进行筛选、解读。相对应地，作为与古代诗话作品原文本处于同一文化背景与话语规则中的国内研究者，则可借助相关文本在英语世界传播、接受的历史渐进过程，收集梳理英语世界不同研究者的相关研究情况，有利于丰富、填充国内学界相关议题的学术参考文献。国内学者也能够拓宽、转换自身学术视角，从"他者"视角中学习到不同话语规则界定下的研究方法，从这种文本的双向流通、传播中领会掌握到文学文本在跨语境、跨民族文明间的流变与新生，从而为以国内学术发展为立足点的中国传统诗学的进一步研究、传承、发展，提供可供参考的学术视角与研究方向。

第一章

英语世界中国古代诗话研究的传播与总结

中国古代诗话作品卷帙浩渺，数量繁多，远非每一部诗话作品都能获得英语世界研究者的关注与探讨。鉴于古代诗话作品数量众多、形式松散、内容多样这一特点，理清楚众多诗话作品在英语世界被译介、研究等传播情况，则显得格外必要，既能够直观地呈现出古代诗话是如何被英语世界研究者逐渐接受的流变线索，也能清晰地通过相关学术出版物的归纳整理，分门别类地体现出不同诗话所受到的重视程度的不同。英语世界的不同研究者在不同时间阶段，对不同诗话作品所进行的不同程度的介绍、英译、论述等工作，构成了古代诗话重要学术价值的彰显，也是对其对外传播历史现状进行梳理的基本标准。故而将以纵向历时为线索，归纳整理中国古代诗话作品在英语世界的逐步传播，涉及文学史、专题研究等学术专著，以及期刊论文、会议论文、学位论文等相关公开发表物。在这一纵向梳理的过程中，随着传播范围与力度的逐渐扩大，也足以按照具体的阶段性特点，对其进行不同时期特点的总结。

本章将以纵向历时为线索，以出版图书（包括学术专著、教材等）、学术论文（包括会议论文、期刊论文等）、学位论文（以国外高校博士学位论文为主）的结构，整理、梳理、罗列中国古代诗话作品在英语世界被介绍、研究的整体传播现状。

第一节 19世纪至20世纪70年代的传播

长期以来，在以西方学界为主的英语世界视角中，中国古代文学理论受到重视的程度，与先秦典籍、诗词、戏曲、小说等文学体裁尚有差距，诗话作为以诗歌体裁为中心的随笔性文论著作，同样经历了一个在缓慢的逐步展开中被关注的过程。这一传播过程，始终以具体诗话著作及其文本内容在英语世界研究者的学术研究中得以体现。

一 19世纪至20世纪70年代出版的图书

和其他古代文学体裁相类似的是，中国古代诗话最早出现在英语世界的视野之中，有赖于西方传教士来华之后，对中国历史文化的接受与传播。自意大利传教士利玛窦于1594年首次用拉丁文翻译了"四书"之后，各国传教士用本国语言对中国历史文化典籍、著作等进行了译介、介绍等。

关于对古代诗话的相关介绍，最早出现在英国传教士兼汉学家伟烈亚力（Alexander Wylie）的《汉籍解题》（*Notes on Chinese Literature：With Introductory Remarks on the Progressive Advancement of the Art；and A List of Translation from the Chinese into Various European Language*）[1]，该书于1867年初次出版于上海，以《钦定四库全书总目》为结构与内容的蓝本，借用古代图书四部分类法，用"经（Classics）、史（History）、子（Philosophers）、集（Belles-letters）"的结构，对两千多种中国历代典籍、史料文献、宗教文献、文人著作等进行了倾向于文献学类别的分类与提要介绍。在"集"的部分中，伟烈亚力首先指出这是中国文学中著作数量最多的文学类别，比起单纯的"纯文学"界定，"集"更倾向于雅文学、诗歌与文学评论的多样种类。

在集部的第四部分"诗文评"中，伟烈亚力将宋代的诗歌品评作品纳入讨论范围，他将11世纪后期陈师道所著《后山诗话》，列在仅次于《文心雕龙》之后，并指出该书有部分内容提到陈师道本人逝世之事，因此在后世整理长期被忽视的散佚文稿时，被认为后人将这部分内容人为地嵌入到《后山诗话》文本中。同世纪魏泰所著《临汉隐居诗话》同样是篇幅短小的诗话作品，却体现出对古代以及当时诗人的针砭非难之评，这种过度的偏爱来自魏泰私下里向王安石，这位被贬谪的革新者的学习，与此同时魏泰也并未忽略对诗人天赋的关注。伟烈亚力对《彦周诗话》给

---

[1] A. Wylie. *Notes on Chinese Literature：With Introductory Remarks on the Progressive Advancement of the Art；and A List of Translation from the Chinese into Various European Language*. Shanghai：American Presbyterian Misson Press，1867.

予极高的赞誉,他指出这部成书于1128年的著作,其题名取自作者许颛的字"彦周",该诗话展现出了创作者的天才,与之持平的文本价值是,书中精彩绝伦的文辞论述。唐庚的《文录》约成书于1138年,是对古时及当世诗歌的探讨。吴可的《藏海诗话》成书于12世纪中期,现存版本收录于《永乐大典》,试图明确地对宋代诗人晦涩难懂的诗歌创作展开论述,但却因其贯穿通篇的、需要再度阐释的晦涩术语,而未能清楚地完成自身对诗歌的阐释。吴聿的《观林诗话》是关于前代与当世诗人的短篇品评,包含了作者所处时代前移近一个世纪的主要诗人们,虽然该诗话存在着显而易见的错误引用等缺陷,伟烈亚力依然肯定地指出,它凭借优越的价值,在当时的文人阶层中享有较高的地位。

张戒的《岁寒堂诗话》同样也是这一时期篇幅短小的诗歌评论,对诗歌的一系列评论涉及汉朝至南宋的范围。在长达几个世纪的时间中,该书整本失传,最终在1774年从《永乐大典》中整理录出为今本。该诗话的一大杰出观点,在于将李白与杜甫的名望定义为大众流行,但该诗话的一般风格,仍显示出张戒作为学者与学识深厚的评论家的特点。黄彻的《䂬溪诗话》成书于1168年,是对爱国题材诗歌的系列评论,其文辞用笔相较于艺术化的单一呈现,更加倾向于道德的教化。王正德的《余师录》,是对5—12世纪的一系列诗人的理论考察的积累,该书曾长时间散佚成零碎的篇章,后从《永乐大典》中重新辑录。曾季狸的《艇斋诗话》以宋代诗歌为主体,涉及对唐、宋诗人的褒贬评议。宋代宗室后人赵与虤的《娱书堂诗话》,约创作于其本人晚年时期的13世纪初年。该诗话评论主要涉及诗歌艺术的一般常例,即诗人如何展现其文学品位以及恰如其分的文学表达。该书传世得益于离散的文段,被统一辑录成书。伟烈亚力认为该诗话纵观通篇,并未能展现出杰出的文学洞察力。

金代王若虚的《滹南诗话》给予了前朝诗人们极其公正的评价。元代吴师道作为当时享有盛名的优秀学者,著有《吴礼部诗话》,对诗歌原理等问题进行评论。王构的《修辞鉴衡》成书于1333年,但该书在数世纪里仅有手抄本,而部分内容失传。该书经过了仔细的修订,缺漏的部分通过其他著作的引用而得以尽量补全。这部涉及前朝作者的诗文评分为上下两卷,上卷评议诗歌,下卷评议散文,并摘录了许多相关作者的著述,但伟烈亚力强调,相当大一部分被提及的作者,今已不可考。

明代瞿佑的《归田诗话》成书于1425年,伟烈亚力对该诗话给予了较高的评价，称这部著作体现出了温和的德行，并揭示了为学深奥之理，但仍同时指出其主要价值是通过记录，而保留了不少前朝诗歌的残篇。该书于15世纪晚期刊印时，采用的是《存斋诗话》这一取自瞿佑本人别号的书名，但在近世版本中已替换为原书名。

李东阳的《麓堂诗话》成书于15世纪后期，在对从古至今的诗人进行系列品评的时候，作者通过考察多部诗歌作品的标准，从而试图建立起诗歌艺术的法度，而这种判定的精确度则取决于音调。伟烈亚力指出在《麓堂诗话》原本中，更多地呈现出了这种个人情绪对诗歌品评的影响，而李东阳的亲属李何将其转换为一种更为温和的模式。李何删去了对当世诗人有所批评贬斥的部分，但与此同时，他在对前朝诗人们的责难之中，保留了这一偏见。

伟烈亚力认为都穆的《南濠居士诗话》是对爱国题材诗歌的肤浅品评，指出作者的判断有时会受到其个人观点的歪曲。1513年，黄桓刊印了这部作品的一个版本，共收录诗话72则。1532年，更为简短的略缩版本被刊印，共计收录诗话42则，而近代版本则对此二者进行了辑录，共计收录79则。

清代王士禛创作于1705年的《渔洋诗话》，是应其友人吴陈琬之请所写。伟烈亚力认为作者似乎呈现出一种对诗歌韵律排布的戏谑般的美感，但在其对诗歌的引述品评中，依然表现出其个人诗歌品位与识别能力。他也指出在《檀几丛书》中同样收录了《渔洋诗话》的同名卷本，但因该书才学的悬殊，而被质疑并非王士禛本人所作，可能乃寄名伪作。杭世骏的《榕城诗话》作于1735年，他作为考官逗留福州的几周之内，因此他以"榕城"——福州这一省会城市的古称为题名。

伟烈亚力接着重点介绍清朝学者吴景旭耗费心力编撰的《历代诗话》，这样一部有关前朝当世历代诗人的理论品评与编修著作。全书共计80卷，被分为十集，并以十天干为条目进行编订。该书以论《诗经》为开篇，并占六卷篇幅，其后按照楚辞、乐府、汉魏六朝诗歌、杜甫诗、唐宋金元明诗歌的顺序进行排布。在引述前代作者的突出观点之后，吴景旭再针对每一篇诗歌进行讨论，包括异同辨析、修正谬误、引述其不足与补全其益处。伟烈亚力认为尽管吴景旭本人表露出对诗歌的好奇求知，并在其作品中体现了这一考据的风格，但这部作品显而易见是其真实天赋的有力证据。

李沂的《秋星阁诗话》讨论诗歌艺术，所传本不全，收录于《昭代丛书》，同样被收录其中的还有清代作者徐增的《而菴诗话》。另一部涉及诗歌理论分析的著作是于1697年成书的，佘象斗的《诗学圆机活法大成》，共计18卷。该书对众多丰富多样的诗歌作品进行主题多元的评论，并以百科全书形式形成条目，先给出诗评的主题，再附上具体的丰富应用，并随后进行对相关创作者的引述，其理论观点的呈现，以及具体诗歌作品连续成节的创作成果。伟烈亚力认为后续的内容部分是某种形式上的诗韵辞典，每一韵脚都给出了大量的引述以及有关其艺术应用的注释。

王士禄的《然脂集例》是对闺阁诗创作诗学的论述，现存共计体例10条，出版于17世纪后半期。王士禄本计划对历代女性创作进行共计230卷的宏大体量的辑录，但并没能完成这一工作。这部以类似附录形式存在的短篇作品，就是它存世至今的全貌。

伟烈亚力赞誉宋荦的《漫堂说诗》对诗歌艺术与诗史的考察，呈现出杰出的总结论述。他以吴骞的《拜经楼诗话》与宋大樽的《茗香诗论》结束了"诗文评"的部分，并介绍前者出版于1798年，是历朝爱国题材诗歌的研究与评论；后者出版于同年，同样也是对相类似题材的评述。

由此可见，伟烈亚力在《汉籍解题》中对古代诗话作品的介绍，大体上以清永瑢、纪昀编修《钦定四库全书》时所逐一撰写的提要及其条目为蓝本。他在序言中言明："我要强调对《钦定四库全书总目》的感激，公正地说，通过这部精湛的著述所陈述的观点，当我在对所关注的大量书籍进行特点上的品评时，受到了它显而易见的影响。"[①] 与之相比，《汉籍解题》在体例上尤为相近，在收录的"诗文评"具体著录上则有所区别。伟烈亚力作为汉学基础深厚的英国传教士，对中国传统文化已然形成了自身的理解，故而在对其介绍作品的选择上，代入了一定程度上的个人理解。他对诗评的著述进行数量上的删减，以及具体书目的替换。内容上，伟烈亚力对诗话作品的介绍内容，大致上基于《四库全书总目提要》的部分原文，由其本人进行适当提取选译、改写而成，但与此同时，也掺入了伟烈亚力本人的观点与评论。

伟烈亚力对《麓堂诗话》的介绍就体现了这一点。与《四库全书总

---

① A. Wylie. *Notes on Chinese Literature*: *With Introductory Remarks on the Progressive Advancement of the Art*; *and A List of Translation from the Chinese into Various European Language*. Shanghai: American Presbyterian Misson Press, 1867, p. iv.

目提要》所收录的不同，他采用了"麓堂诗话"这另一别名，但所进行的作品评价又截取选译了原书，如强调李东阳论诗对"laws of the art"与"toes"的重视，即是对"其论诗主于法度音调"①的英译。但同时伟烈亚力又指出李东阳评论诗歌时所带有的个人情感色彩，并随之对这一诗话作品的理论价值进行了较为客观的褒贬，这一评价既参考了《四库全书总目提要》，也是他作为汉学家自身的学理判断。在他对吴景旭《历代诗话》进行介绍时，对该诗话排布条目的体例，也直接采用了"分为十集，以十干为目"的原文。论及吴景旭如何进行对历代诗人诗歌的点评，以及对相关诗学论点进行延伸时，则选译了"先引旧说于前，后杂采诸书以相考证。或辨其是非，或参其异同，或引伸其未竟，或补缀其所遗"②进行说明。伟烈亚力也在自己理解的基础上，对吴景旭通过诗话作品透露出的才学与理论见解进行了评价。

虽然伟烈亚力的《汉籍解题》相较于文学与诗学领域的论述，更倾向于古典文献学的整理与介绍，其对古代诗话作品的收录与关注也尚不完全，但其对"诗文评"所收录的部分古代诗话作品的介绍与品评，是中国古代诗话作品在英语世界研究视野中得以展露身姿的开端，也是以西方传教士为代表的早期汉学成果的重要组成。

进入 20 世纪，随着英语世界研究者开始尝试系统撰写中国古代文学史，在他们对古代文学作品及其作者进行专门介绍的同时，"诗话"也作为文学体裁的一种，被纳入关注视野之中。1901 年，英国汉学家翟理斯（Herbert Allen Giles）出版其专著《中国文学史》③（*A History of Chinese Literature*），虽然该书作为最早在英语世界问世的文学史专著，其内容对先秦至清代的历朝诗人及其文学成就有所介绍，但正文中并未提及诗话作品。第五卷"宋代（900—1200 年）"第三章"诗"中，诗人"杨亿"一节，仅提到他儿时一直不曾开口说话，直到被带至宝塔顶部而脱口吟出《登楼》诗。注释中指出这一记载，来自清嘉庆梁章钜《南浦诗话》所转引宋朝周紫芝《竹坡诗话》的内容。虽然这一对古代诗话的有关诗人创

---

① （清）永瑢、纪昀编撰：《四库全书总目》（卷一九六）《怀麓堂诗话》提要，河北人民出版社 2000 年版，第 5400 页。

② （清）永瑢、纪昀编撰：《四库全书总目》（卷一九六）《怀麓堂诗话》提要，河北人民出版社 2000 年版，第 5043 页。

③ Herbert Allen Giles. *A History of Chinese Literature*，New Yok：D. Appleton-century Company，1933.

作轶事的记载，仅作为杨亿诗歌创作的背景知识出现，但仍可从中看出翟理斯在介绍宋朝诗人时，注意到了从诗话中发掘、摘选诗人具体创作的可行性，也表示了诗话对诗人轶事、创作的选录，均可作为英语世界中国文学史书写的一大参考要素。

1957年，阿瑟·韦利（Arthur Waley）为清朝文人袁枚所作的传记《袁枚，一位十八世纪的中国诗人》①（*Yuan Mei, Eighteenth Century Chinese Poet*）出版，其中第七章"诗话与食单，1787—1797"，结合袁枚的生平历史，对其所作《随园诗话》进行了详尽的介绍。阿瑟·韦利首先对该诗话的内容进行概述，认为《随园诗话》收录甚广，涉及诗歌技巧、前代文学轶事、袁枚自传式记录，以及对诗歌本体论的哲理思考等。随后他结合相关历史事例，探讨袁枚创作诗话的动因以及其作为置身古代文论历史传统之中的典型文人，所具备的主要诗歌思想内核。阿瑟·韦利选译了《随园诗话》中点评《诗经》、唐诗、以杨万里为代表的宋诗等文本，呈现出袁枚评价前人诗歌的大致美学取向。作为一本历史考据类型的传记，该书对袁枚诗话创作的关注与介绍，更多关注的是他如何通过诗话写作体现出亲身经历的诸多感想。袁枚在1787—1797年所经历的诸多历史事件，以及其对自身境遇的思考与记录，或多或少地与《随园诗话》中的相关自述有关，这也是阿瑟·韦利以这部诗话为切入点，对其进行文本介绍、选译与研究的原因所在，即联系并考察其与袁枚生平考据与思想研究的内在关系。

1961年，华人学者陈受颐（Chen Shou-yi）的《中国文学史略》②（*Chinese Literature, a Historical Introduction*）经纽约罗纳德出版公司出版，该书以朝代为章节的结构线索，对中国文学历史及其各时期代表作进行了介绍研究。在"宋代文学：传统诗歌"一章中，虽未直接言明《沧浪诗话》，但陈受颐对严羽的诗论进行了如下介绍与评价："宋代晚期见证了杰出诗论家的崛起，严羽在他最负盛名的诗话作品中抨击宋诗，并将唐诗与汉魏时视作黄金时期。他拥护那些三世纪至八世纪以来主要诗人中的佼佼者们，同时他正确地指出了宋诗最大的弱点——把诗歌创作与语言学、

---

① Arthur Waley. *Yuan Mei, Eighteenth Century Chinese Poet*, Stanford: Stanford University Press, 1957.

② Chen Shou-yi. *Chinese Literature, a Historical Introduction*, New Yok: The Ronald Press Company, 1961.

学问与议论等价起来,以至于诗歌缺乏情感的深度与强度。但严羽对于如何能够改善宋诗创作的建议是局限的,他提倡作诗应回到唐与唐之前的理想模式,并将其视作唯一的出路,却只字不提应如何在诗歌中表现作者自己的思想感情,从而彻底抹杀了宋代晚期诗歌所有创造性的机遇。"①

在"清朝早期诗歌"一章中,陈受颐同样在未提及袁枚论诗著作《随园诗话》的情况下,介绍并评价了袁枚提出的诗学术语"性灵":"作为反对压抑的优秀发言人,袁枚颂扬他所提出的'性灵'以及诗歌中的灵性,这种灵性即诗人对他内心天性的强烈欲望所作出的直接表达。它将通过瞬间的灵感而得以强化,将形式化的内容提升到较高的情感层面。袁枚以任何有生命的形态的二元性为依据,主张智慧是静态与被动的元素,而情感是动态与主动的元素,当此二者理想地相互作用时,孕育的结果就是优秀的诗歌。此外,正如所有人类内在的情感内容是其个性的天然发声,愤怒与仇恨也是诗歌的主题,因此,在这一创造性写作领域,道德标准并不适用。"② 由此可见,陈受颐虽并未将具体的诗话作品纳入文学史的书写范畴,但他在相关文人学者的研究之中,已然融入了他们作为诗论家所主张的诗学理论。具体的诗话篇目虽未借此书而被英语世界所关注,但《中国文学史略》在宏观的文论思想阐述与评论上,体现了英语世界对诗话作品所承载的诗学术语、诗评概念的介绍与传播。

华裔中国文学研究家,斯坦福大学中国文学与比较文学教授刘若愚(James J. Y. Liu)出版于1966年的《中国诗学》(*The Art of Chinese Poetry*)③ 的第二部分"传统的中国诗歌观"第二章"唯我论:诗歌用于自我表现",将金圣叹和袁枚共同列为"唯我论批评家",并选译了《随园诗话》中有关"性情"的部分。刘若愚认为袁枚论诗重在将其视作个人情感的真实抒发,故而能延伸出其所倡导的"性灵"说。第三章"技巧论:诗歌是一种文学练习"中,刘若愚援引选译《麓堂诗话》部分内容,指出李东阳看重作诗的诗体与格律。第四章"妙悟说:诗歌是一种感知"中,重点选译了《沧浪诗话》部分内容,以此论证以严羽为代表的

---

① Chen Shou-yi. *Chinese Literature, A Historical Introduction*, New Yok: The Ronald Press Company, 1961, p. 360.
② Chen Shou-yi. *Chinese Literature, A Historical Introduction*, New Yok: The Ronald Press Company, 1961, p547.
③ James L. Y. Liu. *The Art of Chinese Poetry*. Chicago: The University of Chicago Press, 1966.

论诗文人主张"诗是诗人对周围世界与自己内心感知的化身"①,并选译王夫之《姜斋诗话》与王士禛《带经堂诗话》佐证此二人继承了严羽的影响,并将"神""神韵""入神""情景""顿悟"等术语纳入诗歌理论范畴。刘若愚认为上述文人坚持"妙悟",即主张作诗为外部世界的投射与诗人内心世界的双重结合。《中国诗学》是刘若愚八部中国诗歌相关专著的第一部,在该书中他已开始展露出用西方文论的视角,与中西比较诗学的论述,就中国诗歌及诗学的议题进行探讨,并力图用西方文论重视文本、作者内心、外部社会、外部与内心相结合等视角,对传统诗学进行分类架构,这为其后期系统地研究中国文论打下了基础。

1967年,美国学者华兹生(Burton Watson)英译并出版了日本汉学家吉川幸次郎(Kojiro Yoshikawa)的《宋诗概说》(*An Introduction To Sung Poetry*)②。在序章"宋诗的性质"第九节"平静的获得"中介绍了宋诗的文学史地位,与唐诗相比较的不同特点,并提及周紫芝的《竹坡诗话》;第三章"十一世纪前半,北宋中期"第二节"梅尧臣"中选译欧阳修《六一诗话》里,记载梅尧臣本人论诗文段;第四章"十一世纪后半,北宋后期"第一节"王安石"中,援引了胡仔《苕溪渔隐丛话》卷二十二中《蔡宽夫诗话》对王安石评论唐诗的记载,第五节"黄庭坚"中,介绍到日本宽永十六年出版《诗人玉屑》的复刻本,并引用选译原文中陈师道对黄庭坚诗作的评价。第七章"十三世纪,南宋末期"第三节"三体诗 诗人玉屑 沧浪诗话",专门介绍到诗话作为"诗的随笔"起源于欧阳修创作《六一诗话》,并介绍了《诗人玉屑》《诗话总龟》《苕溪渔隐丛话》作为宋朝诗话的集大成之作,其中《诗人玉屑》以营利为目的而刊发,则显示出南宋时期图书出版发行的逐渐发展,以及城市诗人群体兴起,市民阶层对文学兴趣逐渐高涨的社会风貌。吉川幸次郎专门论及严羽在《沧浪诗话》中对唐诗的品评,并指出"唐诗由初、盛、中、晚四个时期组成,而盛唐为其巅峰时期,这一说法在明代开始成为社会的共识,而最早提出这一见解的则是严羽"③。吉川还选译《沧浪诗话》部

---

① James L. Y. Liu. *The Art of Chinese Poetry*. Chicago: The University of Chicago Press, 1966, p. 81.

② Kojiro Yoshikawa. Translated by Burton Watson. *An Introduction To Sung Poetry*, Harvard: Harvard University Press, 1967.

③ Kojiro Yoshikawa. Translated by Burton Watson, *An Introduction To Sung Poetry*, Harvard: Harvard University Press, 1967, p. 184.

分文句，佐证严羽论诗推崇唐诗而不满本朝诗歌，而这一观点同样对后世明朝的诗论产生了影响。吉川幸次郎对宋代诗话的介绍、选译通过华兹生的英译而得以在英语世界进一步传播，可以看出他并未将诗话作品作为其作者的代表作而进行阐述，而是截取其中论人、论诗的文段，来佐证其对宋代诗人及其诗歌成就的评价，同时也将诗话放入宋代社会发展的流动过程中，注意到了诗话传播与社会城市化的联系。

1971 年，美国学者卜寿珊（Susan Bush）出版了专著《中国文人论画——从苏轼（1037—1101）到董其昌（1555—1636）》(*The Chinese Literati on Painting – Su Shih*（1037—1101）*to Tung Ch'i – ch'ang*（1555—1636）)①，于 1978 年再版，并于 2012 年经由香港大学再次出版。卜寿珊以时间线索连同中国古代文人论画的空间向度，引述大量历史文献、笔记、散文等材料，其中介绍、选译节译了《沧浪诗话》、王世贞《艺苑卮言》、王若虚《滹南诗话》、《六一诗话》，既包括其中有关诗歌艺术审美的论述，也包括对当时诗人，如苏轼等人艺术理念的记录、点评。其中对《六一诗话》的引述则直接转引吉川幸次郎《宋诗概说》中的选文，同样借用记录梅尧臣所言，对其论诗进行阐述。

1975 年，刘若愚出版《中国文学理论》(*Chinese Theories of Literature*)②，承袭他此前的中西比较诗学视角，刘若愚借鉴欧美文学批评家艾布拉姆斯在《镜与灯》中所采用的，从作品、作家、世界、读者四个角度探讨文艺理论的方法，以形上理论、决定理论与表现理论、技巧理论、审美理论和实用理论等西方文论的范畴为框架，对中国古代文论进行研究。

在第二章"形上理论"的"形上传统的支派"中，他选译了部分《沧浪诗话》文本，并探讨"入神""妙悟"等诗学术语从而揭示严羽的拟古取向与以禅喻诗的形而上审美，并随后选译谢榛《四溟诗话》、王夫之《姜斋诗话》以佐证这一传统的延续，直至清初王士祯《渔洋诗话》所论"神""神韵""神会""神到"等，也带有禅宗影响的色彩。在"形上理论和模仿理论和表现理论的比较"中，刘若愚将谢榛的诗论与歌德、西塞罗等西方学者的主张相连类比照。

---

① Susan Bush. *The Chinese Literati on Painting – Su Shih*（1037-1101）*to Tung Ch'i – ch'ang*（1555-1636）, Harvard: The Harvard-Yenching institute, 1971.
② James J. Y. Liu. *Chinese Theories of Literature*, Chicago: University of Chicago Press, 1975.

在第三章"决定理论与表现理论"的"后期的表现理论"中，刘若愚认为叶燮的《原诗》强调诗歌创作的"胸襟"，即被划入"表现论"的理论范畴中，同时也选译其他文段说明叶燮诗论对宇宙外部的联系与反映，并探讨"理、事、情""才、胆、识、力"等相关诗学术语。第六章"实用理论"的"实用理论传统的延续"中，刘若愚节选英译了沈德潜《说诗晬语》中，强调诗歌教化社会作用的文段。第七章"相互影响与综合"的"拟古主义及其反动"中，选译胡应麟《诗薮》的论诗文段，强调其"悟"与"法"承袭自严羽与李梦阳的诗学审美；"最后的交互影响"中选译《随园诗话》，以此说明袁枚对王士祯诗论的驳斥，是对其强调"性情"的体现，刘若愚也进一步援引袁枚观点，以此探讨其在诗歌是作者个性的表现这一观点上的自相矛盾。《中国文学理论》贯穿全书的这种运用西方诗学理论视野与前见，分类、阐述古代诗学的他者视角与方法，有着中西比较诗学发展史上的里程碑意义，同时也为后世英语世界研究者探讨中国诗学理论、诗话文本提供了重要的方法参考。

1977年，美国汉学家李又安（Adele Austin Rickett）出版《王国维的〈人间词话〉：中国文学批评研究》（*Wang Kuo-wei's Jen-chien Tz'u-hua：A Study in Chinese Criticism*）[①]。在第一章"中国文学批评"的"宋代诗学批评"中，李又安将"诗话"与"词话"并列，对二者进行了详尽的定义与介绍，指出"诗话或词话是某位作者对诗歌多角度评论的集合，一处评论短可只有一两行，长可至一页甚至更多，但每一处诗评都有内在核心。不同时代的诗话作品中有关某一诗人的评论可以归类到一起，但没有哪一部作品之间存在着持续的争论与思想发展。在某些作品中也有对前代历史与诗人的粗略评价。而诗话与词话的长度很难概括，篇幅短的只有几页，篇幅长的例如袁枚《随园诗话》则有八百多页"[②]。随后李又安梳理了诗话的历代发展，并定义欧阳修《六一诗话》为"第一部真正的诗话（至少是第一部将这一术语用于著作名称）"。在第二章"王国维的诗学批评"的"中国影响"中，李又安认为严羽、王士祯、王夫之是影响王国维自身诗学成就最深的三位前代评论家。她指出《沧浪诗话》长期以来

[①] Adele Austin Rickett. *Wang Kuo-wei's Jen-chien Tz'u-hua：A Study in Chinese Criticism*, Hong Kong：Hong Kong University Press, 1977.

[②] Adele Austin Rickett. *Wang Kuo-wei's Jen-chien Tz'u-hua：A Study in Chinese Criticism*, Hong Kong：Hong Kong University Press, 1977, p. 5.

被公认为宋代以来最具代表性的文学评论著作之一,不仅是因为严羽自身的诗学理论成就,更缘于他对后世评论家的影响,并介绍他最具名声的术语都来自对佛教禅宗的诗学应用。她继续译介并解读了"兴趣""入神"等诗学术语,以及严羽推崇唐诗的价值主张。而这种需要靠直觉感知才能体会的精神境界,作为一种诗学概念,被清初学者王士祯所接受,并在"神"一词上加入了"韵"这一个性化表达。清朝学者王夫之对王国维的影响,则体现在"情"与"景"这两大诗歌要素的相互作用关系是如何得以运用与发展的。李又安指出前代的中国诗学评论家一贯坚持诗歌是由外部场景与内部情感共同构成,但她节译《姜斋诗话》中"情景名为二,而实不可离"的评述,表达王夫之在这一诗学概念上的独到贡献,从而为王国维"情景交融"的词学思想以及"境界"术语打下理论基础。

二 19世纪至20世纪70年代的学术论文

英语世界有关中国古代诗话研究的论文起步于20世纪初,不仅开始出现专篇介绍、英译、论述诗话作品及其文本、术语的学术论文,也有相当数量的其他相关领域、主题的论文在进行自身论述时,存在引述诗话文本进行佐证、拓展论据的情况。诗话文本零散、闲谈式的论述与主题的多元,也为收集、整理其相关英语论文增添了一定难度。考察的范围包括期刊论文、会议论文以及英语世界研究者编辑收录的学术论文集等。

1922年,留美于哥伦比亚大学攻读博士学位的中国教育家、戏剧家张彭春(Peng Chun Chang)在美国文坛颇具影响力的期刊《日冕》(The Dial)上发表了介绍与节译《沧浪诗话》的文章①,虽然张彭春仅节选英译了"诗辩"与"诗法"两章,但他在正文之前对严羽本人及《沧浪诗话》的各章进行了简单的介绍,也表明译介该文出于普通读者的接受需要,规避了过于专业的人名、典故、作品等,故而采取了部分的节译。但这依旧是对中国古代诗话文本前所未有的尝试,首次将具体诗话的具体篇目文本以英语的形态,呈现在英语世界的视域之中。

在张彭春的译文与译者序之前,还附有美国批评家斯宾迦(J. E. Spingarn)为其撰写的序言(Foreword to Tsang-lang Discourse on Poetry),斯宾迦表示张彭春的英译是在自己的请求与力主下完成的,他指出

---

① Peng Chun Chang. "Tsang-lang Discourse on Poetry", The Dial v. 73 1922, pp. 274-276.

第一章 英语世界中国古代诗话研究的传播与总结　　29

在对西方文论的艺术概念进行探讨的时候,关注到以《沧浪诗话》为代表的中国文论,将印度佛教的精神内核借鉴于诗歌艺术,这也与西方文论新柏拉图主义等概念相类似。他也特意强调对尚未被探索的中国式天才而言,这一介绍与节选英译有着一定向导意义。虽然张彭春与斯宾迦两人都未过多肯定这一译介行为的重要性与专业学术价值,但这一中国古代诗话的首次英译,仍然开启了 20 世纪以来英语世界研究者对中国传统诗学这一"still unexplored genius of China"① 的持续探索。

　　1957 年 7 月,陈世骧(Shih-hsiang Chen)发表了论文《中国诗学与禅宗》(Chinese Poetics and Zenism)②,介绍了禅宗思想对宋、明等文人作文论诗的艺术审美主张的影响,并介绍严羽是对禅宗诗论最有力的支持者。陈世骧提及了《沧浪诗话》"诗辩"一章中的论诗主张,并英译了严羽对诗歌的最高要求为"不涉理路,不落言筌",以及诗学理论术语的"兴趣"与"空中之音,水中之月,相中之色,镜中之象"。

　　1972 年,美国汉学家、乔治·华盛顿大学教授齐皎瀚(Jonathan Chaves)发表论文《杨万里作品翻译》(Translations from Yang Wan-li)③,提及杨万里作为文学史上的一位杰出诗人,其所获得最具才学的赞誉来自袁枚这 18 世纪的伟大诗人,并节译了《随园诗话》的相关选段。齐皎瀚在其后备注,更多关于杨万里诗歌评价的信息,可见于华兹生所译吉川幸次郎《宋诗概说》。

　　1973 年,美国华人学者涂经诒教授(Ching-I Tu)发表论文《〈人间词话〉的几个方面》(Some Aspects of the Jen-Chien Tz'u-hua)④,在探讨王国维"情"与"景"的诗学定位时,他引述并节译了《六一诗话》所记载梅尧臣的语录,说明梅尧臣的诗学主张是描写景致时应表达清晰,而抒发情感时应表达含蓄。

　　1974 年,加拿大学者、不列颠哥伦比亚大学教授施吉瑞(J. D.

---

① J. E. Spingarn. "Foreword to Tsang-lang Discourse on Poetry", *The Dial* v. 73 1922, pp. 271-273.

② Shih-hsiang Chen. "Chinese Poetics and Zenism", *Oriens*, Vol. 10, No. 1 (Jul. 31, 1957), pp. 131-139.

③ Jonathan Chaves. "Translations from Yang Wan-li", *The Hudson Review*, Vol. 25, No. 3 (Autumn, 1972), pp. 403-412.

④ Ching-I Tu. "Some Aspects of the Jen-Chien Tz'u-hua", *Journal of the American Oriental Society*, Vol. 93, No. 3 (Jul.-Sep., 1973), pp. 306-316.

Schmidt）发表论文《杨万里诗歌中的禅、幻觉与顿悟》(*Ch'an, Illusion, and Sudden Enlightenment in the Poetry of Yang Wan-li*)①，介绍、选译了多部诗话作品，用于论述以杨万里为代表的宋代诗人开始以禅论诗的传统。施吉瑞节译了魏庆之《诗人玉屑》中，南宋诗人韩驹与吴可用禅宗佛法讨论诗歌创作的记载。随后佐证杨万里坚持以禅入诗的同时，施吉瑞也节译叶燮《原诗》对杨万里诗作的驳斥。施吉瑞本人则通过节译《沧浪诗话》中对杨万里诗歌的赞誉，以及对"妙悟"这一为诗之道的肯定，从而进一步展开对"以禅喻诗"诗学理论的细致阐述，而《原诗》再一次作为对严羽及其主张的驳斥而被提及、选译。最终施吉瑞选译《随园诗话》中对杨万里诗歌成就的高度赞誉，借此阐明杨万里注重禅宗顿悟的诗歌艺术追求，对后世的深远影响值得肯定，而袁枚的"性灵"一说，也与杨万里所追求的诗歌创作的核心有着异曲同工之处。

1978 年，由多名美国汉学家共同撰写的名为《中国文学方法：从孔子到梁启超》(*Chinese Approaches to Literature from Confucius to Liang Ch'i-Ch'ao*)② 的会议论文集由普林斯顿大学出版社出版。这一论文集是对于 1970 年 12 月在维尔京群岛召开的一次中国文学理论与批评学术研讨会的学术总结，该会议的部分论文经由结集出版。美国汉学家李又安在"前言"一章中说道，此次会议的论文并未直接讨论刘勰、严羽等，在她看来已经被很好地介绍到西方世界的文论批评家，而是着力将目光投注于以往尚未被注意到的问题上。例如，她认为除了《文心雕龙》与《原诗》这样以结构完整的散文形式，对中国文学的理论与实践进行了具体探讨的文学批评作品之外，其他中国文学多以松散的形式而存在。在这些以各种随意的产出方式存世的文论中，有一类"在酒席后偶然记录下与友人的对话，事后再将这些内容集结成有关文学评论的小册子（即诗话）"③。她随后介绍了王士祯的"神韵"，黄庭坚的"脱胎""换骨"等诗学术语，

---

① J. D. Schmidt. Ch'an, "Illusion, and Sudden Enlightenment in the Poetry of Yang Wan-li", *T'oung Pao*, Second Series, Vol. 60, Livr. 4/5 (1974), pp. 230-281.

② Chia-ying Yeh Chao, Yu-shih Chen, Donald Holzman, C. T. Hsia, David Pollard, Adele Austin Rickett, John C. Y. Wang and Siu-kit Wong. *Chinese Approaches to Literature from Confucius to Liang Ch'i-Ch'ao*, Princeton University Press, 1978.

③ Chia-ying Yeh Chao, Yu-shih Chen, Donald Holzman, C. T. Hsia, David Pollard, Adele Austin Rickett, John C. Y. Wang and Siu-kit Wong. *Chinese Approaches to Literature from Confucius to Liang Ch'i-Ch'ao*, Princeton University Press, 1978, p. 4.

并着重阐述了严羽的"入神",以及有关创作诗歌时内在与外部世界的联系的术语——王夫之的"情"与"景"。以上概括性的介绍与阐释,也是对论文集所收录的多篇中国文论相关论文主旨的评价与总结。

同年,李又安在其被收录的论文《方法与直觉:黄庭坚的诗学理论》(*Method and Intuition: The Poetic Theories of Huang T'ing-chien*) 中,介绍、引用了多部古代诗话作品。如转述《苕溪渔隐丛话》中收录吕本中《江西诗派宗派图》中,划分以黄庭坚为代表的 25 位诗人为"江西诗派",肯定其文学史地位的同时,也引述了《濠南诗话》中对黄庭坚所持过于晦涩的诗学术语的批判,认为他的诗学理论对诗歌创作创造性的效果,造成了阻碍。她认为研究黄庭坚诗学理论的一大困境在于,他的理论书写缺乏系统的呈现。虽然李又安也将 11 世纪欧阳修的《六一诗话》视作"诗话"这一文学传统的开端,但黄庭坚本人并无诗话作品存世。因此她节选译介范温《潜溪诗眼》,并将严羽的"入神"与黄庭坚的诗学主张相联系,并指出严羽是借用了佛教与新式道家的概念,从而将其应用为诗学术语。关于黄庭坚对唐诗的借鉴实践,以及其理论主张,同样通过李又安对严有翼《艺苑雌黄》、葛立方《韵语阳秋》的引用节译而得以呈现,由此可见为弥补黄庭坚无结文成集的诗话流传的缺憾,李又安采用了以其他诗话文献为参考的论述方式。

同年,华人学者黄兆杰(Siu-kit Wong)在被收录的《王夫之诗论的情与景》(*Ch'ing and Ching in the Critical Writings of Wang Fu-chih*) 中,以"情""景"这两个诗学概念为中心,阐述其所代表"我"与"物","情感体验"与"视觉体验"的审美联系。在梳理自唐诗起,于诗歌具体作品与理论总结中所呈现的此二者的对应关系与相互融合的同时,黄兆杰大量选译了王夫之《姜斋诗话》中有关诗学论述、术语解读的文本,并于文后强调王夫之作为影响深远的杰出诗论家,应当获得英语世界对其理论的关注,这也为其后续对《姜斋诗话》进行全文英译打下了基础。

1979 年,美国华人学者、翻译家欧阳桢(Eugene Eoyang)发表论文《超越视觉与听觉之标准:中国文学批评中"味"的重要性》(*Beyond Visual and Aural Criteria: The Importance of Flavor in Chinese Literary Criticism*)[①]。他以"味"这一能够有多种英译与释义的传统诗学概念为中心,

---

[①] Eugene Eoyang. "Beyond Visual and Aural Criteria: The Importance of Flavor in Chinese Literary Criticism", *Critical Inquiry*, Vol. 6, No. 1 (Autumn, 1979), pp. 99-106.

按历史线索举例分析历代文论中有关此的论述。他指出像严羽这样非凡的批评家,足以在含蓄之中把握住诗歌之"味"的超凡绝俗之处,他选译了《沧浪诗话》论述诗歌意义不受语言限制,以及严羽驳斥南宋诗歌风格的文段,并解读了严羽所提出的五种诗法。在其后对诗歌本质概念界定时,他还选择节译了部分《随园诗话》加以佐证。

三 19 世纪至 20 世纪 70 年代的博士学位论文

英语世界首次在博士学位论文中出现中国古代诗话作品,是美国学者、后任哈佛大学教授的宇文所安(Stephen Owen)的博士学位论文《孟郊与韩愈诗:中国诗歌改革研究》(*The Poetry of Meng Chiao*(751-814) *And Han Yu*(768-824):*A Study of A Chinese Poetic Reform*)①。在第二章"孟郊的早期诗歌"中,他提到孟郊冷峻的苦吟之风存在着被贬斥的后世评价,与其相关的有《沧浪诗话·诗评》中"孟郊之诗刻苦,读之使人不欢"的记载。② 虽然宇文所安通篇所论为唐诗,并未涉及北宋以来的诗歌创作及其理论,但他节译《沧浪诗话》并将其作为后世对孟郊诗风评价的一大参考,足以显示他开始注意到《沧浪诗话》在文学史上的分量,为其后续研究古代诗话等中国文论奠定了基础。

1974 年,斯坦利·金斯堡(Stanley Mervyn Ginsberg)的博士学位论文《一位中国诗人的异化与和解:苏轼的黄州流放》(*Alienation And Reconciliation of A Chinese Poet:The Huangzhou Exile of Su Shi*)③,在第三章"流放"中,选译了周紫芝《竹坡老人诗话》(又名《竹坡诗话》)中所记载的,苏轼写于黄州的《猪肉诗》;第四章"农夫与诗人"中,他引用周必大《二老堂诗话》中的记载,阐明苏轼的"东坡"之号,受到流放忠州的白居易相同自称的影响。

1976 年,黄维樑(Wong Waileung)的博士学位论文《中国印象式批评:诗话、词话传统研究》(*Chinese impressionistic criticism:A Study of The*

---

① Stephen Owen. *The Poetry of Meng Chiao*(751-814) *And Han Yu*(768-824):*A Study of A Chinese Poetic Reform*, Yale University, PH. D., 1972.

② Stephen Owen. *The Poetry of Meng Chiao*(751-814) *And Han Yu*(768-824):*A Study of A Chinese Poetic Reform*, Yale University, PH. D., 1972, p. 53.

③ Stanley Mervyn Ginsberg. *Alienation And Reconciliation of A Chinese Poet:The Huangzhou Exile of Su Shi*, The University of Wisconsin-Madison, PH. D., 1974.

Poetry-Talk（shih-hua Tz'a-hua）Tradition）。① 该论文通篇对古代诗话的代表著作及其对后世诗学具有影响力的诗学术语，进行了详尽的介绍、译介与解读阐释。在"介绍"中，首先通过《六一诗话》对"诗话"概念进行界定，选译《彦周诗话》中的"诗话"定义与《原诗》，简单介绍了严羽等人的主要诗学术语，并清楚罗列了论文所关注研究的诗话名目。在第一章"主要的印象主义"中，节译了《六一诗话》与《说诗晬语》。在第五章"中国的印象式批评"中"隐秘意义的概念"，对"言外之意"这一术语展开了具体论述，从禅宗与道家思想的背景入手，节译《六一诗话》《随园诗话》相关记录并进行解读，到后世《渔洋诗话》《瓯北诗话》《麓堂诗话》《四溟诗话》对其的诗学评价以及其他诗人的诗学实践，包括在词曲理论领域对"妙悟""神韵"等术语的借鉴。在"部分诗话作品的书写背景"与该章"总结"中，着重介绍与评价了《随园诗话》《六一诗话》《渔洋诗话》的诗学主张，指出《麓堂诗话》《四溟诗话》与之享有相似的内核，即中式的印象派文论。在第六章"印象主义批评：中式 vs. 英式"中，以《随园诗话》《六一诗话》《渔洋诗话》展开中西比较诗学的理论探讨。在第六章"超越印象主义批评"中，继续对《滹南诗话》《沧浪诗话》《随园诗话》等诗话进行了评述。黄维樑的这部博士学位论文，在结合具体诗话文本与术语的译介基础之上，对多部诗话理论所蕴藏的印象主义式价值内核进行了论述，通篇借助西方艺术理论的视角与方法，进行诗学概念、术语的连类比照，是中西比较诗学对古代诗话进行集中关注、研究的早期代表之一。

第二节 20世纪80、90年代的传播

进入20世纪80年代之后，英语世界对中国古代诗话作品的传播，不仅呈现出数量上的增加，其深度与广度也有显著提升。在此之前，就已经开始译介、研究诗话作品的英语世界研究者，继续在文学理论探讨、文学史书写、文学专题论述等层面，加大对诗话的关注力度，同时也有很多研究者加入其中，在不同的视角与主体观照下进行对古代诗话的译介与

---

① Wong Wai leung. *Chinese Impressionistic Criticism：A Study of The Poetry-Talk（Shih-hua Tz'a-hua）Tradition*，The Ohio State University，PH. D.，1976.

研究。

一　20世纪80、90年代出版的图书

1982年，刘若愚出版专著《中国古诗评析》(*The Interlingual Critic: Interpreting Chinese Poetry*)①，延续了其《中国文学理论》中"世界、作品、艺术家、读者"的四分视角，对中国古代文论进行中西比较诗学研究的传统，对大部分作品的英译也采用了《中国文学理论》中的版本。第一章"四分环"中，他介绍到《沧浪诗话》与《白石道人诗说》都重视诗歌的"气象"，而姜夔、王士禛还都表现出对个人要素的强调，"神韵"就既包括直觉妙悟也包括个人风格，并节译《四溟诗话》《原诗》说明诗论者对创作意境中个人灵感激情的看重。第五章"批评家—品评者"中，他介绍赵翼在《瓯北诗话》中赞誉杜甫、韩愈等人的诗歌句法的同时，也强调诗歌创作要秉承新意，切忌一味模仿古人。

1986年，倪豪士(William H. Nienhauser) 主编的《印第安纳中国古典文学指南》(*The Indiana Companion to Traditional Chinese Literature*, Vol.1)② 出版，该书是对中国古代文学的一次较为全面的介绍。第一部分"文"中，介绍了自宋朝开始的"诗话"体裁，并对其定义："宋朝文学评论的繁荣以诗话这一新的文学体裁为标志，它以松散的结构以一定的主题对作者有关诗歌主体的诗学见解进行整理。典型的诗学作者多为有资历的学者，他常年收集诗歌相关的信息，并在与友人们的闲谈中讨论诗歌，偶尔添加进自己的见解。因此诗话作品的评论内容往往简洁随意，甚至平淡无奇，这些作品中少有统一的主题或理论，但其大多数都反映出强烈的个人见解。"③ 随后按照朝代对各部代表性诗话进行介绍，首先对宋朝诗话进行划分，指出以《六一诗话》《彦周诗话》《冷斋夜话》《藏海诗话》《风月堂诗话》为主的元祐派，集中对苏轼诗歌进行品评批评，以《石林诗话》为代表的绍述派，主要对以黄庭坚、吕本中为主的江西诗派进行评述。另一种类型则是《草堂诗话》《岁寒堂诗话》《韵语阳秋》等

---

① James J. Y. Liu. *The Interlingual Critic: Interpreting Chinese Poetry*, Bloomington: Indiana University Press, 1982.

② William H. Nienhauser. *The Indiana Companion to Traditional Chinese Literature*, Vol.1, Bloomington: Indiana University Press, 1986.

③ William H. Nienhauser. *The Indiana Companion to Traditional Chinese Literature*, Vol.1, Bloomington: Indiana University Press, 1986, p.53.

诗话，主要对杜甫及其诗歌进行风格、技法等方面的品评。宋代晚期的《沧浪诗话》《白石道人诗说》《诚斋诗话》《对床夜话》等诗话，则开始关注具体的诗歌理念、技巧与整体艺术风格。该书指出宋朝作为诗话作品层出不穷的时代，还出现了《诗话总龟》《苕溪渔隐丛话》《诗人玉屑》这三部风格与关注焦点各有差异的诗话总集。随后介绍明清两代的诗话作品，例如《麓堂诗话》《姜斋诗话》《诗薮》都对具体的诗歌鉴赏观点与前代诗歌相关的诗史品评，做出了各自的解读；王士祯的"神韵"与袁枚的"性灵"都表现出诗歌体验过程中，审美自由与个人内在相结合所产生的和谐愉悦，而《瓯北诗话》与《原诗》则在结合对前代列位代表性诗人的品评鉴赏基础上，呈现出更为成熟的诗论特点，尤其是《原诗》某种程度上是对诗歌感知的现象学有机阐述。

第二部分"词目"中，专设"诗话"（shih-hua）一目，对其定义、发展历史、主要作品、近代主要汇编等进行了介绍，同时条目也涉及《诗人玉屑》《沧浪诗话》等诗话总集或代表诗话，以及在介绍各朝代学者文人，例如欧阳修、沈德潜、袁枚、叶燮等人时，对其诗话著作进行再次介绍，并对"神韵""性灵""理、事、情""妙悟"等关键诗学术语进行译介与解读。《印第安纳中国古典文学指南》虽未对具体的诗话作品进行文本英译，但其对诗话这一文学体裁所囊括的概念范围进行了详细的介绍与重点阐释，这一全面的研究在英语世界对诗话的关注历史上是无前例的。1998 年，该书的续编第二卷得以出版，在前书的基础上，对部分条目进行了补充，并添加了所有名词条目的页码索引，以及各具体古典文学著作的主要中英文研究参考资料。

1987 年，美籍华裔学者余宝琳（Pauline Yu）出版《中西诗学意象论》（*The Reading of Imagery in the Chinese Poetic Tradition*）[①]，在第三章"《离骚》中的意象"中，介绍提及《诗薮》中论述屈原将花木草虫入诗时，是在运用事物之间相似的比拟。第四章"六朝诗与批评"中，首先节译《岁寒堂诗话》中评价建安诗歌的片段，其次节译《姜斋诗话》中高度评价《诗经》与《古诗十九首》的部分，随后节译《沧浪诗话》与《艺苑卮言》中评价陶渊明诗歌艺术的部分。第五章"唐诗及其余韵"中，选译《麓堂诗话》评价王维《鹿柴》诗的部分，随后余宝琳指出唐

---

① Pauline Yu. *The Reading of Imagery in the Chinese Poetic Tradition*, Princeton：Princeton University Press，1987.

诗的诗歌艺术在后世许多文论家例如严羽、姜夔、叶燮、王夫之、王士祯那里被反复提及，他们都强调诗歌文本中具体的意象可以与含蓄蕴藉的情感表达产生共鸣，即"言外之意"与"情景交融"等诗学论述。她节译《原诗》中"诗之至处，妙在含蓄无垠"的部分加以佐证。她也节译《麓堂诗话》中李东阳驳斥直接的语言表达，认为其缺乏诗意的相关论述，与吴乔《围炉诗话》中赞誉唐诗高于宋诗的部分论述以及相关诗学术语，以及翁方纲《石洲诗话》论诗的部分。余宝琳的这部专著运用中西比较诗学视角，将"意象"这一诗学主题纳入中国诗歌的历时发展脉络中加以具体论述，对诗话作品的关注也加深了其对具体文论与诗学理念发展的理解。

同年，黄兆杰出版《姜斋诗话》的英文全译本（Notes on Poetry from the Ginger Studio）[①]。在对王夫之及其诗话著作进行介绍之后，分两卷对《姜斋诗话》的全文进行了翻译与注释，并在全译本后附上中文原著全文。

1988年，刘若愚的《语言—悖论—诗学：一种中国观》（Language—Paradox—Poetics: A Chinese Perspective）[②] 在其去世两年后出版。刘若愚在该专著中延续了其一贯的中西比较诗学视角，在大致以时间为线索的论述中，结合古代文论的具体文本，就其诗学概念与术语的内涵，进行了与西方文论相关理论相结合的阐述与思考。在第三章"悖论的诗学"中，首先介绍与节译《六一诗话》中欧阳修评价梅尧臣诗如"食橄榄"这一讲求诗歌韵味的审美追求，使与此一脉相承的诗学理论在此后的朝代中得以承袭。例如《沧浪诗话》中关于以禅喻诗的论述，以及讲求诗歌创作不以理性知识为要，应追求超越于语言之外的意义与韵味；《四溟诗话》中提出诗论的"味"与"趣"；《姜斋诗话》中的"势"；王士祯提出的术语"神韵"，这些存在着相互影响的诗学理念与术语，刘若愚都就其原文的相关片段进行了节译与论述。第四章"解释的悖论"中，首先节译《六一诗话》记录梅尧臣论述诗歌创作要"含不尽之意，见于言外"的论述，随后节译《沧浪诗话》评论汉魏唐宋诗歌的部分，并论述严羽所坚

[①] Siu-kit Wong. *Notes on Poetry from the Ginger Studio*, Hong Kong: The Chinese University Press, 1987.

[②] James liu. *Language—Paradox—Poetics: A Chinese Perspective*, Princeton: Princeton University Press, 1988.

持的诗歌价值主张，以及《姜斋诗话》的部分文本。在"跋语：个性的非个性化"中，从《沧浪诗话》入手，随后译介并解读"味""韵""兴趣""才""性灵"等诗学术语，并节译《原诗》中论述个体文学创作观与前人创作联系的文本，在此基础上结合艾略特等西方文论学者进行对比阐述。

1989 年，吉川幸次郎的《中国诗歌五百年　1150—1650——金、元、明诗》(*Five Hundred Years of Chinese Poetry*, 1150-1650, *The Chin*, *Yuan*, *and Ming Dynasties*)[①] 英译本得以出版。第五章"明代早期，1350—1400"第二节中，在提及唐诗的盛唐、中唐、晚唐时期分类时，援引并介绍"盛唐"这一概念出自前人诗论家严羽，他借用佛教禅宗的"第一义""第二义"概念来区分汉魏盛唐诗与晚唐诗，这一诗歌价值判断也在后世中国诗学理论中得以延续。第六章"明代中期，16 世纪"第六节"古文辞的功过"中，指出明朝七子推崇盛唐诗的取向，可追溯至《沧浪诗话》，并肯定了《艺苑卮言》《四溟诗话》《诗薮》等"七子"及其门人所作的诗论著作在当世的文学理论价值。

1992 年，宇文所安的《中国文论：英译与评论》(*Readings in Chinese Literary Thought*)[②] 出版。他对不同朝代的代表文论著作，采取了分段英译与点评相结合的阐述方法，就其中诗论的相关重要理念进行了合理有效的译介与分析。从第七章"诗话"中，他首先介绍这一文学体裁的出现与定义，并选译、评论了部分《六一诗话》。第八章"严羽《沧浪诗话》"中，对他认为所有诗话类作品中名气最大、影响最大的《沧浪诗话》进行了介绍，选译、评述了"诗辩"与"诗法"。第九章"通俗诗学：南宋与元"中，对杨载《诗法家数》进行了介绍、文本选译与评述。第十章"王夫之《夕堂永日绪论》与《诗绎》"，所选两卷中论诗部分，即《夕堂永日绪论·内编》与《诗绎》被丁福保收录《清诗话》中的《姜斋诗话》，宇文所安对两部作品的部分内容进行了英译与评述。十一章"叶燮《原诗》"中，他认为《原诗》是继《文心雕龙》之后首次尝试进行全面系统诗学分析的作品，在高度肯定其价值后，对"内篇"大

[①] Yoshikawa Kōjirō. *Five Hundred Years of Chinese Poetry*, 1150—1650, *The Chin*, *Yuan*, *and Ming Dynasties*, Princeton: Princeton University Press, 1989.

[②] Stephen Owen. *Readings in Chinese Literary Thought*, Massachusetts and London: Harvard University Press Cambridge, 1992.

部分内容和"外篇"少量内容进行了英译与评述。在"附录 术语集释"中，宇文所安条理清晰地罗列了所涉及的诗话作品中的主要诗学术语，进行了英译的整合与其文本意义、诗学内蕴的解读。该书长期以来广为参考，对其他研究者的接受也有着显著的影响，是研究中国古代诗话进入英语世界视野的重要材料之一。

同年，欧阳桢的专著《透明的眼睛：论翻译、中国文学和比较诗学》(*The Transparent Eye*：*Reflections on Translation*，*Chinese Literature*，*and Comparative Poetics*)① 出版，提及严羽并转引了刘若愚《中国文学理论》中对《沧浪诗话》有关"兴趣""意兴""音节"等部分术语与论述的英译，并展开了相关解读；随后选译并论述了《随园诗话》有关性灵说的部分，并在参考刘若愚观点的同时，节译了其中讨论诗歌意义产生共鸣、诗歌精神产生力量的相关部分。

同年，施吉瑞出版专著《石湖：范成大的诗歌 1126—1193》(*Stone Lake*：*the Poetry of Fan Chengda* 1126-1193)②，第一章"传记与批评研究"第三节"江西诗派与范成大"中，节译了《岁寒堂诗话》中驳斥黄庭坚作诗主张的部分；第四节"佛教与沉睡的达摩"中，介绍严羽以禅喻诗的主张，以及《沧浪诗话》中"妙悟"这一诗学概念；第七节"爱国主义诗歌"中，介绍潘德舆《养一斋诗话》中认为范成大的爱国题材诗歌，已超过苏轼的任何相关创作，并与杜甫最优秀的诗篇相比肩的评价。

1993年，叶维廉（Wai-lim Yip）的《距离的消解：中西诗学对话》(*Diffusion of Distances*：*Dialogues between Chinese and Western Poetics*)③ 序言中，介绍了中国人所采取的一种独特的诗学讨论形式"诗话"，即对诗歌艺术碎片式的讨论，或对诗人创作的趣闻轶事的记录，而非冗长的争论与阐释，却能给后世的接受者留下深刻的印象。在《语言与现实生活世界》中，他对"神"这一诗学概念与术语进行阐释，并罗列历代文论中的相关记录，选译了《沧浪诗话》中有关诗歌艺术的最高追求与"空中之音"

---

① Eugene Chen Eoyang. *The Transparent Eye*：*Reflections on Translation*，*Chinese Literature*，*and Comparative Poetics*. Honolulu：University of Hawaii Press，1992.

② J. D. Schimidt. *Stone Lake*：*the Poetry of Fan Chengda* 1126—1193，Cambridge：Cambridge University Press，1992.

③ Wai-lim Yip. *Diffusion of Distances*：*Dialogues between Chinese and Western Poetics*，Berkeley：University of California Press，1993.

等部分文本。

1996年，美国学者周姗（Eva Shan Chou）出版专著《重构杜甫：论杜甫的文学英名和其产生的文化背景》(Reconsidering Tu Fu: Literary Greatness and Cultural Context)[①]，在第一部分的"文化遗产"中译介了《沧浪诗话》中有关杜甫诗"以别名者"的部分。第二部分的"主题"中，在论述杜诗艺术时为加以佐证，节译了《岁寒堂诗话》与《沧浪诗话》中评价杜诗与盛唐诗人的部分。第三部分的"并列与其他结构"中节译施润章《蠖斋诗话》中评述宋人模仿杜甫，开启以文为诗传统从而导致诗歌严重退化的部分论述。第四部分"传记式的类比"与结语"诚挚的再次思考"中介绍《瓯北诗话》《诗薮》《后山诗话》中对杜甫诗歌的评价。

同年，美国华人学者杨晓山（Xiao Shan Yang）出版专著《领悟与描绘：中英诗歌自然意象的比较研究》(To Perceive and to Represent: A Comparative Study of Chinese and English Poetics of Nature Imagery)[②]，对几部代表性诗话及其理论内核进行了哲理化的详细阐述。在该书第三部分"哲学诗学的主体与客体结合：理论建构与实践批判"的第五章"走向诗学感知理论"中，第一节"融合：历史视野与新的诗学理想"开篇节译《岁寒堂诗话》阐明六朝诗歌与唐诗在情、景书写上的差异，以及《四溟诗话》中采用"情""景"诗学概念的相关论述，并将这一传统诗歌美学概念与以华兹华斯、柯勒律治为代表的浪漫主义诗人的创作相联系；第二节"诗意感知与主观投射"中，将英国浪漫主义诗歌理论中有关自然与主观情感、想象的论述，与《岁寒堂诗话》中对于陶渊明诗歌的鉴赏相结合，随后引出《围炉诗话》中有关"情为主，景为宾"这一运用拟人修辞的美学概念。第三节"适当的自然兴趣对抗个体情绪：针对主观视野的反应"中，主要解读了王夫之《姜斋诗话》中有关情景交融的论述；第三节"王夫之'意'与柯勒律治'想象'"中，结合《姜斋诗话》等具体文本，对两大中西诗歌理念进行了类比与对照论述，主要关注文学创作主客体的对立与统一，肯定其相通的美学内核与艺术张力。

[①] Eva Shan Chou. *Reconsidering Tu Fu: Literary Greatness and Cultural Context*, Cambridge: Cambridge University Press, 1996.

[②] Yang Xiaoshan. *To Perceive and to Represent: A Comparative Study of Chinese and English Poetics of Nature Imagery*, New York: Peter Lang De, 1996.

第六章"新瓶装旧酒：哲理性诗学的作用从常识到非常识：理的转变"中，对"情、景""理""句眼"等诗学术语进行进一步解读。首先梳理线索，指出《沧浪诗话》对王夫之、叶燮有关"理"的论述的影响，并随后阐述了叶燮是如何转换"理"这一理念，在没有违背诗学知觉的丰富的前提之下，通过此而意在推论出足以超越传统智力界限的一种诗学意象，旨在建立自身的诗学思想体系。同时，对"理、事、情"等《原诗》主要诗学术语进行了译介，以此提供相关形而上美学研讨的理论支撑。值得注意的是，这一专著体现出 20 世纪 90 年代的古代诗话研究，在片段式的术语译介与理念阐述的研究方式的基础上，开始出现了以某一重要诗学术语与理念为中心（即"情、景"与"理"）的专章研究，标志着英语世界对具体诗话作品所蕴含的核心价值的理解，逐渐深化与综合化。

同年，美国华人学者叶扬（Yang Ye）出版专著《中国诗歌的结尾》（*Chinese Poetic Closure*)[1]。在"前言"部分，提及并译介《沧浪诗话·诗辩》中诗歌的"用工"体现在"起结""句法""字眼"。在第一章"杜甫诗歌的场景封闭"中，引用并论述了严羽点评李、杜诗歌史的术语"入神""出神"。第五章"中国文学评论的场景结尾"中，论述并节译《六一诗话》中有关梅尧臣论述诗歌创作的艺术要求的选段，并在随后论及后世对柳宗元《渔翁》最后两句是否应删减时，介绍了严羽、王世贞、王士祯等人的不同意见。该章最后部分再次论述并节译《沧浪诗话》中有关"入神""兴趣"等诗学术语的部分，介绍这与禅宗兴起对语言表达的影响有关，也与杜甫诗歌所延续的场景结尾的诗学传统有关，并对后世王夫之与王士祯所提"神韵"的诗学理念有所影响。

1998 年，美国旧金山大学教授斯定文（Stephen J. Roddy）出版著作《中国晚期帝国的文人身份及其虚构化表现》（*Literati Identity and Its Fictional Representations in Late Imperial China*)[2]，在第一章"清代话语中的文人影像"的"文人的话语与话语中的文人"一节中，首先论述了袁枚、姚鼐等人的诗学观点，随后指出叶燮虽然与上述诗学观点的倾向有所差别，但他在《原诗》这部作品中依旧于自身所构建的范围内，体现了显

---

[1] Yang Ye. *Chinese Poetic Closure*, New York：Peter Lang Publishing Inc., 1996.

[2] Stephen J. Roddy. *Literati Identity and Its Fictional Representations in Late Imperial China*, Stanford：Stanford University Press, 1998.

著的理解能力与连贯的逻辑思维,并节译《原诗》少部分文本,以及在论述时借鉴并译介《沧浪诗话》品评诗歌时的术语"第一义"。斯定文重在横向上探讨叶燮及其诗学体系在清初文人诗学中的独到之处,同时注意把握纵向上叶燮对于前人诗学的反对,与由此而产生的独到之处。

二 80、90 年代的学术论文

1980 年,费威廉发表期刊论文《中国文学在批评语境中的变异》(*The Alterity of Chinese Literature in Its Critical Contexts*)[1]。在谈及李又安对黄庭坚诗学研究时所采用的术语"入神"(enter the spirit)时,介绍这是取自严羽所创的诗学概念,随后介绍葛立方、叶梦得等人的诗歌评论,多倾向于采用对比类比不同诗人、诗作的方法来阐释诗学传统,并介绍黄兆杰对王夫之诗学理论的重视,引述"情"与"景"两大诗学术语概念并阐释其对最高妙的诗歌艺术的意义,进一步论述《姜斋诗话》中对诗歌场景描写与审美艺术关联,以及对宋词诗学内核的鉴赏。

同年,由郑廉傧、周英雄、袁鹤翔(William Tay; Ying-hsiung Chou; Heh-Hsiang Yuan)主编的论文集《中国与西方:比较文学研究》(*China and the West: Comparative Literature Studies*)[2],收录有涉及诗话研究的论文。叶维廉的论文《道家美学:无言度化,无言,自生,自我修身,自我改造,自我完善》(*The Taoist Aesthetics: Wu-yen Tu-hua, the Un-speaking, Self-generating, Self-conditionging, Self-transforming, Self-complete Nature*),阐述"无言"这一道家讲求精神境界,以及与其相关的中国诗学理念"神",即《沧浪诗话》中有关"入神"的阐述。黄维樑的论文《中国诗话批评中的摘句为评:兼论对偶句与马修·阿诺德的"试金石"的比较》(*Selection of Lines in Chinese Poetry-talk Criticism—with a Comparison between the Selected Couplets and Matthew Arnold's "Touchstones"*),是在其博士论文基础上,对诗话的进一步具体阐释。在明确《六一诗话》开启了诗话文体之后,他节译、意译《六一诗话》《麓堂诗话》《四溟诗话》中有关诗人轶事与唐宋诗品评的选段,尤其

---

[1] Craig Fisk. "The Alterity of Chinese Literature in Its Critical Contexts", *Chinese Literature: Essays, Articles, Reviews* (*CLEAR*), Vol. 2, No. 1 (Jan., 1980), pp. 87-99.

[2] William Tay, Ying-hsiung Chou, Heh-Hsiang Yuan. *China and the West: Comparative Literature Studies*, Hong Kong: The Chinese University Press, 1980.

注重《六一诗话》《随园诗话》中对于诗歌的摘句，即选取个别单句或联句并对之进行点评，以及王士禛在《渔洋诗话》中提出的"警句""佳句""三昧"等诗学术语。

1981 年，海陶玮（James R. Hightower）发表论文《词作者柳永》(The Songwriter Liu Yung: Part I)①，在介绍柳永其人时，提及《后山诗话》中对其的点评，并节译《艺苑雌黄》记录的柳永"奉旨填词"的轶事，随后节译《后山诗话》中对同一轶事，即柳永创作《醉蓬莱》的记载。同年，余宝琳发表《修辞与中国诗学》(Metaphor and Chinese Poetry)②，节译《围炉诗话》中评论唐诗与宋诗的部分。

1982 年，萨进德发表《后来者能居上吗？宋人与唐诗》(Can Latecomers Get There First? Sung Poets and T'ang Poetry)③。节译并论述《艺苑雌黄》中"反用故事法"，即诗人化用故事典故，意在反其意而用之的部分文本；节译《苕溪渔隐丛话》记载并批评王安石修改王贺诗的部分；节译黄彻《䂬溪诗话》中品评杜牧与杜甫相似诗句的不同审美体验的部分；节译《岁寒堂诗话》中对杜甫《洗兵马》的评价，以及黄庭坚对杜甫诗的评价。萨进德借用张戒的诗评，认为黄庭坚的杜诗品评与他一贯作诗讲求典故晦语的追求有所不同，而这种关注到作诗是内在情感与思想的表达，在中国文学批评历史上并不罕见，但他认为在诗歌中能够关注发现到这种内在经验，是值得肯定的，尤其对于多给人留下"诗史"印象的杜诗，有此关注，仍显不易。最后节译刘颁《贡父诗话》（又名《中山诗话》）中点评杜诗的部分，通篇论述宋代诗人对以杜甫诗、李商隐诗等为代表的唐诗的品评，以及技法与审美的追求，援引并译介了多部诗话作品为论据。

同年，齐皎瀚发表论文《诗非此路：宋代诗学经验》(Not the Way of Poetry: The Poetics of Experience in the Sung Dynasty)④，节译吴升《优古堂

---

① James R. Hightower. "The Songwriter Liu Yung: Part I", Harvard Journal of Asiatic Studies, Vol. 41, No. 2 (Dec., 1981), pp. 323-376.
② Pauline Yu. "Metaphor and Chinese Poetry", Chinese Literature: Essays, Articles, Reviews (CLEAR), Vol. 3, No. 2 (Jul., 1981), pp. 205-224.
③ Stuart H. Sargent. "Can Latecomers Get There First? Sung Poets and T'ang Poetry", Chinese Literature: Essays, Articles, Reviews (CLEAR), Vol. 4, No. 2 (Jul., 1982), pp. 165-198.
④ Jonathan Chaves. " 'Not the Way of Poetry': The Poetics of Experience in the Sung Dynasty", Chinese Literature: Essays, Articles, Reviews (CLEAR), Vol. 4, No. 2 (Jul., 1982), pp. 199-212.

诗话》中表述其可以在鉴赏诗歌时分辨作者所受到的前作影响的部分，以及其所引《六一诗话》记录后人补齐杜诗"身轻一鸟"的轶事，随后节译黄升《玉林诗话》中有关南宋诗人熟读唐诗，故而下笔有所相似的论述。他探讨黄庭坚诗论时节译《潘南诗话》记载黄庭坚以"脱胎换骨，点石成金"论诗的记载，以及王若虚对黄庭坚诗学主张有所驳斥的论述。随后节译《诗人玉屑》所收录陈知柔《休斋诗话》中关于"诗写气象"的片段，以此说明在理解宋诗所表达自然与艺术的关系时，应当注意到宋诗与其前代诗歌在艺术创造上的融合与互通。

1983 年，林理彰（Richard John Lynn）发表论文《中国诗学中的才学倾向：严羽及其后期传统》(*The Talent Learning Polarity in Chinese Poetics: Yan Yu and the Later Tradition*)[①]，通篇论述严羽《沧浪诗话》对后世诗论学者的影响，从"才""趣""妙悟"等诗学术语入手，主要探讨明清学者对其"诗有别趣，非关理也"等相关论述的驳斥，同时又无形接受这一诗学传统，使得"才学"相关的诗学讨论始终呈现多方论述。为论证各方观点，林理彰立足《沧浪诗话》的主要术语，节译《诗薮》、崔旭《念堂诗话》、周容《春酒堂诗话》等作品对严羽诗论的点评与延伸，尤其是《围炉诗话》中多处引用《沧浪诗话》原文，并对其进行驳斥与论辩，从而肯定才学有助于诗歌，同时也介绍《随园诗话》体现出袁枚的另一方观点，即看重性情与个人的感情架构，即"性灵"这一无法靠学识达到的内在驱动。其后林理彰节译《说诗晬语》与乔亿《剑溪说诗》，说明沈德潜主张作诗的主体作用和才学知识都不可缺少，而乔亿则更多承袭严羽的传统，认为才学不是作诗的决定因素，但也是品评历代诗歌不可或缺的一大标准。林理彰多次引用节译《剑溪说诗》，借此说明乔亿所代表的诗论看重才学这一要素，并认为其与严羽论诗讲求的"妙悟"并不相悖，同时也重视"知道"这一儒家色彩的诗学创作理念，并看重个人主体要素，以防作诗过多看重学识而落入迂腐。林理彰通篇多次提及、论述、译介不同作者的诗话作品，以此凸显其对严羽诗论这一中心主题的不同诗论主张。

1985 年，白润德（Daniel Bryant）发表《李煜的〈谢新恩〉残篇与他

---

① Richard John Lynn. "The Talent Learning Polarity in Chinese Poetics: Yan Yu and the Later Tradition", *Chinese Literature: Essays, Articles, Reviews* (*CLEAR*), Vol. 5, No. 1/2 (Jul., 1983), pp. 157–184.

的〈临江仙〉词》(The "Hsieh hsin en" 謝新恩 Fragments by Li Yü 李煜 and His Lyric to the Melody "Lin chiang hsien" 臨江仙)① 节译蔡绦《西清诗话》中记载对李煜残词的评价，以及援引宋太祖对李煜的褒贬。

1987年，林理彰发表书评《魏世德〈元好问（1190—1257）诗歌的文学批评〉的书评》(Reviewed Work (s)：Poems on Poetry：Literary Criticism by Yuan Hao-wen (1190-1257) by John Timothy Wixted)②，介绍到"诗话"这一与散文有共通之处的文学评论体裁，《沧浪诗话》的成书年限以及元好问诗歌是否受到其影响的论述，并节译"诗辩"中以禅喻诗等部分文本，随后将元好问的诗论诗评，以及对前代诗人、诗史发展的点评，与严羽的观点进行比较，借此也突出了严羽本人的诗学主张，如《沧浪诗话》所体现的对诗歌正统的推崇，对南宋诗歌的驳斥，以及对于苏轼、黄庭坚等人将诗歌转向全新的非正统方向的指责。

同年，彼得·格雷戈瑞（Peter N. Gregory）主编的论文集《顿与渐——中国思想中觉悟之路径》(Sudden and Gradual：Approaches to Enlightenment in Chinese Thought)③，其中收录林理彰的论文《中国诗歌批评中的顿与渐：以禅喻诗考》(The Sudden and the Gradual in Chinese Poetry Criticism：An Examination of the Ch'an-Poetry Analogy)，开篇即节译《带经堂诗话》中有关用禅宗教义比喻诗歌创作的"诗法"的选段，借此指出17世纪时以禅喻诗已成为文坛论诗的一大主流话语，这一传统自12世纪下半叶而起，并与当时所盛行的儒家理学诗论相并行。林理彰详细论述这一诗论话语的兴盛，来自宋朝诗话对唐宋等历代诗歌的价值评定，并对其分章节论述。"北宋时期"一章中，首先指出自苏轼、黄庭坚起，已有在诗文创作中运用道家、佛教禅宗概念与美学风格的先例，并节译《潜溪诗眼》中以禅宗术语论述黄庭坚论诗之法的选段，说明此时期诗论已有用禅宗理念为诗歌创作树立范式的方法。第二章"南宋时期"中，林理彰指

---

① Daniel Bryant. "The 'Hsieh hsin en' 謝新恩 Fragments by Li Yü 李煜 and His Lyric to the Melody 'Lin chiang hsien' 臨江仙", *Chinese Literature：Essays, Articles, Reviews* (CLEAR)，Vol. 7, No. 1/2 (Jul., 1985)，pp. 37-66.

② Richard John Lynn. "Reviewed Work (s)：Poems on Poetry：Literary Criticism by Yuan Hao-wen (1190-1257) by John Timothy Wixted", *Harvard Journal of Asiatic Studies*, Vol. 47, No. 2 (Dec., 1987)，pp. 696-715.

③ Peter N. Gregory. "Sudden and Gradual：Approaches to Enlightenment in Chinese Thought", Hawaii：University of Hawaii Press, 1987, pp. 381-428.

出进入南宋后诗论很快被禅宗思想所主导影响,并节译《藏海诗话》中吴可自述幼时学诗顿悟以及其创作的相关以禅喻诗的诗句,《诗人玉屑》记载韩驹类似以禅喻诗诗句的选段,并将杨万里的禅宗诗论与严羽作比较,从而能指出《沧浪诗话》是类似著作中最为重要的一部。随后林理彰指出"诗辩"是与禅宗理念关联最紧密,也最能体现该诗话理论性的一部分,并大量节译相关内容阐述严羽对汉、魏、盛唐与宋朝诗歌进行鉴赏时,引入了禅宗的教义概念与价值评判,并对"法""悟""入神"等诗学术语进行译介与阐述。

1988 年,宇文所安在《废墟:文学史与伊甸园的诗歌》(*Ruined Estates: Literary History and the Poetry of Eden*)[①]一文中,论述诗史中对于前代诗歌是如何看待与学习借鉴,首先节译《四溟诗话》中赞誉《古诗十九首》,并反思当代诗歌弊端的片段,其次节译《原诗》中有关"正、变"诗史的具体诗学理论,并就作诗的"才、胆、识、力"四大要素进行了探讨以及译介,就个人创作意识与诗歌本质的创作理念"法"的联系,进行了较为细致的分析。同时他运用自身的西方文论背景,采用他者视角将叶燮的文学史观与西方诗学进行了对比联系,如诗歌对于时代环境的映照与亚里士多德"模仿论"的联系,以及将叶燮诗史观与德国浪漫主义学者弗里德里希·施莱格尔的观点进行对比分析。

1992 年,德国特利尔大学教授、汉学家卜松山(Karl-Heinz Pohl)的英语论文《论叶燮的〈原诗〉及其诗歌理论》(*Ye Xie's "On the Origin of Poetry": A Poetic of the Early Qing*)[②],通篇对于《原诗》进行了较为全面且细致的剖析,并对叶燮论诗的几大重要诗学术语进行了译介与解读。卜松山立足于自身长期的中国文化积淀,回归《原诗》文本本身,在对叶燮其人所处的文化背景与时代沿革有所了解的基础上,介绍了这一清朝诗学论著的理论体系、批评用语,并对叶燮所处的明末清初诗学界的地位,进行了极富洞见的归纳与审视。

1993 年,易彻理(Charles H. Egan)发表论文《绝句诗起源的理论研

---

① Stephen Owen. "Ruined Estates: Literary History and the Poetry of Eden", *Chinese Literature: Essays, Articles, Reviews* (*CLEAR*), Vol. 10, No. 1/2 (Jul., 1988), pp. 21-41.

② K-L. Pohl. "Ye Xie's On the Origin of Poetry: A Poetic of the Early Qing", T'oung Pao, Second Series, Vol. 78. Liver. 1/3, 1992, pp. 1-32.

究》(A Critical Study of the Origins of "Chüeh-chü" Poetry)①,开篇梳理诗歌体裁的发展流变时,提及"诗话"这一文学传统从宋朝开始发端。随后在论及"绝句"这一体裁的起源时,节译傅若金《诗法正论》中认为绝句源于对律诗的截取部分,并提及《围炉诗话》认为元稹、白居易、杜甫诗集的收录方式均采取了将绝句纳入律诗之下的方法。在讨论具体创作时,易彻理转述《诗薮》中对于王之涣、高适等人绝句诗的评价,并节译《诗法家数》《养一斋诗话》中对于绝句创作技法的论述要求,随后节译《姜斋诗话》中引用绝句诗为反例,说明王夫之主张绝句诗应注重内在的平衡。在言及正面例子时则节译《艇斋诗话》中对于唐诗绝句之法的赞誉,以及《四溟诗话》中关于绝句创作审美要求的论述。在论文第二部分"绝句起源的文学历史阐释"中,易彻理引用节译《诗薮》中有关绝句历史起源的记录,以及胡应麟引用唐诗为例论述绝句在题材上的局限,并多处译介胡应麟结合具体诗句,而对绝句句法与创作技法的要求。这种对于技法的要求,连带着《诗薮》对绝句诗篇的审美要求,通过对前代具体诗人诗作的评述而得以展现。

同年,肖驰(Chi Xiao)发表论文《抒情原型:"当下"与当时的共存》(Lyric Archi-Occasion: Coexistence of "Now" and Then)②,在论及"情"与"景"这两大诗学概念时,指出中国的文学批评家一贯将二者联系。"景"应当唤起具体的"情",而"情"只能被它所关联的"景"唤起,并节译《六一诗话》与《姜斋诗话》中相关代表性诗论观点,随后转引林理彰 1983 年发表的论文《明代诗歌理论自我实现的交替路径》(Alternate Routes to Self-Realization in Ming [明] Theories of Poetry)③ 中对《四溟诗话》的节译,并自主节译其中对"神"与"情、景"关系的部分,以及《艺苑卮言》中有关创作境界的论述。随后提及《诗法家数》《名家诗法》《诗法源流》等作品,对诗歌创作之"法"的探讨。同年,邓文君(Alice W. Cheang)发表论文《诗歌、政治、哲学:作为东坡居士

---

① Charles H. Egan. "A Critical Study of the Origins of 'Chüeh-chü' Poetry", *Asia Major*, THIRD SERIES, Vol. 6, No. 1 (1993), pp. 83-125.
② Chi Xiao. "Lyric Archi-Occasion: Coexistence of 'Now' and Then", *Chinese Literature: Essays, Articles, Reviews (CLEAR)*, Vol. 15 (Dec., 1993), pp. 17-35.
③ Richard John Lynn. "Alternate Routes to Self-Realization in Ming [明] Theories of Poetry", *rts in China*, ed. Susan Bush and Christian Murck, Princeton: Princeton University Press, 1983, p. 326.

的苏轼》(Poetry, Politics, Philosophy: Su Shih as The Man of The Eastern Slope)[1]，介绍《诗人玉屑》中提及苏轼对自己诗歌创作的评价，以及《二老堂诗话》记录的苏轼别号"东坡"的由来。

同年，王靖宇主编的论文集《清代文学批评》(Chinese Literature Criticism of The Ch'ing Period (1644—1911))[2]出版，其中收录萨进德用中文撰写的论文《试析叶燮的诗歌本体论》，以中西比较诗学视角结合《原诗》中具体诗学术语与英伽登的现象学理论，对其文本的独特本体思想进行尝试解读；林理彰的《王士禛的论诗诗：〈论诗绝句〉的翻译与注释》(Wang Shizhen's Poems on Poetry: A Translation and Annotation of The Lunshi Jueju)，对王士禛的《论诗绝句》进行了英译与注释，在对具体诗篇进行注释时引用、节译并解读了作为提供轶事、诗评的参考信息出现的《韵语阳秋》《池北偶谈》《石林诗话》《后山诗话》《艺苑卮言》《渔洋诗话》。

1994年，美国学者车淑珊（Susan Cherniack）发表论文《宋代的图书文化与版本传播》(Book Culture and Textual Transmission in Sung China)[3]，选译《竹坡诗话》中论及杜甫诗不同版本的不同文本差异的内容。同年，方秀洁（Grace S. Fong）发表论文《欲望书写：朱彝尊〈静志居琴趣〉中的爱情词》(Inscribing Desire: Zhu Yizun's Love Lyrics in Jingzhiju Qinqu)[4]，节译朱彝尊《静志居诗话》中关于爱情诗的评价，以及其对李商隐、韩偓的推崇，更加强调其本人借诗话所表达的对诗歌创作的"情"的重视，并介绍《静志居诗话》记载娄江俞二娘演出《牡丹亭》后心碎而死的记载。

1996年，潘大安发表论文《追寻无迹的羚羊：关于中国姊妹艺术的内在审美符号学》(Tracing the Traceless Antelope: Toward an Inter Artistic Semiotics of the Chinese Sister Arts)[5]中，借用严羽《沧浪诗话》中"羚羊挂角，无迹可求"一句，在论述中国艺术传统中具有通融性的艺术类型，例

---

[1] Alice W. Cheang. "Poetry, Politics, Philosophy: Su Shih as The Man of The Eastern Slope", *Harvard Journal of Asiatic Studies*, Vol. 53, No. 2 (Dec., 1993), pp. 325-387.

[2] John. C. Y. Wang. "Chinese Literature Criticism of The Ch'ing Period (1644-1911)", Hong Kong: Hong Kong University Press, 1993.

[3] Susan Cherniack. "Book Culture and Textual Transmission in Sung China", *Harvard Journal of Asiatic Studies*, Vol. 54, No. 1 (Jun., 1994), pp. 5-125.

[4] Grace S. Fong. "Inscribing Desire: Zhu Yizun's Love Lyrics in Jingzhiju qinqu", *Harvard Journal of Asiatic Studies*, Vol. 54, No. 2 (Dec., 1994), pp. 437-460.

[5] Pan Da'an. "Tracing the Traceless Antelope: Toward an Interartistic Semiotics of the Chinese Sister Arts," *College Literature*. Vol. 23 Issue 1, 1996, pp. 36-66.

如诗与画之间的关系时,运用《原诗·外篇》中的相关诗学观念。值得注意的是,英语世界的古代诗话英语研究发展到此时,开始出现了与其他学科如艺术相联系的阐释,这既是这一研究呈现出又一新面貌的展现,也是英语世界对具有重要诗学、美学理论价值的历代诗话的了解认识逐渐加深的体现。

1997年,顾明栋(Ming Dong Gu)发表论文《诗歌创作的元理论:赋、比、兴》(*Fu-Bi-Xing*: *A Metatheory of Poetry-Making*)[1],在开篇即引用杨载《诗法家数》中,将"赋比兴"视作"诗学之正源,法度之准则"的选文。同年,汤雁方(Yanfang Tang)发表论文《认知或情感体验:阅读在中西文学传统中的理论与实践》(*Cognition or Affective Experience*: *Theory and Practice of Reading in Chinese and Western Literary Traditions*)[2],采用刘若愚的节译版本,论述《沧浪诗话·诗辩》中有关"入神"与"兴趣"的部分,以及"参"这一概念的论述部分;在阐释禅宗思想与诗歌关联时,节译《诗人玉屑》所记录宋代学者龚圣仁有关学诗如学禅的诗句,并提及诗学概念里受到禅宗直接影响的"参死句",长期以来作为负面的诗学评价被诗话、词话所诟病,还介绍并节译《原诗》的诗学术语与论述诗歌美学标准的选段,探讨了该诗话中有关诗歌审美的含蓄这一具体理念。

同年,陈祖言(Zu-Yan Chen)发表论文《黑与白的艺术:中国诗歌中的围棋》(*The Art of Black and White*: *Wei-ch'i in Chinese Poetry*)[3] 提及《苕溪渔隐丛话》记录刘禹锡诗歌中对于围棋技法的体现,以及节译《瓯北诗话》中评价吴伟业诗歌与历史关系的部分。

1998年,邓文君发表论文《诗与变:苏轼的海市蜃楼》(*Poetry and Transformation*: *Su Shi's Mirage*)[4],开篇即介绍了《诗人玉屑》中有关苏轼作品及其诗论对诗歌美学影响的各式记录,随后将苏轼《登州海市》

---

[1] Ming Dong Gu. "Fu-Bi-Xing: A Metatheory of Poetry-Making", *Chinese Literature*: *Essays, Articles, Reviews* (*CLEAR*), Vol. 19 (Dec., 1997), pp. 1-22.

[2] Yanfang Tang. "Cognition or Affective Experience: Theory and Practice of Reading in Chinese and Western Literary Traditions", *Comparative Literature*, Vol. 49, No. 2 (Spring, 1997), pp. 151-175.

[3] Zu-Yan Chen. "The Art of Black and White: Wei-ch'i in Chinese Poetry", *Journal of the American Oriental Society*, Vol. 117, No. 4 (Oct.-Dec., 1997), pp. 643-653.

[4] Alice W. Cheang. "Poetry and Transformation: Su Shi's Mirage", *Harvard Journal of Asiatic Studies*, Vol. 58, No. 1 (Jun., 1998), pp. 147-182.

一诗为切入点与主体意象,以《沧浪诗话》中"以议论为诗"的南宋诗歌风格,以及严羽所提"诗道"为论述,邓文君指出严羽的观点大多并非原创,而借鉴自他所批评的诗人,严羽以拙劣的散文论述为诗史与诗歌美学制定了律法,将北宋晚期流传的诗歌思想转换为原教旨主义。她举例《白石道人诗说》曾将诗歌论述为不能靠学识、只能靠直觉来把捉的艺术,这一观点后来成为严羽诗论的一大核心。随后她对严羽推崇前代诗歌的诗史观进行论述,节译"诗有别材"的选段说明严羽对诗歌本身的定义导致了他的诗评价值体系,并表明按照严羽崇尚直觉妙悟的理论,苏轼诗将会受到批评。她节译《苕溪渔隐丛话》中苏轼谈及诗格之变由韩愈而始的片段,随后节选意译《瓯北诗话》中论述韩愈诗歌如何有别于李杜,从而自成一家的选段。随后邓文君通过节译《原诗》中记录对于唐诗的褒扬与对宋诗贬斥的选段,说明自严羽开启推崇唐诗的诗论传统之后,很少有后世诗论家还会坚持中立的立场,从而导致唐宋诗在诗评中呈现出互不相容的两极化倾向。最后她借用《后山诗话》中赞誉杜甫为"诗之集大成者"与《中山诗话》记载杨亿称杜甫为"村陋"的两种评价,佐证苏轼的诗学心态堪为后世学者的表率,其足以体会作为后人对前代诗歌的崇拜与自身的焦虑,也能化解诗歌创作的壁垒与失败。

同年,余宝琳发表论文《描绘中国诗歌的风景》(*Charting the Landscape of Chinese Poetry*)①,介绍《沧浪诗话》通过品评前代诗歌,将唐诗树立为正统古典诗歌的典范,并将杜甫诗视为其中的巅峰。随后对严羽诗论展开论述,指出其理论范围大致涵盖了整个中国诗歌传统,通过借用禅宗概念,首次对中国诗史进行分期论述,推举单列出盛唐诗歌的大师,从而将诗歌塑造为一种兼有外部律法与内部自我意识的艺术,并使之成为后世也适用的模式。余宝琳随后展开细致的论述,指出严羽认为唐诗在各方面艺术都享有不可逾越的优越性,她认为严羽对这种诗歌正统的宣扬与强调,正是与他所处南宋诗歌的现状有关,对历史的回顾意味着对中断的正统的重视,以及所为之付出的心力。严羽将杜甫视为正统的典范,因为他符合诗歌规范的作品以及高尚的为人,便于作为后世模仿的理想榜样。余宝琳节译《沧浪诗话》中"羚羊挂角"的选段,将其视作严羽以禅喻诗的最著名选段。

---

① Pauline Yu. "Charting the Landscape of Chinese Poetry", *Chinese Literature: Essays, Articles, Reviews (CLEAR)*, Vol. 20 (Dec., 1998), pp. 71-87.

1999年，汤雁方发表论文《语言、真理与文学阐释：跨文化审视》（*Language*, *Truth*, *and Literary Interpretation*: *A Cross - Cultural Examination*)①，节译《沧浪诗话》有关"入神"与"兴趣"的选段，他指出严羽以以禅喻诗的方式揭示出诗歌艺术的含蓄美，这种不见穿凿痕迹的艺术要求，被后世批评家视作诗歌艺术的最高形式，成为中国文学批评的核心理论，并成为中国诗歌有别于其他民族的一大标志。

三 80、90年代的博士学位论文

1983年，傅君励（Micheal Anthony Fuller）的学位论文《苏轼的诗歌（1037—1101）》（*The Poetry of Su Shi*（1037-1101））②，第一章"序曲：北宋中期之声"的"主要诗人"中节译《六一诗话》记录梅尧臣论诗理论的选段，随后介绍《后山诗话》中记录苏轼杭州诗作体现宋诗具有重复性的特点。

1984年，张双英（Chang Shung-in）的学位论文《欧阳修的〈六一诗话〉》（*Liu-i Shih-Hua of Ou-yang Hsiu*）③对《六一诗话》进行了全文英译。第一章"介绍"和第二章"欧阳修的人生"，对欧阳修其人与该诗话进行了大致的介绍；第三章"诗话的定义与《六一诗话》之前的诗歌批评"介绍相关诗学背景；第四章"《六一诗话》的结构与其文本的英译"对该诗话全文进行了翻译；第五章"《六一诗话》的特征"探讨了其文学风格、批评主体等方面；第六章"《六一诗话》的诗话与诗话批评的发展"进行概括总论。全文结构完整，对该诗话的具体内容与诗学风格、理论等进行详细介绍、阐释、研究，其对诗话全文的英译更是英语世界对古代诗话进行译介的重要资料。

1986年，乔纳森·皮斯（Jonathan Otis Pease）的学位论文《王安石的生命与诗歌》（*From the Wellsweep to the Shallow Skiff*: *Life and Poetry of Wang Anshi*（1021-1086））④，第一章"王安石的人生"第三节"进士及

---

① Yanfang Tang. *Language*, *Truth*, *and Literary Interpretation*: *A Cross - Cultural Examination*, Journal of the History of Ideas, Vol. 60, No. 1 (Jan., 1999), pp. 1-20.

② Fuller Micheal Anthony. *The Poetry of Su Shi*（1037-1101）, Yale University, P. H. D, 1983.

③ Chang, Shung-in. *The Liu-iShih-Hua of Ou-yang Hsiu*, The University of Arizona, P. H. D, 1981.

④ Jonathan Otis Pease. *From the Wellsweep to the Shallow Skiff*: *Life and Poetry of Wang Anshi*（1021-1086）, University of Washington, P. H. D, 1986.

第与首次出任扬州"中,节译《临汉隐居诗话》中记载王安石夫人所作词的部分;第十二节"王安石退休生涯的概述",节译《西清诗话》所记载王安石与苏轼互相夸赞诗作的轶事;第十三节"王安石退休时期的友人与交际",介绍《庚溪诗话》记载蔡肇可背诵"月蚀诗"的记载。

1988 年,Liu Hsiang-fei 的学位论文《六朝诗歌的形似模式:意象语言的变化路径》(The Hsing-ssu Mode in Six Dynasties Poetry: Changing Approaches to Imagistic Language)[①]"前言"的"意象语言的重要性"中,在介绍诗学术语概念"情景交融"时,节译《六一诗话》记载梅尧臣"含不尽之意见于言外"的选段,并阐释《围炉诗话》中"清空如话"更适合被理解为"清空如画",从而更能体现出唐诗讲究融情入境的诗歌美学。在"过度与进步的发展"一节中,节译《姜斋诗话》有关"景语"与"情语"的论述选段,节译《说诗晬语》中品评汉魏诗与晋朝诗歌区别的部分;第三章"谢灵运"中"意象世界的诗意表达"一节中,节译《说诗晬语》与《诗镜总论》中论及诗歌发展至南朝刘宋时期开始发生注重声色的转变;第四章"颜延之"的"人类中心主义关注与艺术的矫饰"中,提及《岁寒堂诗话》中对颜延之擅长用典入诗的评价。

1991 年,Liang Du 的学位论文《黄庭坚的诗歌理论与实践》(The Poetic Theory and Practice of Huang Tingjian)[②],第一章"黄庭坚诗歌理论概述"中"黄庭坚的诗歌技巧",节译《沧浪诗话·诗辨》中记录宋朝诗歌发展至江西诗派的文本,以及《王直方诗话》所记载黄庭坚以戏剧"打诨"论作诗的方法,论述黄庭坚诗学结构时节译《潜溪诗眼》中记录他重视文章布置的选段,以及他点评杜甫诗后,以韩愈《原道》与《尚书·尧典》为例论述作诗的立意与体制,从而引出"正体""变体"的概念。同时在介绍黄庭坚自我评价时,以《西清诗话》记载其悟出作诗要在"古人不到处留意"为佐证。第三章"诗歌理论与实践:诗歌技巧"中,对黄庭坚在作诗的文句、字眼、用韵、典故等多处体现出的"奇"展开论述。首先介绍后世论诗文人,多采用《藏海诗话》中对苏轼、黄庭坚为"苏豪黄奇"的评价;对作诗技法展开具体的阐释,论述黄庭坚

[①] Liu Hsiang-fei. *The Hsing-ssu Mode in Six Dynasties Poetry: Changing Approaches to Imagistic Language*, Princeton University, P. H. D, 1988.

[②] Liang Du. *The Poetic Theory and Practice of Huang Tingjian*, University of British Columbia, P. H. D, 1991.

对于诗歌创作关键词的独特运用时，提及《岁寒堂诗话》记录其用"奇语"作诗的炼字主张，以及节译《韵语阳秋》记载黄庭坚诗中运用对偶创作佳句的选段。同时也选译其他诗话作品对黄庭坚创作中诗法体现的评价，例如《苕溪渔隐丛话》评价黄庭坚用韵过于新奇，而鲜有他人采用，《临汉隐居诗话》评价他不用前人采用过的典故，并多用生僻字入诗。由此可见，该论文在具体阐述黄庭坚的诗学主张与创作技巧时，将多部古代诗话作品视作可提供辅证的重要参考资料。

同年，潘大安的学位论文《超越之美：中国传统山水诗画中的视觉互文性》(The Beauty Beyond：Verbal-visual Intertextuality in Traditional Chinese Landscape Poetry and Painting)[1]，在第一章"互文性的中国传统"中，介绍、探讨了严羽的"兴趣"、王夫之的"情景"、叶燮的"境界"等诗学概念，并节译《六一诗话》记录梅尧臣论"言外之意"的选段，说明至此开启了文艺美学的一大传统风格。同年，邓文君的学位论文《苏轼诗歌的方式与自立》(The Way and the Self in the Poetry of Su Shi)[2]，以《岁寒堂诗话》为例，指出张戒等南宋诗论家反对苏轼、黄庭坚，认为他们没有将文学表现为儒家思想的化身，即没有在诗歌创作中体现出文以载道的思想特点，随后也提及《竹坡诗话》中对于梅尧臣诗风"平淡"的评价。第四章"东坡的遁世"中，对于"东坡"这一别号的来源，邓文君参考了《二老堂诗话》的相关记载。

1993年，汤雁方的学位论文《思维与表现：中国传统诗歌与诗学中的直觉艺术（妙悟）》(Mind and Manifestation：The Intuitive Art (miaowu) of Traditional Chinese Poetry and Poetics)[3]，第一章"术语设置"的第二节"中国文学批评中的术语'妙悟'"，介绍这一术语出自《沧浪诗话》原文，并援引刘若愚论述严羽诗论的观点，随后借用刘若愚、林理彰的英译版本，选译诗话中以禅喻诗，将禅宗的"悟"代入诗道的选段。汤雁方进一步就"性情""兴趣""别趣、别材""第一义""理"等诗歌美学内核的术语展开解读，他强调严羽诗学并非摒弃学识，并以《沧浪诗

---

[1] Pan, Da'an. *The Beauty Beyond：Verbal-visual Intertextuality in Traditional Chinese Landscape Poetry and Painting*, University of Rochester, Ph. D., 1991.

[2] Alice Cheang. *The Way and the Self in the Poetry of Su Shi*, University of Harvard, P. H. D, 1991.

[3] Tang, Yanfang. *Mind and Manifestation：The Intuitive Art (miaowu) of Traditional Chinese Poetry and Poetics*, The Ohio State University, Ph. D., 1993.

话》品评汉魏六朝诗的选段为例，阐述了"学""识""熟读""熟参"等术语。汤雁方论述后世诗论家对严羽的褒贬态度时，援引黄兆杰所译《姜斋诗话》片段，说明王夫之认为诗歌创作与其从前代文人的作品中汲取养分，不如将诗人的现实生活体验融入眼前的即时自然客体之中。与之相对的，王士祯的"神韵"则承袭了《沧浪诗话》的"羚羊挂角"诗论，汤雁方节译《带经堂诗话》的选段说明王士祯在此基础上发展出"兴会神到"的诗学术语。第三章"诗学书写中的'妙悟'"的"古典中国诗学中作为含蓄的妙悟"中，汤雁方论述历代相关诗学概念，并节译《六一诗话》中记录梅尧臣论及言外之意的文段，《岁寒堂诗话》中"情在词外"的评述，以及《沧浪诗话》"羚羊挂角"的选段；论及清代诗学时，则选译《渔洋诗话》中解读何为"情韵"的诗句，以及《随园诗话》中"诗无言外之意，便同嚼蜡"，《原诗》中"诗之至处，妙在含蓄无垠"的记述。第四章"诗学阅读中的'妙悟'"的"读诗如参禅"中，他进一步以中西比较诗学的视角，解读阐释严羽以禅喻诗的诗学传统，并节译《诗人玉屑》中记载范温所言"识文章者，当如禅家有悟门"与龚圣任"学诗浑似学参禅"的评述，从而结合禅宗概念与诗歌美学，详细阐述"熟参"这一具体诗学术语与技法概念。在"参活句"一节中，汤雁方结合具体诗作进行阐释，节译《诗薮》中评价张继《枫桥夜泊》，与《四溟诗话》中"诗有可解不可解"的选段（此处汤雁方借鉴了1988年刘若愚专著中的译文），以此阐明诗歌鉴赏的含蓄之美，在于情致而不在于事实的解读。该论文是汤雁方对于"妙悟"及其所代表的含蓄诗歌美学的详细解读，是基于诗话具体文本的筛选整理之后，对其诗学术语与理念的一大深入研究。

1996年，陈瑞山（Chen, Ruey-shan Sandy）的博士论文《严羽〈沧浪诗话〉的注释译本：十三世纪初的中国诗歌手册》（*An Annotated Translation of Yan Yu's "Canglang Shihua": An Early Thirteenth-century Chinese Poetry Manual*）[①]，在对严羽其人与诗话的写作传统进行介绍之后，分五章对《沧浪诗话》的全文进行了英译，并对其文本内容进行了详细的注释，是迄今为止英语世界对《沧浪诗话》进行全译的唯一译本，更是考察英语世界对其进行译介、研究的重要材料之一。

---

① Chen, Ruey-shan Sandy. *An Annotated Translation of Yan Yu's "Canglang Shihua": An Early Thirteenth-century Chinese Poetry Manual*, The University of Texas at Austin, Ph. D., 1996.

1997年,He Dajiang 的学位论文《苏轼:多元价值观与"以文为诗"》(Su Shi: Pluralistic View of Values And "Making Poetry out of Prose")①,阐述《沧浪诗话》对前代诗歌进行的品评,并指出严羽凭借"悟"(suggestiveness)的审美理念而推崇唐诗,而他对这种诗歌美感的推崇,也影响到后世诗论家对于"悟"和"妙悟"(intuition)等诗学概念的发展。在这一标准下,苏轼"以文为诗"的诗歌风格则受到严羽为代表的贬斥,这一鉴赏观点为后世广泛接受。通过《后山诗话》与《瓯北诗话》的记载,说明"以文为诗"的传统始于韩愈,而被苏轼加以发扬,并节译《岁寒堂诗话》品评诗史时对于苏轼、黄庭坚以议论为诗的批评,认为其对后学进行诗歌创作提供了不利的经验。这种诗歌风格呈现出唐宋时期的不同对立,也在《沧浪诗话·诗辩》的译介与论述中得以展开,即唐诗以书写性情与兴趣为主,而宋诗自苏、黄开始,则专注于在创作中"以学问为诗"。他论述了其他诗论家的诗学观点中对于苏轼的其他评价,如《原诗》将苏轼诗歌视作继韩愈之后的一大变,其新意变化值得肯定,类似评价也援引自《风月堂诗话》,高度评价苏轼可用任何题材入诗的创作才能。该论文引述多部诗话作品中的诗学理论以及其所引导的对于苏轼诗歌的鉴赏与评价,形成了苏轼诗文学价值的一体两面。

1999年,顾明栋的学位论文《文学开放性与开放的诗学:跨文化视角下的中国观》(Literary Openness and Open Poetics: A Chinese View in A Cross-cultural Perspective)②,第二章"中国文学思想中的开放理论",从选译《一瓢诗话》中评述杜甫诗不可解的片段,探讨文学的开放性可通过"含蓄""妙悟""兴趣""言外之意"等一系列诗学术语体现。他按照各朝代的代表文论梳理这一传统,其中诗话作品文本的开端即《六一诗话》所记录的梅尧臣言论,随后的《临汉隐居诗话》《沧浪诗话》《韵语阳秋》《白石道人诗说》《诚斋诗话》都在不同程度对"言外之意"的诗学理念进行论述与推崇。发展至清朝,《随园诗话》与《原诗》对这一诗论的继承,使其对诗歌艺术内核的定义与对前代诗人的鉴赏评价都受到此影响。顾明栋在论述"含蓄"这一传统诗学理念时,进一步引用与阐述《随园

---

① He Dajiang. Su Shi: Pluralistic View Of Values And "Making Poetry Out Of Prose", The Ohio State University, Ph. D., 1997.

② Gu MIngdong. Literary Openness and Open Poetics: A Chinese View in A Cross-cultural Perspective, The University of Chicago, Ph. D., 1997.

诗话》的相关论断。在第五章"表意实践与诗学无意识：中国诗歌创作的开放理论"中，顾明栋就诗歌创作如何体现含蓄蕴藉的语言艺术而展开论述，介绍古代诗话中多次提到"诗眼"这一术语，是呈现这一艺术美感的关键。

第三节　21 世纪以来的传播

进入 21 世纪至今，英语世界对中国古代诗话作品的关注与研究日趋增长，体现在学术资料的数量与篇幅都有所增加，尤其在英语世界出版的重要中国文学通史中，诗话开始占据一席之地；英译文本与诗学术语的数量也有所增长，对其的解读与论述也日趋多样，体现出英语世界古代诗话研究逐渐导向多元综合、由文本内向而逐渐外化延展的趋势，表现了随着中西比较诗学研究的发展，英语世界研究者对于诗话文本的译介与理解的日渐成熟，最终会在其自身学术视野的影响下，导向诗话文本在更多文学、艺术等文化领域的合理阐释与运用。

一　21 世纪以来的出版图书

2000 年，法国汉学家雷威安（Andre Levy）的文学史专著《中国文学：古典与经典》(*Chinese Literature, Ancient and Classical*)[①] 经倪豪士翻译成英文版出版，第二章"散文"的"文学批评"一节中，介绍《沧浪诗话》的主要诗学观点是借用禅宗术语，传递一种超越文字与现实的审美认知，并对后世诸多诗话作品产生了决定性的影响。

同年，美国宾夕法尼亚大学教授梅维恒（Victor H. Mair）主编的《哥伦比亚中国传统文学简编》(*The Shorter Columbia Anthology of Traditional Chinese Literature*)[②] 出版，对中国古代文学原典进行了拣选英译与汇编。第一部分"基础与诠释"的"批评与理论"中，收录林理彰对《沧浪诗话·诗辩》的全文英译，以及注释部分中，林理彰对严羽品评诗歌、诗人的观点进行的概述与阐释。

[①] Andre Levy. *Chinese Literature, Ancient and Classical*, translated by William H. Nienhauser, Jr., Bloomington：Indiana University Press Bloomington and Indianapolis, 2000.

[②] Victor H. Mair ed. *The Shorter Columbia Anthology Of Traditional Chinese Literature*, New York：Columbia University Press, 2000.

2001年，梅维恒主编的《哥伦比亚中国文学史》(The Columbia History of Chinese Literature)[①]出版，对中国历代的文学发展进行了详细的文学史书写。其方式同样是在历时的基础上，对文学的体裁进行了分类。在下卷第六编"注疏、批评与解释"的第四十五章"文学理论与批评"之"宋代的新观点与新路径"小节中，对诗话这一体裁的兴起与发展进行了介绍，将《六一诗话》视作诗话的开端，并对其概述定义；指出宋朝诗话从最初的随意评论，发展到对当世与前代文学发表启发性洞见，其篇幅也从宋代时的短小几页发展至清朝如《随园诗话》长达800多页的论述。随后对《沧浪诗话》进行详细介绍，认定其重要价值在于论述了诗歌与禅宗的联系，并首次将抒情的审美体验与禅宗的顿悟境界相融合；接下来介绍具体篇章，通过对"诗辩"的部分文句与主要术语的英译，阐释了其与佛教思想存在关联的诗学艺术内核；随后介绍"诗法"与"诗体"中，严羽对诗歌体裁的分类以及对前代诗人如杜甫等人的评价，并高度肯定了后世诗论者，尤其是明朝复古派对严羽诗论的接受。在"明清时期的杰出代表"小节中，对明清学者的代表性诗话作品进行了观点上的概述，指出王夫之的《姜斋诗话》倾向于个人化的情感体验，看重创作者的内心与外部世界的共鸣；随后对《原诗》的主要观点与诗学术语进行了介绍与译介，肯定其作为继《文心雕龙》之后首部全面系统的诗论作品的价值，并指出叶燮是反对复古派的表现派与形而上思想理论的支持者；最后对王士祯"神韵"说进行介绍，认为其继承了严羽所传承的诗学精神。

同年，伊利诺伊大学东亚语言文化系及比较系教授蔡宗齐（Zongqi Cai）的专著《比较诗学结构——中西文论研究的三种视角》(Configurations of Comparative Poetics: Three Perspectives on Western and Chinese Literary Criticism)[②]出版，其中第二章"中国诗学趋向"中就明清评论家如何重新定义文学展开了探讨。蔡宗齐力图关注叶燮核心的诗学体系观，以较为宏观的视角把握"至文"这一诗歌境界，与《原诗》建构的"理、事、情"为核心的理念体系的关系。

[①] Victor H. Mair ed. The Columbia History of Chinese Literature, New York: Columbia University Press, 2001.

[②] 蔡宗齐：《比较诗学结构：中西文论研究的三种视角》，刘青海译，北京大学出版社2012年版，第63—65页。

2003 年，华裔学者毕熙燕（Bi Xiyan）出版专著《苏轼文学思想中的守法与创新》（*Creativity and Convention in Su Shi's Literary Thought*）①，在前言部分"考察苏轼的作文之法"中，援引并节选翻译《竹坡诗话》中记载有明上人向苏轼请教作诗之法，而苏轼作两首诗以示解读的选段，随后选译《瀛奎律髓》评价苏轼诗不曾拘泥于诗法，而是自然呈现出杰出艺术成就的选段，说明苏轼作诗讲求直觉的灵感多于法度技巧的刻意运用。在第二部分的第二章"接受体裁的恢复：苏轼与文学的记述（记）"的第一节"有关文学的记述"中，介绍记述了《西清诗话》中记录苏轼与王安石相互评价对方的《醉白堂记》与《虔州学记》的轶事。

同年出版的加拿大学者施吉瑞（J. D. Schmidt）的著作《秘密花园——袁枚（1716—1796）的人生、文学、评论与诗歌》（*Harmony Garden: the Life, Literary, Criticism, and Poetry of Yuan Mei（1716-1798）*）②中，专列一节对《随园诗话》进行介绍与解读，并对影响袁枚诗论的其他前代或同时代诗话文本进行探讨。在"前言"的第二章"随园"中，首先提及《随园诗话》为袁枚带来的经济收入，来自该著作的知名度，吸引诸多当世诗人力图自己的诗作被其收录；在第二部分"袁枚的文学理论与实践"的"诗歌的原理"一章中，专列一节为"袁枚的诗话"。首先简述诗话的发展历史以及袁枚对前代诗话论诗的看法，并将《随园诗话》的观点与前代、当世的诗论者相比较，从而通过选段节译，阐明袁枚自身独具创见的诗歌观点与理论；在"才、学、识"一节中，施吉瑞讨论袁枚相关观点对严羽等前人的继承与发展；在该章"王士祯与稍早的清代诗歌"中，节译《带经堂诗话》探讨"神韵"这一诗学概念，对袁枚诗论的影响；后一节"沈德潜与翁方纲"中，同样借其二人诗话作品《说诗晬语》与《石洲诗话》，阐述袁枚诗论与其二人思想的联系。在第三部分"主要风格与主题"的"说教性风格"一章中，谈到诗歌创作与议论文风的关系时，作者重在探讨袁枚的文论思想，从最早严羽的相关论述入手，通过指出叶燮等清初诗论家对"理"这一诗学术语的不同探讨，及其各自所具备的相关诗学理论，节译并强调《原诗》的价值所

---

① Bi Xiyan. *Creativity And Convention In Su Shi's Literary Thought*, New York: Edwin Mellen Press, 2003.

② J. D. Schmidt. *Harmony Garden: the Life, Literary, Criticism, and Poetry of Yuan Mei*（1716-1798）. London: Routledge curzon, 2003.

在,并运用横向视角凸显出袁枚在清初诗学文论界的地位。

同年,方葆珍(Paula M. Varsano)在其博士论文基础上出版专著《追寻谪仙:李白诗及其历代评价接受》(*Tracking the Banished Immortal: The Poetry of Li Bo and Its Critical Reception*)①,其中论述后世历代对李白诗的评价鉴赏时,多次援引各位诗论家的诗话著作作为佐证。在第一章"阅读理论"的第一节"空中寻物:追寻谪仙,从中唐到明"中,首先节译《诗薮》中评价李杜并列的文学历史地位的选段,说明这一公认的评价由来已久。随后在"排名的修辞:打磨术语"中,提及在宋代诗话中出现大量推崇杜甫诗的讨论记述,举例节译《沧浪诗话》按照自身诗学观对杜甫诗进行赞美的选段。在"对抗李杜排名:巩固丰富性"一节中,作者通过《麓堂诗话》的诗学论述说明李东阳对于李白诗歌的研读,认为其对于诗歌本质的探讨使李白的地位得以提升,其以往被批评家忽略的才学足以与杜甫相提并论;并介绍后世诗论者探讨李白诗歌时,开始从严羽的"神""妙悟"中吸取观念灵感。在"内在本质的首要性:空虚中的实体"一节中,作者详细阐述了谢榛通过《四溟诗话》而展露的对李白诗的推崇与效仿,其运用"虚""味"等诗学术语对李白诗歌美学进行定义。在第二章"不可学之学:正典中的李白,从明朝到早期共和国"中,作者提及王夫之诗论中"情""景"及其二者交互性探讨的重要性,并在"创造的奇妙与李杜丰富性的消解"一节中,论述与节译《原诗》中对于李杜诗歌的鉴赏,以及叶燮通过"理、事、情""才、力"的术语探讨,而对诗歌本质以及李白的艺术成就进行解读,并同时介绍王士禛"神韵"说对李白诗歌评价理论的影响。在后一节"歌其人,解其诗"中,作者继续援引沈德潜承袭并发展自严羽的相关诗论,探讨《说诗晬语》中对李杜诗歌艺术的解读。后一节"对批评家的批评:李白的尚古倾向"中,作者则通过《瓯北诗话》解读赵翼对李白诗的评价,指出李白文学史地位的不断变迁取决于历代文学思想史的变迁,而并非其自身诗歌品质,故而对其诗歌评价历史的回顾无法与历史叙事的联系进行切割。在第二部分"阅读诗歌"的第四章"《乐府》:揭开束缚的剖析"中的"有关'陌生化'与自主意识"里,作者援引《瓯北诗话》《诗薮》中评价李白乐府诗的选段,说明其体例已有别于前代的汉乐府与音乐相关的韵律性,追求的

---

① Paula M. Varsano. *Tracking the Banished Immortal: The Poetry of Li Bo and Its Critical Reception*, Honolulu: University of Hawaii Press, 2003.

是符合李白自由艺术想象的形式特点，并讨论在这一文学体裁之上，李白不同于以往诗歌创作，而赋予了新的诗歌意象，在内容上实现陌生化与形式上自由不受缚的结合。

2004年，哈佛大学伊维德（Wilt L. Idema）教授与华盛顿大学教授管佩达（Beata Grant）合著的《彤管：中华帝国的女性书写》（*The Red Brush: Writing Women of Imperial China*）[①] 一书中，在第三部分"插曲：理想与现实"的"瘦马"一节中节译《随园诗话》赵钧台被"瘦马"李姓女子作诗驳斥谴责的选段；在第四部分"女性文学的第二次高潮"，第十三章"诗歌"的"王端"一节中，介绍提及王端好友沈善宝所作《名媛诗话》，称其为第一部由女性创作的、以女性诗歌为主题的诗歌评论专著。

2005年，顾明栋出版《中式阅读与书写理论：走向诠释学与开放诗学》（*Chinese Theories of Reading and Writing: A Route to Hermeneutics and Open Poetics*）[②]，是在其博士论文基础上修改而成的学术专著。第一卷"阅读与开放性的概念探究"的第二章"美学思想的开放性阐释"中，继承了博士论文中有关论述含蓄的"意在言外"的观点，同样节译《六一诗话》《诚斋诗话》《白石道人诗说》《随园诗话》中看重诗歌的言外之意并以此为品评诗人诗作的重要标准，并节译、论述《原诗》中有关含蓄是诗歌美学至境的选段。顾明栋将上述诗话纳入了自"诗大序"起的中国传统诗学发展脉络中进行探讨，他阐述了诗歌含蓄理论的发展，并和刘若愚一样，将叶燮的诗学观与着重创作者角度的表现论进行结合。在结论部分"阅读与书写中走向自觉的开放诗学"，节译《随园诗话》中改一字即提升诗歌艺术境界的例子，说明诗歌承载于语言之上的无尽美感。

同年，汉学家柯霖（Colin S. C. Hawes）出版《北宋中期诗歌的社会传播：情感能量与文人修养》（*The Social Circulation of Poetry in the Mid-Northern Song: Emotional Energy and Literati Self-Cultivation*）[③]，第二章"作为游戏的诗歌"，其中对欧阳修《六一诗话》及其地位进行了多处介绍。首先提及欧阳修的诗话作品关注韵律、意象、措辞等诗歌体例问题，并就

[①] Wilt L. Idema, Beata Grant. *The Red Brush: Writing Women of Imperial China*, Harvard: Harvard University Press, 2004.

[②] Gu Mingdong. *Chinese Theories of Reading and Writing: A Route to Hermeneutics and Open Poetics*, Albany: State University of New York Press, 2005.

[③] Colin S. C. Hawes. *The Social Circulation of Poetry in the Mid-Northern Song: Emotional Energy and Literati Self-Cultivation*, Albany: State University of New York Press, 2005.

诗人轶事进行记录，对其当世诗作进行有特色的诗论点评。意译《六一诗话》中记载许洞请诗僧作诗而不许其用"山、水、风、云、竹、石、花、草、雪、霜、星、月、禽、鸟"等字，而众诗僧最终罢笔的轶事，柯霖认为上述主题及其关联的意象代表了中国古典诗歌的主旨，故而诗僧无法进行诗歌创作也不足为奇。第五章"弘扬古代文化的诗歌"中，柯霖对《六一诗话》所关注的诗人群体进行了划分，第一类为欧阳修同时代的文人，如梅尧臣、苏舜钦等；第二类为北宋初年摹仿晚唐李商隐诗风的"西昆体"一派诗人；第三类为韩愈、孟郊、贾岛等中晚唐诗人，并随后对作为古代榜样的中唐诗人进行评述，引用并解读欧阳修对于韩愈作诗善于用韵的赞誉。在品评同时代诗人梅尧臣、苏舜钦时，欧阳修认为他们兼具"豪放"与"精劲"两种优点，并选译了《六一诗话》中欧阳修借自己诗作《水谷夜行》对其二人的评价。在该书结论部分，柯霖于开篇引用《六一诗话》引述梅尧臣论言外之意的语句，指出北宋当世诗歌讲求在接受者心中所唤起的情感，诗人通过描绘场景而唤起的这种无尽的感情，比诗歌自身简单的语言结构更加深入人心。

2006年，美国汉学家艾朗诺（Ronald Egan）出版专著《美的焦虑：北宋士大夫的审美思想与追求》（*The Problem of Beauty*：*Aesthetic Thought and Pursuits in Northern Song Dynasty China*）①，对欧阳修所创立的诗话传统及其与北宋社会文化发展的联系进行了详细的研究。"第二章：新的诗歌批评：诗话的创造"中，指出欧阳修《六一诗话》虽然篇幅短小，却在无意中开启了宋朝乃至后世的诗话这一体裁得以繁荣发展的传统。诗话自身形式的不断发展扩大了其外延，也促进了其内在思想的发展，对后世的诗歌批评影响深远。在"欧阳修的诗话"一节中，艾朗诺借节译《六一诗话》的部分选段说明其文本特点，主要为评述前代诗人与当世代表诗人的诗歌，或记录其轶事，体现出与诗学理论论述有所脱离的闲谈，随后他也指出在这种闲谈形式的点评中，欧阳修借评论他人而得以体现出个人的诗歌思想与见解。诗话这种体裁上接前代诗歌评论作品如《本事诗》等的影响，下启了脱离诗歌自身而进行理论批评，从而接近诗歌内涵的全新批评形式。

在下一节"经典的消失"中，艾朗诺节译《后山诗话》文段，论述

---

① Ronald Egan. *The Problem of Beauty*：*Aesthetic Thought and Pursuits in Northern Song Dynasty China*，Harvard：Harvard University Press，2006.

欧阳修开启的北宋诗话传统，开始逐渐减少对先秦时期经典的关注，而将鉴赏评论的视野投注于唐代为主的前代诗歌，这一诗史的逆转也代表着北宋文人足以开辟出全新的诗学讨论空间，并将之传于后世。"诗艺"一节则关注探讨诗话对于诗歌创作技法的讨论，艾朗诺节译《六一诗话》《后山诗话》《潜溪诗眼》《石林诗话》中探讨韩愈、杜甫遣词造句技法的片段。"范温的《潜溪诗眼》"一节中，艾朗诺借其论述杜甫、李商隐诗的片段，对范温专注于"巧"（ingeniousness）、"诗眼"（poetry eye）等诗学术语及艺术风格进行了详细解读。在"异端的观点"一节中，艾朗诺引述《六一诗话》对赵师民、九诗僧等人的品评，说明欧阳修开启了诗话作品对以往文学批评所忽略的创作人群的关注，并节译《彦周诗话》记录道姑所作诗的选段。在该章最后，艾朗诺结合上述论点，对欧阳修的诗话及其所开创的批评传统给予高度评价，既肯定其自身诗学思想的洞见与独特的片段化形式，也赞誉了发展迅速的宋诗话在宋朝士人的文化生活中扮演的重要角色。

同年，伊维德（Wilt L. Idema）与李惠仪（Wai-yee Li）、魏爱莲（Ellen Widmer）共同编写的论文集《清初文学的创伤与超越》（*Trauma and Transcendence in Early Qing Literature*）[①] 出版。在第一部分"诗歌"的"面对历史的清代早期诗歌及其选择：介绍"的"超越历史"小节中，李惠仪介绍王士禛的"神韵"诗学概念，并借"得意忘言""味外味"等诗学术语梳理严羽等诗学家对这一理论的影响。在"吴伟业诗歌的历史与记忆"一章中，李惠仪首先引述《筱园诗话》与《瓯北诗话》中对吴伟业诗歌成就的评价，在"以诗写史"一小节中，节译《梅村诗话》中对杨廷麟诗歌为诗史的评价，以此论证诗歌与历史相辅相成的观念对吴伟业毕生创作的影响。在孙康宜撰写的"钱谦益及其历史地位"一章中，节译《瓯北诗话》中对钱谦益其人进行的评价，认为其在创作中抒发对明亡的历史感慨，意在掩饰其作为贰臣的羞耻感。

2007年，美国汉学家蔡九迪（Judith T. Zeitlin）的专著《魅旦：十七世纪中国文学中的鬼魂与性别》（*The Phantom Heroine：Ghosts and Gender*

[①] Wilt L. Idema, Wai-yee Li, Ellen Widmer. *Trauma and Transcendence in Early Qing Literature*, Harvard: Harvard University Press, 2006.

in Seventeenth-century Chinese Literature)①出版,第二章"鬼魂之声"中,介绍到《沧浪诗话》中将李贺诗歌定义为"李长吉体",这种体裁被明朝的胡应麟再次提及,认为在王朝末期对这种诗歌的摹仿则会有所增加。在"鬼魂诗的编纂"中,将宋代诗话总集对鬼魂诗的汇编与评价纳入考察视野,指出《诗话总龟》专门列出两卷论述"鬼神"。《苕溪渔隐丛话》也列出两卷记述"鬼诗",并强调"鬼神"这一概念寓意着诗歌与超自然的结合,往往以神仙或与之有关的灵魂、预言、梦中得诗相关,而"鬼诗"则附在神仙及其相关轶事之后,以示独立。随后节译《然脂集例》中王士禄借洪迈编《万首唐人绝句》来论述鬼魂诗来源不正的选段,表明他出于对鬼魂诗不真实的虚幻出处的反感,而放弃将其纳入有关妇女诗歌的收录与品评中。

2008年,方秀洁(Grace. S. Fong)出版专著《女性作者的自我:明清时期性别、能动力与书写之互动》(*Herself an Author: Gender, Agency, and Writing in Late Imperial China*)②,在第四章"性别与阅读:女性的诗歌批评中的形式、修辞与团体"中对沈善宝《名媛诗话》进行介绍与解读。首先,方秀洁指出中国古代的女性诗人出现了用诗话的短小诗歌品评形式表达自己的诗论观点,这一广泛的、非正式的,对诗人、诗歌及其创作风格进行批评的传统。该传统在宋朝时变得普遍,并在清朝得以繁盛。女性写作诗话的出现,体现出这一群体作为文学参与者的自我认知的提升,方秀洁认为她们得以从诗人的创作角色扩大到批评者的权威地位。在"《名媛诗话》:构建真实与想象的共同体"一节中,方秀洁对《名媛诗话》的问世以及诗话这一诗论体裁的零散形式特点进行介绍,并指出沈善宝的创作动机是,力图在女性诗歌不能获得同等重视的历史与社会语境中,保存与传播女性文学。她也关注《名媛诗话》自身的内容与其创作、问世过程所体现出的清朝女性诗人所自发形成的评论探讨诗歌的松散文学社交团体,并节译《名媛诗话》中沈善宝自述创作动机的选段加以佐证,并在后文"想象的社团""真实的社团""女性的诗歌社团:个体即批判""未完待续"几小节中,深入论述了与该诗话相关的女性诗歌群体。

---

① JudithT. Zeitlin. *The Phantom Heroine: Ghosts and Gender in Seventeenth-century Chinese Literature*, Honolulu: University of Hawaii Press, 2007.

② Grace. S. Fong. *Herself an Author: Gender, Agency, and Writing in Late Imperial China*, Honolulu: University of Hawaii Press, 2008.

同年，田菱（Wendy Swartz）出版专著《阅读陶渊明：历史接受范式的转变（427—1900）》(*Reading Tao Yuanming：Shifting Paradigms of Historical Reception*（427-1900）)①，该书在她于2003年取得加利福尼亚大学博士学位的论文基础上修改而成。该书关注历代文人论诗作品中对于陶渊明诗歌的评价与鉴赏、接受，以及由此而彰显的美学价值，同时运用中西比较诗学的视角，立足于阐释学、接受理论的相关方法，以陶渊明诗歌为中心，进一步阐释中国诗歌理念与话语方式在历朝文论中的形成与演变。该书的主要内容将于后文再次提及。

2010年，孙康宜、宇文所安主编的《剑桥中国文学史》(*The Cambridge History of Chinese Literature*)②出版，第一卷"1375年之前"的第五章"北宋（1020—1126）"由艾朗诺撰写。第九节"非文艺散文"中为"诗话"专列一节，介绍这一文学体裁的定义，概述其文本特点以及在北宋社会的起源与发展，并将它与宋朝所涌现的其他鉴赏文学所并列。在由傅君劢、林顺夫撰写的第六章"南宋：十二与十三世纪"第二节"文与道：道学的冲击"中的"十三世纪初叶：'理'的各种立场"小节里，介绍到南宋诗学出现以理学道学为主的思潮，与之对应也存在讲求诗歌独立的主张，即以严羽为代表的，坚持诗歌创作与道学、学问与本体论无关的诗论家，并援引宇文所安对于《沧浪诗话》中"诗有别材"选段的英译加以证明。第四节"截止到1214年的金朝精英文学"的"世宗与章宗朝的文学"中，节译《滹南诗话》中王若虚借评论宋朝诗歌技法而表达自己诗论的选段。第五节"专业性与专业手法"的第一小节"古典诗歌"，对《白石道人诗说》进行介绍，指出姜夔受江西诗派的影响，着重讨论诗法、诗病、炼字、用典等诗学问题。"散文"一节中，指出南宋的诗话开始有别于北宋对诗人轶事与单纯诗歌品评的关注，而着力于诗歌理论的整体与本质，如《岁寒堂诗话》《白石道人诗说》《沧浪诗话》都体现出作者极具系统性与反思的诗学见解，并都对北宋以学问为诗的文风有所贬斥。以严羽为代表的以禅喻诗，更加主张诗人以个人性情为基础的自发性创作，同时严羽赞誉汉魏盛唐诗的主张，与北宋以来学习前代诗

---

① Wendy Swartz. *Reading Tao Yuanming：Shifting Paradigms Of Historical Reception*（427-1900），Harvard：Harvard University Asia Center，2008.

② Kang-i Sun Chang, Stephen Owen ed. *The Cambridge History Of Chinese Literature*, Cambridge：Cambridge University Press，2010.

人的传统并无区别。

在第二卷"1375 年之后"的第一章"明朝中期的文学（1375—1572）"中"1450 年，台阁体文学的新变"一节介绍李东阳在《麓堂诗话》对唐、宋、元、明初的诗人进行评述，并侧重于欣赏苏轼与欧阳修的诗歌风格。第三章"1520—1572：中晚明之际的文学"，提及王世贞的《艺苑卮言》体现其作为多趣味的批评家的诗歌理论。第二章"晚明文学文化（1573—1644）"的第一节"精英形式"的"诗歌与诗歌理论"中，提及王世贞提出的"性灵"被后世学者继承，成为与守旧复古派的对抗的理论主张，其中两方也就严羽"妙悟说"展开了讨论。第三章"清初文学（1644—1723）"的第三节"新旧之间"的"新典范、新正宗"中，介绍到王士祯在《渔洋诗话》中回忆自己创作《秦淮杂诗二十首》的轶事，并与前代诗人形成对应。第四章"文人的时代及其终结（1723—1840）"的第一章"漫长的乾隆时期：文学与思想成就"中，"典雅得体与通俗戏谑"一小节中，介绍到袁枚在诗学上提出并推崇"性灵"，是在前代学者的基础上对自己诗学主张的发展，并节译《随园诗话》选段说明袁枚坚持个人秉性，并展现出幽默戏谑的机智才能。《剑桥中国文学史》以历史朝代为线索，对历朝代表文人及其作品、流派进行介绍，同时侧重于其所属社会背景、文学与时代社会的关联及其发展变化，相较于纯粹的文本介绍和论述，更加彰显出较为全面的中国古代文化社会变迁。

2011 年，作为张隆溪（Zhang Longxi）、施耐德（Axel Schneider）主编的"博瑞中国人文书丛"（Brill's Humanities in China Library）的组成部分之一，国内学者骆玉明的《简明中国文学史》[①]（A Concise History of Chinese Literature）被叶扬翻译成英文版出版，书中对诗话作品的介绍与引述，直接被引入英语世界研究者的视野之中。第十四章"南宋与金代的文学"的第三节"南宋晚期的诗歌与宋词"中，介绍到严羽在其《沧浪诗话》中倡导诗歌吟咏性情的观点，认为其重视诗歌艺术对人的心灵启示的主张，直接有别于关于诗歌可以进行道德教化的风气，是对理学诗论的直接驳斥；同时节译了其对江西诗派为代表的本朝诗歌的评价，以及结合原文论述其以禅喻诗的诗学理论特点，从而说明《沧浪诗话》触及诗歌理论

[①] Luo Yuming. A Concise History of Chinese Literature, translated by Ye Yang, Leiden: Koninklijke Brill NV, 2011.

最核心的问题并影响深远。第五节"金代的文学"中，提及金代诗歌开始不满于江西诗派讲求学理的诗风，而开始发生回归性情的变化，并援引节译《滹南诗话》相关论断加以佐证。第十六章"明朝的诗歌与散文"的第二节"明代中期的诗文"中，就台阁体进行介绍时，提及李东阳的论诗主张体现于其在《麓堂诗话》中推崇唐朝、宗法杜甫，并重视诗歌的语言艺术，对声律、用韵、炼字等层面进行探讨，同时节译其文本加以佐证。第三节"晚明的诗文"中，介绍到王世贞作为"后七子"的代表人物，在其《艺苑卮言》中多次讨论诗歌的"法式"问题，在继承李梦阳复古主义的诗论基础上，继续就推崇古代诗歌范式进行了有价值的个人论述。第十八章"清代的诗文"的第二节"清代中期诗文"中，介绍到沈德潜推崇温柔敦厚的诗歌教化功能，并节译《说诗晬语》说明其诗论以汉儒的诗教为根本，强调诗歌符合政治社会诉求与社会规范的功用。

同年，王宇根（Yugen Wang）出版专著《万卷：黄庭坚和北宋晚期诗学中的阅读和写作》(*Ten Thousand Scrolls: Reading and Writing in the Poetics of Huang Tingjian and the Late Northern Song*)①，是在其2005年于哈佛大学跟随宇文所安取得博士学位的学位论文《印刷文化中的诗歌：黄庭坚（1045—1105）与北宋后期的文本、阅读策略与创作诗学》的基础之上修改而成，该书对原论文的章节命名进行了修改，但内容建构基本保持一致。该书在结合北宋社会文化、商业背景等因素的前提下，对以黄庭坚诗歌为代表的诗歌传播、诗学探讨等社会活动与文学文本进行了分析与研究，并把宋朝诗话作品作为具有说服力的参考资料，将黄庭坚及其诗歌研究放置于历史的纵向考察与社会的横向考察之中，既研究前代诗论对黄庭坚以及江西诗派诗歌理论的影响，也阐释了后世文人如严羽、王夫之、王若虚等人对其诗论的优劣评价。其原本博士学位论文的具体情况见后文。

2013年，傅君励出版专著《江湖漂泊：南宋诗歌与文学史问题》(*Drifting among Rivers and Lakes: Southern Song Dynasty Poetry and the Problem of Literary History*)②。第四章"文化生产领域的江西诗派"中多次提及、节译宋代诗话作品，开篇节译《庚溪诗话》对于以"江西格"的

---

① Yugen Wang. *Ten Thousand Scrolls: Reading and Writing in the Poetics of Huang Tingjian and the Late Northern Song*, Harvard: Harvard University, Asia Center, 2011.

② Michael A. Fuller. *Drifting among Rivers and Lakes: Southern Song Dynasty Poetry and the Problem of Literary History*, Harvard: Harvard University Asia Center, 2013.

诗歌创作风格为代表的江西派诗人的介绍，首先对这一群体的诗风与代表诗人进行定义与范围划分。在"吕本中：学自书本"一小节中，节译《苕溪渔隐丛话》有关其诗歌观点的选段，以此说明吕本中推崇从前代诗人作品进行创作学理性的归纳，同样节译《西清诗话》以说明宋诗对于杜甫诗歌中用典的推崇，以及《珊瑚钩诗话》中举例中唐诗歌学习盛唐诗，苏轼、欧阳修作文受到前代名作影响的选段。"关注心灵：诗人与道德家"一小节中，傅君励节译《石林诗话》的选段，借以说明叶梦得关注诗歌作为人类与现实世界互动时的特定表达，提倡诗歌感物而兴、吟咏情性的特点，并由其评述陶潜与杜甫诗的选段入手，论述其论诗关注主体的自然反应，而不过分强调典故用事，《石林诗话》中提及的诗学术语"天""法""悟"等也表明叶梦得更倾向于诗歌创作的自然形成，而与江西诗派诗风有所差异。随后傅君励节译《岁寒堂诗话》，讨论诗歌与经验世界的联系时，依旧强调诗歌创作过程中主体内心的作用，同样通过点评杜诗，张戒主张的是杜甫所接触到的外部世界与其内心发生共鸣从而催生了诗歌的创作，他对"不尽之意"的推崇体现出对《六一诗话》的部分继承。在"文化生产领域的佛教"小节中，傅君励详细论述自南宋开始逐渐发扬光大的禅宗与诗歌相关联的诗论，并认为林理彰此前所作的相关诗话研究与英译，为英语世界了解这一学诗如学禅的传统有很大帮助。随后他援引《艇斋诗话》中讲求论诗需"悟入"以及"学诗当如初学禅"的选段，傅君励指出严羽的成就在于首次以禅宗的诗论观点对当时所盛行的诗歌道学论进行反击，并援引《沧浪诗话》中论述"活字""活法"的选段，以及宇文所安在《中国文学：英译与评论》中的观点，阐释严羽所主张的诗歌艺术的自主性，传递出对诗歌自身诗意的追求，这种理论主张被评价为与中国千百年来的思想传统背道而驰，故而在南宋当世并未形成显著影响。

2017 年，杨海红（Haihong Yang）出版专著《中华帝国晚期的女性诗歌与诗学》(*Women's Poetry and Poetics in Late Imperial China*)[①]。在第一章"百屋中的机杼：晚期中国的女性创作批评"中，节译《原诗》选段说明叶燮诗论以"本"和"末"为诗歌传统论述的隐喻，即把文学代表的正统及其后世追随者分别比作植物的根部和枝条，以此说明文学流变

---

① Yang Haihong. *Women's Poetry and Poetics in Late Imperial China*, New York: Lexington Books, 2017.

的发展传承；随后在解读论述汪嫈诗歌时，介绍到其所受到的严羽以禅入诗、王士禛的感性浪漫美学风格的影响。在第三章"戏谑的严肃：女性的戏谑诗作"中，提及韩偓《香奁集》时，援引《沧浪诗话》对其进行的评价。

二 21世纪以来的学术论文

2000年，林理彰的《严羽的〈沧浪诗话〉与以禅喻诗》（*Yan Yu's Canglang shihua and the Chan-Poetry Analogy*）[①]发表，林理彰将严羽以禅宗思想类比诗歌风格的方式分为三种呈现，即组织性的术语、操作性的术语与本质层面的术语，并从"法""悟""入神""极致"等具体诗学术语的译介与阐释解读入手，分析《沧浪诗话》对前代诗歌的部分评价，并引述郭绍虞等人对"入神"这一诗学理念的解读与肯定，从而展现出严羽以禅宗概念联结诗歌美学内蕴的思想。

同年，柯霖（Colin Hawes）发表论文《言外之意：北宋的游戏与诗歌》（*Meaning beyond Words: Games and Poems in the Northern Song*）[②]，开篇即提及中西文学批评一贯看重北宋诗歌的理性话语而忽略其趣味性，这一传统早自《沧浪诗话》时期即存在，而北宋诗歌文化并不仅是押韵的哲理，其机智、幽默、巧妙的结构性值得对其进行探究。在"以缺失为戏：意象游戏"一章中，节译《六一诗话》中有关言外之意的记述，以及记录九诗僧作诗失败的轶事，表明传统诗歌创作的内涵与外延都始终与意象相关联，并通过节译诗话所选录的欧阳修所作《水谷夜行》选句，说明以梅尧臣为代表的北宋诗人带有游戏性质的仿古之作，使自己有别于群体所属的诗歌风格。

2002年，罗秉恕（Robert Ashmore）发表论文《宴会的后果：晏几道的词及其崇高传统》（*The Banquet's Aftermath: Yan Jidao's Ci Poetics and the High Tradition*）[③]，节译《后山诗话》中首次评论韩愈"以文为诗"、苏轼"以诗为词"的选段，以及《滹南诗话》中王若虚对这一论断的驳斥，和

[①] Richard John Lynn. "Yan Yu's Canglang shihua and the Chan-Poetry Analogy", *Comparative Literature: East & West*, 2001, pp. 1–23.

[②] Colin Hawes. "Meaning beyond Words: Games and Poems in the Northern Song", *Harvard Journal of Asiatic Studies*, Vol. 60, No. 2 (Dec., 2000), pp. 355–383.

[③] Robert Ashmore. "The Banquet's Aftermath: Yan Jidao's Ci Poetics and the High Tradition", *T'oung Pao*, Second Series, Vol. 88, Fasc. 4/5 (2002), pp. 211–250.

其提出"诗词一理"的选段。作者指出苏轼不恰当的创作方法并不符合当时普遍的词学审美,但后世评论者通过鉴赏,而对其进行了历史评论的挽回。

2003年,顾明栋发表论文《中式思想中的审美暗示——形而上学与美学的和谐奏鸣》(Aesthetic Suggestiveness in Chinese Thought: A Symphony of Metaphysics and Aesthetics)[1],引述严羽诗论中推崇语言表达有限,而其暗示的思想是无限的论述,并对"言外之意"等相关诗学术语进行译介,并节译《说诗晬语》强调诗歌创作贵在含蓄有余韵的论断,说明古代文论对诗歌艺术含蓄蕴藉的追求。同年,顾明栋发表论文《文学开放性:跨越中西文学思想鸿沟的桥梁》(Literary Openness: A Bridge across the Divide between Chinese and Western Literary Thought)[2],论述中国古代文学理论中有关体现文学开放性的理论,指出早期的形而上哲学层面的暗示概念,逐渐进化成一种普遍共识的诗歌美学,这一进程得益于梅尧臣、欧阳修、葛立方、魏泰、杨万里、严羽、姜夔、叶燮等人在诗论著作中的理论阐述,并选译《六一诗话》与刘若愚所译《沧浪诗话》相关理论选段,指出严羽将兴与含蓄的概念进一步阐释为一种开放的概念,同时译介其他相关诗学术语如"妙悟""兴趣""神韵"等,指出这一系列演变的诗学概念,已经形成了中国文论独特的一套审美暗示系统。

2004年,安敏轩(Nick Admussen)在发表的《暗示于〈野草〉中的诗学》(The poetics of hinting in Wild Grass)[3]这一探讨现代作家鲁迅作品的论文中,提到了《原诗》的诗学观点中对于读者的主体接受的论述,及其对于解读《野草》文本思想的影响作用。

2005年,顾明栋发表论文《文学与艺术中的摹仿理论是否普遍?》(Is mimetic theory in literature and art universal)[4],以中西比较诗学的视角探讨中国古代文学理论中与西方摹仿说理论相通之处,他指出早期中国艺术

---

[1] Ming Dong Gu. "Aesthetic Suggestiveness in Chinese Thought: A Symphony of Metaphysics and Aesthetics", *Philosophy East and West*, Vol. 53, No. 4 (Oct., 2003), pp. 490-513.

[2] Gu Mingdong. "Literary Openness: A Bridge across the Divide between Chinese and Western Literary Thought", *Comparative Literature*, Vol. 55, No. 2 (Spring, 2003), pp. 112-129.

[3] Nick Admussen. "The poetics of hinting in Wild Grass", *Journal of Modern Literature in Chinese*, Spring 2014, pp. 80-88.

[4] Gu Mingdong. "Is mimetic theory in literature and art universal", *Poetics Today*, 2005, pp. 478-480, 487-488.

美学将文学艺术视作自然再现与摹仿相结合的产物，并节译《四溟诗话》中论述情景结合的选段，指出随着理论的推进，《姜斋诗话》中王夫之已开始将诗歌视作对外部世界进行摹仿的产物。顾明栋在后文中发展了对于《原诗》的认识，认为该诗话作为系统性的诗学理论，对摹仿说分支进行了具体的论述，并节译相关选段的同时，将其与蒲柏提出的西方文论相联系；并对《原诗》所提出的主要诗学术语进行译介解读，将其划分为可进行内部、外部世界区分的两套术语，从而对叶燮坚持的诗歌创作理想过程进行阐释。他在中西比较诗学对比的基础上，和宇文所安一样探讨了摹仿论这一西方文论观点，与叶燮理论的联系，同时运用他者文论视角进行对比，这种研究方法与视角的继承与创新，意味着顾明栋自身研究成果的逐步推进。

2006 年，罗伯特·威尔金森（Robert Wilkinson）主编的论文集《比较美学探求：东西方理论的交汇》（*The Pursuit of Comparative Aesthetics: An Interface Between the East and West*）收录卜松山的论文《中式美学与康德》（*Chinese Aesthetics and Kant*）[1]，在林理彰与刘若愚相关研究的基础之上，他介绍叶燮诗论中提倡诗歌创作应遵循"活法"，才能准确向读者描绘出泰山之云，并译介、解读《原诗》中"在我者""才、胆、识、力"等阐述创作者主体的诗学术语，并将相关诗论与康德的理论进行联系比照。

2006 年，美国华裔学者孙筑瑾（Cecile Chu-chin Sun）发表论文《摹仿与兴》（*Mimesis and Xing, Two Modes of Viewing Reality: Comparing English and Chinese Poetry*）[2]，梳理"兴"这一概念在历代文论中的发展，指出发展到后期，随着诗学理念"情"与"景"的出现与完善，"兴"作为情感反应的互动介于前两者之间，并节译《四溟诗话》以举例；随后指出《贞一斋诗话》中将"兴"与更抽象的思维层次相联系，上升至本体论的诗学概念维度，直到王夫之发展了"气""情""景"等诗学术语，形成人与自然相互共振、共鸣的理论。

---

[1] Karl-heinz Pohl, Trier. "Chinese Aesthetics and Kant", *The Pursuit of Comparative Aesthetics An Interface Between the East and West*, New York: Routledge, 2006, pp. 78-92.

[2] Cecile Chu-chin Sun. "Mimesis and Xing, Two Modes of Viewing Reality: Comparing English and Chinese Poetry", *Comparative Literature Studies*, Vol. 43, No. 3, Classics and Contemporary Literature/Culture/Theory (2006), pp. 326-354.

2007年，杨晓山发表论文《王安石的〈明妃曲〉以及翻案的诗学》(Wang Anshi's "Mingfei qu" and the Poetics of Disagreement)[1]，在注释部分介绍《韵语阳秋》评价王安石的历史翻案诗更注重表达批评意见，胜过了叙述事件本身，与之类似的是，《瓯北诗话》中赵翼提出对此种批评意见的创作方式有所质疑，但对其新颖性表示肯定。

2008年，美国学者蔡涵墨（Charles Hartman）发表论文《唐朝诗人杜甫与宋朝文人》(The Tang Poet Du Fu and the Song Dynasty Literati)[2]，首先介绍早期北宋文人对杜甫的不重视，如转引《中山诗话》记载宋初西昆体代表诗人杨亿不喜杜甫，谓其为"村夫子"的评价，并介绍欧阳修在其诗论中，同样对杜甫诗歌不够推崇，表现出接受与肯定的有所保留；随后通过引述《诗人玉屑》介绍杜甫对宋代文人逐渐产生的吸引力，在于其对这一群体无法表达的政治情感的抒发，使北宋文人通过诗话的评论，将其塑造为自身的代言者，以至于发展至12世纪，杜甫已成为文学经典的象征；并通过《苕溪渔隐丛话》介绍胡仔家族有关杜甫不同版本作品集的收藏情况。

同年，顾明栋发表论文《神性与艺术理想：跨文化美育的理念与启示》(The Divine and Artistic Ideal: Ideas and Insights for Cross-Cultural Aesthetic Education)[3]，称严羽为对中国诗歌与诗学产生持续影响的文学评论家，并节译《沧浪诗话》相关选段，指出"入神"为诗歌艺术的终极标准，并明确严羽并未详细阐述这一概念，而是采用诗意的类比对诗歌的表达方式进行鉴赏与阐述。顾明栋随后运用中西比较诗学的对比视角，对这一标准之下孕育的言有尽意无穷的美学追求进行了论述，认为其作为中国艺术中非个人的自然力量，创造了艺术作品无限的意义可能。同年，香港学者陈伟强（Timothy Wai Keung Chan）发表论文《两个世界的故事：桃花源（刘晨、阮肇）浪漫史在晚唐的诗歌表现》(A Tale of Two Worlds: The Late Tang Poetic Presentation of the Romance of the

---

[1] Yang Xiaoshan. "Wang Anshi's 'Mingfei qu' and the Poetics of Disagreement", *Chinese Literature: Essays, Articles, Reviews* (*CLEAR*), Vol. 29 (Dec., 2007), pp. 55-84.

[2] Charles Hartman. "The Tang Poet Du Fu and the Song Dynasty Literati", *Chinese Literature: Essays, Articles, Reviews* (*CLEAR*), Vol. 30 (Dec., 2008), pp. 43-74.

[3] Ming Dong Gu. "The Divine and Artistic Ideal: Ideas and Insights for Cross-Cultural Aesthetic Education", *The Journal of Aesthetic Education*, Vol. 42, No. 3 (Fall, 2008), pp. 88-105.

Peach Blossom Font)①,在开篇借用《沧浪诗话·诗体》提出的以"初唐""盛唐""大历""元和""晚唐"这五个时期,对唐朝诗歌进行划分的概念;随后介绍《本事诗》中记载,刘禹锡《元和十一年自朗州召至京戏赠看花诸君子》一诗中"桃树"的政治隐喻。同年,余宝琳发表论文《隐藏于寻常场景之中?中国诗歌的隐蔽艺术》(Hidden in Plain Sight? The Art of Hiding in Chinese Poetry)②,文中以片段式的阐述,重在讨论《原诗》等诗话作品中与诗歌意象相关的具体诗学观点。

同年,梅维恒发表论文《中国美学的通感及其印度语的共鸣》(The Synesthesia of Sinitic Esthetics and Its Indic Resonances)③,对王士祯所提出的正式的诗学理论"神韵说"进行介绍,认为"神韵"象征着对诗歌媒介的完美而自发的直觉控制,以及诗人在其创作中体现出的直观的现实感悟,并对其定义,将其外在呈现表述为一首诗的语调、氛围以及个体诗人的内在心理与精神现实;随后对与这一所指相类似的诗学术语进行了译介与解读,并按照历时线索梳理这一诗学概念的发展流变,引用并节译季羡林《关于神韵》一文中,对自《沧浪诗话》起的诗话作品中有关类似理念的解读,并通过这一类似的,将意义超越于语言表述之上的诗学标准,架构起诗歌艺术的至高境界。

2009年,美国华人学者田晓菲(Xiaofei Tian)发表论文《塔中的女人:"古诗十九首"与"无隐"的诗学》(Woman in the Tower: "Nineteen Old Poems" and the Poetics of Unconcealment)④,开篇引述《艺苑卮言》中评价《古诗十九首》为"千古五言之祖"的评价,指出后世诗歌评论多持类似观点,并节译《四溟诗话》中评论其简洁明了、质朴平易的语言特点;但随后指出这一浅易的语言特点导向了看似矛盾的内蕴深度,并节译《诗薮》的评价进行佐证。同年,《从人之道看天之道:中庸之

---

① Timothy Wai Keung Chan. "A Tale of Two Worlds: The Late Tang Poetic Presentation of the Romance of the Peach Blossom Font", T'oung Pao, Second Series, Vol. 94, Fasc. 4/5 (2008), pp. 209–245.

② Pauline Yu. "Hidden in Plain Sight? The Art of Hiding in Chinese Poetry", Chinese Literature: Essays, Articles, Reviews (CLEAR), Vol. 30 (Dec., 2008), pp. 179–186.

③ Victor H. Mair. "The Synesthesia of Sinitic Esthetics and Its Indic Resonances", Chinese Literature: Essays, Articles, Reviews (CLEAR), Vol. 30 (Dec., 2008), pp. 103–116.

④ Xiaofei Tian. "Woman in the Tower: 'Nineteen Old Poems' and the Poetics of Unconcealment", Early Medieval China 2009, No. 15, pp. 3–21.

道》(Revealing the Dao of Heaven through the Dao of humans: Sincerity in The Doctrine of the Mean)[1]发表，该文对以《易经》为起点的中式哲学本体论进行论述，并与古希腊哲学等西方哲理概念进行对照，并节译《原诗》中讨论自然天地万物的内在个体的独特性，这一有关本体论的论述，以此说明其讨论的，世间事物的主体性以及其对自身天性与命运的探索。

同年，耶鲁大学华裔教授林葆玲（Pauline Lin）发表论文《重审应璩与陶潜之诗学联系》(Rediscovering Ying Qu and His Poetic Relationship to Tao Qian)[2]，开篇提到钟嵘对于陶潜诗歌与应璩诗歌的内在联系之认识，并提及后世《石林诗话》《四溟诗话》《渔洋诗话》等诗论作品就这一观点产生了或支持或质疑的不同争论；随后提及后世诗论家开始逐渐反思，对应璩诗歌认识的不足，《石林诗话》诗话则是首次提出对钟嵘观点的质疑，认为其认识的片面，导致只注意到建安与魏朝诗人倾向于创作某一特定主题的诗歌，而将致力于田园题材创作的陶潜，放置于与应璩一脉相承的联系之中，实则是对两位诗人诗歌成就的误解；《渔洋诗话》则把陶潜置于诗歌鉴赏评价的"中品"，并将其与应璩相联系，但王士禛对于钟嵘的诗论观点仍有所保留。同年，顾明栋发表的论文《从元气到文气：中国审美观的哲理性研究》(From Yuanqi (Primal Energy) to Wenqi (Literary Pneuma): A Philosophical Study of a Chinese Aesthetic)中[3]，讨论"气"这一传统文论术语的重新概念化，指出《原诗》系统地讨论了文学与气的关系，并进一步探讨叶燮诗论中更为形而上的诗歌本质问题，阐明叶燮运用抽象哲理与比喻示例，对气的概念及其与自然宇宙、创作行文以及个人主体内在力量的联系进行了解读，还通过比较的视角，审视到"气"这一概念与柏拉图"迷狂说"等西方文论观点的相似性。

2010年，杨晓山发表论文《王安石〈唐百家诗选〉的传统与个性》

---

[1] Yun CHEN and Huang Deyuan. "Revealing the Dao of Heaven through the Dao of humans: Sincerity in The Doctrine of the Mean", *Frontiers of Philosophy in China*, Vol. 4, No. 4 (December 2009), pp. 537-551.

[2] Pauline Lin. "Rediscovering Ying Qu and His Poetic Relationship to Tao Qian", *Harvard Journal of Asiatic Studies*, Vol. 69, No. 1 (Jun., 2009), pp. 37-74.

[3] Gu Mingdong. "From Yuanqi (Primal Energy) to Wenqi (Literary Pneuma): A Philosophical Study of a Chinese Aesthetic", *Philosophy East and West*, Vol. 59, No. 1, 2009, pp. 22-46.

(Tradition and Individuality in Wang Anshi's Tang bai jia shixuan)①，介绍分析王安石编选《唐百家诗选》的意图与相应不足时，节译《苕溪渔隐丛话》所引《遁斋闲览》选段，说明王安石选诗时带有当时主流社会鉴赏唐诗的取向，及其个人的审美，以至于部分代表诗人未得以入选；随后节译《随园诗话》记载编选唐诗者的审美差异，如《河岳英灵集》不选杜甫诗入内等例子，说明编选者一贯坚持着不同的价值取向；随后作者节译《风月堂诗话》关于王安石选诗意图的辩解，说明杨蟠为其作序时有意曲解王安石本人并不存在的审美取向，并引述《六一诗话》等同时期宋诗话的观点，说明王安石选取具体唐人诗篇时，可能相类似的审美接受；随后作者选译《沧浪诗话》中论及王安石编选该诗集所采用的标准的选段，进一步试图从材料中还原王安石编选诗歌所参照的历史与个人原因。作者进一步还原王安石所选《唐百家诗选》的历史意义，节译《诗薮》相关选段，说明自明朝起，诗论家开始普遍关注这一诗集规复唐朝传统的历史主义价值。

同年，田菱发表论文《论谢灵运诗歌创作中的自然性》(Naturalness in Xie Lingyun's Poetic Works)②，开篇即节译《沧浪诗话》与《说诗晬语》对谢灵运诗歌的评价，说明后世部分具有代表性的诗论家，多将谢灵运作为其同时代诗人陶潜的陪衬，认为其诗歌艺术的自然性比之陶潜略逊一筹；同时节译《后山诗话》评价陶渊明作诗浑然天成的高度评价。同年，Zhaohui BAO 与 Fenfen XIE 发表论文《庄子的意象运用的优势、不足与存在的问题》(The Advantages, Shortcomings, and Existential Issues of Zhuangzi's Use of Images)③，探讨《庄子》对于意象的多样化运用，论及庄子被后世视作诗人哲学家的原因，就在于其通过意象，而更加充分地传达模糊隐晦的哲理，为佐证这一点，作者节译《麓堂诗话》相关选段，阐明比兴这一重在托物抒情的诗歌表现手法。

2011年，卜松山发表论文《中国文学批评的持续性与不持续性——从前现代到现代》(Continuities and Discontinuities in Chinese Literary Criti-

---

① Xiaoshan Yang. "Tradition and Individuality in Wang Anshi's *Tang bai jia shixuan*", *Harvard Journal of Asiatic Studies*, Vol. 70, No. 1 (June 2010), pp. 105-145.
② Wendy Swartz. "Naturalness in Xie Lingyun's Poetic Works", *Harvard Journal of Asiatic Studies*, Volume 70, Number 2, December 2010, pp. 355-386.
③ Zhaohui BAO, Fenfen XIE. "The Advantages, Shortcomings, and Existential Issues of Zhuangzi's Use of Images", *Frontiers of Philosophy in China*, Vol. 5, No. 2 (June 2010), pp. 196-211.

cism-From the Pre-Modern into the Modern Period）①，介绍《原诗》中，叶燮论及可以通过诗歌作品了解到杜甫、韩愈、苏轼等前代诗人的面目，而近代诗人之作则无相关领悟；随后在阐述理论化术语时，对《沧浪诗话》中的"妙悟"以及其他表示含蓄的言外之意的概念，进行了介绍解读，而论及具体的诗歌律法与审美要求时，则阐释了严羽所提出的"神""入神"，以及王士祯在此基础之上所发展提出的"神韵"说诗学理念。

同年，杨海红发表论文《王端淑诗歌中的典故与自题》（Allusion and Self-Inscription in Wang Duanshu's Poetry）②，对清代女诗人王端淑的作品进行研究，开篇介绍文学典故作为联系诗歌与占主导地位的男性社会的文化规范之间的联系，并引述《说诗晬语》，说明以儒家经典、哲学与前代历史、哲学为代表的史诗，是沈德潜所强调的诗歌的源头；随后对"清"这一专门表述女性诗歌艺术特点的诗学术语进行介绍，并译介、解读《诗薮》中所提出的"格清""调清""思清""才清"等具体术语。同年，孔旭荣（Xurong Kong）发表论文《形似的起源：中国中古文学思想再思考》（Origins of Verisimilitude: A Reconsideration of Medieval Chinese Literary History）③，探讨魏晋诗歌、辞赋中对于"形似"这一美学的要求与体现，节译《随园诗话》中论述《三都》《两京》赋作为类书、志书而在当时广受欢迎的选段。

2012年，孙承娟（Chengjuan Sun）发表论文《亡国之音：本事与宋人对李后主词的阐释》（The Hidden Blessing of Being a Last Ruler: Anecdotes and the Song Dynasty Interpretation of Li Yu's（937-978）Lyrics）④，首先介绍《苕溪渔隐丛话》中已有对《南唐二主词》条目的收录，随后探讨李煜具体作品的美学内蕴，节译《西清诗话》记载李煜所作《临江仙》残稿，

---

① Karl-Heinz Pohl, Trie. "Continuities and Discontinuities in Chinese Literary Criticism-From the Pre-Modern into the Modern Period", *Is a History of Chinese Literature Possible?: Towards the Birth of Chinese Literary Criticism*, Themenheft 2011, pp. 145-167.

② Haihong YANG. "Allusion and Self-Inscription in Wang Duanshu's Poetry", *Chinese Literature: Essays, Articles, Reviews* (CLEAR), Vol. 33 (December 2011), pp. 99-120.

③ Xurong Kong. "Origins of Verisimilitude: A Reconsideration of Medieval Chinese Literary History", *Journal of the American Oriental Society*, Vol. 131, No. 2 (April-June 2011), pp. 267-286.

④ Chengjuan Sun. "The Hidden Blessing of Being a Last Ruler: Anecdotes and the Song Dynasty Interpretation of Li Yu's (937-978) Lyrics", *Chinese Literature: Essays, Articles, Reviews* (CLEAR), Vol. 34 (December 2012), pp. 105-129.

并对其进行相关创作轶事评价的选段,说明李煜的词创作相较于注重场景的真实书写,更加倾向于情感的抒发。

2014 年,BAI Li-bing 发表论文《华兹华斯〈丁登寺〉的中国美学解读——与〈春江花月夜〉的比较》(A Chinese Aesthetics Reading of Wordsworth's Tintern Abbey-with a Comparison to Chunjiang Huayue Ye)①,介绍历代传统诗论有关诗歌创作主客体合一的论述,节译《四溟诗话》《姜斋诗话》相关选段,以说明古典文学批评中,对诗歌的情与景二者紧密联系、相互交融的阐释;随后作者指出中国古典诗歌的艺术源头,既有道家超脱智慧的哲理性,也有儒家对严密逻辑性的规避,两者都与西方文学所追求的学识理性有所区别,并节译《沧浪诗话》《随园诗话》以说明中国诗歌艺术不以诗人学力为评断标准。

2016 年,杨铸(Yang Zhu)发表论文《诗学之味与品味诗歌》(Poetic Taste and Tasting Poetry)②,探讨传统诗论中有关"味"这一诗学概念的论述,提及《六一诗话》中欧阳修引自作《水谷夜行》对梅尧臣诗歌进行评价的部分,并节译《临汉隐居诗话》对诗歌中"味"的推崇,以及魏泰对欧阳修诗歌缺少余味的评价,随后节译《岁寒堂诗话》对陶渊明诗句的鉴赏,以说明渊明诗初读时枯燥无味却值得细读细赏,并最终通过《诚斋诗话》说明有余味的诗歌作品符合最高要求的艺术标准。作者接着对清朝诗论中有关这一概念的解读进行探讨,节译《诗筏》对于前代唐宋文人作品的肯定,说明其鉴赏标准同样来自接受者对于"味"的体悟,以及《说诗晬语》对李白七言绝句的评价,同样体现出超越语言文本之外的"味"的重要性。在此肯定基础之上,作者译介并阐释了与"味"相关联的一系列类似衍生诗学术语,例如《诗法家数》对于以《古诗十九首》为代表的汉魏诗歌进行鉴赏时,则以这一主观接受方式为标准;并节译《麓堂诗话》中李东阳隐晦地反对盲目恢复文学复古传统的选段,而其用来评判近世诗歌摹仿古代是否具备文学价值的方式,也是"味"这一接受鉴赏模式。作者继续将"味"与其他诗学概念相联系,节

---

① BAI Li-bing. "A Chinese Aesthetics Reading of Wordsworth's Tintern Abbey—with a Comparison to Chunjiang Huayue Ye", *International Journal of Comparative Literature & Translation Studies* Vol. 2 No. 2; April 2014, pp. 11–18.

② Yang Zhu. "Poetic Taste and Tasting Poetry", *Linking Ancient and Contemporary*, 2016, pp. 299–316.

译《四溟诗话》中诗歌"可解""不可解",以及《沧浪诗话》中以"羚羊挂角"等比喻阐释含蓄难解诗歌意境的选段,并将这种只可意会不可言传的境界与主体自身的内在能动相结合,节译《贞一斋诗话》中高度肯定"兴"对诗歌产生影响的句段,以推导出《姜斋诗话》中肯定读者根据自身主观情志而进行的阅读接受。

三 21世纪以来的学位论文

2002年,岭南大学教授石岱崙(STERK Darryl Cameron)的硕士学位论文《王士禛的禅林诗话:探讨与翻译》(*Chan Grove remarks on poetry by Wang Shizhen: A Discussion and Translation*)[1],对王士禛《带经堂诗话》所收录"卷二十·记载门二"中"禅林类"进行了英译与研究,开篇即探讨王士禛的诗学理论成果,介绍王士禛以"诗话"为题的著作虽然仅有《渔洋诗话》一部,但其丰富多样的论诗阐述却为后人张宗楠所收录整理为《带经堂诗话》;随后作者对"诗话"这一体裁介绍,其正式的形式始于《六一诗话》的首创,并梳理后续历代诗话对王士禛诗论的影响,例如《沧浪诗话》中关于诗歌创作主体作用的系统性阐述,随后作者援引林理彰对严羽诗论,尤其是"诗辩"中阐述盛唐诗人诗风的选段,以说明其开创了具有后续影响力的以禅喻诗的传统,以及"入神"这一诗学概念对王士禛诗论主体思想的影响。随后作者对"禅林类"诗话部分的文本进行了英译与注释。

同年,坎贝尔(Mhairi Kathleen Campbell)的硕士学位论文《王若虚和他的〈诗话〉》(*Wang Ruoxu (1174-1243) and His "talks on Poetry"*)[2],对王若虚《滹南诗话》进行研究,全文共五章,第一章"金朝及其前代的批评"对王若虚其人以及社会时代背景进行了介绍,并按照文献综述对有关王若虚的现有研究进行了归纳梳理;第二章"内容与形式之间的冲突"研究《滹南诗话》的文本,对其诗学理念以及对前代诗人,例如黄庭坚的诗歌与诗学的评价论述进行研究;第三章"语言与用典的陷阱"论述该诗话所涉及的具体诗歌创作问题,例如佛教诗学思想与"理"

---

[1] STERK Darryl Cameron. *Chan Grove remarks on poetry by Wang Shizhen: A Discussion and Translation*, University of Toronto (Canada), M. A., 2002.

[2] Mhairi Kathleen Campbell. *Wang Ruoxu (1174-1243) And His "talks on Poetry"*, University of Alberta (Canada), M. A., 2002.

诗学概念的联系与对立，言与意的关系，读者的主观接受等诗学层面的探讨；第四章"圣人或骗子：作为诗人的评论家"结合具体诗学理念，论述王若虚作为诗人与评论家的双重文化身份；第五章"更宏伟的图景"则试图梳理历代延续的诗话传统，从历史文化的传承性上对王若虚诗论展开深化论述。该论文对包括《滹南诗话》在内的，诸多古代诗话作品及其中诗学术语，进行了英译与解读。

2003年，田菱的博士学位论文《隐逸、人格与诗歌：中国文学传统中的陶渊明接受》(Reclusion, Personality And Poetry: Tao Yuanming's Reception in the Chinese Literary Tradition)[1]，通过诗话作品中对陶渊明及其诗歌的评价，梳理了陶渊明诗歌在后世的代表性接受成果。第四章"宋朝的重新定义与经典化"中，首先对诗话这一宋朝开始大规模出现的体裁进行定义，并就"平淡"这一诗学术语与审美理念在《六一诗话》相关文本中的体现，而展开宋代诗话对陶渊明诗歌及其美学内核的评价；随后节选并探讨《蔡宽夫诗话》《石林诗话》《苕溪渔隐丛话》对陶渊明的鉴赏评价，直至《沧浪诗话》中严羽对陶渊明具体诗篇的肯定评价等，呈现出宋朝诗歌评论家基于自身时代的审美特性，从发掘陶渊明诗歌中符合自身审美立场的价值，并对其进行了文学史地位的提升。第五章"文学接受第二部分：明清时期"中，继续论述陶渊明诗歌美学理念在后世的演变与被接受情况，节译《诗薮》部分文本，并结合"体"这一文学史嬗变概念与"格调"等诗学概念的阐释，可以看出胡应麟较为系统地从历史与文本的角度阐明了陶渊明的重要性；同样还有《诗源辨体》《诗筏》从诗歌文体正变发展的角度，探讨了陶渊明诗在前代文学历程中的具体作用，足以说明自诗话体裁出现以来的诗论者，都是基于自身美学核心对陶渊明的历史地位与诗歌价值进行了带有主观立场的鉴赏。

2005年，Li Yanfeng的博士学位论文《中国传统诗歌多样化形式中的语言与意象操作》(Linguistic and Graphic Manipulation in The Miscellaneous Forms of Traditional Chinese Poetry)[2]，对传统诗歌中灵活运用文字与意象组成形式的诗歌体裁进行研究。第二章"有内容前提的诗歌"第一节

---

[1] Swartz, Wendy. *Reclusion, Personality And Poetry: Tao Yuanming's Reception in the Chinese Literary Tradition*, University of California, Los Angeles, P. D., 2003.

[2] Li Yanfeng. *Linguistic and Graphic Manipulation in The Miscellaneous Forms of Traditional Chinese Poetry*, University of Hawaii at Manoa, P. H. D., 2005.

"杂数诗和杂名诗"中,援引《四溟诗话》对于鲍照的历史评价,认为鲍是最早进行"十数体"诗歌创作的诗人;第三节中,在对集句诗与隐括诗进行介绍时,援引《升庵诗话》的记载,介绍首篇集句诗是晋朝傅咸的《七经诗》,同时提及《沧浪诗话》记载王安石使该诗体在宋朝开始普遍;对隐括诗进行介绍时,援引节译了《能改斋词话》所记载的苏轼、黄庭坚等人的相关创作。第四章"操纵意象特征的诗歌"第一节"离合诗和神智诗"中,援引《石林诗话》观点说明三国时期孔融是最早进行离合诗创作的诗人。

2005年,宇文所安的博士生王宇根的博士学位论文《印刷文化中的诗歌:黄庭坚(1045—1105)与北宋后期的文本、阅读策略与创作诗学》(*Poetry In Print Culture*: *Texts*, *Reading Strategy*, *and Compositional Poetics In Huang Tingjian*(1045-1105)*and The Late Northern Song*)[①],结合历史背景线索,对黄庭坚诗歌创作与审美理念进行了研究,其中援引多部古代诗话,作为黄庭坚诗论文本的文化背景,也作为体现其诗歌观点的第一手材料。在第一章"诗歌的模式:一种盛行于唐和五代的评论体裁"中,对"诗话"这一体裁的出现进行历史意义上的定义,援引《诗薮》"唐无诗话"的观点,说明这一被广泛接受的观点定义了唐朝论诗作品并不符合"诗话"的体裁要求,同时援引《潜溪诗眼》《蔡宽夫诗话》中对诗格这一论诗体裁浅薄的理论价值的消极评价;在"诗法:一种十四世纪早期的新兴诗歌评论体裁"一节中,介绍到这一体裁最早出现在《诗法正论》,而该诗话又被收录入《诗法源流》一书中,并节译相关选段,说明此类型诗话重在讨论与建立诗歌创作的法度与规则。

第二章"力求完美:北宋晚期的范式建立与方法探求"中,首先提及金朝诗论家王若虚对黄庭坚所提倡诗歌技巧的不赞同,并强调这一观点被后世许多文人所继承,随后将严羽定义为对北宋江西诗派最尖锐的批评者,并节译《沧浪诗话》《苕溪渔隐丛话》对江西宗派的定义,阐明其对诗学技巧范式的尝试思考,对后世相关议题产生了深远影响;随后节译《后山诗话》中记述苏轼、黄庭坚等人诗歌创作章法、技巧的选段,以及《潜溪诗眼》中黄庭坚通过评价杜诗而结合自身审美价值的选段,和"活法"等具体创作标准的讨论等,而到《艇斋诗话》中则已经定义黄庭坚

---

① Wang, Yugen. *Poetry In Print Culture*: *Texts*, *Reading Strategy*, *and Compositional Poetics In Huang Tingjian*(1045-1105)*and The Late Northern Song*, Harvard University, P. H. D, 2005.

自身诗歌理念所具备的"诗法";"结论"中论述了严羽、王夫之等人对黄庭坚诗论的观点,他们认为诗歌创作与才学知识紧密相连,但不足以将其视作决定性的条件,故而对于江西诗派过分看重学问为诗的特点有所驳斥。上述宋朝诗话作品,足以作为后世对黄庭坚诗学观点与技巧要求的一大参考,从中也可进行对其诗学理念的梳理与透视。

2007 年,黄洪宇(Huang Hongyu)的博士学位论文《历史、传奇与身份:吴伟业(1609—1672)及其文学遗产》(*History, Romance, and Identity: Wu Weiye*(1609-1672) *and His Literary Legacy*)[①] 对明末清初诗人吴伟业的生平、诗歌与相关诗论进行了详细研究。在"前言"中介绍《瓯北诗话》高度评价吴伟业的文学成就,将其置于中国历代最伟大的诗人群体行列之中,并用一整章内容探讨其堪与李白、苏轼等人齐名的诗歌价值;随后作者介绍《带经堂诗话》所记载的同时代清初文人钱谦益等对吴伟业的高度评价,并对吴伟业所创"梅村体"诗体进行介绍,借用《沧浪诗话·诗体》中对诗体进行包括个体命名在内的四种分类,说明吴伟业"梅村体"以其号"梅村"命名,正是隶属于此种概念界定下的分类。在后续具体章节,作者对吴伟业部分代表诗歌进行了译介与解读,并多次援引其本人所作《梅村诗话》所记录的相关轶事。在第一章的结论"诗史的诗学"中,作者援引《本事诗》对杜甫诗歌的评价,认为这一由其开创的书写记录历史的诗歌传统被吴伟业所继承,随后援引《瓯北诗话》说明吴伟业的诗歌是在此基础之上,增添了主观的个人情感与历史立场。作者于论文附录的第二部分,对《瓯北诗话》卷九"吴梅村诗"进行了英译,需注意的是作者是在有所侧重的情况下,对原文进行了删减节选与适当改动。

2009 年,Tan Hanwei 的博士学位论文《中国视觉诗歌》[②](*Chinese Visual Poetry*),对这一诗歌体裁进行定义采用了《沧浪诗话》的相关内容。在"前言"中介绍视觉诗这一中国诗歌分类,援引《沧浪诗话·诗体》分类的中"杂体",指出其作为长期被主流诗歌边缘化的非传统化文学实践,最适合被称作语言与视觉元素相结合的视觉诗。同年,Wang Yanning 的博士学位论文《超越闺房:晚期中华帝国的女性游记诗歌》

[①] Huang Hongyu. *History, Romance, and Identity: Wu Weiye*(1609-1672) *and His Literary Legacy*, Yale University, P. H. D., 2007.

[②] Tan, Hanwei. *Chinese Visual Poetry*, Indiana University, P. H. D., 2009.

(*Beyond The Boudoir*: *Women's Poetry on Travel In Late Imperial China*)①,第一章"男性文人传统中的游记诗歌"中,节译《随园诗话》以说明旅行对于袁枚诗歌创作的重要性,他表示自己常常在旅行的过程中寻访到值得记录的诗歌佳句;介绍《诗人玉屑》中对于江西诗派推崇诗歌创作的律法规则的评价。第二章"女性的游记诗歌:主要类型与主要问题"中,举例论述历代女诗人的游历经历与其诗歌创作的联系,在论及清朝女诗人的文化活动时,援引《随园诗话》对袁枚组织参与的女性诗人杭州诗会的记载;第五章"顾太清的郊游诗歌"中,介绍清朝女诗人相携出游结社作诗的情况,例如秋红吟社诸女诗人,顾太清、沈善宝等人出城观赏荷花并作诗的记载,同时节译沈善宝本人所作《名媛诗话》记录其与顾太清等人赏菊并作诗的记录。

同年,Huicong Zhang 的博士学位论文《摹仿与创新:杨维桢(1296—1370)及其乐府诗的批评研究》(*Imitation and Innovation*: *A Critical Study of Yang Weizhen* (1296-1370) *and His Yuefu Poetry*)②,多次节译古代诗话以说明元朝诗歌特点以及杨维桢本人的创作成就与诗论特点等。在第一章"杨维桢的多样化才能与诗歌理论"中,节译《归田诗话》对杨维桢晚年生活进行记载的选段,以说明其对音乐活动的偏好,援引《寒厅诗话》的观点,阐明元朝诗人论诗并不接受前代宋朝的主流诗学话语,而是以唐诗的美学标准为楷模,随后作者节译《诗法家数》片段,以阐明元朝诗人对于"雅、正"诗风的追求与定义,以及其对不同体裁、内容诗歌艺术标准的不同要求,并进一步对元诗的"雅、正"诗风进行阐述,节译《诗薮》中对比宋朝、元朝诗歌风格特点与得失的选段,借此强调胡应麟认为元朝诗歌对唐诗的摹仿过于肤浅,在修辞与主题上并未完全发挥主体创造力这一弊端。在第三章"铁崖古乐府与铁崖体"中,参考《诗薮》中胡应麟对歌行体的概念界定;节译《麓堂诗话》对杨维桢乐府创作的肯定与批评评价,在下一节探讨杨维桢"铁崖体"时,节译《诗薮》对杨维桢诗歌艺术的高度评价,表明铁崖体作为其代表成果的重要艺术价值,随后对具体诗篇《花游曲》进行译介与解读,并节译

---

① Wang Yanning. *Beyond The Boudoir*: *Women's Poetry on Travel In Late Imperial China*, Washington University, P. H. D., 2009.

② Huicong Zhang. *Imitation and Innovation*: *A Critical Study of Yang Weizhen* (1296-1370) *and His Yuefu Poetry*, Harvard University, P. H. D, 2009.

《归田诗话》记载杨维桢有关此主体创作动机的轶事；在第四章"杨维桢与〈西湖竹枝集〉"中，节译《麓堂诗话》《寒厅诗话》有关元末文人结诗社的社会文化传统的记录，说明以杨维桢为首的元末文人兴起文坛诗歌兴盛的风潮。

2012年，Ji Hao的博士学位论文《透明的诗学：明末清初的杜甫阐释学》(Poetics of Transparency: Hermeneutics of Du Fu (712-770) During The Late Ming (1368-1644) and Early Qing (1644-1911) Periods)[1]，对杜甫诗歌在明末清初的主体性接受与诠释进行了研究分析。节译《全明诗话》相关选段说明明朝盛行对杜甫诗文集作注疏的风气，以及当时社会讨论取消杜诗的注解评论是否会对阅读的有效性产生影响，和如何在此种形式上稍加变通从而加强杜诗在后世的接受效果；随后对杜诗文本在传播阅读过程中产生的问题进行介绍，节译《苕溪渔隐丛话》有关王安石对杜甫《游龙门奉先寺》一诗中"天阙"的修改错录的记载。节译《诗人玉屑》以讨论读者如何面对阅读过程中杜诗的"不可解"，同时节译《竹坡诗话》为例，说明读者的真实个人经历与杜甫诗歌内容的贴合，有助于加强其对特定诗歌的阅读理解。

2013年，劳伦斯·C.张（Lawrence·Chang）在其博士学位论文《软实力与清王朝：18世纪中国的出版、图书收藏与政治合法性》(Soft Power and the Qing State: Publishing, Book collection, and Political Legitimacy in 18 Century China)[2] 中，就乾隆皇帝的文化主张进行了探讨，引述了卜松山研究《原诗》的观点。这一学位论文又是从独到的研究视角，运用跨学科的社会研究对象，对叶燮的诗学观点与具体时代背景相结合的代表。

2014年，Zhou Huarao的博士学位论文《周邦彦词：介于大众文化与精英文化之间》(The Lyrics of Zhou Bangyan (1056-1121): In Between Popular And Elite Cultures)[3]，介绍到"雅词"这一文学体裁基于儒家传统的约束，讲求克制而不应逾越礼节，并举例《原诗》中的相关论述说明这一艺术传统；在"正与变"一节中，援引《后山诗话》的观点，说明

---

[1] Ji Hao. Poetics of Transparency: Hermeneutics of Du Fu (712-770) During The Late Ming (1368-1644) and Early Qing (1644-1911) Periods, University of Minnesota, P. H. D., 2012.

[2] Lawrence, Chang. Soft Power and the Qing State: Publishing, Book collection, and Political Legitimacy in 18 Century China, University of Illinois at Urbana-Champaign, P. H. D., 2013.

[3] Zhou Huarao. The Lyrics of Zhou Bangyan (1056-1121): In Between Popular And Elite Cultures, University of Toronto, P. H. D., 2014.

陈师道等宋朝文人都认为苏轼"以诗为词"的创作手法，与传统文学传统相悖，并模糊了诗、词两种体裁之间的界线。

同年，Jiayin Zhang 的博士学位论文《中国诗学的理论与轶事：中国宋朝的诗话发展轨迹》(Theory and Anecdote in Chinese Poetics: the Trajectory of Remarks on Poetry in Song Dynasty China)①，通篇对宋代诗话这一文论体裁的产生、发展、相关代表成就，及其与诗人的诗歌创作实践、理论总结等相关方面进行了研究，并对相关诗话作品文本进行译介、解读。第一章"欧阳修及其《六一诗话》：诗话的初始阶段"，以北宋时《六一诗话》的出现为诗话体裁的起点，对其进行了形式与内容功能上的定义，并对北宋早期诗话的主要内容特点进行论述；第二章"江西诗派与诗话的全新发展"，论述了以黄庭坚为代表的江西诗派对诗话内容的影响，开启了诗话在记述轶事的论人基础上，对诗歌创作律法技巧的记录、讨论与评价，着重节译《潜溪诗眼》为例，并援引艾朗诺的相关研究进行论述；第三章"刘克庄及其在道学影响下的诗学"，对刘克庄其人进行介绍研究的基础之上，结合相关社会文化背景，以其《后村诗话》及同时代相关诗话为代表，论述在宋朝逐渐兴盛的以道学思想为美学内核的诗歌风气的影响下，诗话作品及其内容、思想的发展；第四章"《沧浪诗话》：宋朝诗歌的绝妙结尾"，重点译介、论述《沧浪诗话》这一具有里程碑意义的诗话作品，探讨严羽诗论富有开创性洞见的理论价值，及其作为宋朝诗话的完美句点，为后世中国古代诗话的美学理念所留下的深刻影响。该论文对宋代诗话的详细译介与探讨，是英语世界对宋代诗话译介与研究的重要材料之一。

2016年，Janet C. Chen 的博士学位论文《十八世纪中国绘画中的才女呈现：〈十三女弟子湖楼请业图〉》(Representing Talented Women In Eighteenth-century Chinese Painting: Thirteen Female Disciples Seeking Instruction At The Lake Pavilion)② 重在研究记录袁枚及其女弟子雅集的绘画作品，及其相关的社会文化因素。在第一章"前言"中，梳理袁枚生平时，介绍到《随园诗话》所记载其年少时曾与学者史中学习诗文的回忆；在第二章

---

① Jiayin Zhang. Theory and Anecdote in Chinese Poetics: the Trajectory of Remarks on Poetry in Song Dynasty China, University Of California, P. H. D., 2014.

② Janet C. Chen. Representing Talented Women In Eighteenth-century Chinese, Painting: Thirteen Female Disciples Seeking Instruction At The Lake Pavilion, University of Kansas, P. H. D., 2016.

"《十三女弟子图》产生的社会与历史背景"中,继续援引《随园诗话》为重要的第一手记录材料,介绍到袁枚及其女弟子坚信《诗经》中有女性作者足以论证女性诗人的历史经典地位,并主张通过发表女性诗歌作品来提高女性诗人的社会地位,同时援引该诗话介绍袁枚女弟子孙云凤,以说明袁枚与女弟子保持文学交流的日常传统,并援引该诗话记载,介绍袁枚及其女弟子雅集诗会的场所等;讨论清朝同时代文人对袁枚收女弟子的评价时,援引《冷斋夜话》记载白居易"老妪解诗"的轶事,将其与同样以诗歌的通俗传播为重心的袁枚进行比较。

第四节 英语世界中国古代诗话传播现状总结

纵观自19世纪起,英语世界的中国古代诗话传播情况,足以总结出相关的传播发展流变规律,也可与其他中国文学作品在英语世界的接受与传播的规律相联系。考察总结这一传播与研究的发展规律,应从英语世界对诗话自身文本的关注度、研究者自身研究力度与研究成果所呈现的可供归纳的研究方法论这三点入手。

一 研究对象数量的增加与范围的扩大

19世纪后半期,以伟烈亚力为代表的早期汉学家,基于其本人作为基督教会传教士的社会身份,以及在中国逗留期间所接触的第一手文献资料与语言环境,对古代诗话文本做出了极具代表性的早期传播,但始终停留在极个别汉学家对个别诗话文本或作者进行简要介绍梳理的层面,属于点对点的个体传播,虽具有前瞻性的学术价值,却并不具备诗话这一群体性文本被西方世界所认知到其价值的普遍传播规律。例如,伟烈亚力本人所涉及关注的诗话作品,也限于其所限定的类似《四库全书总目提要》所收录的诗文评著作这一文献前提,尚未从文学史的维度,对具有历史性诗学价值的作品进行解读。伟烈亚力在《汉籍解题》中对诗话作品进行的介绍,也大多基于对《四库全书总目提要》所转述的"诗文评"的译介,并未涉及诗话文本的原文,更未对其主张的诗学理念、诗学术语进行介绍、译介、解读与研究。

直到进入20世纪,随着留学、访学、海外任教等中西文化交流方式的繁盛,英语世界研究者直接了解古代诗话文本的机会逐渐增多;英语世界对于中国文学史的书写力度也逐渐增强,在对历代文人与文学代表作进行介绍、译介与系统化架构研究的同时,必然也对具有代表性文学价值的诗话作品进行一定程度的介绍,主要在于将诗话列入历朝主要诗人的另一种形态的文学形态行列之中,并关注其他主要诗人的文学成就通过这一体裁而被评论的传统。20 世纪 80 年代之前,《中国文学史略》《宋诗概说》等以历史线索研究古代文学作者及作品的学术专著的出现,意味着英语世界研究者开始关注到诗话的原文文本,既有对《沧浪诗话》这样具有重要历史理论价值的文本进行概括介绍,也涉及《六一诗话》这一诗话鼻祖中对于同时代文人创作轶事、诗歌鉴赏进行品评记录的文本,表明英语世界研究者开始意识到,应将诗话作为中国古代诗人研究的重要参考文献之一。

20 世纪 50、60 年代至 80 年代初期,开始逐渐兴起比较深入的、贴合原文文本的对诗话作品的研究。以刘若愚为早期代表的英语世界研究者,开始不只关注某一两部特定的诗话作品,更加关注不同时期不同作者的诗话作品,其内在所存在的诗学发展线索与理论联系。他们注意到诗话随着时间的推移和内容的丰富,已经从早期较为单纯的记述诗人轶事与作品品评,转变为对重要诗歌理论进行阐述的载体,因而直接对诗话原文进行译介与解读,试图从中梳理出诗学理论发展流变的能动规律,和在继承与驳斥前代诗学理论基础上的不同时期诗学理论的更新换代。后续陆续出现齐皎瀚、施吉瑞、李又安等英语世界研究者,集中对杨万里、袁枚、王国维等个体诗人、诗歌评论家进行研究,从而将其创作的诗话纳入其文学成就范围中进行研究,也逐渐开始关注同时代乃至后世诗话作品中对上述诗人的评价,及其作为诗歌评论家所受到的前代诗话文本的影响。以黄兆杰、黄维樑为代表的英语世界研究者,主要对诗话具体文本进行译介与研读,既有对王夫之诗论文本与思想进行较为系统的译介与阐述,也有对历朝诗话代表作品的主要诗学术语进行译介与解读,其本质所体现的依旧是此类研究者自身所预设的理论立场。值得注意的是,上述研究都不可避免地伴随着中西比较诗学的视角。随着对诗话这一群体性文本关注越来越深入,英语世界研究者必然会对其中体现古代文论话语特点的诗学概念与术语,进行与西方文论话语的对比。这一连类比照,是在英语世界接受与传播的文化背景之下自然而然产生的中西文化交流对话。

20 世纪 80 年代至 90 年代,英语世界对于古代诗话作品的研究,有了数量上的显著增长，其关注的诗话作品的范围也逐渐扩张。无论是学术专著、期刊论文、会议论文，抑或是学位论文，都数量可观。值得注意的是，有关诗话作品的博士学位论文的数量增长，一定程度上标志着华人留学生群体进入英语世界的研究视域，用自身文化基础为诗话作品的英语世界传播增添助力，其中既包括将诗话作品视作文献意义上的参考文献，对例如苏轼、黄庭坚等北宋诗人的文学活动与成就进行具有说服力的辅证，也包括对具体诗学理论的详细解读。被关注的诗话作品的数量增长，体现在运用历史的纵向视角，将不同朝代、不同时期的不同诗话作品共同纳入介绍研究的框架之中，这一逐渐系统化的收录是对20世纪前期英语世界早期中国文学史书写的继承，在伟烈亚力等人的研究成果基础之上，对以往不被英语世界所关注的历朝诗话作品进行比较详细的概述，也标志着英语世界在建构中国古代文学史体系的过程之中，开始逐渐意识到"诗话"这一文学评论体裁的重要性。倪豪士主编的《印第安纳中国传统文学指南》对多部诗话及其作者进行了较为详细的概括介绍，也对"诗话"这一文学体裁进行了明确的界定。该书通过类似词典的条目索引，对于诗话作品进行了较大规模的收录与介绍，使得在此之前较少受到关注的北宋与南宋后期等诗话，被纳入英语世界的关注视野。宇文所安的《中国文论：英译与评论》则直接将自北宋开始的多部诗话作品，视作中国古代文论的第一手资料，将其纳入与《文心雕龙》等重要前代文论著作相辅相成的历时文论发展线索之中。该书对具体诗话文本的诗学理念、诗学术语都进行了前所未有的译介与阐述，其涉及的广度与深度是英语世界古代诗话研究的重要组成部分。类似的研究成果也在这一时期涌现，与成果数量相对应的，自然而然导出英语世界研究者理论研讨的深化，并逐渐显著地形成不同研究者所采用的研究视角与方法论。

进入21世纪，随着《哥伦比亚中国传统文学简编》《哥伦比亚中国文学史》《剑桥中国文学史》几大英语世界中国文学史代表专著的出版，其中所涉及的多部古代诗话作品，已经完成了进入英语世界所构建的中国文学史系统化体系之中。在被关注、译介、研究的诗话作品数量持续增长的同时，英语世界研究者更多地将研究的范围逐渐扩大，不再单纯局限于诗话文本自身，不同诗话所处的历史环境、时代背景以及与文人作者息息相关的社会因素的各种作用，都开始进入研究者的探讨视域。例如艾朗诺在多部专著中对宋代诗话进行的介绍与阐释，都离不开对北宋社会文化的具体考察，对诗话这一体裁的发展传播，也必然会与当时诗人学者所盛行的种种集体文化活动相联系。相类似的，施吉瑞对袁枚《随园诗话》的研究，也与袁枚其人在江南地区的种种文学活动，甚至其日常生活方式相关联。英语世界以诗话作品为对象的研究，不再仅仅与其文本内涵，发生"向内"的美学思想与文献价值的对接，也逐渐产生出从文本"向外"的转变，对影响诗话体裁在中国文学史进程中兴起、发展的社会文化因素进行考察。这标志着英语世界对诗话作品的关注与研究范围逐渐扩大，也说明英语世界对中国古代文学这一整体研究对象的考察，在逐渐趋于研究层面的多元与完善。

与此同时，对诗话作品"向内"的文本关注依旧持续深入，对于个别具体诗话的文本译介、分析、阐述等，都是诗话作品在英语世界传播与接受中继续发展的重要历程。在20世纪90年代已出现的研究者对某部诗话进行全文完整英译的基础上，越来越多的研究者开始一对一地就某一部诗话的理论价值进行介绍。国外高校的硕士、博士学位论文中出现了对王士禛"禅林诗话"与王若虚《滹南诗话》的专门研究，也有对宋代诗话这一系列文本的介绍与解读。鉴于"诗话"这一体裁在形式上的松散性以及文本内容陈列上的灵活性，个体研究者对个别诗话或一系列关联诗话的集中研究，将有助于对古代诗话这一群体文本的理论价值进入深入挖掘。

随着英语世界对诗话作品的诗学理念阐述的进一步推进，研究者对一系列诗话作品的内在理论线索的梳理也逐渐清晰。在早期以刘若愚、宇文所安、林理彰、叶维廉等知名英语世界汉学家的研究基础之上，余宝琳、顾明栋、蔡宗齐等学者，继续以中西比较诗学的视角为立足点，结合同一或相类似的诗歌美学理念，在不同时代经由不同诗歌评论家之手的演变与承袭，试图考察与总结贯穿中国文论千百年来的内在美学与哲理建构。在这种研究背景之下，英语世界研究者在对诗话作品中代表性诗学术语进行译介与释义解读时，也难免会与西方文论的相关概念进行比较，这一比较诗学的视角，自然会呈现出诗话文本在传播过程中的具体变异，从而丰富以此为研究对象的比较文学理论议题。同样，英语世界研究者也注意到了诗话作品中从前代诗人、诗歌的鉴赏评论那里，总结出的诗歌美学风格与创作理念。例如，方葆珍对李白及其作品的后世评价进行研究时，多次节选译介、阐述宋到明清时期的诗话作品，通过诗话原文中对李白诗歌美学价值的多次探讨，以及由此延伸出的对诗歌创作、接受等层面标准的陈述，都是对历朝诗话作品美学内蕴整体把握的一种体现，侧面上也展露出了诗话体裁虽然形式零散、内容多样，却也能在英语世界研究者的关注视野中，被梳理出合理的、可供纵向上进行考察的价值线索。

鉴于古代诗话这一群体文本数量较多，分布的历史时期较广，其文本内容也较为多样，囊括了对前代与近世诗人诗歌的鉴赏品评、轶事记录以及创作者自身诗歌美学理念等层面，故而考察梳理英语世界对于诗话作品的关注与研究时，既应当时刻注意不同朝代不同诗话被研究者介绍、译介与阐述的现状，也需要关注到研究者在何种学术视野、何种方法论引导之下，何种具体议题的观照探讨之中，对诗话文本进行了何种具体的运用接受。这种对于文本内容的概述或不同程度的英译，都与研究者基于自身文化立场的接受与理解息息相关。

二　不同时期同一研究者对诗话研究的发展推进

梳理古代诗话这一群体性文本在英语世界逐渐被推广、深化的传播，应当按照时间发展线索进行归纳的同时，将其与研究者个人成就的发展线索相结合，梳理古代诗话作品在英语世界的研究论著的发展现状，所采用的是以时间顺序为前提，对不同体裁研究成果进行梳理与概述的方法。从前文的传播现状可以观察出，有相当一部分英语世界研究者，在不同的历史时期里，对古代诗话作品进行了程度不同的介绍与阐述。对于同一位研究者所存在的时间跨度较长的几部论著这一现象，应当以研究者本人为中心，进行时间发展线索上的综述，重在表现同一研究者在不同时期对古代诗话进行研究的方法、视角与关注重心的异同，可以总结出研究者在继承自身前期学术成果的基础上，逐渐推进的研究发展方向。

较为明显可见的，是这一发展历程中，个体研究成果体量上的扩大。例如施吉瑞对于古代诗话的研究，大多以其对个体诗人、学者的文学成就的介绍、译介为主。施吉瑞从20世纪70年代开始对杨万里、范成大等宋代诗人进行较为全面的研究，多是在对人物传记所述其日常经历的尽可能还原基础上，对文学活动、诗歌创作、理论思想等多个层面进行介绍阐述。施吉瑞后期继续延续这一研究方法，并将其用于对清朝文人袁枚的整体研究上，其有关袁枚的学术专著达七百多页，从时代背景、社会文化、个体生活、历史进程等多方面介绍了袁枚及其文学生涯的方方面面，从而也将《随园诗话》列入了他重要的诗歌实践之中。可以看出施吉瑞所采用的研究视角与方法大致相同，都是从具体诗人、学者的生平背景还原其文学创作成果的细节，并进一步对诗歌理论思想进行阐述，然而研究成果体量的扩大，也标志着施吉瑞对诗话及其相关诗歌理论研究的逐渐推进。

例如从20世纪60年代至80年代，较为集中地运用学术专著形式，对以古代诗话为载体的中国古代文论思想进行解读的刘若愚，他作为这一传播过程的早期代表，较早试图将传统诗学理论纳入以艾布拉姆斯文学四分法为主的西方理论框架之中。这种用西方文论体系对中国文论进行分类与解读的方法，是刘若愚早期文论研究的重要代表，也为后续其他研究者以中西比较诗学的理论视角，对诗话的理论与术语进行阐释解读提供了可供参考的方法。值得注意的是，进入80年代后，刘若愚虽然也关注诗话中文论美学理念与西方文论概念的对接，但其研究方法有所转变，不再主要运用以四分法为基础的研究方法。在《语言—悖论—诗学：一种中国观》一书中，刘若愚更多关注诗话作品自身的理论线索，再将经过剖析的理论观点有所侧重地与西方文论家的理论相联系，相较于用框架为历代诗话与文论建立起预设的内在联系，在该书中刘若愚更多是通过逻辑化的思考与辩证的推论、阐述，为中西文论内在的相似议题进行论述。

宇文所安的研究成果同样体现出相类似的特点，在早期只对部分诗话的代表性理论进行介绍、概述的基础上，他在《中国文论：英译与评论》中体现出了专注于回归文本的态度。他采用节选译介与点评议论相结合的灵活形式，并在其中穿插类似于读书笔记式的感悟，从而将诗话的诗学术语的解读，与其所熟悉的西方文论重要观点相联系，重在对诗话文本本身进行传播与介绍。这一较为松散自由的研究表达方式，也与诗话自身较为零散的内容表达形式相吻合。对诗话原文进行节译，与对诗学术语进行阐释与译介，使得他的英译成为英语世界研究界有效的参考资料来源。后续的不少研究者都直接采用刘若愚或宇文所安的英译原文，足见他们这一研究工作的重要性影响。刘若愚的学生林理彰，同样也有相类似的研究轨迹，他对于北宋诗话的关注度，尤其是对《沧浪诗话》及其诗学理论，如何通过一脉相承的文论传统，在历代文论发展中发挥作用，进行了多次阐述。林理彰关注对《沧浪诗话》具体文本进行较为全面的英译，其译介的文本也是英语世界其他研究者多次采用的文献资料之一。

顾明栋对于古代诗话的研究，更能体现出一位英语世界研究者自身研究视野的逐渐扩充与维度的多元化。通过前文所述顾明栋的相关研究发展可以看出，从顾明栋本人博士学位论文对中国文论中开放性文学理论的梳理，到后续期刊论文中对于"含蓄"理念的论述，对中国文论摹仿说的尝试探讨，到对"气"等哲理性美学概念的解读等，可以看出顾明栋涉及诗话的研究路线，呈现出由个别的具体诗学理念分析，到继承与发展中西方文论联系对比，再到对形而上诗学理念进行较为系统的思考，这既是顾明栋本人研究思路的发展，同样标志着英语世界对同一部或同一系列、同一类型诗话作品的研究，始终处于动态的深入推进之中。

由此可见，注意到宇文所安、刘若愚、顾明栋、施吉瑞等人在不同时期对于古代诗话研究的发展变化，也是另一层面上对诗话作品在英语世界的传播进行总结。这种对个别研究者的研究成果进行个体集中的纵向关注，也可由此及彼，以小见大，所总结的规律既是英语世界诗话研究的重要组成部分，也是对这一群体性文本在英语世界继续获得关注与研究的可靠前景的有力预期。

三 诗话研究方法论的多元与延伸

纵观英语世界对古代诗话进行传播的整体现状，从早期较具有代表性的以中国文学史的类似形式所呈现的对历代诗话作品的介绍与概述，到近年来出于不同研究目的对诗话文本进行译介、阐释的各种研究方法相继涌现，对这一传播过程进行解读时，必然要对研究者所采用的具体方法论进行归纳总结。这一方法论上的变化，本质上体现的是英语世界基于自身文化背景与文论话语进行诗话研究的本质，也是英语世界研究与国内相关研究最根本上的差异所在。不同研究者在不同时期对不同诗话作品所不同程度采用的各种研究方法，呈现出由较为单一到逐渐多元的态势。所采用的学科方法，也由单纯的文献介绍到文学文本分析，再逐渐向外延伸，涉及艺术、美术、历史、哲学、宗教等其他学科层面。

伟烈亚力在《汉籍解题》中参考《四库全书总目提要》中"诗文评"类书目，对多部诗话作品进行在提要原文基础之上的记录、评价，基本上和该书主旨相符，采用的始终是传统的文献方法。他在自己的观点基础上，对"诗文评"类的提要内容进行适当的改写，这一研究成果的内容与形式都遵循了古典文学文献学的基本方法架构。在这一基础方法的前提下，英语世界研究者陆续展开对文本的细致分析，从而进一步运用比较诗学等领域的具体方法。这一方法立足于比较文学平行研究、变异研究等学科理论，针对诗歌主体、美学理念、语言表达甚至跨学科的研究对象，展开了较为多元、细致的理论探讨。

随后，从具体的文本介绍开始，英语世界开始关注"诗话"这一较为灵活松散的评论体裁该如何定义，以及历代代表性诗话作品的主要内容与作者生平等介绍，其重心大多集中在对诗话作者其人的文学史还原之上。因为诗话作为品评诗歌与诗人的一种类型文本，大多数是当时较为具有知名度的文人、诗人、士人所创作的。对于文人轶事、文学活动的记录，以及对于诗人、诗歌的鉴赏评价，其普及与传播的力度，很大程度上依靠创作者自身的社会地位与文学声誉，而"诗话"也只是作为这些文人学者诸多著述中的一部分被介绍提及。随着英语世界在文学史书写中对诗话的提及，研究者开始更多地将诗话视作可供研究历朝历代主要诗人及其创作的辅助性历史文献，这也是基于北宋开始的早期诗话所拥有的记事、记言、随意性鉴赏点评他人诗作的特点。与诗话的历史发展轨迹相类似的是，研究者也逐渐对诗话作品中基于诗歌鉴赏品评应运而生的理论探讨产生兴趣，例如20世纪初张彭春在美国受本土学者斯宾迦所托，对《沧浪诗话·诗辩》进行的译介，即缘于英语世界对于东方传统古典文论的美学理念产生了学术讨论的动机。

值得注意的是，伴随着对诗话自身文本的逐渐关注与理解，英语世界研究者同样坚持着一种最基本的方法视角，即着眼于诗话作者本人的多重文化身份。例如创作《六一诗话》的欧阳修，创作《诚斋诗话》的杨万里，创作《白石道人诗说》的姜夔，创作《麓堂诗话》的李东阳，创作《姜斋诗话》的王夫之，创作《随园诗话》的袁枚等多名各朝代诗歌评论家，同时也是当时富有文学地位与社会声誉的诗人、学者、士人。当研究者结合其历史价值考察相关诗话时，必然在一定程度上首先关注创作者的其他文化身份，并将诗话视作创作者其他文学实践、社会关系的"注解"。他们对具体诗话文本的选择关注，阐释文本的具体视角，也会与诗话创作者的诗歌创作、文人交游紧密相连，相应地，研究者在对创作者的诗人等身份进行探讨时，也会不同程度地涉及其诗话作品的相关内容。与文人外部生活与内在思想都紧密相连的诗话，在研究方法上也自然而然地体现出文本内部与外部相结合的特点。

随着具体诗话文本及其诗学术语在英语世界认知度的逐渐提高，研究者开始针对文本自身进行理论研究，其中最显著的特点，就在于运用西方文学理论的方法论视角对诗话所体现的古代诗歌美学理念进行阐述。刘若愚是这一方法论的早期代表之一，艾布拉姆斯四分法作为西方文论理论对文学本体论的一大探讨，被刘若愚借用了其体系建构，试图以之对较为抽象松散、缺乏整体性联系的古代文论进行定义与归类。虽然这一研究方法是否严格地考虑到了东西方文论之间的话语差异，尚有待商榷，但确实为后续研究采用西方文论话语体系中的学术研究方法提供了有效的借鉴。后续研究者陆续采用这一比较文学的视角，倪豪士主编的《印第安纳中国传统文学指南》中，开始提及《原诗》研究者的现象学相关思考，萨进德也在其有关《原诗》涉及的诗歌本体论的论文中，将叶燮诗论与英伽登现象学相结合进行讨论。进入21世纪，也有对杜甫诗歌进行阐释学方法研究的博士学位论文，而诗话则作为重要的历代文献，呈现了对杜甫诗歌的多样化阐释，从而成为对杜诗进行阐释学研究的重要材料与关注对象。同理，田菱对于陶渊明诗歌的历代接受的研究，同样也立足于西方文论的视野中，采用了阐释学的理论前提与方法范式，对历代有关陶渊明诗歌评价的演变与发展进行概括。随着英语世界研究者以女性主义视角，对以往被主流文学忽略的女性诗人及其创作、文学活动进行考察时，古代诗话作品中有关女性诗歌的记录、评价以及由女性作者创作的诗话，都通过这一学术视角所主导的研究方法而被英语世界所解读。上述英语世界研究成果立足于诗话文本的基础，明确其历史与文学价值，进而采用相应西方文论的理论方法与话语方式，对其进行思想层面的阐述。

　　将具体的方法论还原到个体研究者，可以看出长期专注于诗话研究文论探讨的研究者身上可供梳理的理论线索。余宝琳对传统诗歌的意象进行综合论述，关注诗歌语言的修辞方法与审美内核，根本上是对诗话作品所承载的中国诗歌美学进行深入的剖析，从而试图建立起中国诗歌整体性的美学地图。顾明栋早期探讨中国诗歌的开放性，在于其文论视角受到所处的西方话语的影响，从而将西方诗歌的阐释特点与中国文论中含蓄抽象的美学内核相结合，在后续研究中，他所陆续采用到的摹仿论与后结构主义、阐释学等方法视角，都是基于其对于中西文论内核相互对话交流的认识，是不同话语内核的美学价值相互融合的有效尝试。黄维樑在其博士学位论文中对于中国诗歌理论进行意象主义的方法论探讨，试图在注重意象与语言修辞而欠缺方法论、本体论归类的古典文论之间建立起线索与框架。诗话作品中对于诗歌风格的鉴赏与美学理念的论述，则有助于这一方法论的实践，也为后期黄维樑进行"以中释西"的文论研究奠定了基础。

鉴于"诗话"这一体裁在历史发展中的灵活性，以及与当时文化社会的种种紧密联系，其自身内容并不仅仅受限于对诗歌自身的探讨，故而受到了其他社会层面的影响。以《沧浪诗话》为例，严羽受到南宋时禅宗兴盛的影响，将以禅喻诗、以禅论诗的话语方式带入诗话的美学讨论中，这一修辞方式和随之产生的诗歌理念、诗学术语，都对后世的诗话创作产生了持续性的影响。研究者关注到这一理论传统，自然而然地将禅宗等宗教话语的研究视角，与诗话文本的诗歌美学相结合，产生跨学科的方法论尝试。和诗话相类似的是，中国传统绘画艺术同样隶属于文人社会活动的紧密一环，卜寿珊对历代绘画以及相关文献的介绍、研究，Janet C. Chen 对《十三女弟子湖楼请业图》这一具体画作的各个层面的考察研究，都与诗话作品有着必然的联系。英语世界研究者注意到了诗话的生成过程与文本内容，与文人社会其他环节相关的层面，从而在进行其他学科领域的研究时，有必要将其作为研究对象的一部分，进行不同方法论层面的研究。

由此可见，20 世纪 70 年代至今对于古代诗话作品的研究，逐渐从以作家作品评述转向以其文本为核心的关注，再从以英译与理念阐述的孤立式研究方式，转向另一种学科外延的研究范式，即发生了与其他学科领域多元化研究视角的结合。这既体现了对于早期紧密结合文本的研究方法的继承，也体现出英语世界古代诗话的研究逐渐导向多元综合、由文本内向而逐渐外化延展的趋势，表现了随着英语世界对古代文论关注度的提高，以及中西比较诗学研究的逐步发展，研究者们对于文本的译介与理解的日渐纯熟深入，从而能更加有效地运用诗话作为方法论的研究对象，最终导向了诗话作品在更多文学、艺术、哲学等文化领域的合理运用。

第二章

古代诗话的英译本研究

英语世界对中国古代诗话的研究，必然始终立足于诗话作品自身的具体内容，在此基础上进一步完成对诗学思想的相关解读。具体诗话的英译既是译者自身进行学术研究的重要前提文献，也为后续研究者提供了可供引用参考的重要资料。不同程度的英译，使古代诗话更加完善了在英语世界的传播进程，同时也为中国文论乃至中国文化走出去做出了不可磨灭的贡献。然而，由于"诗话"这一体裁不同于诗歌、小说、戏剧，而呈现出倾向于散文随笔的文本特点，其有关诗人、诗歌的记录、评价与相关理论论述都较为松散。从北宋至清朝的多部古代诗话，其内容范围与体例、篇幅都有不同程度的差异，不同研究者出于不同的学术动机对诗话作品进行英译时，也采用了不同程度的文本选取，除去个别诗话被英文全译之外，大部分诗话的英译本都是不同程度的节选译本。译者出于对不同理论内容的关注，既有小范围对诗话原文进行削减的节译，也有对个别段落进行特意英译的选译，同时还有在原文基础上进行适当改写的改译。本章即着重讨论古代诗话具体作品的各种译本，以期尽量呈现出英语世界古代诗话英译现状的全貌。

从翻译研究的角度探讨不同译者所采取的不同译介方法，需要首先认识到汉译英的几种基本翻译方法：直译、意译、音译。直译，是"在译文语言条件许可的情况下，使译文尽量保持原文的形式结构、比喻形象和民族文化色彩等"；意译，是在原文与译文思维或表达方式不同的情况下，"需要译者在整体上把握原文的思想内容的基础上，摆脱原文的形象特征和句式结构，对原文进行必要的、创造性的加工"，即需要译者用自己理解而成的语言措辞，对原文进行恰当表述；音译则"往往用以翻译两种语言中没有对应的词语的情况"①，运用于诗话英译中时，则体现为原文中出现的年号、人名、书名、重要术语等传统文化名词，难以通过英语词汇进行译介，故而多采用威妥玛拼音或汉语拼音进行音译。意译在诗话英译中的运用则更为常见，诗话作品中大量存在包括抽象含蓄的诗歌术语在内的理论表述，以及原文所引用的古代诗话选句等，都在译者的翻译中，或多或少地通过"意译"而得以呈现出相应语义。需要强调的是，意译方法的前提，是英语世界译者可靠的诗话原文理解与扎实的传统文化基础知识，译者"必须认真理解原文语言和文化含义，特别是要准确翻译出原文中的文化比喻、象征及内涵，以便译文读者能理解和欣赏中国的文化"②。无论采用哪种翻译方法，出于学术介绍、研究的严谨性，英语世界研究者都尽可能遵循忠实于原文语义的译介，力图清晰准确地对诗话文本进行英译。

本章对英语世界诗话英译本的梳理顺序，以有英文全译本的诗话作品为先，随后在按照朝代顺序与各类诗话编撰著述中，各部诗话作品的目录顺序，对只有英文选译本的作品，进行一一介绍研究，即《历代诗话》目录、《历代诗话续编》目录、《宋诗话全编》目录、《宋诗话辑佚》目录、《明诗话全编》目录、《全明诗话》目录、《清诗话》目录、《清诗话续编》目录、《四库全书总目提要》卷一百九十五·集部四十八"诗文评类"目录等收录的诗话。鉴于只有极少数诗话在传播过程中被英语世界译者全文英译，这一结构的安排即重视诗话全译本所具备的，英语世界研究者对其理论价值的高度关注与集中阐释，值得将其置于首要位置进行介绍。

第一节 《六一诗话》的英译

北宋政治家、诗人、学者欧阳修（1007—1072）创作了《六一诗话》，被国内外学界公认为第一部严格意义上的诗话作品，并同时"开启了以随笔漫谈的批评方法论诗的风气，成为后来各家诗话的先声"③。《六一诗话》本名为"诗话"，即用题名为这一题材进行严格限定的开端，后

---

① 许建平：《英汉互译入门教程》，清华大学出版社 2015 年版，第 119—120 页。
② 夏康明：《汉译英理论与实践》，四川大学出版社 2014 年版，第 41 页。
③ 李建中主编：《中国文学批评史》，武汉大学出版社 2015 年版，第 159 页。

取欧阳修"六一"之号为其定名。该诗话篇幅较短小，按照所述内容被划分为二十余段，每一段都对北宋之前的诗人诗歌以及欧阳修所处近世的北宋诗人诗歌进行了评述鉴赏，并通过上述内容表达了欧阳修本人的诗歌美学观点，同时还记述了诗人的历史创作逸事等，这也符合《四库全书总目提要》对这一体裁所进行的"体兼说部"的评价。因为《六一诗话》作为中国文学史上的第一部诗话作品，虽然未对具体的诗学术语与理念进行讨论，但其文学价值与历史价值向来被英语世界研究者所关注。

一 《六一诗话》的全译本

张双英于 1984 年在美国亚利桑那大学获得博士学位，其学位论文《欧阳修的〈六一诗话〉》对欧阳修的生平、诗话的体裁定义、《六一诗话》的文本特点等进行了介绍、论述，同时也介绍了在此之前的诗歌评论著作对欧阳修论诗所造成的影响，最重要的即在于张双英在论文第四章对《六一诗话》进行了全文英译，呈现出了古代诗话作品在英语世界最早的一个英文全译本。

在"《六一诗话》的构成及其文本的英语翻译"这一章中，张双英首先阐述了其对欧阳修文学思想的思考，以探寻为何他能创作出文学史上首部诗话。他指出，通过对欧阳修生平的考察，可以将其定义为具有独立人格的中国传统经学革新者，这一"革新"同样体现在欧阳修的词创作与古文运动的实践中。张双英对这两种文学实践进行了结合实例的介绍，以图说明欧阳修相对自由的文学精神，足以支撑其在体例上形成"诗话"的创新。

他随后对北宋之前，与《六一诗话》有所联系的文学体裁进行了介绍，旨在说明欧阳修在前代诗歌评论体裁的基础上，既有所继承，又独立地确定了自己的论诗体例。例如，张双英首先提及唐代孟棨创作的《本事诗》的影响，该著作收录部分唐诗，并主要对唐朝诗人的诗歌创作轶事进行记录，其创作动机在于"其间触事兴咏，尤所钟情，不有发挥，孰明厥义？因采为《本事诗》"[1]，即通过对诗人创作行为动机的解释，进一步阐明诗歌的创作背景，从而传达出更为明确的作品内涵。张双英认为这一轶事记录的传统，同时还来源于包括小说、历史轶事、文本考据这三重内

---

[1] 陈伯海主编，查清华等编撰：《历代唐诗论评选》，河北大学出版社 2003 年版，第 180 页。

容指向的"笔记"体裁,以及佛教中记录修行者名言以及僧人言行轶事的"语录"体裁。"语录"通过佛教传播而在宋朝的盛行,同样影响了诗话的体裁形成。张双英认为虽然没有明确的历史证据,足以说明上述作品类型是《六一诗话》体裁的明确来源,但欧阳修正是在这一文学背景之下,结合自身文学思想与北宋文学思潮的演变,从而创作出了这一作品。

在该章第二部分中,张双英对《六一诗话》进行了全文英译。他首先为了尽可能地进行完整的全文英译,从而在多个版本中选择何文焕主编《历代诗话》所收录《六一诗话》为蓝本。该版本共包括28条,与一个简短的序言,即欧阳修所作自序"居士退居汝阴,而集以资闲谈也"①。张双英的英语译文中,还包括在原文中出现的具体诗句、历史人物名称、地名、年号名等专有名词旁,进行了手写汉字的中英文对照。

在进行全文英译的同时,张双英还按照自身理解对《六一诗话》进行了注释,对原文中出现的历史人物、所引诗歌出处等进行注解。例如第一条中所论"李文正公",他援引《宋史》记载注释其为"李昉是宋太宗的宰相之一,也是《太平御览》与《文苑英华》的编写者"②。张双英的注释同时也带有其自身的文献考据意见,例如对第一条中欧阳修所引用李昉《永昌陵挽歌辞》中的两句,张双英注解他并未在李昉的文学作品中找到收录这两句诗的《永昌陵挽歌辞》,即《六一诗话》是他所能找到的,明确这一诗歌出处的唯一文献。同理,在第三条收录的描写宋朝京师繁华盛景的"卖花担上看桃李,拍酒楼头听管弦"诗句处,张双英再次注释到"没有有关这一联诗句出处的线索,因此我无法确定其所引的全诗内容"③,以及最后的第二十八条中,收录的北宋诗人宋祁在省试中所作"色映珊云烂,声迎羽月迟",张双英同样列出注释"我无法查询到这一联诗句"④,表明他无法在历史文献中查找到该诗句的出处信息。可以看出,欧阳修在《六一诗话》中并未标明他所引的上述诗歌的文献出处,而张双英翻译的诗话,对每一处引用的诗歌都进行了具体出处的文献考

---

① 何文焕辑:《历代诗话》,中华书局1981年版,第264页。
② Chang, Shung-in. *The Liu-iShih-Hua of Ou-yang Hsiu*. The University of Arizona, P. H. D, 1981, p. 68.
③ Chang, Shung-in. *The Liu-iShih-Hua of Ou-yang Hsiu*. The University of Arizona, P. H. D, 1981, p. 71.
④ Chang, Shung-in. *The Liu-iShih-Hua of Ou-yang Hsiu*. The University of Arizona, P. H. D, 1981, p. 110.

据,力图尽量清晰、严谨地进行译本的完整英译,并将可供学术考据的细节,尽可能地译介到英语世界的视野中。

张双英将《六一诗话》的全译本列入正文的第四章,而未将其列入正文后的附录中,足以说明他对这一诗话全文译本的重视,并把其视作自身论文的整体学术论述的重要一环。在后文第五章中,张双英还从文学风格、组织架构、批评的主体对象、批评的诗联、对前代诗歌批评的修订与综合等层面,对《六一诗话》的文本内涵进行了有条理的论述、分析。值得注意的是,张双英对欧阳修在该诗话中的诗歌批评进行三个步骤的划分,第一步为诗的真实与逻辑内容,第二步为创造的意义与熟练的语言,第三步为生动的风景与无限的意义。这三步层层递进,从诗歌文本表层的创作,到语言的修辞,再到言意层面的探讨,为剖析《六一诗话》整体理论价值提供了思路范式。在第六章中,张双英进一步阐述了该诗话对后续历代诗话发展演变的重要影响。上述的种种具体论述,都离不开他本人对《六一诗话》所作的力求全面、完整的英译。这一英译全本,既为其自身的欧阳修诗歌理论研究提供了有力的工具作用,也是英语世界诗话作品全文英译的一大首创。

二 《六一诗话》的选译本

（一）宇文所安的选译本

鉴于《六一诗话》在诗话发展历程中列居首位的重要地位,英语世界研究者多会将其与"诗话"体裁的发端结合在一起,同时也会有所选择地对该诗话的部分文本进行关注,在自身研究目的驱动下,进行节选片段式的英译,故而各自的英译篇幅长短又会有所不同。

宇文所安在《中国文论:英译与评论》中对《六一诗话》的英译,是各种选译本中篇幅最长的。在第七章"诗话"中,他首先结合历史,就以《六一诗话》为标志的诗话体裁的出现、确立与定义进行了介绍,并讨论了这一体裁在两宋的发展传承,从而明确诗话体裁在中国文论中所体现出的形式与内容的特点,明确指出其松散灵活的语言组织结构,可以体现出独到的理论性。该诗话共计28条,宇文所安选择英译了其中18条,并且并未按照诗话原文中的排列顺序,而是按照其自身评论的思路对原文条目进行调整,以第七条为开端,第二十四条为结束,既通过具体文本展现了欧阳修自身的文学素养追求,也涉及对具体诗人、诗歌以及理论术语的介绍。宇文所安进行文本英译时，同时对原文中的专有术语进行了汉语保留与单独列出，例如"格""心""意""气""体""义—理"等，并在随后进行的具体评论中对术语进行了解读，以图在西方话语的语言背景之下，尽量呈现出诗学术语的原有所指。

宇文所安尽可能在翻译时采取逐句直译，保留了诗话中所引用的诗句的原有句式，对诗歌的题目也进行了意译，同时较为忠实地传达了诗话原文中的语义。

宇文所安对《六一诗话》的选择性译介从第七则开始，原文对于晚唐诗人郑谷与北宋诗人梅尧臣平生声名的评价，引出的是在其看来，欧阳修对于"文学"这一概念本体的思考，"在欧阳修所感兴趣的问题中，最重要的是声名的脆弱，理解的失败，文学作品的散失以及作家被彻底遗忘"①。这种对于诗人而非具体诗句及理论的探讨，关注的是该诗话所记载的文人轶事以及作者本人的评价感悟，开宗明义地阐明了《六一诗话》作为"诗话"体裁的奠基，将独立于诗歌文本之外的相关诗人事迹与交际往来纳入书写范围，确定的是这一体裁散文性质的倾向。宇文所安对这则轶事的译介，则尽力于还原原文的叙事性，并在其随后评论中强调欧阳修对于诗人群体自身人文价值的关怀，这种对于诗话作者自身情感取向的体现，与在此之前的种种诗歌理论批评类著作有着较为明显的差异，北宋诗话之所以为"诗话"开端的特点，则通过译者的选择性英译而得以体现。

宇文所安在英译的原文选取上，打乱《六一诗话》原有顺序，在第七则之后的是第四则，即记载梅尧臣《河豚鱼诗》的英译。可以看出宇文所安对诗句的逐句英译，侧重于句意的翻译，而不在于注重对押韵等语言韵律的还原。本人认为这样的英译方式取决于诗话原文的自身特点，即将所引诗句视作讨论诗人与诗歌风格、意境的材料对象，多以此为辅助，而并非着重体现诗句自身的语言艺术美感。按照宇文所安的译介方式，在附于英译之后的评论部分中，就其所重视的诗话原文进行解读、评述，同样起到了对原文进行再次意译的作用。

正如所选第四则译文中，他反复提及"荻芽"（reed sprouts）在梅诗中塑造春日自然场景的作用，以及对于作为时令食物的河豚的食用价值的

---

① 宇文所安：《中国文论：英译与评论》，王柏华等译，上海社会科学院出版社2003年版，第399页。

强调。他通过点评诗话原文而使欧阳修的评诗观点再次被译介，即其赞许抛却刻意苦吟的梅尧臣，在酒席间自然随意创作所体现出的率直、闲远的艺术风格。宇文所安借此进行了点题，认为欧阳修所推崇的梅诗的这一随意自然的风格，也符合其所创"诗话"体的文体特点。这种打乱原文顺序的选译方式，延续在宇文所安后续的英译中，他指出《六一诗话》的"条目编排顺序虽然表面看起来很随意，但也经常起到强化主题的作用"，借鉴了诗话原文中以内在线索联结灵活、松散的随笔性点评的方式，"在翻译的时候，我把原来的顺序做了一些调整"。① 宇文所安同样通过自主地编排，借助英译原文的顺序从而呈现其对诗话进行思考评价的延续性思路。

对于第五则诗话记录的苏轼将织有梅尧臣诗句的"蛮布弓衣"转赠欧阳修的轶事，宇文所安采取的是符合叙事原文文意的逐句直译，在评论中进行结合了自身观点的评价，同时也是对诗话原文在理解基础上的意译。他认为这种传播方式使原本不受诗坛重视的梅诗在时间、空间上都获得有效流传，符合第七则诗话中欧阳修对于诗人诗作能否实现声名传扬的思考。可以看出，宇文所安通过对原文进行自我理解的品评，是对《六一诗话》散文性质原文进行的散文性的评述，其所关注的也并非诗歌理论等抽象美学原理，而是尽力还原北宋文人的文学心态。

第六则与第二则诗话，在宇文所安看来隶属于语言幽默的戏谑（mockery），正是《六一诗话》行文随意，字里行间彰显作者个人情趣的体现。他认为欧阳修的评论始终在"赞扬与责备，喜欢与不喜欢，友善与敌视之间摆动"②，并没有将欧阳修的诗话文本视作应当符合思维定式与严密逻辑的诗歌理论。宇文所安选取这几则诗话，并言明其语言特点，可见他意识到了欧阳修创作诗话时与其他诗歌批评作者的文学观差异，而通过这一选取英译，他也表明了自身与欧阳修在观念上的不谋而合之处。这种对戏谑、笑谈式诗歌评论话语的推崇，体现的正是欧阳修所开启的"以资闲谈"的诗话独创文风，同时也与其所推崇的梅尧臣诗风的"率意""即兴""平淡"相符，是对华丽辞藻、刻意苦吟以及炼字技法等创作方

---

① 宇文所安：《中国文论：英译与评论》，王柏华等译，上海社会科学院出版社2003年版，第403页。

② 宇文所安：《中国文论：英译与评论》，王柏华等译，上海社会科学院出版社2003年版，第405页。

式的规避。以此选译为过渡，宇文所安开始在后续进行了针对《六一诗话》中诗歌语言技法讨论的关注。

与许多译者相同，宇文所安借陈舍人补全杜甫诗歌残句的轶事，表达的是对于欧阳修诗歌审美取向的探讨。欧阳修言明北宋初年，讲求用典、堆砌辞藻的西昆体盛行于文坛，而使唐代诗歌的价值被忽视。宇文所安认为欧阳修看清了这种文学传统的缺失，以及其所导致的文学天才的消逝，从而使宋朝文人们无法有效地凭借自身创作补全杜诗的脱字。宇文所安英译这一则诗话时，着重呈现杜诗"身轻一鸟＿"所缺一字的英译，将"疾""落""起""下"分别译作"goes swiftly""sinks""rises""descends"，并将杜甫原作的"过"译作"in passage"。

宇文所安对于诗中动词的英译侧重于意义的传达，而难以完全通过英语充分呈现不同动词之间语言意蕴的差异。原文中"陈公叹服，以为虽一字，诸君亦不能到也"①所传达的语言意境之差，也很难通过简洁的动词英译而展露。正如古代诗话所追求的言有尽而意无穷的诗歌美学一样，古诗的英译跨越了中西两种话语方式，必然会产生意义的损失与筛选，"翻译的动态性充分体现在其灵活性中，翻译在无奈的情况下，把含蓄的转变为直白的，缩短了符号与所指间的距离"②。宇文所安的直译，可靠地将诗歌原文所指语义进行了英译，同时不可避免地在简洁明了的译介中，失落了原文诗歌的美学意蕴，这种接受与译介层面的可靠与灵活，与其长年的中国古代诗歌研究基础密切相关，也指导了其对于其他诗话、诗句原文的选译。与此同时，宇文所安在评论部分进行补充，称"'过'（字面意思是经过）这个动词造就了一个完美的隐喻"③，通过解释进一步译介杜诗中脱字的艺术价值，意图用这种方式完善诗歌的英译，正因为"就汉英诗歌而言，两者在语言上的差别极其巨大、昭然。此时，若译者试图'忠实'地传递意义，越会事与愿违。因此，汉诗英译者应充分调动其主观能动性和创造性"④。宇文所安对诗话、诗歌的英译既体现在诗话原文的选

---

① （宋）欧阳修：《六一诗话》，（清）何文焕辑：《历代诗话》，中华书局1981年版，第266页。

② 孙艺风：《视角·阐释·文化——文学翻译与翻译理论》，清华大学出版社2004年版，第58页。

③ 宇文所安：《中国文论：英译与评论》，王柏华等译，上海社会科学院出版社2003年版，第408页。

④ 张智中：《汉诗英译美学研究》，商务印书馆2015年版，第265—266页。

译，又体现在对每一则诗话的评论解释中，两种形式互为补充，也是其可靠而有效地对古代诗话进行英译的独到所在。

宇文所安选译的第九则与第十则诗话，关注的都是九诗僧、孟郊、贾岛这类前辈诗人，以及诗歌的写作和成就与其生平声誉的关系。这也是他在评论前文时所谈论过的个体诗人文学声名的延续与消逝，可见宇文所安在选译诗话时始终或多或少有意识地保存了相关的思路线索，这也是他所关注的欧阳修借随笔性闲谈诗话所传达的文学批评思想的体现。在诗句的英译上，他依旧采用直译，并在评论部分加以解释点评。他译介贾岛诗"Though threads of white silk now hang in my locks, I cannot weave of them clothes against the cold."（"鬓边虽有丝，不堪织寒衣"），并评论欧阳修谓其"对句过于雕琢"，而"雕琢过分以至露技的艺术作品容易失信于人"①。借助评论，宇文所安试图传达的是，对于诗话原文意义的再一次译介，即强调欧阳修开始在诗话中讨论诗歌技法，并最终凸显他推崇梅尧臣诗歌平淡即兴、不尚辞藻的取向。

第十一则与十二则诗话中，宇文所安对诗话中所摘选的诸多诗歌联句进行了侧重于语义传达的直译。在诗句英译时，宇文所安注重对偶句式的还原，在英译中呈现出了原句中主谓相互对仗的句法结构。同时他开始关注原文中的术语，并在英译时就"格""意""景"等术语独立标出，强调此时诗话中对于诗歌语言修辞与美学风格的探讨。"每一术语在具体的理论文本中都有一个使用史，每一术语的功效都因其与文学文本中的具体现象的关系而不断被强化"②，对于诗学术语的关注使宇文所安在将梅尧臣语录、梅尧臣与周朴诗等诗话原文进行译介后，着重于评论探讨梅尧臣诗歌的美学取向。宇文所安着重评论梅尧臣语录所透露出的对于"率意"与"造语"（formation of wording）的结合，体现出的是欧阳修所推崇的诗歌创作方式，即"融合唐代技法，并使其自然化"③。这也是《六一诗话》通篇对于北宋西昆体刻意追求辞藻、用典的批判，同时也表明欧阳修提出的诗学主张并不完全追求自然即兴的写作，而是通过诗人的努力，将技巧

---

① 宇文所安：《中国文论：英译与评论》，王柏华等译，上海社会科学院出版社2003年版，第411页。
② 宇文所安：《中国文论：英译与评论》，王柏华等译，上海社会科学院出版社2003年版，第2页。
③ 宇文所安：《中国文论：英译与评论》，王柏华等译，上海社会科学院出版社2003年版，第415页。

与即兴相结合,最终达到"含不尽之意见于言外"的境界。宇文所安与黄维樑一样,将梅尧臣语录中所引用的温庭筠、严维、贾岛等人的诗歌视作"试金石",并在评论中就诗句例子,如"鸡声茅店月,人迹板桥霜"进行了场景还原的进一步解释,这也是他在按照一定的对仗形式直译诗话中诗句之后,再度对其进行意义阐释的译介体现。借助评论中的意译,宇文所安的诗话译介方式足以使英语世界的接受者能够更加有效地贴近并理解原诗中所传达的传统诗歌美学意境。

宇文所安对第十三则诗话中欧阳修评价杜甫、梅尧臣诗风与艺术成就的诗句进行了忠实的直译,对术语进行了原字与音译的标注,其中将"又如食橄榄,真味久愈在"译作"It's like eating kan-lan fruit—The true flavor gets stronger with time"。这句用来形容梅诗平淡而韵味悠长的诗句,同样被其他译者所关注,与梅尧臣所说"含不尽之意见于言外"一样,成为展示欧阳修所推崇的美学风格的例证,同时也是北宋诗坛主流诗风的一大写照。

第十五则与第十八则诗话,欧阳修表述的都是对于诗歌义理与语言形式的关系,宇文所安认为这同样涉及他评价梅诗时,所关注的雕琢与即兴创作的问题。他在英译时,将"义理""通"等术语进行标注,以此凸显诗话原文中探讨的理论要点。值得注意的是,对"皆岛诗,何精粗顿异也"① 一句的英译,《中国文论:英译与评论》的英文原版与中译本略有差异。首先是"岛"即贾岛的名字英译,原版中采用"Chia Tao"这一威妥玛拼音,中文版则采用汉语拼音"Jia Dao"。曾任英国驻华大使的威妥玛,在19世纪后期于英国教学中文时,借用罗马字母为汉语注音,形成了威妥玛式拼音,并随着翟理思的修订推广,而成为英语世界中普及接受度较广的汉字注音方式。"威妥玛建立的套路是将中文和英文中发音相近的音节进行对比,辅之以简短的说明;有时也会借用其他欧洲语言如法语、意大利语等作为参照"②,这种拼音方式的创立与完善,均以英语接受视域中的读者为主导,以其接受理解的有效性为依据,必然在英语世界的传播中获得了相对较高程度的普及。宇文所安在英文原版的英译中采用

---

① (宋)欧阳修:《六一诗话》,(清)何文焕辑《历代诗话》,中华书局1981年版,第269页。

② 王静:《认知的转变——19世纪晚期对外汉语教材中拼音系统的教学原则及影响》,《国际汉语教育》,外语教学与研究出版社2015年版,第184页。

威氏拼音为人名注音，在于考虑到了英语世界接受者对于这种注音方式的接受基础，而在《中国文论：英译与评论》一书的中文译本中，他采用汉语拼音的动机，同样在于该版本的预期接受对象，是以汉语为主流语言的中国读者。考虑到汉语世界中读者的文化构成，故而改用汉语拼音为人名"贾岛"进行注音。

英文原版将"何精粗顿异也"译作"Whatever their texture, they become suddenly strange"，中文版则将其改译作"What a sharp differentiation between the coarse and fine in these!"① 根据诗话原文，中文版的译文更加符合原文的语义，感叹句式的运用同样更加贴合原文的语气。可见宇文所安的英译是有意识地进行修正完善，以求更加可靠、有效地在意义上对诗话进行译介。

宇文所安在第十九则与第二十则诗话英译与评论中，关注欧阳修所摘选的苏舜钦、梅尧臣诗句，以及其他人对这些诗句所进行的评价。这种评价既来自于欧阳修本人的叙述，也来自对晏殊等人的转述以及相关感触。宇文所安认为苏舜钦"云头滟滟开金饼"（In the undulating current of clouds a golden cake appears）具有"典型的北宋风格，即从日常生活里汲取大胆的隐喻"②，然而他采用"golden cake"这一英译未能完全体现"饼"这一形象，在传统诗歌意象中与"月亮"的形似联系，这也是汉诗英译的一大难点所在。宇文所安在评论部分中意识到了欧阳修于诗话中推崇的诗歌，已经具备了宋诗的典型特点。

欧阳修本人在散文这一体裁上有所革新，这种独到的文学审美必然也会影响到他对于诗歌的评价标准之上，从而通过诗话文本得以体现，"仁宗之世，欧阳修于古文别开生面，树立宋代之新风格……以气格为主，诗风一变。梅尧臣、苏舜钦辅之"③。《六一诗话》中对于梅尧臣、苏舜钦诗歌及其论诗语录的肯定评价，就是欧阳修本人诗歌美学主张的佐证。宇文所安在英译与评论的过程中，意识到了上述力主诗风新变的诗人们的艺术特点与联系，但并未结合宋诗整体艺术风格进行探讨，因此他对诗话原文

---

① 宇文所安：《中国文论：英译与评论》，王柏华等译，上海社会科学院出版社2003年版，第421页。
② 宇文所安：《中国文论：英译与评论》，王柏华等译，上海社会科学院出版社2003年版，第422页。
③ 缪钺：《论宋诗》，俞晓红、杨四平主编：《文学研究导论》，安徽师范大学出版社2012年版，第66页。

中摘选的诗句，也仅作意义上的翻译，并未就"金饼"等独特比喻进行语言意象层面的阐释。

宇文所安选译的第二十一则与第二十二则，同样是诗话中对于他人诗句的摘选与评价。欧阳修通过对杨亿、刘筠等北宋西昆体代表的评价，说明了他对于诗人才学的推崇，以及对于"用故事（use allusions）"的辩证看法，在某种程度上将创作才能视作比用典更为重要的创作条件，同时也并不全盘否定擅长雕琢语词、运用典故的西昆体。宇文所安对诗句进行直译时，将"露下金茎鹤未知"中"金茎"译作"columns of gold（黄金柱子）"，证明他意识到此处运用了汉武帝做金铜仙人承接甘露的典故，这也是他丰富的传统文化相关知识的体现，更加有效地体现了他直译古诗时，对于原文原意的忠实。

宇文所安以第二十二则诗话，即有关石曼卿诗歌的评价结束了他对《六一诗话》的文本选译，以他的评论为准，他对诗话的选择性英译始终按照他对于欧阳修及其诗话的整体理解而进行。"在本条里，我们又见到了《六一诗话》那些熟悉的母题：评价、保存"，"我们发现欧阳修仍扮演着他一贯扮演的角色：认出有价值的东西，并且保存它，不让它流失"[①]，这既是宇文所安对于《六一诗话》主题的理解与概括，也是他在基于直译各则诗话原文的同时，对诗话文本进行的评价。正如他在每一则诗话后进行的具体评价所示，宇文所安将原文英译与对原文思想的评价相结合，使"评价"也成了语义意译的一部分。他在评论中就具体的诗句、术语语义等进行更为详细的解释，这也是他对诗话进行意译的一种方法。可以说，诗话原文的直译与后续评论的意译补充，共同构成了宇文所安对《六一诗话》的翻译。这种原文直译与意义阐释相结合的英译方式，以及他结合自身理解与思想倾向的文本选择标准，也体现在他对其他历史时期诗话作品的选译之中。他结合自身扎实的古代文学知识基础，尽可能地对原文语义进行了忠实的翻译，这也使《中国文论：英译与评论》中对诗话的英译呈现出较高的权威性与可靠性，使后续的译者与研究者多以此为英译的参考。

宇文所安对《六一诗话》的选译，关注到了原文中有关诗歌评论与理论探讨的重要段落，基本已经囊括了其他研究者对其进行选译的文本。

---

① 宇文所安：《中国文论：英译与评论》，王柏华等译，上海社会科学院出版社2003年版，第427页。

第四条、第十二条与第十四条，都涉及欧阳修所记录的梅尧臣的论诗语录，以及他对梅尧臣诗歌创作的点评。第十二条中梅尧臣所说"必能状难写之景如在目前，含不尽之意见于言外"①，多次被英语世界研究者引用并翻译。包括这句论述诗歌创作及其艺术标准在内的原文，体现出的是古代诗话中最早对诗歌语言修辞的含蓄特征，以及超越于语言之外的抽象哲理判断的论述，既是对《易经·系辞上》所论述的言与意关系的传承，也是《文心雕龙》《文赋》《二十四诗品》等前代诗文评作品中有关传统诗歌美学论述的延续，标志着《六一诗话》的理论性足以跻身古代文论行列，更是为后续《沧浪诗话》等相关诗论提供了参考，从而成为欧阳修诗论的突出重点之一。

（二）Jiayin Zhang 的选译本

Jiayin Zhang 在其博士学位论文《中国诗学的理论与轶事：中国宋朝的诗话发展轨迹》的第一章"欧阳修的《六一诗话》：诗话的最初舞台"中，选择诗话原文中的十三条内容进行了英译。

他首先对原文共计 28 条进行了三种分类，即"轶事""诗歌讨论"与"其他内容"，在此基础上，他就所选译的原文进行了相应的分类，分类的依据则是作为记述者的欧阳修，在诗话中所起到的文化身份，并按照中英文原文对照的形式，在随后附上对各条目进行的具体解读。Jiayin Zhang 对《六一诗话》的英译大多直接援引宇文所安《中国文论：英译与评论》的版本，但在译文的选取、分类以及思想概述上有所差别。

首先是"作为轶事叙述者的欧阳修"一节中，他对诗话中记载北宋诗人苏轼、梅尧臣、石延年诗歌创作与生平轶事的三条诗话进行了英译，同时对其进行了通过其他历史文献还原的介绍，指出欧阳修出于现实生活中的往来交友与应酬对答需求，对其欣赏的友人的文学生涯进行了评价，对受到当世忽视的文学轶事进行了记录。这一诗话写作，很大程度上扩大了上述诗人在宋朝文坛的声誉，尤其是梅尧臣的文学地位很大程度上得到提升，直至南宋的诗论中也将其视作宋诗的重要奠基人，即"开山祖师"，这一直接对诗人进行文学史界定的评价，与欧阳修通过诗话传播进行的舆论引导是分不开的。他所选择收录的第五则、第七则、第二十四则诗话，都直接采用了宇文所安的译文。这几则诗话体现了欧阳修对于郑

---

① 何文焕辑：《历代诗话》，中华书局 1981 年版，第 267 页。

谷、梅尧臣、石曼卿等人诗歌的评价,以及他对与诗人文学成就相匹配的名誉,难以在后世延续传播的遗憾与焦虑。Jiayin Zhang 在译文后也采用了评论原文思想的点评方式,加深了对原文语义的解读。

在"作为文学历史家的欧阳修"一节中,Jiayin Zhang 对欧阳修记录北宋九诗僧、晚唐周朴诗歌创作的第九则、第十一则诗话进行了选译,同样采用了宇文所安的译本。这两条都是对当世已经散佚不传的具体诗人诗句的记录,Jiayin Zhang 认为欧阳修是出于对诗歌的重视热爱以及对不被历史所铭记的不知名诗人的爱惜,才从文学史家的角度回顾了其所处时期的近代诗史,尽力将不被公共关注的文学历史遗产呈现到当世文坛的视野中。

在"作为批评家的欧阳修"一节中,Jiayin Zhang 英译了欧阳修评价王建《宫词》所记滕王之画、北宋"西昆体"、晚唐孟郊贾岛诗歌、梅尧臣诗歌风格、苏轼诗歌风格、梅尧臣论诗语录共计七条诗话,并评价这是对欧阳修诗歌理论的直接体现。Jiayin Zhang 认为这几条诗话体现了欧阳修对诗歌功能的阐释,以及他对近世盛行的诗歌风格的批判,即对北宋初期流行的多用典故用事的西昆体的批评,借此而体现出其本人的审美价值与诗歌理想。其中所流露出的对诗歌本体论的思考,也是对历代文论所共同讨论的议题的再次关注。他也专门就梅尧臣所述"难写之景,不尽之意"进行了直译与阐释,强调以此为标志,彰显欧阳修诗歌批评导向了更为复杂的理论层面,即梅尧臣联结起诗歌创作与阅读接受的联系,要求以诗歌作为媒介,使诗人能够客观描绘其眼前所见之景物,并让读者能够对文字形象进行图像化的还原,同时还对诗歌创作提出终极的美学指导,即有效地超越有形文本而传达出抽象意图。这一诗论既包括了对作者的创作力要求,也要求读者具备相应的诗歌修养与鉴赏力,它作为对诗歌创作与接受环节的整体探讨,为后世诗论提供了许多重要参考。

该节的译文选择中,Jiayin Zhang 主要遵循的依旧是宇文所安在《中国文论:英译与评论》中的英译,只有欧阳修评价滕王善画蝴蝶、公孙大娘善舞剑等前人技艺的第十六则诗话,由于宇文所安未在书中收录,故而由其本人进行英译。这条诗话的英译以逐句直译为主,并由通过注释对原文所出现的滕王、公孙大娘、曹刚、米嘉荣等善作艺术技艺的人物,进行了介绍,从而使英语世界的接受者借助背景知识的了解,更加有效地理解诗话原文的意义所指。对于这则诗话的选取与英译,体现了 Jiayin Zhang

作为译者与研究者,在宇文所安的关注基础之上,也进行了自身的独立思考,从而结合自身英译对宇文所安所探讨的诗话范围进行了补充。

    Wang Jian has a collection of *Palace Lyrics* composed of one hundred poems, most of which talk about events occurring in the imperial palace. The affairs that cannot be found in the official history or in trivial talks often appear in these poems. For example, a couplet reads, "After no summons from the palace for several days, it is said that King Teng has finished the Butterfly painting". "King Teng" is named Yuanying, the son of the Emperor Gaozu. Neither of the official *Tang Histories* talked about his talent. Only *Minghua Lu* briefly mentioned that he was able to paint, but it did not explain that he is especially good at butterflies. The two places that record King Teng's special interest in butterflies are in *Hua Duan* and Wang Jian's *Gong Ci*. Sometimes it is said that nowadays his paintings are collected in someone's home. All those in the Tang dynasty who were skilled in one craft could be found in Tang poetry, such as Gongsun Daniang as a sword dance performer, Cao Gang as a pipa player, and Mi Jiarong as a singer, whose names became known and were passed down to later generations. The gentlemen with hidden moral integrity living a secluded life in the forests and farms are most likely not known to the world, where as inferior artisans with minor skill gained the proper places to entrust their names so as to be immortal. For these two kinds, each has its own fortune and misfortune.[①]

Jiayin Zhang 的译文大多直接援引宇文所安的译本,这也是宇文所安英译诗话的权威性与可靠性的又一例证。故而在译文的选择上,Jiayin Zhang 也以宇文所安的摘选为基础框架,在其关注的范围内进行对于欧阳修诗歌艺术审美与文学思想的探讨。与宇文所安较为松散的结构线索相比,Jiayin Zhang 按照欧阳修所体现出的文化身份,对《六一诗话》原文进行了三个类别的划分,呈现了诗话文本更为清晰的理论框架。与此同时他对原文中的书名、人名等背景知识进行注释介绍,这也是对原文进行意

---

① Jiayin Zhang. *Theory and Anecdote in Chinese Poetics: the Trajectory of Remarks on Poetry in Song Dynasty China*, University Of California, Santa Barbara, P. H. D., 2014, p. 28.

译的一部分,有助于英语世界接受者对于诗话文本进行更加贴近原意的理解。

(三) 其他选译本

鉴于上一节的阐述,可以看出第十二条诗话中梅尧臣对欧阳修论诗的选句,其理论重要性在《六一诗话》全文中占据显著位置。英语世界研究者对该诗话进行片段式节选英译时,也多对这一选句,及其所在段落进行翻译。

> 圣俞尝谓予余曰:"诗家虽率意,而造语亦难。若意新语工,得前人所未道者,斯为善也。必能状难写之景,如在目前,含不尽之意,见于言外,然后为至矣。"①

对这一段原文进行较为完整的英译的,有华兹生英译的吉川幸次郎的译文,以及顾明栋、叶扬、Liu Hsiang-fei、傅君励、涂经诒、汤雁方,柯霖也沿用顾明栋在其博士学位论文中的英译。

> Though the poet may put forth great effort, it is extremely difficult to choose words correctly. If he manages to use words with a fresh skill and to achieve some effect that no one before has ever achieved, then he may consider that he has done well. He must be able to paint some scene that is difficult to depict, in such a way that it seems to be right before the eyes of reader and has an endless significance that exists outside the words themselves—only then can he be regarded as great. ②

华兹生对吉川幸次郎所选诗话原文的英译,摘选原文较为完整。在逐句直译的过程中,他针对原文中主语的模糊,进行了"he"的概念化主语的补全,尽可能地在语义的贯通、语法的流畅上还原了诗话原文的意义。然而针对与"率意"相对应的"造语"一词,华兹生将其理解为"choose words correctly",与宇文所安所意译的"把那些即兴思想用完美的

---

① 何文焕辑:《历代诗话》,中华书局1981年版,第267页。
② Kojiro Yoshikawa. Translated by Burton Watson, *An Introduction To Sung Poetry*, Harvard: Harvard University Press, 1967, p. 78.

语言表达出来"① 有所差别。与后文"意新语工"进行联系，可以明确"造语"的释义更倾向于宇文所安所理解的诗歌语言的艺术呈现，而并非简单地对语言进行适当的组织表达。可见华兹生对于诗话原文的理解尚有不足之处。

> One must be able to depict scenes which are difficult to describe, and make them look as if they were right in front of one's eye; one must be able to conbtain unending meanings, and have them emerge somewhere beyond words. Only then will perfection achieved. ②

Yang Ye 所选取的译文是对梅尧臣语录的部分节选，通过语法结构在句式中的呈现，在进行直译的同时，采用"one... one... only then..."的句式，更加有效地表现出"状难写之景，如在目前；含不尽之意，见于言外"的对偶结构，以及前后文的因果联系，在语义的翻译上更为流畅。这种译法，在于他作为华人学者，能够充分地理解文言文的特定句法结构，并在英译中完成一定程度的还原。

> Mei Shengyu once told me: "Though a poet may command his ideas, yet, the creation of a specific language is still difficult... [A poem] must be able to depict difficult to describe scenes as though they appeared before one's eyes. His writing must contain unlimited implications which appear outside the text. Only then can a poem be considered superb."③

顾明栋的英译删减了部分诗话原文，只保留了他认为具备英译价值的部分，并结合了华兹生与 Yang Ye 的特点，既在直译中进行了主语的补全，同时还原了原文的因果联系，在语义传达与句法流畅上，他的译文都较为可靠完善，在英语世界也获得了一定的认可。故而柯霖等研究者，在

---

① 宇文所安：《中国文论：英译与评论》，王柏华等译，上海社会科学院出版社 2003 年版，第 414 页。
② Yang Ye. *Chinese poetic closure*, New York: Peter Lang Publishing Inc., 1996, p. 99.
③ Gu MIngdong. *Literary Openness And Open Poetics: A Chinese View In A Cross-cultural Perspective*, The University of Chicago, Ph. D., 1997, p. 89.

后续研究中沿用了顾明栋的这一译文。

[Mei] Shengyú once said to me, "Even if a poet is most concerned with the thought [of the composition], still diction is difficult. If one's thought is new, one's diction is skillful, and one has attained what former writers have not said, this can be considered good. [But] one must be able to give form to scenes difficult to describe, as though they were before one's eyes; [the poem must have] inexhaustible implications beyond the words: only then can it be considered the best…"①

傅君励的译文完整地逐句直译了梅尧臣的这一语录,并适当补全了原文省略的主语、宾语与转折词,使得译文在语义表述上更为完整。他将"率意"译作"most concerned with the thought [of the composition]",更侧重于"刻意关注创作时的想法",与其本意所指向的即兴、随意有所差别,可见傅君励的这一解释,在忠实于原文的层面上,尚有部分不足。

[The aim is] to embody a scene hard to describe in such a way that it unfolds in front of the reader's eyes; to contain endless reverberations that are understood beyond words.
Reading them is like eating olives, their taste lasts for long.②

Yang Zhu 的译文节选了"状难写之景……"这一部分,在通过英译补全主语的基础上,采用从句进行直译,突出了梅尧臣语录所强调的诗歌文本应达到的理想境界,但从句的运用略显冗长,相比之下未能清晰地传达出语义与形式上的原文特点。值得注意的是,他同时选译了欧阳修将梅尧臣诗比作橄榄的诗话原文,强调"味"这一术语概念,这与 Yang Zhu 所研究的,古代诗论中的"味"这一美学概念的整体范畴相关。他对于梅尧臣语录的选译,其意图也在于关注到了其对"言外之意"的追求,

---

① Fuller Micheal Anthony. *The Poetry of Su Shi* (1037-1101), Yale University, P. H. D, 1983, p. 12.
② Yang Zhu. "Poetic Taste and Tasting Poetry", *Linking Ancient and Contemporary*, 2016, p. 309.

与欧阳修所评价的梅诗之"味"如出一辙,二者都指向诗歌语言含蓄蕴藉的艺术美感,足以共同成为他的诗论研究视域下的对象。

> Displays indescribable sceneries as if they were in front of one's eyes, containing endless meanings beyond words. ①

> Mei Yaochen (1002 – 1060), for example, said that poetry must "represent scenes difficult of depiction as if they were at present, and imply endless meaning that is seen beyond the words."②

> To contain one's implied unexpressed emotion beyond language by portraying a natural scene as visible before one's eyes. ③

> Describe scenes which are difficult to express in such a way that they will appear vividly in front of the eyes and to contain inexhaustible meanings which can not be expressed in word. ④

Liu Hsiang-fei、汤雁方、肖驰、涂经诒都选译了"状难写之景,如在目前;含不尽之意,见于言外"的部分,同时都力图借此忠实地就原文语义进行翻译。汤雁方就前文进行了概述意译,将此选译部分视作梅尧臣所提出的诗人进行诗歌创作应当达致的境界;相较于其他几位译者逐字逐句的直译,Liu Hsiang-fei 的选译更倾向于大体句意的意译。可以看出,就"言外之意"进行译介时,译者们大多采用 beyond the words (language),这一译介有效地表述了无形的"意"与有形的"言"之间的关系,以及在这一诗学阐述中,前者地位超然于后者之上的界定。

---

① Liu Hsiang-fei. *The Hsing-ssu Mode in Six Dynasties Poetry: Changing Approaches to Imagistic Language*, Princeton University, P. H. D, 1988, p. 12.
② Tang, Yanfang. *Mind and manifestation: The intuitive art (miaowu) of traditional Chinese poetry and poetics*, The Ohio State University, Ph. D., 1993, p. 111.
③ Chi Xiao. "Lyric Archi-Occasion: Coexistence of 'Now' and Then", *Chinese Literature: Essays, Articles, Reviews (CLEAR)*, Vol. 15 (Dec., 1993), p. 22.
④ Ching-I Tu. "Some Aspects of the Jen-Chien Tz'u-hua", *Journal of the American Oriental Society*, Vol. 93, No. 3 (Jul.-Sep., 1973), p. 309.

Imply endless meaning that is beyond words.

The author obtains it in his mind, and the reader meets it with his own idea: it is difficult to point at it and describe it in words. However, one can roughly speak of what it is more or less like. Take this couplet by Yan Wei:

In the willowy pond, spring water swells;

Over the flowery bank, the evening sun lingers. ①

刘若愚未在《中国文学理论》中英译《六一诗话》，但在《语言—悖论—诗学：一种中国观》中专门英译了上文中"含不尽之意，见于言外"的选句，并对同一条目中对举例严维诗句的后文进行英译。刘若愚的选译文本简洁明了地对诗话进行了直译，就严维"柳塘春水漫，花坞夕阳迟"诗句的英译，贴合了原文字句的对仗结构，完整忠实地翻译出句意，体现出了他深厚的传统文学素养。

In his *Remarks on Poetry*, Ouyang Xiu relates an anecdote about the Nine Monks—Buddhist poets of the early Northern Song. A local good-for-nothing named Xu Dong wished to show these monks lacked creativity and imagination. So he invited them all together and asked them each to write a poem avoiding references to "mountains, water, wind, clouds, bamboo, rocks, flowers, plants, snow, frost, stars, the moon, birds, and the like." At this, the Nine Monks all put away their writing brushes. ②

柯霖对记录北宋九诗僧诗歌成就，以及其受制于作诗的意象限制而无法创作的轶事的第九条，进行了概括的意译，旨在大致还原欧阳修所记录轶事的来龙去脉。其采取同样方式意译的，还有第八条中记录陈从易补全杜甫诗"身轻一鸟过"脱字的轶事。

His recent poems are especially ancient and tough: I chew, but

---

① James liu. *Language—Paradox—Poetics: A Chinese Perspective*, Princeton University Press, 1988, p. 99.

② Colin S. C. Hawes. *The Social Circulation of Poetry in the Mid-Northern Song: Emotional Energy and Literati Self-Cultivation*, Albany: State University of New York Press, 2005, pp. 43-44.

they're extremely hard to swallow; It's just like when I try to eat olives: Their true flavor only deepens over time... Mei is poor, and I alone understand him: Ancient goods are hard to sell at present.

When [Han] was given easy rhymes, he would overflow into dissonant rhymes like a mass of waves that cannot be held back, in and out of harmony, impossible to channel into one constant form... I once compared him to a skilled carriage driver. When driving along a broad highway, he could let the horses gallop freely where they wanted at top speed; but reaching a winding riverbank or narrow pathway, he could then slow the horses to medium pace without a single stumble. Certainly he was a supreme craftsman in the world!①

柯霖还对第十三条中欧阳修引述自己创作的《水谷夜行》原句，对梅尧臣诗歌风格进行"橄榄"的比拟评价的诗句，进行了英译。同样是对其他诗人作品的评价，他也选译第二十七条中欧阳修对韩愈的作诗用韵进行比喻的文段。他就原文进行摘选，仅选译了更能体现梅尧臣与韩愈诗歌风格特色的评价，并就原文所引欧阳修诗句进行了语义清晰的直译。

Shengyu [Mei Yaochen] once said, Poetic lines may be clear in their meaning, but such clarity becomes a flaw if the languge is so shallow and ordinary that it lends itself to parody. For example, in the poem "Presented to a Fisherman" there is this couplet: "Before his eyes he does not see the affairs of market or court. Beside his ears he hears only the sounds of wind and water". Someone commented, "He must be suffering from intestinal gas!" There was also someone who recited a poem containing these lines: "All day he searches but does not find it. Yet occasionally it comes to him of its own accord". The couplet describes the difficulty of composing good poetic lines when you are trying too hard. But someone said of it, "It sounds

---

① Colin S. C. Hawes. *The Social Circulation of Poetry in the Mid-Northern Song: Emotional Energy and Literati Self-Cultivation*, Albany: State University of New York Press, 2005, p. 44.

like a poem about someone who lost his cat," and everyone laughed. ①

艾朗诺选译了欧阳修记录梅尧臣语录,其举例论述作诗语言浅俗可笑的第十五则诗话。针对梅尧臣所引语录中诗句,他进行了逐字逐句的直译,尽可能流畅忠实地翻译了原文语义。

黄维樑则关注《六一诗话》中摘句他人诗句中的一联,对其进行点评的诗话行文方式,选译了第十一、十九、二十六条中欧阳修截取他人诗篇中具体一联,并在其后附上相关肯定评价的片段。他关注的是诗话中借具体诗句进行点评与审美评论的"摘句"现象,故而逐句地对相关诗句进行了直译,其所选取的诗话,也侧重于体现欧阳修的美学倾向。可见黄维樑着重关注于《六一诗话》中,通过体现摘选诗句进行主体审美表述的部分,着重研究的也是这一诗歌评论的形式,这也与其他译者关注论诗话语本身有所区别。

第二节 《沧浪诗话》的英译

严羽《沧浪诗话》作为南宋时期最具盛名的诗话作品之一,其理论价值对后世的影响是难以估量的。尤其是部分探讨具体术语与美学理念的文段,长期以来被后世诗论者,以及英语世界研究者高度关注并多次援引参考。有关这一诗话的英译,已有首都师范大学外语学院副教授蒋童与钟厚涛、仇爱丽合著的《〈沧浪诗话〉在西方》,对其进行了较为细致的介绍。故本书在本节主要做简单介绍,在前人研究基础上,进行有所区别的概括论述,并尽量补齐该书在《沧浪诗话》的部分选译本上的忽略。

一 《沧浪诗话》的全译本

陈瑞山在其1996年于美国德州大学奥斯汀分校获得博士学位的论文《严羽〈沧浪诗话〉的注释译本:十三世纪初的中国诗歌手册》中,对《沧浪诗话》进行了全文英译。与张双英对《六一诗话》进行全译的体例不同,陈瑞山在正文中对《沧浪诗话》的五个章节进行了

---

① Ronald Egan. *The Problem of Beauty: Aesthetic Thought and Pursuits in Northern Song Dynasty China*, Harvard: Harvard University Asia Center, 2006, p. 73.

英译，并在"导言"中对于严羽以及该诗话进行了篇幅较长的概括介绍。

"导言"的第一节"生平"中，介绍了严羽所处南宋时期的时代背景，并提及张彭春1922年的《沧浪诗话·诗辩》选译本。第二节"诗话的早期发展"介绍宋朝之前诗论的演变，以及《六一诗话》对诗话体裁所定下的限定，并介绍《沧浪诗话》的组织构成。第三节"严羽的诗歌理论"对该诗话进行理论上的概括，重点论述其以禅喻诗的论诗方式，并对"入神""妙悟"等重要诗学术语进行阐述，以体现严羽的诗歌艺术追求与创作标准。"识与复古"一小节中，进一步单独论述两大诗学观点。"对后世的影响"一小节中，介绍严羽在"复古"这一文学议题上，"识"这一诗学理念上，对明朝"前后七子"的复古主义文学理论的影响，以及对明朝部分诗话作品的影响，同时介绍其对诗歌形而上美学的探讨，影响了王士祯、袁枚、王国维为代表的后世诗歌评论家，以及其各自的代表学说。第四节"对严羽的批评"中，主要介绍后世评论家对严羽是否合理恰当地理解了禅宗思想，以及其论诗文本是否偏离儒家传统等进行了争议性的批判。第五节"版本差异"介绍《沧浪诗话》在多个版本中呈现出的文字差异，以及这一差异带来的文本思想差异。第六节"方法与材料来源"中，陈瑞山介绍其对《沧浪诗话》进行英文全译的翻译方法，参照了德国汉学家德邦（Gunther Debon）的德文全译本，并指出英语世界在之前已对"诗辩""诗法"两章进行了较为完整的英译，但他选择进行全文五个章节的译介，是力图将其他章节的代表性诗学术语介绍到英语世界，对严羽的相关研究进行平衡与补充。最后陈瑞山也提及英译过程中，向其他译者进行的参考学习，以及对部分译者的误译之处进行了修正。

在正文的《沧浪诗话》译文中，陈瑞山进行英译的同时，对原文中提到的引文出处、历史人物、历史年号、禅宗专有名词、历代文论术语等进行了大量详细的注释，尤其在具体注释中，对《沧浪诗话》涉及的禅宗术语进行了解释，也对《六一诗话》所提及的诗人及其文集进行了文献上的考据。在对韩愈、李商隐、梅尧臣等代表性诗人进行注释时，还对其生平进行了简单的介绍。在对具体的诗学术语进行注释时，陈瑞山就其阐发解读以及其对后世诗论的影响进行介绍，例如"气""象"的注释中，他介绍到王国维《人间词话》"气象"说受到此的影响，以及李又安进行王国维研究时对此的关注考察。①陈瑞山对一万余字的《沧浪诗话》,进行了长近三百页的英译,由此可见其在注释中进行了详细完备的考据、释义甚至理论的阐释论述。可以说,陈瑞山在完成英译《沧浪诗话》的译者身份的同时,完成了作为一名英语世界研究者对其整体文本进行的文本接受与研究。这种借助注释对原文本进行补充解释的方式,与《中国文论:英译与评论》的评论部分相类似,同样是译者对诗话文本进行补充译介的一种意译方式。

在"附录"中陈瑞山附上了《沧浪诗话》的中文原文,其所选取的是何文焕所编辑的《历代诗话》版本,即未曾收录某些版本所收录的严羽《附答吴景仙书》一文,表明其英文全译本只进行了《沧浪诗话》主体五个章节的英译。

二 《沧浪诗话》的选译本

《沧浪诗话》在英语世界的译文,更多呈现出的是不同文段的选择性译介,这种选择很大程度上取决于文本的理论价值为研究者所重视的程度。英语世界对《沧浪诗话》的关注多缘于严羽提出的,极富洞见与影响力的诗学理论,其中尤以重在阐述前人诗歌鉴赏与以禅喻诗理论的"诗辩"最为突出。

张彭春于1922年英译的"诗辩""诗法"两章,作为英语世界最早英译的诗话版本,即遵循了英语世界渴望了解中国文论话语特点的动机。斯宾迦在为张彭春译本所写的序言中,指明后者是应自己的要求,才将《沧浪诗话》进行英译,同时他也就译本中出现的主要诗学术语进行了解读,表明"英语世界或许会对下文的片段(即译文)感兴趣"②。张彭春在"英译者序"中表明,旨在通过英译《沧浪诗话》的两章,使英语世界读者能够了解到中国文学史上宝贵的诗歌评论,也并没有对原文中出现的诗人、诗句、术语等进行注释介绍,因为"只有专业的学生或许才有这种需求"③。事实上,张彭春的译本也切实地影响到了欧美汉学界对于中国古代文论的关注。1962年,德国汉学家德邦在其《沧浪诗话:中国诗

---

① Chen, Ruey-shan Sandy. *An Annotated Translation of Yan Yu's "Canglang Shihua": An Early Thirteenth-century Chinese Poetry Manual*, The University of Texas at Austin, Ph. D., 1996: 83.
② 蒋童、钟厚涛、仇爱丽:《〈沧浪诗话〉在西方》,中国文联出版社2015年版,第75页。
③ 蒋童、钟厚涛、仇爱丽:《〈沧浪诗话〉在西方》,中国文联出版社2015年版,第75页。

学典籍》中对诗话进行了全译德语翻译,并在序言中明确指出,自己对该诗话的关注兴趣来源于美国汉学家海陶玮所提供的张彭春的英译文。受到英语世界译介传播直接影响的德邦的德译本,又再次对英语世界产生反向的传播影响,后续施吉瑞、陈瑞山等译者对《沧浪诗话》进行英译时,都明确表示自己受到过德邦译本的影响,甚至采用其作为底本进行英文转译。

张彭春对"诗辩""诗法"原文进行了部分字句的删减,并进行了较为清晰忠实的直译,呈现了原文中严羽以禅喻诗、探讨诗歌章法结构的大体内容。张彭春在自己为译文所作的小序中明言自己的翻译是应斯宾迦教授之请,进行传统文论在英语世界的普及介绍。"普通的读者,只是想大概地了解中国文学史上这些宝贵的诗歌评论,因而这里只是简要翻译了其中两章,相对而言,这两章没有太多的典故和文本依据。"[①] 作为译者的张彭春清楚地认识到译文的接受者,是不需要完全忠实地理解原文的"普通读者",故而他有意识地选择了英译部分,并对其进行了删节。基于接受者所处的不同语言文化背景,张彭春所进行的这种有意识的选择与筛选,正是文学文本在跨语际文化传播中所进行的文化过滤,其结果是有效地使英语世界接受者在一定范围内理解诗话原文,从而达成了斯宾迦与张彭春的翻译目的。"这种裁剪与其说是对《沧浪诗话》的有意切割或人为破坏,毋宁说是为《沧浪诗话》走出本土的局域,朝向更为宽广的接受语境,提供了一种有效的突围策略。"[②]

宇文所安于 1992 年的《中国文论:英译与评论》第八章"严羽《沧浪诗话》"中,对原文本进行了和张彭春同样的选择,即对第一章"诗辩"、第三章"诗法"进行英译。宇文所安在英译文本前,对严羽的主要理论主张以及各章节的内容进行了概述,随后采用一向的夹译夹议的方式,对"诗辩"与"诗法"进行了按照文本顺序分段式的英译,这一分段很大程度上取决于其对严羽诗论进行点评,以及中西比较诗学思路解读的思路。与该书中其他部分的古代诗话英译相同,宇文所安在对原文进行逐字逐句忠实直译的同时,在评论部分就严羽的诗论主张、诗学术语、诗

---

① 蒋童、钟厚涛、仇爱丽:《〈沧浪诗话〉在西方》,中国文联出版社 2015 年版,第 273 页。
② 钟厚涛:《异域突围与本土反思——试析〈沧浪诗话〉的首次英译及其文化启示意义》,《文化与诗学》2009 年第 1 期。

歌评价等进行了解释，形成了一定程度上对诗话原文的意译阐述。

英语世界其他译者也延续了这种对于具体诗论的关注。陈世骧在1957 年《中国诗学与禅宗》中选译了"诗辨"部分文本，他选译的"羚羊挂角"部分内容，也成为后续译者所共同关注的原文。

> "Queer indeed are the notions of these gentlemen in our times. They want to write poetry with words!" What he meant of course was "with words" as an end in themselves.
>
> And he went on to say: "Or with erudition! Or with disquisitions!"
>
> For him the best poetry should "pu she li lu, pu lo yen ch'uan' not tread on the path of reason, not fall into the snare of words.
>
> He described it as pure "animation" or "gusto", "hsing ch'ü 兴趣", its excellence lies in its transparency and luminosity. As such it can not be condensed or diluted. ①

陈世骧采用节选意译的方式，对严羽的主要观点进行了概括性转述与部分原文的引述。他强调的是"以文字为诗""不涉理路，不落言筌""兴趣"等具有代表性的严羽诗论部分原文，力图以此为例呈现诗话中涉及诗歌美学理念的相关主张，其重点选择关注的范围对后续的英语世界译者起到了一定影响。

1967 年，华兹生译吉川幸次郎《宋诗概说》中，延续了和陈世骧相类似的视角，既选译了严羽对宋朝诗人的评价，也选译了"如空中之音……"的原文，这一选句后续又被多名译者，例如卜寿珊、林理彰等专门译介。

> "without even discussing the question of skill, one notices immediately that they are not the same in feeling."
>
> The poems of the High T'ang period, he states, are like sounds in the air, colors in a form, the moon in the water, or the shapes in a mirror; though the words come to an end, the meaning is never exhausted.

---

① Shih-hsiang Chen. "Chinese Poetics and Zenism", *Oriens*, Vol. 10, No. 1 (Jul. 31, 1957), p. 138.

"make poetry out of prose, out of pedantry, or out of argument."①

华兹生译文在陈世骧、张彭春等前人节译、意译的基础上，着重对部分原文语句进行直译，对"以文字为诗"的"文字"译作"prose"，相较于陈世骧"words"的译介更为准确忠实，更加贴近严羽所指的宋朝诗歌创作受散文影响的特点。他对"空中之音，相中之色，水中之月，镜中之象"的译介，保留了原文中对仗的句式，这一译文对后续译者也产生了影响。

Like an echo in the void, and color in a form, the moon reflected in water, and an image in a mirror, the words come to an end, but the meaning is inexhaustible. ②

卜寿珊对这一原文语句的英译，更为注重细节的译介，如将"音"译作"echo"，将"象"译作"image"，并用"reflected"强调水中月的形态。与前人相比，其译文更为细致准确，有效地传达了诗话原文中所指向的意象。

刘若愚在《中国诗学》《中国文学理论》《语言—悖论—诗学：一种中国观》三本专著中均对《沧浪诗话》进行了片段选译，并主要集中在"诗辩"中以禅喻诗以及探讨诗歌创作艺术标准的部分。在《中国诗学》中他专列一节"妙悟：作为深思的诗歌"，即重在关注严羽提出的具体诗学术语。

The ultimate excellence of poetry lies in one thing: entering the spirit. If poetry can succeed in doing this, it will have reached the limit and cannot be surpassed.

Modern scholars use literary language as poetry; use learnings as poetry; use discussion as poetry. Are their works not skilful? Yes, but they lack

---

① Kojiro Yoshikawa. Translated by Burton Watson, *An Introduction To Sung Poetry*, Harvard: Harvard University Press, 1967, p. 184.
② Susan Bush. *The Chinese Literati on Painting – Su Shih* (1037 – 1101) *to Tung Ch'i – ch'ang* (1555 – 1636), Harvard: The Harvard-Yenching institute, 1971, p. 44.

that which makes one "sing it once and sigh over it thrice". Moreover, in their works, they must always use allusions, while disregarding inspiration. Every word they use must be derived from someone; every time they use must have some precedent. Yet when one reads them over and over again from beginning to end, one does not know what they are aiming at. The worst of them (modern poets) even scream and growl, which is against the principle of magnanimity (as exemplified by *The Book of Poetry*). These people are using abusive language as poetry. When poetry has deteriorated to such a state, it can be truly called a disaster.

Poetry involves a different kind of talent, which is not concerned with books; it involves a different kind of meaning, which is not concerned with principles.

In general, the way of Zen lies in intuitive apprehension, so does the way of poetry. For instance, Meng Chiao's learning was far inferior to Han Yu's, yet his poetry was superior. This was due to his complete reliance on intuitive apprehension. Only through this can one be one's true self and show one's natural colours.

Poetry that does not concern itself with principles nor falls into the trammel of words is the best. ①

刘若愚采用逐句直译，结合相关研究，所关注的是严羽在"诗辩"中对宋朝诗风的驳斥，与"入神""妙悟"等以禅喻诗的术语主张，以及"诗有别材""不涉理路"等，严羽明确提出的诗歌语言风格与美学标准。他就"诗辩"进行语句的摘选，凸显的是，将上述诗论主张视作严羽独到诗学理念的实例。

在《中国文学理论》中，刘若愚较为完整地节选了"诗辩"中的一部分，着重以此为例，介绍严羽在诗歌评价中的追求与批判，以及由此延伸出的诗歌美学主张。刘若愚对原文进行了准确的逐字逐句直译，并将"兴趣"等重要诗学术语进行了威氏拼音的音译标注，以此标出其难以被英语词汇所传达的语言特性。同时他的英译尽可能地做到准确而简洁明

---

① James L. Y. Liu. *The Art of Chinese Poetry*. Chicago: The University of Chicago Press. 1966, p. 81.

了，如他将"言有尽而意无穷"译作"it has limited words but unlimited meaning"，采用单词加前缀即产生相反语义的英语造词规则，运用"言"与"意"相互对应的内在关系，简洁、清晰地向英语世界接受者传达了原文中抽象含蓄的诗学意蕴，足以见其作为译者与研究者的功底所在。

《语言—悖论—诗学：一种中国观》一书中，刘若愚首先对《中国文学理论》所选译的部分《沧浪诗话》原文进行了摘选的再次英译，随后着重选译了"诗辩"中严羽以禅喻诗，探讨汉、魏、唐、宋诗歌对后世创作不同影响的部分原文。在前期已经进行较为准确英译的前提下，刘若愚修改了部分译文的字词细节，如将"言筌"从"trammel of words"改译作"trap of words"，将"兴趣"从"inspired feelings"改译作"inspired mood"，从而更加贴切地译介了诗学术语的抽象内涵。可见刘若愚的英译尝试始终是一个不断自我完善的过程，其翻译意图以更忠实、准确地向英语世界研究者传达原文语义为主。刘若愚的英译始终采用逐句直译，并就原文中所省略的古代诗人的名称进行了补全，在翻译的过程中也保留了原文中对偶、排比的句式。种种细致、简洁而准确的英译方式，使刘若愚的译文成为后续接受者与研究者沿用、参考的重要材料。

1974年，施吉瑞《杨万里诗歌中的禅、幻觉与顿悟》选择了"诗辩"中包含"妙悟"、江西诗派起源、以禅喻诗评判诗歌等级等文本，值得一提的是，他所参照的也是德国汉学家德邦的德译本，德邦于1962年对《沧浪诗话》进行了德语全译，其译本为英语世界的译者提供了许多直接的参考。

鉴于施吉瑞是就杨万里诗歌的禅宗理念展开研究时对《沧浪诗话》进行选译，故而他对原文进行了部分删减，进行直译的同时，着重凸显的是严羽论诗所借用的禅宗术语，以及以禅喻诗的相关论述。可见施吉瑞的选择性英译，旨在借助诗话作为宋代诗人诗风研究的佐证，而非直接就诗话文本自身展开理论探讨。

> There is one highest point of achievement in poetry, namely to enter the spiritual (ju shen). If poetry can enter the spiritual it will be perfect, complete, and nothing more can be added.[①]

[①] Adele Austin Rickett. *Wang Kuo-wei's Jen-chien Tz'u-hua: A Study in Chinese Criticism*, Hong Kong: Hong Kong University Press, 1977, p. 21.

1977 年，李又安的译文同样侧重于对以禅喻诗术语的译介，只对有关"入神"的原文进行了节选英译。欧阳桢在 1979 年的《超越视觉与听觉之标准：中国文学批评中"味"的重要性》，卜松山在 1992 年的《论叶燮的〈原诗〉及其诗歌理论》，叶维廉在 1993 年的《距离的消解：中西诗学对话》，He Dajiang 在 1997 年的《苏轼：多元价值观与"以文为诗"》，余宝琳在 1998 年的《描绘中国诗歌的风景》，顾明栋在 1999 年的《文学开放性与开放的诗学：跨文化视角下的中国观》中，汤雁方在 1999 年的《语言、真理与文学阐释：跨文化审视》，都对以下文段进行不同程度的英译：

夫诗有别材，非关书也；诗有别趣，非关理也。然非多读书，多穷理，则不能极其至，所谓不涉理路、不落言筌者，上也。诗者，吟咏情性也，盛唐诸人，惟在兴趣；羚羊挂角，无迹可求。故其妙处，透彻玲珑，不可凑泊。如空中之音，相中之色，水中之月，镜中之象，言有尽而意无穷。①

Poetry has other resources that do not involve writing; poetry has other interests which do not involve reason. Without wide reading and exhaustive reasoning, however, one cannot arrive at the ultimate in poetry. This might be called the superiority of not following the road of reason or of falling into the trap of words. Poetry sings of emotions and the nature of things. The poets of the High T'ang wrote from heightened sensibilities [hsing-ch'ü], like antelopes hanging their horns in trees at night, leaving not a trace to be found. Their magic is in their transcendent charm, which can not be analyzed-like sounds in emptiness, or the shape of phenomena, the moon in the water, the image in the mirror. Words can be exhausted, but the meaning is inexhaustible.②

欧阳桢针对这一诗话选段采取逐句直译，较为忠实准确地英译了原文的诗学主张，并就重要术语进行了英译。针对"羚羊挂角"这一语义较

---

① 何文焕辑：《历代诗话》，中华书局 1981 年版，第 688 页。
② Eugene Eoyang. "Beyond Visual and Aural Criteria: The Importance of Flavor in Chinese Literary Criticism", *Critical Inquiry*, Vol. 6, No. 1 (Autumn, 1979), p. 103.

为抽象模糊的术语，译作"like antelopes hanging their horns in trees at night"，特意结合自身的理解进行了一定程度的解释，使译文的接受度更为清晰。

> Poetry is concerned with a different kind of talent (bie cai), which has nothing to do with books; it has a different kind of appeal (bie qu), which has nothing to do with principles (li). However, if one does not widely read books and thoroughly inquires into principles, one will not be able to reach the ultimate heights [of poetry]. That which has been called 'don't travel on the road of principles, don't fall into the fish trap of words' is the superior way.
>
> People of the Southern Dynasties excelled in diction (ci) but were weak in principles (li). People of our present dynasty [the Song] excel in principles, but are weak in idea (yi) and inspiration (xing). The people of the Tang excelled at idea and inspiration, and principles were inherently there. However, in the poetry of the Han and Wei no outer sign of diction, principles, idea, or inspiration can be found. [1]

卜松山的译文，是对上述诗话原文选段的部分节选，并同时选译了严羽评价汉、魏、南朝、唐等时期诗歌整体风格的文段。他进行逐句直译，并将重要的术语进行了汉语拼音的标注，语法精练，行文流畅，简洁明确地对原文语句进行了忠实的译介。

> The highest kind of poetry is that which does not tread on the path of reason, nor fall into the snare of words… The excellence is in… transparency and luminosity, unblurred and unblocked, like sound in air, color in form, moon in water, image in mirror. [2]

---

[1] K-L. Pohl. "Ye Xie's On the Origin of Poetry: A Poetic of the Early Qing", *T'oung Pao*, Second Series, Vol. 78. Liver. 1/3, 1992, pp. 1–32.

[2] Wai-lim Yip. *Diffusion of Distances: Dialogues between Chinese and Western Poetics*, Berkeley: University of California Press, 1993, p. 76.

叶维廉对原文进行截取摘选,只就"不涉理路""空中之音"部分文句、术语进行了直译,其采用的译介与前人较为相似,并无独到之处。值得注意的是,他将"言筌"译作"snare of words",与欧阳桢、刘若愚等人所采用"traps of words"有所区别,但都同样指向了"圈套、陷阱"这一比拟。

He Dajiang 不仅就上述选段的部分原文进行了英译,同时选译了严羽对唐宋诗风区别的评价。大部分译文与刘若愚等前人相类似,但独到之处在于,他将"以文字为诗,以才学为诗,以议论为诗"译作"play with words; show off their learning, and make a lot of comments and reasoning",相较于其他译者对于对仗句式的还原,更倾向于意译,从语义阐释的角度译介了原文对于宋人作诗风气的概括,以及潜在的批判倾向。值得一提的是,邓文君对《沧浪诗话》的选译,只节选了"以文字为诗"一句,她将其译作"making poetry out of (mere) language, making poetry out of (mere) learning, and making poetry out of discursive argument"①,在对偶句式进行直译的同时,同样较为准确地译介出了原文语义。她的版本与 He Dajiang 版本各有千秋,但都是对原文的忠实传达。

和 He Dajiang 同样选译了"东坡、山谷始自出己意以为诗"的,还有 Liang Du,他将该段译作"After Dongpo [Su Shi], Shangu [Huang] wrote poems based on his own ideas so that the style of the Tang Dynasty was changed. He concentrated heavily on poetic skills. Later on, his method became prevalent in the whole country and [this followers] were known as the Jiangxi School"②。相较于前一个版本,Liang Du 的译文更为简洁流畅,语法更为精练,译文选择也更为全面。他的选译关注到了北宋初期诗风变换,直到江西诗派兴起,这一严羽的诗史论述。

> The people of the High Tang all relied on inspired interest alone, like the antelope which hangs by its horns without a trace to be followed. Thus their marvelousness consists of a crystalline penetrability that cannot be gath-

---

① Alice W. Cheang. "Poetry and Transformation: Su Shih's Mirage", *Harvard Journal of Asiatic Studies*, Vol. 58, No. 1 (Jun., 1998), pp. 147–182.

② Liang Du. *The Poetic Theory and Practice of Huang Tingjian*, University of British Columbia, P. H. D, 1991, p. 27.

ered together, like sound in air, color in appearances, the moon in water, an image in the mirror, the words come to an end but the meaning is inexhaustible.①

余宝琳同样对原文选段进行了逐句直译,句法娴熟,语义流畅,在对意象的译介上与其他译者大致相同,同样也准确、清晰地传达了原文的语义。

顾明栋的译文与刘若愚、余宝琳等人大致相似,同时,他还对"入神"这一诗学术语相关文句进行英译。他采取的直译,考虑到了句法结构与原文的相似性,并在语气的组织中体现出了原文的情感倾向,同样是准确而忠实地对原文进行译介的版本。

> The ultimate attainment of poetry lies in one thing: entering the spirit. If poetry enters the spirit, it has reached perfection, the limit, and nothing can be added to it…. The poets of the High Tang [eighth century] relied only on inspired feelings [xing chu], like the antelope that hangs by its horns, leaving not traces to be found. Therefore, the miraculousness of their poetry lies in its transparent luminosity, which cannot be pieced together; it is like sound in the air, color in appearances, the moon in water, or an image in the mirror; it has limited words but unlimited meaning.②

汤雁方的选译是对原文段的节选,并增加了对"入神"术语相关语句的译介。他的译文很大程度上参考了刘若愚的版本,这也是刘若愚译文在英语世界研究者范围中获得较高认可的一大力证。

出自"诗辩"的该选段,既是严羽对于处于理想诗歌美学境界的盛唐诗的赞誉,也是他自身诗歌理想标准的展现,标志着他与宋代主流诗歌创作观的思想差异。由此可见,英语世界译者对《沧浪诗话》文本理论

---

① Pauline Yu. "Charting the Landscape of Chinese Poetry", *Chinese Literature: Essays, Articles, Reviews* (*CLEAR*), Vol. 20 (Dec., 1998), p. 78.
② Yanfang Tang. "Language, Truth, and Literary Interpretation: A Cross-Cultural Examination", *Journal of the History of Ideas*, Vol. 60, No. 1 (Jan., 1999), pp. 1-20.

内容的关注理解及英译传播，多集中在"诗辩"一节中。2000 年，林理彰在梅维恒主编的《哥伦比亚中国传统文学简编》中，英译了"诗辩"整章，并在注释中进行了自己的解读。

　　林理彰的英译按照诗话原文的顺序，进行了逐字逐句的意译，并在一定程度上参考了刘若愚的版本，大部分重要诗学术语的译介与其他译者相同。他还对原文中出现的朝代、年号、人名进行了音译，并标注了相关诗人的生卒年。他就原文思想进行了概括，指出《沧浪诗话》的内容虽然多样而复杂，但可以概括为以下四点：一是以李杜为代表的盛唐诗体现了诗歌的完美法则；二是这种法则来自借自禅宗的自发性概念"妙悟"；三是中晚唐诗歌并不具备可供参考的完美艺术风格；四是严羽的诗歌批评突出了他对宋朝诗歌看重才学知识而不看重自发性的批判。他的注释，更多地体现了自己在英译过程中对严羽诗论的思考。林理彰对"诗辩"的注释，还更加体现了这一章节是《哥伦比亚中国传统文学简编》一书的一部分，原文中出现的相关诗人、诗句等，他都注明参见该书的其他章节，并同时就"得鱼而忘筌"这一理念而引用梅维恒英译的《庄子》部分原文。

　　同样体现出自身对严羽思想的理解与阐释的选译本，还有 2014 年 Jiayin Zhang 的博士学位论文《中国诗学的理论与轶事：中国宋朝的诗话发展轨迹》。他在该文的第四章 "《沧浪诗话》：宋朝诗歌的绝妙结尾"中，指出这部诗话是兼具理论和系统性的佳作，故而其英译的前提，是阐明这一系统诗歌理论的整体架构、组织以及各部分之间的相互关系。他首先明确表示《沧浪诗话》开始有别于宋朝其他诗话作品对诗人、诗歌轶事的记录，而只着重于对诗歌理论进行探讨与批判，并引用严羽《答吴景仙书》来佐证严羽对北宋主流诗风的批判，以及借此提出自己独到的诗学理论。这正是严羽创作这一诗话的动机所在。他随后运用表格，对诗话原文各部分的主要内容及其联系进行了梳理、划分，从"诗歌的分类""文学史的简要总结""诗歌创作的细节技术指导""对严羽各类诗歌风格划分相关诗作的考察"这五个角度，对原文内容进行了细化到每一章每一段的分类，并总结出了其主要内容重点。作者试图用这种直观的方式，对多元、零散的诗话原文内容进行有效的归类，从而呈现出《沧浪诗话》的系统性理论论述。随后作者对每一章的理论重点再次进行了阐释，着重探讨译介"识""气"等理论术语。

Jiayin Zhang 对诗话原文的选译，主要集中在"诗话中的美学"一节中对"诗辩"的选译。他的部分译文沿用了宇文所安的版本，如"入门须正""以文字为诗"、评价李杜创作成就等部分，但同时他也在宇文所安摘选基础上，扩大了原文的选译范围。如参考郭绍虞《沧浪诗话校释》，将附录《答出继叔临安吴景仙书》纳入诗话原文的选译之中。他还增加了对于诗话中点评前人诗歌部分的选译，并增加了部分原文的释义，如就"不涉理路，不落言筌"进行译介时，运用注释解释了"言筌"这一比拟出自《庄子》，有"fish-traps and rabbit-snares"的典故所在。在译介的基础上，他对《沧浪诗话》理论系统结构进行的尝试性归纳总结与分门别类，是前所未有的，同样是英语世界相关研究的重要组成部分。

对于具体诗学术语所在文句的选译，也是部分英语世界译者所关注的重点。2008 年余宝琳的《隐藏于寻常场景之中？中国诗歌的隐蔽艺术》与梅维恒的《中国美学的通感及其印度语的共鸣》，2011 年骆玉明的《简明中国文学史》，都对"羚羊挂角""空中之音"等术语选段进行了英译。

余宝琳将"羚羊挂角，无迹可求"译作"antelopes that hang by their horns and leave no tracks to be followed"[①]，梅维恒将其译作"an antelope hanging by its antlers leaves no tracks whereby it can be sought"[②]。比较而言，二者都忠实地译介原文，可见前者的语法更为精练，表述更为简洁。梅维恒还将"空中之音"部分译作"A sound in space, a form in an appearance, the moon in water, the image in a mirror"，将"不涉理路，不落言筌"译作"The superior way is not to embark on the pathway of principle, and not to fall into the trap of words"，英译文字与刘若愚、林理彰等人版本并无甚差别。

对于评价其他诗人的选段，也有部分简短的选译本。2010 年，杨晓山《王安石〈唐百家诗选〉的传统与个性》中，选译了严羽对王安石编选《唐人百家诗选》的评价，2014 年，BAI Li-bing《华兹华斯〈丁登寺〉的中国美学解读——与〈春江花月夜〉的比较》中选译严羽对孟浩然、韩愈的评价，2017 年杨海红的《中华帝国晚期的女性诗歌与诗学》，

---

① Pauline Yu. "Hidden in Plain Sight? The Art of Hiding in Chinese Poetry," *Chinese Literature: Essays, Articles, Reviews* (*CLEAR*), Vol. 30 (Dec., 2008), pp. 179-186.
② Victor H. Mair. *The Synesthesia of Sinitic Esthetics and Its Indic Resonances*, *Chinese Literature: Essays, Articles, Reviews* (*CLEAR*), Vol. 30 (Dec., 2008), pp. 103-116.

选译了严羽对韩偓的评价。

> Duke Wang of Jing's *Tang baijia shixuan* derives from *Yingling Jianqi* of the Tang dynasty. The early selections, from Emperor Ming-huang (712-755), Emperor Dezong (780-804), Xue Ji (649-713), Liu Xiyi and Wei Shu, show absolutely no difference in number or order. [Wang] did nothing more than add some poems to the selection of Meng Haoran [in the Tang anthology]. Duke Jing did not begin to make his own selections until he got to the poets after Chu Guang (706-762).①

杨晓山的选译涉及诸多人名，他将其进行了汉语拼音的音译，并标注了生卒年。可以看出，他节选这一部分原文，是为了佐证对于王安石编选《唐百家诗选》相关收录取舍的研究。

"Meng Haoran's knowledge is by far inferior to Han Yu, but his poetry is superior."② BAI Li-bing 的译文节选了严羽评价孟浩然诗歌成就高于韩愈的部分，以此说明学力并不是诗歌创作的决定性条件。在译介中，他将原文中涉及的人物名号转换为人物的常见名，并进行了汉语拼音的音译。"[women's] dresses, skirts, rouge, and face powder"③，杨海红只选译了严羽提及韩偓诗歌特点的一句原文，但这一选译却也是其他译者尚未重点关注过的。可见，随着时间的推移和翻译行为的增加，英语世界对《沧浪诗话》的关注、节选英译的范围也在逐渐扩大，已经从"诗辩"等具备代表性论述的部分原文，转向了诗话中更多涉及其他诗人评价、探讨的部分。

可以看出，《沧浪诗话》的英文选译呈现出了向"诗辩"一章的集中倾斜。许多原文并未获得"诗辩"一章那样的关注与译介，该章中部分有关诗歌评价、美学理念的段落，在不同时期被不同译者所选译，同时由

---

① Xiaoshan Yang. "Tradition and Individuality in Wang Anshi's *Tang Bai Jia Shixuan*", *Harvard Journal of Asiatic Studies*, Vol. 70, No. 1 (June 2010), pp. 105-145.

② BAI Li-bing. "A Chinese Aesthetics Reading of Wordsworth's *Tintern Abbey*—with a Comparison to *Chunjiang Huayue Ye*", *International Journal of Comparative Literature & Translation Studies* Vol. 2 No. 2; April 2014, pp. 11-18.

③ Richard John Lynn. "Yan Yu's Canglang shihua and the Chan-Poetry Analogy", *Comparative Literature: East & West*, 2001: 135.

此引发了不同研究者对不同诗学理念、术语的解读与研究。

第三节 《姜斋诗话》的英译

清初学者王夫之的《姜斋诗话》是其数篇论诗专著的合集，由于编选者的不同，其收录的具体内容也呈现出差异。近代藏书家、学者丁福保根据清光绪间王启原辑《谈艺珠丛》所收录的两卷王夫之论诗之作，在其编辑的《清诗话》中收录了王夫之《诗绎》一卷，《夕堂永日绪论》"内编"一卷，并定名为《姜斋诗话》①，前者主要论述点评《诗经》，后者主要讨论作诗之法、点评历代诗歌、探讨美学理论等；戴鸿森作《姜斋诗话笺注》时，则依据清道光时邓显鹤编《船山著述目录》已载的《姜斋诗话》三卷，在《清诗话》基础上收录了回忆王夫之参与明末抗清运动时期文学活动的《南窗漫记》，即诗话正文共计三卷，并将重点讨论作文之法的《夕堂永日绪论》"外编"附录于后。② 英语世界研究者论及《姜斋诗话》时，多采用《清诗话》所辑录的内容，即《诗绎》与《夕堂永日绪论》"内编"合计两卷，主要关注的则是王夫之讨论诗歌美学、鉴赏诗歌风格的理论内容。

一 《姜斋诗话》的全译本

香港学者黄兆杰于1987年出版的《姜斋诗话》，是对王夫之这一诗话著作的全文英译，采取的是《清诗话》中丁福保所收录的版本，即《诗绎》十六则与《夕堂永日绪论·内编》四十八则。黄兆杰先在"总体介绍"中介绍相关背景，并按照原文体例分两卷英译《姜斋诗话》，并将其中文原文附录于译文后。

黄兆杰在介绍中，首先阐明自己长期坚持中国文学批评研究的动机，在于古代文论的美学价值无法通过阐述而得以传达，只有通过英文翻译，才是最合适英语世界接受者的欣赏与理解方式。他随后指出王夫之和叶燮是明末清初两位最优秀的诗歌评论家，与叶燮着重探讨诗歌严肃抽象的哲理内核不同，王夫之的诗论则更为传统。黄兆杰参照年谱，介绍了王夫之在明末清初的生平及其创作经历，以及《姜斋诗话》不同版本收录内容

---

① 王夫之等撰，丁福保辑：《清诗话》，上海古籍出版社1978年版。
② 戴鸿森：《姜斋诗话笺注》，人民文学出版社1981年版。

上的差异,并强调自己的译本选取的是《诗绎》与《夕堂永日绪论·内编》的两卷内容。黄兆杰还对诗话的理论呈现进行了思考论述,表明王夫之作为批评家的理解,也基于其对读者视角的代入,并以此对诗人创作过程中的各要素进行探讨,从而对其理论特点进行概述。黄兆杰明确表示希望让不懂中文的研究者能够接触到这一诗话文本,也建议英语世界研究者在其文本基础上参照戴鸿森《姜斋诗话笺注》中的注解。

黄兆杰的译本采取每一则诗话单独英译,并在其后附上"介绍"与"笔记",在介绍中他就该则诗话的具体内容进行概括与评价,由此引发中西比较诗学视角下对王夫之诗歌理论的分析;笔记即注释,对原文中出现的诗人、诗句等典籍出处,以及历史朝代等文学常识进行注释。值得注意的是,黄兆杰的英译更多地倾向于在理解基础上的意译,很大程度上基于其自身长期以来对王夫之诗歌理论的研读,从而在译文与介绍、注释中都呈现出个人的理解。例如,在第一卷第一则诗话译文的介绍中,他首先阐明《诗绎》主要囊括了王夫之本人对《诗经》的理解,既是对这一先秦诗歌典籍文学价值与历史价值的高度肯定,也借此指出王夫之在相关论述中突出了对诗歌本体论的思考。可以说,黄兆杰的英译本虽然集中在对原文的翻译上,但其对《姜斋诗话》的理解、研究以及与西方接受视角相融合的阐释思维,也都体现在了这一英文全译本之中。这一英译本,既是英语世界《姜斋诗话》文本译介的重要材料,也充分体现出了黄兆杰本人长期以来的古代文论理论基础,以及采用中西比较视角所形成的话语解读方式,体现了英语世界古代诗话传播与研究的独特理论性。

二 《姜斋诗话》的选译本

《姜斋诗话》选译本中涉及原文篇幅最长的,是 1992 年宇文所安《中国文论:英译与评论》第十章"王夫之《夕堂永日绪论》和《诗绎》"中的部分英文选译。宇文所安并未采用"姜斋诗话"这一名称,而是直接沿用王夫之这两篇论诗专著的原名,并将《夕堂永日绪论》置于《诗绎》之前,强调其认为《绪论》具备王夫之其他诗论作品所不具备的独特性,"在思想上有些离经叛道,然而,它不失为'诗话'传统的优秀之作"[1]。可见他并未以题名限制其诗话体裁的归属,而是默认了这

---

[1] 宇文所安:《中国文论:英译与评论》,王柏华等译,上海社会科学院出版社 2003 年版,第 503 页。

两部论诗之作隶属于《姜斋诗话》。

  宇文所安选译了原文中的 21 条内容，并在每一条后的议论部分中，对王夫之具体诗歌理论及其相关的清代文论进行解读，同时也对原文的"情""景""意""灵"等概念性诗学术语进行了标出与中文保留。同样的体例，宇文所安也用在了对《诗绎》其中六则诗话的选择性英译上。宇文所安还在注释中对原文的语义进行了解释，并多次参考戴鸿森《姜斋诗话笺注》的内容，专门指出这是一个可供参照的现代注本。此类原文直译与评论意译相结合的方法，使宇文所安的译本依旧具备了认可度较高的权威性与可靠性。

  《姜斋诗话》其他选译本最大的共同特点，是对王夫之所提"情""景"以及二者关系的诗学论述的高度关注。刘若愚在 1962 年的《中国诗学》对相关段落进行了选译，并在解读中将之归于王士祯从严羽处承袭而来的创作主体主观感悟的一部分。

  《中国诗学》中，刘若愚节选的是王夫之对"情、景"这一对重要术语概念的界定，及其相互关系的论述。在《中国文学理论》一书中，刘若愚在此基础上再次进行选译，同时选择的原文部分与前书有所重合，其英译文本也有所发展补充。

  将两本专著的选译进行比较，可以看出，刘若愚在前译的基础上，对部分重要诗学术语的译介更为完善，他不仅将术语进行了拼音音译，还增加了"情、景"这一组概念的译介，将其译作"ch'ing（emotion/inner experience）and ching（scene/external world）"。刘若愚增加了英译的能指，旨在使英语世界接受能够更为准确清晰地理解原意，并强调能指之间对应的关系，意图使接受者明确"情、景"相互对立统一的内在联系。

  刘若愚在 1988 年的《语言—悖论—诗学：一种中国观》中的选译则关注于"势"这一术语的相关论述选段，这也体现了《姜斋诗话》选译本的另一特点，即对具体的个别代表性诗学术语的选择性译介。

  Those who discuss painting say that within the distance of a foot there can be the sweep of ten thousand li. One should pay special attention to the word "sweep". If one disregards "sweep", then shrinking ten thousand li to one foot would just result in something like a map of the world that appears at the front of *A Comprehensive Account of the Earth*. In writing pentasyllabic quatrains, this is the first principle that one should hold while settling one's thought. Only the High Tang poets captured this marvelousness, such as in:

Where, sir, is your home?
I live by Level Dyke.
Let me stop my boat and ask you for a moment:
Perhaps we come from the same town?

Where the spirit of the ink shoots out, it reaches the extremities of the four directions without being exhausted. Where there are no words, the meaning is everywhere. ①

在此处，刘若愚选译的是王夫之对"势"这一术语的界定与论述。刘若愚将"势"译作"sweep"，并按照原文进行了逐句的直译，清晰流畅地传达出原文语义。并在就原文所引诗句进行英译时，保留了原诗的句式结构与情感语调，符合其一贯准确忠实译介诗话原文的风格。

相类似的，李又安在1977年的《王国维的〈人间词话〉：中国文学批评研究》中选译的也是"情""景"相关联的文本，体现的是从严羽，经王夫之到王国维的一脉相承的美学内核。

A mutual blending of heart and eye. The words once uttered immediately achieve pearl-like roundness, jade-like smoothness, enabling the poet to show what lies in his heart, and fit perfectly with the scene.
Ch'ing and Ching are two in name, but inseparable in reality. ②

与刘若愚相同，李又安也对"情、景名为二，而实不可离"进行了专门的英译。李又安版更为简洁，她将"实不可离"译作"inseparable in reality"，刘若愚则译作"in fact they cannot be separated"与"in fact inseparable"。可以看出，不同译介都准确地译出了原意，而且刘若愚也在这一

---

① James liu. *Language—Paradox—Poetics: A Chinese Perspective*, Princeton: Princeton University Press, 1988, p. 84.
② Adele Austin Rickett. *Wang Kuo-wei's Jen-chien Tz'u-hua: A Study in Chinese Criticism*, Hong Kong: Hong Kong University Press, 1977, pp. 16, 23.

英译中体现出了自身表达的改进，但李又安版则更为简洁明了地进行了清晰的表述。

1987年，除了黄兆杰的《姜斋诗话》全译本，则只有余宝琳《中西诗学意象论》中选译了王夫之赞誉《古诗十九首》的选文，以及1988年Liu Hsiang-fei 的《六朝诗歌的形似模式：意象语言的变化路径》中有关"不能作景语，又何能作情语耶"的原文。

余宝琳的选译是基于自身研究对象，而进行了个别语句的摘选。Liu Hsiang-fei 则就相关文段进行了大体上的逐句直译，并注重原文所引诗句的英译，准确地还原了所描写的意象，以及在译文中保留了原诗的句法结构。并就"身心中独喻之微，轻安拈出"这一语义较为细微繁复的原句，进行了大致语义的意译。可见他的翻译，并不是逐字地进行细节的语义阐释，而是在大致轮廓上准确传达王夫之的诗论主张。

1993年，易彻理《绝句诗起源的理论研究》中选译了王夫之讨论作诗之法如何恰当的选段，同年，肖驰《抒情原型："当下"与当时的共存》中选译了"情、景"概念并置的原文。

> Without being able to make a landscape scene in a poem, one cannot express his feeling.①

易彻理基于对"绝句"这一研究对象的关注，选译了王夫之对绝句诗整体艺术感进行探讨的部分。他采用逐句直译，并保留了原文中诗句的句法结构。鉴于王夫之引用诗句的目的，在于将其视作罔顾整体感的反面案例，易彻理在翻译中也通过多重主语造成的语义混乱，有效地呈现出了这一诗句语义不通的缺陷。肖驰则与 Liu Hsiang-fei 一样，就"不能做景语，又何能作情语邪"进行了选译。相比而言，Liu Hsiang-fei 采用反问句式进行逐字直译，而肖驰的译文更为简洁明了，虽然他将原文的反问语气转换为了陈述语气，却也同样有效传达了原文的语气与文义。

进入90年代后较为详细的选译本则是1996年，杨晓山在《领悟与描绘：中英诗歌自然意象的比较研究》的第五章"走向诗学感知理论"和第六章"新瓶装旧酒：哲理性诗学的作用"中，对《姜斋诗话》原文中

---

① Chi Xiao. "Lyric Archi-Occasion: Coexistence of 'Now' and Then", *Chinese Literature: Essays, Articles, Reviews* (*CLEAR*), Vol. 15 (Dec., 1993), pp. 17–35.

有关"情、景"的文本进行了尽可能多的选译，这是译者有意识地在中西比较诗学的视角之下，选译了王夫之的诗歌美学主要主张，与英国浪漫主义诗人进行连类比照。

后续还有2005年顾明栋《文学与艺术中的摹仿理论是否普遍？》中对诗之道与"景"等客观世界关联的原文的选译，以及2014年BAI Li-bing《华兹华斯〈丁登寺〉的中国美学解读——与〈春江花月夜〉的比较》中对"景生情，情生景"部分的选译。

> Although feeling and scene are separated by internal and external, scene embodies feeling, and feeling creates scene; sadness and happiness of feelings meet the flourishing and withering of scenes, they actually overlap and mutually dependent.[1]

顾明栋的译文是对《姜斋诗话》部分语句的摘选节译，并逐句对原文语义进行了准确的翻译。其语法简练，用字准确，较为忠实地贴近诗话原文。对于原文中出现的专有名词、术语，如"乐府咏物诗""象""文"等，他都一一进行了意译。BAI Li-bing同样是节选语句，对其进行逐句翻译，其选译的"情、景"二者关系的原文，也曾被刘若愚所译介，针对"景生情，情生景"一句，他将其译作"scene embodies feeling, and feeling creates scene"，刘若愚则译作"they actually engender each other"。可以看出，刘若愚版更为简洁，语法精练，采用更为倾向于意译的方法，准确地译介出原文中"情、景"二者概念的内在联系，其行文遣词更胜一筹。

《姜斋诗话》的英译，既有黄兆杰结合自身文化基础与研究理解，将原文直译与注释释义相结合，这一较为完善的呈现，也有诸多译者从自身理解与研究目的出发，对其文本进行的选择性英译。译者们不仅关注到王夫之在诗话中对历代诗人诗作的鉴赏评价，也通过选译对其进行的各类文体写作、语言技法的探讨予以关注，其中重点关注的是王夫之"情、景"术语的界定与论述，这也是其代表性诗论在英语世界获得一定程度传播的实证。

---

[1] BAI Li-bing. "A Chinese Aesthetics Reading of Wordsworth's *Tintern Abbey*—with a Comparison to *Chunjiang Huayue Ye*", *International Journal of Comparative Literature & Translation Studies* Vol. 2 No. 2; April 2014, p. 14.

第四节　宋代诗话的选译研究

宋代的诗话作品，除却已经具有全译本的《六一诗话》与《沧浪诗话》之外，从北宋至南宋的多部文人诗话或诗话总集，都或多或少地被英语世界译者所选择性地译介。英语世界译者既关注早期诗话作品中对于历史轶事、文学活动等创作相关的记载，也对诗话所探讨的前代诗歌美学评价以及宋朝自身诗歌发展有所关注，其中以对黄庭坚为首的江西诗派创作技法的讨论为一大重心，同时着重选译的还有对诗歌理念及术语进行探讨的部分诗话文本，这一传统延续至南宋后期，并以严羽的以禅喻诗话语方式为代表。其他更多的美学理念对宋以后的诗话创作也产生了效果显著的影响。下文对于古代诗话的选译本情况的介绍，因为英译者各自选择翻译的篇幅长短各异，故按照时间顺序及其具体情况进行一一梳理。对如下选译本尽可能多的收集、整理与介绍，可以呈现出北宋欧阳修至南宋后期，卷帙浩渺的宋代诗话是如何被英语世界译者过滤、筛选、译介与接受的，同时也能较为直观地呈现出英语译者在其"他者"视角之下，对宋代诗话文本呈现出了哪些有所侧重性的关注与研究。

一　《彦周诗话》的选译本

许𫖮的《彦周诗话》成书于南宋，本应置于纵向梳理的后半部分，但由于该诗话对"诗话"体裁进行的界定，被英语世界研究者所关注、接受，故而首先对这一诗话的选译本进行介绍，以图用最根本的体裁限定为出发点，整理出英语世界对于"诗话"这一概念的理解。

1976 年黄维樑在《中国印象式批评：诗话、词话传统研究》选译了许𫖮《彦周诗话》中有关"诗话"体裁定义的选句。"诗话者，辨句法，备古今，纪盛德，录异事，正讹误也"[1] 的原句出自该诗话开篇第一句，对于宋朝诗话收录的内容进行了界定，即讨论句法等诗歌语言修辞技巧，记录历史逸事等，是所占比重较大的笔记体与比重相对较小的文论专述的结合。虽然这一概念界定只限于两宋期间的早期诗话内容，但也被英语世

---

[1] 何文焕辑：《历代诗话》，中华书局 1981 年版，第 378 页。

界研究者所关注。

> Shih-hua serves to discern [poetic] lines and methods to include past and present [masterpieces], to register splendid virtues, to record marvellous events and to correct mistakes. As to remarks that contain ridicules, manitest, evlls and reproach errors, they should be excluded. ①

黄维樑对《彦周诗话》这一"诗话"定义的英译,相较于逐字的细节还原,更加侧重于意义的译介,通过对部分被省略名词的补全,旨在借此呈现出诗话这一体裁文类的大致内涵,从而辅助自己对诗话进行整体性研究。

1986年,倪豪士主编的《印第安纳中国传统文学指南》中,在"诗话"这一条目中,即选译了上述语句作为对诗话进行体裁限定的原始材料。英语世界研究者在引述这一文本时,多是对诗话这一较为松散灵活的文学体裁进行内涵的介绍与解读。不同研究者所进行的不同界定,也是诗话在英语世界被介绍、传播的多样化呈现。

> Shih-hua distinguish ways of expression, fill in gaps in information about many points ancient and modern, record examples of superlative virtue, make note of extraordinary things, and correct misrepresentations and errors. ②

与黄维樑版相比,这一译文更加侧重于细节字词的译介,将"古今""讹误"等语词都一一进行了译介,形成了更为准确的英译。该版本出现在指南性质的专著之中,是对诗话这一定义进行的严格说明,必然更加注重对细节原意的还原。两个版本各有侧重,但都是借助自身理解对原文定义所进行的较为忠实的译介。

2006年,艾朗诺在《美的焦虑:北宋士大夫的审美思想与追求》一

---

① Wong Wai leung. *Chinese Impressionistic Criticism: A Study of The Poetry-Talk (Shih-hua Tz'a-hua) Tradition*, The Ohio State University, PH. D., 1976, p. 6.

② William H. Nienhauser. *The Indiana Companion to Traditional Chinese Literature*, Vol. 1, Bloomington: Indiana University Press, 1986, p. 695.

书中节选英译了"李氏女作诗"的文段,这一对于具体诗句以及其创作人物、创作背景事件的记载,是宋朝诗话类似于笔记体文献的最大特点。诗话作者对所见所闻所感进行了如实记录,这也符合许𫗱在开篇对"诗话"开宗明义的概念限定。

艾朗诺对诗话所记录的创作轶事进行了逐句的直译,并就原文所引诗句逐句英译。这一完整的译介,基于《彦周诗话》这一宋朝早期诗话,所具备的记录轶事的主要特点。相较于其他诗话文本所需要的诗学术语与理论论述的理解与译介,这一类轶事的译介主要侧重于对事件经过、人物行为以及其创作诗句的意义翻译。艾朗诺的选译切实地完成了这一需求,流畅、准确地呈现出了诗话原文的具体大意。

二 《后山诗话》的选译本

北宋江西诗派诗人陈师道的《后山诗话》,以其号"后山居士"为题名,共计一卷。该诗话关注对文学轶事进行记录,同时也对陈师道同时的重要诗人及其诗风进行点评,其自身带有审美倾向性的诗论,也成为后续占据宋代诗坛主流文风的江西诗派诗论的一部分,例如其对杜诗的推崇等,体现了江西诗派以及受其影响的后世文人鉴赏诗歌的一大重要标准。

1981年,海陶玮在《词作者柳永》中选译了《后山诗话》记录柳永作《醉蓬莱》一词的选段,原文记录柳永如何不被宋仁宗所用,并改其名为"永"的历史轶事,是作为足以佐证柳永生平相关文学活动的历史材料被译者所选用的。

海陶玮对原文进行了节选,采用的是在逐句翻译的同时,对原文语义进行大体意译的方式。鉴于原文是有关柳永的轶事记录,海陶玮只需要对轶事来龙去脉进行大致的说明,就可以使英语世界接受者清晰地了解原文的内容所在。故而他进行了部分删减与意译,旨在对柳永其人其事进行整体上的介绍。

1993年林理彰在论文《王士祯的论诗诗:〈论诗绝句〉的翻译与注释》中,对《论诗绝句》进行翻译时,引述并选译了《后山诗话》中对孟浩然诗不如北宋九诗僧所作诗的评价,此处关注的是诗话作品中,通过作者对他人诗歌作品的鉴赏点评,而传达出的自身审美。

Meng Haoran's lines, Vapors steam Cloud Dream Marsh, /Waves

shake Yueyang City 氣蒸雲夢澤／波撼岳陽城 are inferior to the lines by one of the Nine Monks 九僧, Surrounded by clouds, Lower Cai City, ／At forest's edge, Prince Chunshen. 雲中下蔡邑／林際春申君①

林理彰只对诗话中所引诗句进行了英译，采取的是语词直译的方式，将诗句中描写的意象进行并置。这一译介方式虽然是对诗句原意的还原，也是对自身研究所需佐证材料的切实运用，但并未对相关前后文以及诗中典故等背景知识进行说明。欠缺相关文学常识的英语世界接受者，并不一定能够有效理解这一英译的所指。这一译介方法的不足，也是英语世界诗话研究专门性、专业性的客观体现。

2002年，罗秉恕在《宴会的后果：晏几道的词及其崇高传统》中，选译了陈师道对韩愈与苏轼诗词创作的评价，即"退之以文为诗，子瞻以诗为词"②相关文句，体现出的是原文中对于二人以独特风格进行诗词创作的批评。同样的文本也被1997年He Dajiang在《苏轼：多元价值观与"以文为诗"》中，王宇根在2005年的《印刷文化中的诗歌：黄庭坚（1045—1105）与北宋后期的文本、阅读策略与创作诗学》中进行了选译。王宇根还在此基础之上，英译了"杜以诗为文"的相关选段，旨在借此佐证宋代对上述诗人的文学史地位的建构，值得注意的是，这一评价与当代苏轼、杜甫研究思想有所差异，也体现出历史时期特定话语对个体文学创作独特性的不同视角。

Tuizhi [=Han Yu] used theWen mode of writing to write Shi (yi wen wei shi); Zizhan [=Su Shi] used the Shi mode of writing to write Ci (yi shi wei ci). As with the dancing of Commissioner Lei of the Music Office, even though they exhaust all the craft in the world, on the whole it is not in the basic character [of the respective forms].③

---

① John. C. Y. Wang. Chinese Literature Criticism Of The Ch'ing Period (1644-1911), Hong Kong: Hong Kong University Press, 1993, p. 75.
② 何文焕辑：《历代诗话》，中华书局1981年版，第303页。
③ Robert Ashmore. "The Banquet's Aftermath: Yan Jidao's Ci Poetics and the High Tradition", T'oung Pao, Second Series, Vol. 88, Fasc. 4/5 (2002), pp. 211-250.

罗秉恕在译文中将"诗""文""词"等用汉语拼音进行音译,并随后标注出原文语句拼音,对人名以及省略语句进行了补全。虽然这种译介方法简洁精练,却很难向英语世界接受者传达原文的实际所指,恐会在一定程度上阻碍接受者对原文的整体理解。在就原文进行逐句翻译时,罗秉恕译出了原文语句中潜在的逻辑联系,即强调"以文为诗"是"used the Wen mode of writing",对于创作诗歌时所借用的散文模式、章法的凸显,使原文的内涵得以更为清晰地得到表述,

> Tuizhi 退之〔Han Yu's 韓愈(768-824) courtesy name〕wrote poetry as he wrote prose, and Dongpo wrote ci poems as he wrote shi poems. They are like the dance of Lei Dashi of the Musical Bureau. Being among the best in the world, their works just do not fit the proper style of the respective genres.①

He Dajiang 则对专有名词进行意译,将"诗""文""词"译作"poetry"或"shi poem""prose""ci poem"。与前一版本相比,这样的译介更为明确地传达出原文所指,虽然"shi poem""ci poem"的译文,是将意译与音译相结合,形成了新的合成词,但就其英文所指而言,略显模糊不清。

王宇根在逐句翻译的基础上,比前两个版本的译介更为完善。他不仅补全了诗话中出现的诗人名,还对"诗法""句法""诗""词"等重要名词进行了意译,同时标注其汉语拼音。他将"词"译作"lyric songs〔ci〕",将"词是产生于唐代的配合通俗的燕(宴)乐的歌词"②这一本质特点,通过译介进行传达,使英语世界接受者能够理解到"词与音乐有特别密切的关系"。③

2006 年艾朗诺在《美的焦虑:北宋士大夫的审美思想与追求》中选译了《后山诗话》中对杜甫、韩愈、陶渊明立论的文段,旨在说明自宋朝起,开始建立了诗歌创作以杜甫为范式,进行学习的文学主流共识。艾

---

① He Dajiang. *Su Shi*: *Pluralistic View of Values and "Making Poetry Out of Prose"*, The Ohio State University, Ph. D., 1997, p. 26.
② 谢桃坊:《宋词概论》,四川文艺出版社 2016 年版,第 529 页。
③ 袁行霈主编:《中国文学史》第三卷,高等教育出版社 2005 年版,第 18 页。

朗诺同时英译了"余登多景楼,南望丹徒……"①的选段,陈师道举自己所作诗歌,与谢朓、杜甫等前人诗作进行类比,从而更加悟出杜甫诗歌的精妙所在。

艾朗诺的译文准确清晰,句法流畅,他在翻译原文所引诗句时,适当进行了语法上的调整。如将"白鸟去边明"译作"A white bird passes the woods, exceptionally bright",不仅将原文的单句进行了拆分,还补充了省略的宾语,使译文呈现出主谓宾加补语的英文句法结构。这一译介侧重于意译,通过使原文含蓄的语言意象得以形成完整的语言表述,有助于英语世界接受者第一时间了解原诗的语义,同时也并没有损害翻译的准确性。这种方法,也被他用于其他相似诗句的译介中。

2010年,田菱在《论谢灵运诗歌创作中的自然性》中选译陶渊明"写其胸中之妙"的文句,以说明陶诗的自然韵致难以被后人通过创作尝试,而进行模仿,"Yuanming did not create poetry; he merely expressed the subtleties in the breast"②。可以看出,《后山诗话》进入英语世界译者关注视野的,不仅仅在于其对于近代诗词创作轶事的记载,更多的是其对于以杜甫、陶渊明为首的前代诗歌所作的鉴赏,以及对于杜诗、陶诗文学史地位的经典化书写。

三 《中山诗话》的选译本

北宋刘攽的《中山诗话》,内容结构较为松散,主要记录历史轶事,以及相关的诗歌评论等。该诗话的英译,仅有1982年萨进德的《后来者能居上吗?宋人与唐诗》中,对"子美岂窃师者,大抵讽古人诗多"的选译,即刘攽对北宋诗人苏舜钦诗歌风格的正名,这也关系到北宋诗话中对于北宋早期与占据诗坛主流的西昆体相抗衡的诸位代表性诗人的文学价值的重视。

"How could [Su] Tzu-mei be a thief of poems? It must be that if [one] chants the ancients' poems so much, one often takes them as one's own accom-

---

① 何文焕辑:《历代诗话》,中华书局1981年版,第315页。
② Wendy Swartz. "Naturalness in Xie Lingyun's Poetic Works", *Harvard Journal of Asiatic Studies*, Vol. 70, No. 2, December 2010, p. 355.

plishment."① 萨进德的选译虽然简短，只节选了诗话的个别语句，却在译介中切实还原了原文的反问语气，并忠实地对字词进行了英译。如将意为"吟诵"的"讽"译作"chant"，即表明他清楚地了解古代诗歌读者所采用的吟诵、咏唱的表达方式，故而能够忠实地就诗话原文进行英译。

四 《临汉隐居诗话》的选译本

北宋魏泰的《临汉隐居诗话》为一卷，多记录作者在现实生活中有所交游的诗人轶事，及对其诗歌的评价，从中也体现出了魏泰本人自身的审美倾向以及相关概念术语。

1986年，乔纳森·皮斯在《王安石的生命与诗歌》中节译《临汉隐居诗话》收录王安石夫人所作诗句，以及相关创作轶事。

> One fragment of her verse survives: three lines from a ci or lyric, inviting family and friends to a gathering:
> "… So wait until the coming year, to lift the wine again, hand in hand, who shall know there is no rain, no wind?…"②

皮斯对诗话原文进行了大量的删减，就王安石夫人善作诗文的原文进行了大体概括的意译，并就诗话所引的具体诗句进行了逐句翻译。这一译介方法和其他译者就古代诗话所记录轶事的译介相类似，即对人物、事件等叙述进行大致意译，旨在使接收者们能够理解相应大义，而不需要逐字逐句地进行完整直译。当需要对轶事中具体诗句进行英译时，则逐句英译，力图准确、忠实地译介出原文的语义、语调乃至感情意境等。这一有所主次侧重的方法，既是译者结合自身研究需求与意图进行的翻译调整，也相对有效地使接受者减轻了对诗话的理解障碍，能够更为清晰地就诗话内容范畴进行接受。

1991年，Liang Du 在《黄庭坚的诗歌理论与实践》选译评价黄庭坚作诗注重学问知识，并爱用奇字的特点。

---

① Stuart H. Sargent. "Can Latecomers Get There First? Sung Poets and T'ang Poetry", *Chinese Literature: Essays, Articles, Reviews (CLEAR)*, Vol. 4, No. 2 (Jul., 1982), pp. 165-198.

② Jonathan Otis Pease. *From the Wellsweep to the Shallow Skiff: Life and Poetry of Aang Anshi* (1021-1086), University of Washington, P. H. D, 1986, p. 20.

Huang Tingjian... only seeks allusions which are not used by the ancients, and one or two rare words to weave into his poetry.①

Liang Du 就原文进行了部分语句的删减，并在一定程度上对原句进行意译。他将"古人未使之事"的"事"译作"allusions"，即典故，又将"奇字"译作"rare words"，即生僻奇特的用字，都是对原文重点语义的有效译介。

1998年，顾明栋在《文学开放性与开放的诗学：跨文化视角下的中国观》中选译魏泰记录自己与王安石评价欧阳修诗歌的选段，着重在于肯定欧阳修诗歌清健的美学风格，但批评其"少余味"。类似的文段选译，也出现在2016年杨铸的《诗学之味与品味诗歌》中，两位译者都关注到了"味"这一诗学概念的论述与相应文学举例。

A few years ago, when I was commenting on poetry with Wang Anshi, I said: "Whenever one composes poetry, he ought to make it such that its source would not be exhausted when scooped up, and its flavor would become long lasting when chewed over. As for Ouyang Yongshu's poetry, his talent is quick and strength superior; his poetic lines are also clear and robust. I, however, feel dissatisfied with its lack of lingering flavor."②

Any poem is like a good wine that brings unending taste, like an inexhaustible spring; no matter how long you chew it, the taste continues to grow. As for Yongshu 永叔（Ouyang Xiu）'s poems, they show talent and consummate skill, his verses are fresh and vigorous, but unfortunately have little taste.③

顾明栋与杨铸都是对魏泰同一语录进行英译，但二人所选取的篇幅有些微差异，同时二人的译介也存在差别。针对"味"这一主要探讨的诗

---

① Liang Du. *The Poetic Theory and Practice of Huang Tingjian*, University of British Columbia, P. H. D, 1991, p. 78.
② Gu MIngdong. *Literary Openness And Open Poetics: A Chinese View In A Cross-cultural Perspective*, The University of Chicago, Ph. D., 1997, p. 89.
③ Yang Zhu. "Poetic Taste and Tasting Poetry", *Linking Ancient and Contemporary*, 2016, pp. 299-316.

学术语，顾明栋将其译作"flavor"，杨铸则译作"taste"。顾明栋认为欧阳修的"才力"指向的是他本人的才华，杨铸则认为由其诗歌之中得以体现。顾明栋将"清健"这一针对语言风格的术语，译作"clear and robust"，杨铸则译作"fresh and vigorous"，二人的译介各有千秋，但针对原文语义的还原，笔者认为顾明栋的版本更为准确贴切。上述《临汉隐居诗话》选译，体现出译者关注到了魏泰作为其他诗人创作轶事的亲历者、见证者，从而在诗话中进行相关记录、评价的历史史料价值。

五 《西清诗话》的选译本

北宋蔡絛的《西清诗话》共计三卷，其内容多为记录历史轶事并进行点评，以及对前人诗歌的评价，例如对杜诗的高度肯定，以及对苏轼、黄庭坚等近世诗人诗歌成就的推崇等。其英文选译，首次出现在1985年白润德《李煜的〈谢新恩〉残篇与他的〈临江仙〉词》中。

> The last ruler of Southern T'ang (Li Yu) was composing this lyric in his besieged capital, but the city fell before he could complete it.
> The cherry and peach blossoms all shed now – spring is gone away; Butterflies fluttering in pairs stir the golden pollen. A night hawk calls out to the moon west of a tiny pavilion; Painted blinds and beaded curtains mournful and forlorn, the peeling golden stain… Gate and lane are still and empty now that all are gone; Vacantly I gaze at mistwrapped willows, dim and hazy.
> I have seen the remains of his manuscript; it is splotched and indistinct, for he was fearful at heart by then, and not concentrating on his calligraphy. Yi-tsu [the founder of the Sung dynasty] said, 'If Li Yu had put into governing his state the effort that he put into composing poetry, he would never have become my prisoner!'[①]

白润德选译了原文记载李煜亡国后所作词的残篇，以及宋太祖对其文

---

① Daniel Bryant. "The 'Hsieh hsin en' 谢新恩 Fragments by Li Yu 李煜 and His Lyric to the Melody 'Lin chiang hsien' 临江仙", *Chinese Literature: Essays, Articles, Reviews* (*CLEAR*), Vol. 7, No. 1/2 (Jul., 1985), p. 38.

学成就的评价。他贴合所选择的诗话原文,进行了逐句翻译,并细致地译介了诗话所引的李煜词。在译介具体词句时,白润德按照具体语词——英译了原文描写的意象,并未就语法结构进行调整改动,尽力呈现出了原文意象并置的艺术风格,以及词句中所传达的作者低落惆怅的心情。

1986年,乔纳森·皮斯在《王安石的生命与诗歌》选译原文中,记录王安石与苏东坡交友往来,讨论诗歌的文学活动等轶事,从而抒发蔡绦自身感想的文段。

皮斯的英译将直译与意译相结合,例如他将"俱味禅悦"译作"taste together the joys of the mystic trance(they practiced Chan meditation)",既进行了对应字词的细节翻译,又通过意译概括了其大致语义,这一相结合的方式,旨在使英语世界接受者能够避开文言文含蓄凝练表述所形成的语言障碍,更为晓畅地理解原文的实际意义。在进行具体诗句的英译时,他也通过译文的句法结构与语词表述,保留了原诗中语言形式与内容的对仗结构。

1991年,Liang Du 的《黄庭坚的诗歌理论与实践》中,选译了原文对黄庭坚诗歌的评价,即其在古人未曾尝试之处进行语言修辞的创新,从而开拓出新一代诗风。

> Tingjian's brush is old. I begin to be aware of the difficulty of arranging verses and sentences. It is most important to find some place the ancient poets have not paid attention to. Then, my voice can go beyond others. [1]

2013年,傅君励在《江湖漂泊:南宋诗歌与文学史问题》中,选译《西清诗话》对杜甫诗歌创作运用典故浑然天成,不露痕迹的高度评价,以及蔡绦借此对自身创作进行反省的文段。艾朗诺的英译,则一如既往地较为忠实、准确,在对原文中诗句进行译介时,他注意到了诗句与后文典故出处中的一致性,并将这一"声悲壮"的前后呼应体现在英译之中。

2012年,孙承娟在《亡国之音:本事与宋人对李后主词的阐释》中,选译了前文中白润德所选译的,李煜创作《临江仙》一词的轶事,以及蔡绦作为后世读者的接受感想。

---

[1] Liang Du. *The Poetic Theory and Practice of Huang Tingjian*, University of British Columbia, P. H. D, 1991, p. 45.

The last petals of cherry blossoms fallen, spring has gone. Butterflies flap golden-powdered wings and fly off in pairs. A cuckoo cries to the moon west of a tiny pavilion, Painted shades and pearled curtains. In despair, [she] rolls up the gold-flecked blinds. The gate and alley has been dreary and desolate since parting; [She] gazes out at the hazy grass, until it vanishes in the distance.

　　The last ruler of the Southern Tang composed this lyric as Jinling was besieged. Before he could complete it, the city fell. In the past I chanced upon a fragmentary manuscript, which was quite messy and blotted. Distraught by the impending calamity, Li Yu must have been unable to concentrate on his calligraphy. ①

孙承娟与白润德一样，就李煜词作及其评价进行了选译。二者相比较，可以看出相较于白润德对于细节语词的逐字直译，孙承娟采用了更倾向于意译的方法。她补全了原文省略的语法，调整语序，假设了词作中隐含的主语"she"，使词作的英译在语法上更为流畅通顺，浅显明了。这一意译上的变通，相较于白润德版对语言意象与语法形式的力求准确，足以更清晰直接地理清文意。主语的补充，也使词作的场景描写更为完整，有助于传达语言意象所携带的感情基调。

六　《王直方诗话》的选译本

北宋王直方所作《王直方诗话》的首次英译，为1978年李又安在其论文《方法与直觉：黄庭坚的诗学理论》中，选译了黄庭坚以"作诗正如作杂剧"的比喻论述诗歌章法的文句，相同的文本选译也出现在1991年，Liang Du 的学位论文《黄庭坚的诗歌理论与实践》中，以此佐证黄庭坚的具体论诗之法。李又安在其论文中还另外选译了诗话作者本人、江西诗派诗人王直方讨论创作诗文的篇章立意的文句。

　　Writing a poem is like making a dramatic performance. One must first

---

① Chengjuan Sun. "The Hidden Blessing of Being a Last Ruler: Anecdotes and the Song Dynasty Interpretation of Li Yu's (937-978) Lyrics", *Chinese Literature: Essays, Articles, Reviews* (CLEAR), Vol. 34 (December 2012), pp. 105-129.

set the stage, and then that having been done, one must tell a proper joke (da hun 打诨), only then can the performance begin.

Every time a poem or prose is written, a writer must first establish the general meaning. A lengthy work should be achieved to express the meaning through intricate convolution.①

Writing a poem is like making a dramatic performance. One must first set the stage, and that having been done, one must tell a proper joke; only then can the performance begin.②

二人针对"作诗正如作杂剧"相关语句的选译文本大致相同,稍有区别的是 Liang Du 针对"打诨"一词进行了音译,即汉语拼音的标注。上述译文体现了英语世界译者对该诗话的关注,主要集中在有关作诗章法的代表性论述上。

七 《蔡宽夫诗话》的选译本

《蔡宽夫诗话》的作者为北宋蔡启,因其字为"宽夫",故以此为诗话命名,该诗话多讨论诗歌用字技法、用典等语言技巧。2005 年,王宇根在其博士学位论文《印刷文化中的诗歌:黄庭坚(1045—1105)与北宋后期的文本、阅读策略与创作诗学》中,选译了其中鉴赏评价唐末五代诗歌,并对其进行批判的选段。

Toward the end of the Tang and in the Five Dynasties, most of those self-acclaimed poets, in their pursuit of fame and fashion, liked to establish ungrounded patterns and rules. picking up lines of previous authors as examples, making all kinds of reckless remarks, going so far as fabricating ridiculous expressions, such as "A Lion Leaping and Pouncing [on

---

① Liang Du. *The Poetic Theory and Practice of Huang Tingjian*, University of British Columbia, P. H. D, 1991, pp. 29-30.
② Chia-ying Yeh Chao, Yu-shih Chen, Donald Holzman, C. T. Hsia, David Pollard, Adele Austin Rickett, John C. Y. Wang and Siu-kit Wong. *Chinese Approaches to Literature from Confucius to Liang Ch'i-Ch'ao*, Princeton: Princeton University Press, 1978: 100.

Its Prey]" and "A Vicious Dragon Looking Back at Its Tail" to describe the forces of poetry. Reading this always makes people laugh. They for the most part modeled themselves on people like Jia Dao, calling it "Jia Dao's Pattern" and ignored Li [Bai] and Du [Fu] almost completely.①

王宇根选译的文段，侧重于探讨诗歌之"格"。他在进行逐句翻译的同时，注重有效地传达"格""格法"等表达诗歌语言形式的术语，将其译作"Pattern""patterns and rules"。他还就"师子跳掷"这一语意模糊的短语，在译介时进行了语言成分的补充。但由于英语世界接受者对传统语言文化背景知识的潜在缺失，王宇根就这一类短语进行直译，而不加意义阐释的补充，恐会造成英语世界接受者的理解谬误。

八 《潜溪诗眼》的选译本

《潜溪诗眼》是北宋范温所作，该诗话延续江西诗派的论诗主张，以杜诗为尊，主要探讨诗歌技法，如句法、章法、用字等语言修辞技巧，从而与其"诗眼"题名相合，英语世界的译者正是对这一特点给予了关注。该诗话的部分文本见于《苕溪渔隐丛话》《诗话总龟》《诗人玉屑》，郭绍虞在《宋诗话辑佚》中辑得诗话共计29则。1978年李又安在论文《方法与直觉：黄庭坚的诗学理论》中，选译范温论述作诗谋篇布局结构的文段，着重表明其认为作诗布局"如官府甲第厅堂房室，各有定处"②的比喻。

> This poem was recorded by former worthies as the very best of poetry; that is to say, its arrangement is most correct in form, just as the various kinds of government offices, mansions, hall, and side-rooms each have their set place and cannot be scattered about helter-skelter. Han Yu's "Yuan Tao" and the "Canon of Yu" in the *Shang Shu* are similar in this; all the rest can be called "changed form". Now changed form is like

---

① Wang, Yugen. *Poetry In Print Culture: Texts, Reading Strategy, And Compositional Poetics In Huang Tingjian (1045-1105) And The Late Northern Song*, Harvard University., P.H.D, 2005, p. 11.

② 郭绍虞辑：《宋诗话辑佚》（上册），中华书局1980年版，第324页。

moving clouds, flowing water; in the beginning they have no definite substance. They come forth from the subtly mysterious, are wrested from heavenly creation, and cannot be sought in a mold. But if we take correct form as the basis, then natural laws operate in them. For example, in deploying troops both irregular and correct movements will occur. If, in the beginning, one does not know what is correct but rather is side tracked into an irregular tactic, confusion will result and in the end, defeat. ①

鉴于李又安所选译的文段重在讨论创作诗歌的章法体式，原文语义较为抽象模糊，且出现了"如官府甲第""如用兵"等比喻，故而她在进行逐句直译的同时，也注重语句意义的阐释。她就原文的代表性术语"正体""变体"进行了相对应的意译，且没有受到原文繁复句法的影响，而是尽可能地运用浅显易懂、准确无误的语言进行意译。最终忠实而流畅地传达了文意，足以见其汉学功底深厚。

1987年林理彰在论文《中国诗歌批评中的顿与渐：以禅喻诗考》中，选译黄庭坚论诗人应当领会古人作诗用意，从中领会美学要悟的选段，并译介以禅喻诗的"法眼""入道"等概念。林理彰采用多种翻译方法的结合，既就原文进行逐句翻译，同时就人名以及"眼目""入道"等专有名词进行拼音音译，又补充了部分语句的省略部分，力图完整、流畅地表述语义。他将"识"译作"judgment (the power to discriminate, shi)"，体现出意义层面释义的尽可能的完善，同时也补充了部分所引诗句的主语，通过译介呈现诗歌语言的场景感，从而形象地向英语世界接受者传达原文诗句的含义。

1991年，Liang Du在《黄庭坚的诗歌理论与实践》中选译了范温强调诗文创作应讲求"布置"，并向韩愈《原道》学习的文句，以及与李又安英译相同的文段。

The arrangement of writing must be carefully designed. When I meet the young, I always show them, the convoluted expression of meaning in *Yuan*

---

① Chia-ying Yeh Chao, Yu-shih Chen, Donald Holzman, C. T. Hsia, David Pollard, Adele Austin Rickett, John C. Y. Wang and Siu-kit Wong. *Chinese Approaches to Literature from Confucius to Liang Ch'i-Ch'ao*, Princeton: Princeton University Press, 1978, p. 104.

Dao（《原道》）.

  This poem was recorded by former vorthies as the very best of poetry; that is to say, its arrangement is most correctin form, just as the various kinds of government offices, mansions, halls, and side-rooms each have their set place and can not be scattered about helter-skelter. Han Yu's "Yuan Dao" and the "Canon of Yao" in the *Shang Shu* are similar in this; all the rest can be called "changed form". Now changed form is like moving clouds, flowing water; in the beginning they have no definite substance. They come forth from the subtly mysterious, are wrested from heavenly creation, and can not be sought in a mold. But if we take correct form as the basis, then natural laws operate in them. For example, in deploying troops both irregular and correct movements will occur. If, in the beginning, one does not know what is correct but rather is side tracked into an irregular tactic, confusion will result and in the end, defeat.①

  可以看出，Liang Du 选译的相关文段与李又安有所重合，他也大致沿用了李又安的译本。这是李又安译文获得英语世界研究界认可的体现。
  2006 年艾朗诺在《美的焦虑：北宋士大夫的审美思想与追求》中，对《潜溪诗眼》进行了篇幅较多的英译。他首先选译了范温记录与旁人探讨诗歌用字是否恰当的选段，以及论述李商隐作诗用字新奇却又贴合意境的选段，随后他选译了范温对杜诗高度肯定的选段，即范温多次引用杜诗具体诗句，对世人爱好绮丽的诗风进行点评，从而得出杜诗"巧而能壮"的经典范式。
  艾朗诺对其所选择的几则诗话，进行了逐字逐句的忠实译介。在进行语义翻译的同时，还就其认为重要的诗论术语与表述，如"巧丽""壮即不巧，巧而能壮"进行了拼音标注。他也就部分语句的省略部分予以补充，力图准确、流畅地就语义进行翻译。
  对于杜甫诗歌的推崇，同样体现在 2005 年王宇根的《印刷文化中的诗歌：黄庭坚（1045—1105）与北宋后期的文本、阅读策略与创作诗学》中，他对范温记载的黄庭坚语录进行英译，即通过黄庭坚本人的诗歌阅读

---

① Liang Du. *The Poetic Theory and Practice of Huang Tingjian*, University of British Columbia, P. H. D, 1991, pp. 30, 43.

体验得出杜诗高雅大体的评价。王宇根就"青春背我堂堂去,白发欺人故故生"这一诗句进行英译时,特意在译文中呈现出原文对仗的句式结构,在对语义进行完整、准确英译的同时,也力图呈现出传统诗歌自身的形式美。然而原诗中用字重叠而产生的音韵感,则很难通过英译而呈现,"汉诗的节奏美感,英译之后,往往流失许多"[①],这也是汉诗英译过程中往往难以避免的问题。

  2014年,Jiayin Zhang 在其《中国诗学的理论与轶事:中国宋朝的诗话发展轨迹》第二章"江西诗派与诗话的全新发展"中,对《潜溪诗眼》多有介绍与选译,他将其视作足以全方位呈现江西诗派论述诗歌技巧,以及表达诗歌鉴赏价值体系的诗话作品。他首先英译"句法以一字为工"一则诗话,其中记录陈舍人补全《杜集》旧本漏字诗句"身轻一鸟"的轶事,以此说明杜甫用字精妙,后人无可匹敌,值得注意的是,同样的轶事也曾作为《六一诗话》原文,被黄维樑等英语世界译者所选译;随后英译"炼字"一则,举例杜甫具体诗歌等文例,阐明个别字眼的区别会影响具体的审美体验。Jiayin Zhang 作为艾朗诺的学生,同时也英译了相同的,范温以"十月寒"举例,与旁人讨论诗歌用字的文段。随后他选译了专门论述句法的选段,即范温记录黄庭坚曾就具体诗句的比较,与其讨论句法的语录。随后他英译"山谷言诗法"一则诗话,其中部分选段同样被李又安、Liang Du 所英译。他接着在省略部分原文的基础上,英译"律诗法同文章"一则诗话,着重选取范温以杜甫《闻官军收河南河北》为例讨论律诗创作章法,以及其援引欧阳修、黄庭坚论诗语录为佐证的选段;随后英译的"诗贵工拙相半"一则诗话,同样以杜诗《望岳》为典范,探讨诗歌创作的语言风格范式,同时选译以李商隐用"九州"一典进行创作的诗句为例,强调何为创作时用典的美学标杆。

  Jiayin Zhang 所选取的译文与艾朗诺的译本有部分重合,在"十月寒"等部分诗话英译时,他也沿用了艾朗诺的译文。与其相似的还有译介的方法,他也进行了逐句英译,并试图通过原文省略成分的补充,尽可能准确、流畅地英译语义,并对"义理"等重要术语进行了汉字原文标注,这也是他借此强调诗话代表性重点的一种标示方式。

---

  ① 张智中:《汉诗英译美学研究》,商务印书馆2015年版,第168页。

九 《艺苑雌黄》的选译本

北宋末期严有翼的《艺苑雌黄》，在讨论诗歌具体创作技巧基础之上，对北宋诸多诗人、词人的创作进行了鉴赏点评。1981年海陶玮在其论文《词作者柳永》中，英译了该诗话记载柳永"奉旨填词"的相关轶事。

> Liu San-pien... liked to write ditties, but was deficient in conduct. When a contemporary recommended him as able, the Emperor said, "Is it not Liu San-pien the songwriter?" "Yes." "Then let him go write songs." After this he could not get ahead, and spent every day with other habitues amusing himself in the brothels and wine shops without any inhibitions. He styled himself Liu San-pien, Songwriter by Appointment to His Majesty. Too bad, a small talent with no virtue to guide him, a fitting warning to all gentlemen. [1]

海陶玮对这则柳永轶事的选译，基于对原文的部分删减，同时采用了意译的方法，对文意进行了逐句翻译，却只呈现出大致的语义。这一方法的意图，在于向英语世界介绍柳永轶事的大致经过，而不拘泥于细节字词的忠实直译。

1982年萨进德在《后来者能居上吗？宋人与唐诗》里，英译了一则诗话，即论述如何从新奇角度进行语言修辞的"反用故事法"，符合以江西诗派为代表的北宋诗歌讲求用语新奇，有别于前人的创作理念。

> As for using a certain event straight, anyone can do it; as for those who use one reversing the import, if they are not of broad and high knowledge and learning, transcending the common literal view, never mechanically treading the old tracks of their predecessors, how could they attain this

---

[1] James R. Hightower. "The Songwriter Liu Yung: Part I", *Harvard Journal of Asiatic Studies*, Vol. 41, No. 2 (Dec., 1981), pp. 323-376.

[level].①

萨进德就选文进行了逐句翻译。他将"事"译作"certain event",这一译介并未切实传达出其指向的"故事、旧典",但他在选文最后进行了"level"这一成分的补充,意在强调"反用故事"的娴熟运用可以达到的某种诗歌艺术理想境界。可见萨进德的译文侧重于意义的译介,较为准确清晰地传达出了原文的语义与其探讨的美学标准。

十 《竹坡诗话》的选译本

南宋周紫芝所作《竹坡诗话》,以其"竹坡居士"的名号为题名,多记录诗歌创作轶事或讨论诗歌创作律法等。1974年,斯坦利·金斯堡在其学位论文《一位中国诗人的异化与和解:苏轼的黄州流放》中,选译了周紫芝所记录的苏轼在黄州所作《食猪肉诗》的文段:

> The fine pork of Huangzhou
> Is cheap as dirt and shit.
> The wealthy will not eat it,
> The poor don't know how to cook it.
> Simmer it slowly in a little water,
> And leave it to finish itself.
> Each day when I rise I scoop out a eowlful:
> You need not worry—I enjoy myself.②

金斯堡节选了有关苏轼轶事中,所记录的其创作具体诗句,并进行了大体语义的意译。在其英译中,省略了部分语句中的原意,呈现出较为简洁却也准确清晰的译文。

1994年,车淑珊在《宋代的图书文化与版本传播》中,选译周紫芝论述宋代图书出版发行有所发展的选段:

---

① Stuart H. Sargent. "Can Latecomers Get There First? Sung Poets and T'ang Poetry", *Chinese Literature: Essays, Articles, Reviews* (*CLEAR*), Vol. 4, No. 2 (Jul., 1982), pp. 165–198.

② Stanley Mervyn Ginsberg. *Alienation And Reconciliation of A Chinese Poet: The Huangzhou Exile of Su Shi*, The University of Wisconsin-Madison, PH. D., 1974, p. 140.

The older generation had extensive experience with documents, unlike the younger generation who think that print editions alone provide the correct text (cheng-wen).①

她节选了诗话中的简短语句，并进行了大意的译介，同时在译文最后进行了"正文"这一概念的补充，以此强调译文侧重的代表性诗学理念。

2003 年，华裔学者毕熙燕在专著《苏轼文学思想中的守法与创新》中，选译了《竹坡诗话》收录的苏轼作两颂，对请教作诗捷径的有明上人进行教诲的记载。毕熙燕的译文重在英译其所节选的苏轼论诗诗，她通过主语、宾语等原文省略部分的补全，试图流畅、清晰地就每一诗句的语义进行英译。她将"字字"译作"word by word"，"节节"译作"joint by joint"，既是对原文对仗句式的保留，也是对原文诗句韵律美感的传达。

2012 年，Ji Hao 在其学位论文《透明的诗学：明末清初的杜甫阐释学》中，选译周紫芝记述自己，通过游览山河的实际经验而借此悟出了杜诗具体诗句的精妙所在，这也是对自北宋就存在的对杜甫诗歌经典化阅读接受体验的又一延续。该选译按照原文语序，进行了逐字逐句的完整翻译，针对原文中的细节表述，也一一进行了相应的英译，可见译者力图准确、清晰，而又忠实、贴近地英译这一则周紫芝自述。这样严谨的译介方式，源于译者需要以此作为佐证研究论点的重要参考材料，故而英译过程不能仅仅满足于大致语义的传达，而需要连同具体诗句在内的细节表述，都进行完整确切的译介。

十一 《石林诗话》的选译本

南宋初期叶梦得所作《石林诗话》，延续了北宋诗话记录诗人文学活动轶事，以及讨论诗歌创作遣词造句的传统，主要记述、点评王安石相关诗歌轶事与创作，并援引杜诗为论诗准绳。1993 年林理彰在论文《王士禛的论诗诗：〈论诗绝句〉的翻译与注释》中，英译《论诗绝句》时，选译了《石林诗话》部分文本作为注释，即王安石编选《唐人百家诗选》时，修改借来版本中诗句中的一字，以求美学意境完善的记载。

林理彰不仅对原文人名进行了拼音与生卒年标注，就《唐百家诗选》

---

① Susan Cherniack. "Book Culture and Textual Transmission in Sung China", *Harvard Journal of Asiatic Studies*, Vol. 54, No. 1 (Jun., 1994), pp. 5–125.

进行音译与意译，还就关键性的用字"起""赴"进行了意译与拼音标注的结合。他所采用的多种译介方法，旨在使英语世界接受者能够理解原文中出现的诸多传统文学知识，从而将语义准确清晰地进行传达。

2006年，艾朗诺在《美的焦虑：北宋士大夫的审美思想与追求》中，选译论述诗歌用语的文段，举例杜甫诗歌以强调诗歌用语应当新奇精巧，而不露穿凿痕迹，即"诗语固忌用巧太过，然缘情体物，自有天然工妙，虽巧而不见刻削之痕"① 所在段落。同样的文段，也被2013年傅君励的《江湖漂泊：南宋诗歌与文学史问题》所英译，傅君励同时还选译了周紫芝对王安石晚年诗歌创作律法高度肯定的评价。

艾朗诺与傅君励都针对同一选段进行了译介。二者译文的相似之处在于，都尽可能忠实、准确地对原文进行逐句翻译，在对具体诗句英译时，也有效地进行了内容语义与句法形式的译介。然而有所差别的是，艾朗诺的译文更倾向于完全贴近原文句式结构的直译，力图从细节上达成译文与原文的一一对应；傅君励则更倾向于大体语意的意译，力图通过语法的调整，流畅、简洁地传达出原文语义。二者的译本各有千秋，艾朗诺版更符合严谨细致的学术研究范式，而傅君励版则更有助于普通读者进行直接的接受理解。

十二 《韵语阳秋》的选译本

南宋葛立方所作《韵语阳秋》，又名《葛立方诗话》，共计20卷，该诗话收录范围甚广，既有汉魏至宋代的各朝诗人诗作的诗歌风格鉴赏、语言句法探讨，也有相关诗歌理念、文学轶事的记录。1978年，李又安在《方法与直觉：黄庭坚的诗学理论》中，选译了该诗话阐述何为"换骨"这一江西诗派诗歌技法的文句。

> Poets have a method of changing the bone. This means that one uses the meaning of the ancients and reworks it, refining it. ②

1993年，林理彰在《王士禛的论诗诗：〈论诗绝句〉的翻译与注释》

---

① 何文焕辑：《历代诗话》，中华书局1981年版，第431页。
② Chia-ying Yeh Chao, Yu-shih Chen, Donald Holzman, C. T. Hsia, David Pollard, Adele Austin Rickett, John C. Y. Wang and Siu-kit Wong. *Chinese Approaches to Literature from Confucius to Liang Ch'i-Ch'ao*, Princeton: Princeton University Press, 1978, p. 114.

中，选译《韵语阳秋》中葛立方记录自己见到王维题画诗的审美体验，作为注释。林理彰的译介保持了一贯的严谨细致，既对人名、术语进行音译标注，也为重要的诗学术语，如"风调"进行了原文标注、音译与意译的结合。

1991年，Liang Du在《黄庭坚的诗歌理论与实践》中，选译葛立方列举欧阳修、王安石、黄庭坚等人所作律诗中颔联，以说明其在律诗整体结构中所占的美学比重。Liang Du英译时，将原文语句部分删减，侧重于选取诗话中所引用的具体诗句。在对诗句进行翻译时，保留了原文的句法结构，针对具体字词进行了细节化的英译，如他将"万里书来儿女瘦"译作"The letter coming from thousands of li〔tells me my〕son and daughter are thin"，对原文省略的成分予以补全，从而准确清晰地表述了诗句的语义。

2005年，顾明栋的学位论文《文学开放性与开放的诗学：跨文化视角下的中国观》中，选译葛立方引述梅尧臣论述诗歌审美讲求"言外之意"的文句，即《六一诗话》中欧阳修曾转述梅尧臣之语录，说明自北宋前期开始的宋诗美学理念，得以在诗歌理论的历史延续中传承。

> Mei Shengyu said, 'To write poetry, one must be able to depict difficult-to-describe scenes before one's eyes; his poetry must contain unlimited implications outside the text.' What a true maxim.[①]

此处顾明栋沿用了他曾选译《六一诗话》的译文，同样在传达语义的同时保留了原文的对偶句式。

十三 《诚斋诗话》的选译本

被誉为"南宋四大家"之一的南宋诗人杨万里，存世诗篇有数千首之多，其诗话作品以其号"诚斋"为题名，共一卷，依托并讨论江西诗派讲求用典、炼字等语言技巧，以及诗律句法等修辞章法，主要以"味"这一诗学术语为立论中心展开相关评述。顾明栋在2005年的《文学开放性与开放的诗学：跨文化视角下的中国观》中，选译杨万里不赞同《金针法》的落句审美要求，而讲求含蓄隽永的"味"的文句。

---

① Gu Mingdong. *Literary Openness And Open Poetics: A Chinese View in A Cross-cultural Perspective*, The University of Chicago, Ph. D., 1999, p. 128.

The *Golden Needle Method* states: "In an eight-line poem of the regulated style, once a line is set, it ought to resemble a stone rolling down a high mountain, never to return." I disagree with this view. When a poem has come to its end but its flavor is long lasting, it is the best among the best.①

2016 年，杨铸在其专论诗学概念"味"的论文《诗学之味与品味诗歌》中，英译了与上文相同的选句，足以说明英语世界译者，关注《诚斋诗话》时，主要将理论视角汇聚在杨万里对"味"的阐述与推崇之中。

Poems whose words come to an end but whose taste lingers on are the best ones.②

顾明栋与杨铸都就"诗已尽而味方永，乃善之善也"这一表述进行了英译，顾明栋版更为流畅细致，而杨铸版则更为简练。前者倾向于细节对应的直译，后者倾向于整体语义的意译，都较为准确地译介出语义，如从英语句法结构上进行比较，杨铸版语法运用更为娴熟，有助于英语世界译者进行理解。

十四 《白石道人诗说》的选译本

南宋诗人、词人姜夔的《白石道人诗说》，以其号"白石道人"为题名，又名《白石诗说》，虽仅是篇幅较短小的一篇论诗文章，其对于江西诗派诗法、句法的延续与探讨，以及在此基础上对创作主体个体情性的关注，都有着在宋朝诗话理论视域中承上启下的重要作用。1966 年，刘若愚在其专著《中国诗学》中，选译"一家之语，自有一家之风味"③ 的文句，以及姜夔以音乐的不同音调作比，探讨诗歌美学的论述。

The poetry of each master has its own flavour, just as each of the twen-

---

① Gu Mingdong. *Literary Openness And Open Poetics: A Chinese View In A Cross-cultural Perspective*, The University of Chicago, Ph. D., 1999, p. 122.

② Yang Zhu. "Poetic Taste and Tasting Poetry", *Linking Ancient and Contemporary*, 2016, pp. 299-316.

③ 何文焕辑：《历代诗话》，中华书局 1981 年版，第 683 页。

ty-four modes of music has its own 'tone', on which the music depends for its character. Imitators, though their words may resemble the master's, have lost the tone.①

  刘若愚就选文中的代表性术语"味""调""韵"等进行英译，这也是他选择这一语段进行英译的重点所在。
  顾明栋在 2005 年的《文学开放性与开放的诗学：跨文化视角下的中国观》中，选译了姜夔以苏轼、韩愈为例，论述诗歌写作"语贵含蓄"的文段，其中同样论及了"味"这一概念。可见英语世界译者着重关注的，依旧是如何挖掘宋朝诗话中以专有术语概括美学价值的理论部分。顾明栋就原文进行了逐句翻译，译介的重点与原文语义相符，即对"含蓄"与"余味"的强调。该译文语法娴熟，行文流畅，准确而细致地就诗话内容展开了译介。

十五 《后村诗话》的选译本

  隶属于江湖诗派的南宋词人、诗人刘克庄的《后村诗话》，是其数量广博的诗文创作的一部分，在对前代诗人作品、诗歌派别进行鉴赏的同时，也呈现出其自身的诗歌创作美学。Jiayin Zhang 在 2014 年的《中国诗学的理论与轶事：中国宋朝的诗话发展轨迹》第三章"刘克庄及其道学影响下的诗学"中，着重对《后村诗话》部分文本进行了英译与阐述。他首先介绍刘克庄的生平及其诗歌创作的成就，以此表达具体诗歌实践对刘克庄本人诗歌理论总结的影响，随后介绍该诗话体现了刘克庄对文学史的整体认识，即通过评价前代与两宋的诗歌而展现出自己的诗学理想。Jiayin Zhang 认为这是与单纯强调语言技巧的江西诗派最大的不同，刘克庄通过诗歌鉴赏而呈现出类似于读者与评论者的文化身份，而非倾向于江西诗派的宋代诗话中，着力呈现的有关于诗律章法的传授者身份。
  Jiayin Zhang 就原文进行了忠实、细致的逐句翻译，在就文义进行英译的同时，就年号、人名、文学派别等进行了音译。他首先选译刘克庄对北宋元祐之后诗坛文论的概述，即由苏轼、黄庭坚所影响的风格成为当时的主流，以及刘克庄认为近世诗人学习江西诗派诗风，从而失去吟咏情性

---

① James L. Y. Liu. *The Art of Chinese Poetry*, Chicago: The University of Chicago Press, 1966, p. 83.

的主体情感的批判；随后译者选译《后村诗话》记载张巨山总结黄庭坚诗歌评价的选段，以此代表刘克庄本人对占据宋代诗坛主导的江西诗派的辩证性点评；随后选译刘克庄肯定水心、曾景建等当世文人创作，以及对韩致光、吴子华等相关古代诗人的鉴赏，从而表现出其本人的诗歌美学导向；随后译者关注并选译刘克庄作为宋朝诗论者，与他人一脉相承的，在诗话中对于已经进行了经典化塑造的杜甫诗歌的鉴赏，以杜甫《元日示宗武》《元日寄妹》《谒玄元庙》《次昭陵》《闻河北节度入朝口号》等具体诗篇为例，对其进行"诗家祖宗"的文学史定位。选译的相关原文中既有对杜甫诗歌进行审美接受的品评，也有对其他不合刘克庄个人审美鉴赏的诗人，例如晚唐薛能的批评，综上的《后村诗话》译文，所体现的都是刘克庄作为文学鉴赏者，对文学史的具体分段发展成果进行阅读理解与鉴赏时，所呈现出的自身美学理解与诗歌价值取向。

十六 《庚溪诗话》的选译本

《庚溪诗话》为陈岩肖创作于北宋末期，共计两卷的诗话作品。2013年，傅君励在《江湖漂泊：南宋诗歌与文学史问题》中选译了其中评价唐宋诗风差异的选段，介绍了以黄庭坚自成一家的诗风为代表的江西诗派，及其作为宋朝诗坛的主流代表，在诗歌创作方法论上所提倡的"江西格"。

> The poets of our dynasty and those of the Tang have vied with one another, and what each has attained is different. Each has wondrous points, and they need not encroach on one another. Arriving at the poems of [Huang] Shan'gu, they are pure, new, and extraordinary: they have created what former writers have not yet said. They form adistinct lineage, and this is what is wondrous in them. In his old-style poems, he is not constrained by prosody, occasionally includes partial allusions, and also attains the extreme limit of the pure, new, and extraordinary. However, in recent times some of those who study his poems have not yet attained what is wondrous, and each time they compose, they invariably distort the prosody and use obscure and difficult vocabulary. They say, "This is the Jiangxi style." What does this accomplish! Lü Juren [Benzhong] made the "Lineage Chart of the Jiangxi Poetry Society" with Shan'gu as the founder,

and it washtting that they pattern every footstep on him and must follow at his heels. ①

傅君励就原文中代表性术语"格""江西格"等进行意译，其他语句的诗学表述则忠实地按照原文进行细节对应的直译。该文段与其他诗话作品的类似论述一样，表明自北宋末期开始至南宋，江西诗派所塑造的在语言修辞层面进行创新的诗风，已经成为公认的宋诗主要特点之一。

十七 《优古堂诗话》的选译本

北宋末期吴开的《优古堂诗话》，虽仅有一卷，却收录了许多宋朝诗词及轶事。1982年，齐皎瀚在其论文《诗非此路：宋代诗学经验》中，选译了吴开对于陈与义具体诗联的鉴赏，认为陈诗受到了唐诗的影响。

齐皎瀚的译文就原文整体进行了删减，突出了所引诗句之间的影响联系，故而在译文中呈现出两处诗句在语义表述上的重合。他保留了原文的语调与语法，但译文略显平实，侧重于反映形式上不同诗句的文本相似性，而未能有效地呈现出诗句自身语言意象的情感基调。

十八 《艇斋诗话》的选译本

南宋曾季狸的《艇斋诗话》，其本人曾师从江西诗派代表诗人韩驹、吕本中，故而诗论中呈现出对江西诗派注重语言技巧的传承，同时也通过鉴赏、品评杜诗而体现出江西诗派诗论的一贯取向，并对相关诗人的文学逸事等进行了记录。1993年，易彻理在《绝句诗起源的理论研究》中，选译韩驹举例唐人金昌绪《春怨》以论诗法的选段。

Someone asked Han (1086 – 1135) about poetic method. He quoted the T'ang poet's lines, "Hit the yellow orioles…" I have used Han Chü's words to take an overall look at the ancients' patterns for poetry composition, and all are in this poem. ②

---

① Michael A. Fuller. *Drifting among Rivers and Lakes: Southern Song Dynasty Poetry and the Problem of Literary History*, Harvard: Harvard University Asia Center, 2013, p. 123.

② Charles H. Egan. "A Critical Study of the Origins of 'Chüeh‑chü' Poetry", *Asia Major*, THIRD SERIES, Vol. 6, No. 1 (1993), pp. 83‑125.

易彻理的选译删减了诗话原文所引的具体诗句,并就原文进行意译。他将"作诗规模"译作"patterns for poetry composition",更倾向于其他译者对"格"这一诗学术语的译介。

2013 年傅君励在《江湖漂泊:南宋诗歌与文学史问题》中,选译"后山论诗说换骨,东湖论诗说中的,东莱论诗说活法,子苍论诗说饱参"① 的部分,即论及江西诗派陈师道、徐俯、吕本中、韩驹四人虽具体论诗理念有所差异,但其立论都统一指向了"悟入"的创作主体意识。

[Chen] Houshan, in discussing poetry, explained "exchanging the bones." [Xu] East Lake [Fu] explained "hitting the mark." Lü Donglai [Benzhong] explained the "living method." [Han] Zicang explained "fully engaging." Although their points of entry are different, in fact they all share the same key [guan lie]: one crucially knows that if one does not enter through awakening, mastery is impossible.②

傅君励对一系列江西诗派诗歌技法的相关术语进行了意译,并就"关捩"进行音译与意译的结合,同时补全原文人名的音译。他采用了贴近原文、又较为生动详尽的表述,准确地就这些代表性的重要语词进行译介。

十九 《藏海诗话》的选译本

北宋末期、南宋初期吴可的《藏海诗话》,其文本特点主要体现在以禅喻诗的诗论中,并对南宋后期严羽以禅喻诗的代表性论述起到了承接的作用,英语世界所关注的,也正是体现了这一思想联系的文本。1987 年林理彰在其论文《中国诗歌批评中的顿与渐:以禅喻诗考》中,选译吴可论述"凡作诗如参禅,须有悟门"③,并以自己亲身经历为例进行解读的文句,以及吴可所作的三首以"学诗浑似学参禅"为首句的《学诗》诗。

林理彰的选译重点在于诗话中所引的论诗诗,他就"悟门""顿悟""浑似"等词语进行了音译与意译的结合。他对"悟门""悟"的译介与

---

① 丁福保辑:《历代诗话续编》,中华书局 1983 年版,第 296 页。
② Michael A. Fuller. *Drifting among Rivers and Lakes*: *Southern Song Dynasty Poetry and the Problem of Literary History*, Harvard: Harvard University Asia Center, 2013, p. 162.
③ 丁福保辑:《历代诗话续编》,中华书局 1983 年版,第 340 页。

对严羽所提"妙悟"相同,都采用了"enlightenment"一词,可见他清楚地认识到了这一以禅喻诗的诗学话语的延续与传播。这一选译文本呈现的,则是对该诗话以禅喻诗论述的重点筛选与关注。

二十 《碧溪诗话》的选译本

《碧溪诗话》的节选英译,仅有1982年萨进德在其论文《后来者能居上吗?宋人与唐诗》中节选黄彻记录自己的唐诗阅读体验,即同样是以杜诗为诗歌典范的类似论述。

> [Tu] Mu-chih has [the lines] "For impartiality in this world there is only white hair; even aristocrats have never been spared it on their heads." I once loved it that his language was singular and odd, seemingly not plagiarized. Later I read [Tu] Tzu-mei's "Bitter that I should meet with whitened hair that shall not release me", and clapped my hands over it. [1]

萨进德的选译侧重于杜牧诗句所受到的杜甫诗句的影响,就具体所引的诗句,他侧重于大致语义的意译。这一译介方式,在于他意识到了原文中诗句之间的影响,存在于二者的语义表述之中,故而只需要就语义进行意译,就可以有效、准确地传达出诗话所讨论的唐诗文本内在联系。

二十一 《岁寒堂诗话》的选译本

南宋张戒所作《岁寒堂诗话》两卷,是这一时期重要的诗话作品,其不仅仅对苏黄诗风延续下的江西诗派进行评价,就其重视押韵、句法、炼字、典故等技法,进行了一定程度的批判,在语言修辞与审美接受层面提出了自己的诗论见解,也对"诗言志""思无邪"这一文论传统进行了复古与革新的强调。在对大量前朝诗歌进行鉴赏品评的同时,《岁寒堂诗话》延续了自北宋诗话起延续的"学杜"的诗歌接受传统,但在张戒所关注的创作、审美、接受等层面,他的诗论呈现出一定程度破旧立新的历史意义,"从自己的基本主张出发批判当时诗坛流弊,并在批判时弊中指

---

[1] Stuart H. Sargent. "Can Latecomers Get There First? Sung Poets and T'ang Poetry", *Chinese Literature: Essays, Articles, Reviews (CLEAR)*, Vol. 4, No. 2 (Jul., 1982), pp. 165-198.

明诗歌创作的方向"①。该诗话的相关理论论述与评价,也被英语世界译者所认识到,并对其进行了频率较高的选择性文本英译。

1982 年,萨进德在《后来者能居上吗？宋人与唐诗》中,选译了张戒以黄庭坚作比较,高度评价杜甫作诗浑然天成,"盖出口成诗,非作诗也"的文句。萨进德对选文采取侧重于意义表述的逐句翻译,行文简洁流畅,对原文细节语词进行了详细的译介。

1987 年余宝琳在其专著《中西诗学意象论》中,选译张戒以"言志"或"言物"划分魏晋至唐朝诗人的作品,突出其对于"言志"的诗歌内容的推崇,同一文句也被杨晓山在 1996 年的《领悟与描绘：中英诗歌自然意象的比较研究》中所英译,杨晓山还选译了张戒高度推崇曹植与陶渊明,评价其具体诗句"工巧"的文段。

余宝琳选译的文段中,存在大量的人名、年号以及诗学语词。针对这一文本特点,她进行了汉语拼音与意译的双重译介,补全了原文中省略的人名,并就"言志""咏物"两个核心概念进行了强调。在相关语句表述的英译中,她娴熟而准确地运用英文语法,相对简洁明了,而又准确清晰地译介了包括细节语词在内的选文,呈现出清晰的诗话原文论述逻辑。在相同选文的译介中,杨晓山更侧重于"言志""咏物"的意译,在就曹植、陶渊明诗句进行英译时,他遵循英文的语法,对原句的语法顺序进行了适当调整,同样是侧重于从意义层面更为流畅地进行译介。

1997 年,He Dajiang 在《苏轼：多元价值观与"以文为诗"》英译了"诗妙于子建,成于李杜,而坏于苏黄"②的选段,表达了张戒诗歌发展史观中对于宋朝重视以议论、学问入诗的驳斥与批评。他在原文基础上进行了一定的节选删减,在对人名进行拼音标注的同时,还就黄庭坚字鲁直这一文学常识进行了附加的解释。

> Since the Han and Wei periods shi poetry as a genrefound really good examples in Zijian 子建; then itwas firmly established in the hands Li (Bai) and Du (Fu); however, it deteriorated in the hands of Su (Shi) and Huang Tingjian… Zizhan 子瞻 [Su Shi's courtesy name]

---

① 吴文治主编：《中国古代文学理论名著题解》,黄山书社 1987 年版,第 182 页。
② 丁福保辑：《历代诗话续编》,中华书局 1983 年版,第 455 页。

made argumentation a way of writing poetry, and Luzhi 鲁直 [Huang Tingjian's courtesy name] liked to attach uncommn words to his poems. Their followers, before learning anything good from them, acquired bad elements first. Then what it means to be a poet was completely lost. ①

2013 年，傅君励在专著《江湖漂泊：南宋诗歌与文学史问题》选译了《岁寒堂诗话》多处文本，选译张戒以前代诗歌为例，阐述"用事"与"押韵"作用的文段，表明其对"情动于中而形于言"的具体诗句的欣赏，而言明苏轼、黄庭坚过于推崇用事、押韵而失却了诗歌原有的天然韵致；随后选译"常语""巧语"相关论述文段，表明张戒推崇以杜甫诗为典范的，能够将俗语与奇语融合为一体，不像江西诗派那样可以追求新奇的审美。

傅君励的英译是对所选诗话的逐句翻译，但他更侧重于意义层面的译介。他不仅将文中出现的人名进行了补全，还就选文进行了整体意义上的理解，故而在译文中，按照语义补充了部分被省略的定语、宾语等成分。这种补充使译文更为清晰、完整地呈现出原文语义，也使接受者更容易进行逻辑顺序的理解。

2014 年，Jiayin Zhang 在《中国诗学的理论与轶事：中国宋朝的诗话发展轨迹》中，同样选译了类似文段。Jiayin Zhang 就所选文段进行了部分删减，相对而言并不注重细节语词的对应直译，而是从语句、段落的整体大意出发，进行了意译。

2016 年，杨铸在论文《诗学之味与品味诗歌》中，也同样选译了张戒对陶渊明诗歌之"味"进行鉴赏，从而高度评价这一美学意境的文句。

[Consider these verses by Tao] Yuanming 渊明："Deep in an alley a dog barks, a cock crows at the top of a mulberry tree" and "While picking chrysanthemums under the eastern fence, my gaze upon the southern mountain rests". Although these sceneries are revealed before one's eyes, it's impossible to see them without a relaxed and peaceful mind.

---

① He Dajiang. *Su Shi: Pluralistic View Of Values And "Making Poetry Out Of Prose"*, The Ohio State University, Ph. D., 1997, p. 27.

(Yuanming's) poetic taste is beyond reach.①

杨铸与前文中余宝琳,都就陶渊明诗句进行了英译。与余宝琳版有所区别的是,杨铸采取了更倾向于语义意译的方法,并在译文中体现原文的对偶句式。但他就原文所省略的主语部分进行了补全,使译文的语法逻辑更为通畅。

综上可见,译者通过选译而把握的《岁寒堂诗话》文本,足以体现张戒通过对北宋及以前诗人进行评价,而呈现出的自身审美价值。

二十二 《风月堂诗话》的选译本

南宋朱弁所作《风月堂诗话》,承袭了宋朝诗坛主流评价中对苏黄诗歌风格的推崇与学习,但也提出了对过度重视用典、以学问为诗的创作方法的驳斥。1997年,He Dajiang在《苏轼:多元价值观与"以文为诗"》即选译了该诗话中高度评价苏轼处理各类诗歌素材,皆能得心应手"点瓦砾为黄金"的文句,表明了朱弁对苏诗成就的肯定。

> There are allusions, anecdotes and stories. Some of them can enter poetry, some can not. Only Su Shi can immediately take whatever there is without thinking and use it. Street-talk and vulgar languages, once used by Su Shi, are like being touched by a god: debris is turned into gold.②

He Dajiang在进行英译时,适当地对原文进行了意义的补充。他在译介"不可入诗者"时,通过译文而指出此"者"为作为诗歌素材备选的典故、趣闻、逸事等。这一方法使原文在被节选而缺少上下文大意的前提下,英语世界接受者可以更清楚地理解文中所论及的具体对象。

2010年,杨晓山在其论文《王安石〈唐百家诗选〉的传统与个性》中,选译朱弁对王安石编选《唐人百家诗选》,而不选李白、杜甫、韩愈的原因猜测与评价。就选文中出现的诸多人名,他进行了补全说明与拼音标注。

---

① Yang Zhu. "Poetic Taste and Tasting Poetry", *Linking Ancient and Contemporary*, 2016, pp. 299–316.
② He Dajiang. *Su Shi: Pluralistic View Of Values And "Making Poetry Out of Prose"*, The Ohio State University, Ph. D., 1997, p. 116.

二十三 《苕溪渔隐丛话》的选译本

南宋胡仔编撰的诗话总集《苕溪渔隐丛话》，分前后集共一百卷，对当世的诗话作品文本进行了分类汇编。作为分类明确、卷帙浩渺的诗话总集，英译者尽可能地对该诗话总集中的文本进行了筛选与英译，主要关注的不再是具体的诗学概念阐述，而是将历史轶事、文学史评价相结合，并带有一定价值倾向性的代表性文本，即其作为汇编总集而体现出的类似于类书的历史文献性倾向。

1982 年，萨进德在《后来者能居上吗？宋人与唐诗》中，选择并意译了胡仔记录的王安石《唐百家诗选》修改王驾《晴景》诗中的七个字，却使其审美意境受损的文段。萨进德的该段译文采用意译的方法，并对原文进行了删减、节选，着重保留并意译了原文引用的王驾、王安石诗句。在原文开头，他采用自己的措辞进行概括介绍，从而引出这则轶事实例，在诗句的引用之后，他也就两诗句字词的不同进行了概括，并借此指出这种差异所带来的审美效果的差异，从而在意译表述中加入了自己的理解与接受，使译文简洁明了地呈现出原文的重点大意。

1998 年，邓文君《诗与变：苏轼的海市蜃楼》中，选译了《苕溪渔隐丛话》记录苏轼评价"诗格"的变革从韩愈诗歌开始的语录。

> "In calligraphy," Su Shih is recorded as saying, none equals that of Yen Lu-kung [Chen-ch'ing] in beauty; yet the ruin (huai) of calligraphic technique began with Lu-kung. In poetry, none equals that of Han T'ui-chih [Yu] in beauty; yet the mutation (pien) of prosodic form began with T'ui-chih.[①]

2013 年，傅君励《江湖漂泊：南宋诗歌与文学史问题》中，英译了对吕本中《江西诗社宗派图》所收录诗人的介绍，对其序言的部分引用，以及胡仔本人对江西诗派诗歌成果的评价。他尽可能地在译文中进行了语句的补全，力求逐句就原文进行平实浅显的直译。

2010 年，杨晓山在其《王安石〈唐百家诗选〉的传统与个性》中，

---

① Alice W. Cheang. "Poetry and Transformation: Su Shih's Mirage", *Harvard Journal of Asiatic Studies*, Vol. 58, No. 1 (Jun., 1998), pp. 147-182.

论及王安石《唐人百家诗选》不选李、杜、韩诗时，选译了《苕溪渔隐丛话》中所记载的，对《百家诗选》进行介绍，为王安石选诗动因进行辩解与分析的文段；随后还选译了有关《河岳英灵集》不选杜甫诗，《中兴间气集》不选李白诗的文句，表明王安石选诗与前两者相似，都在于编选过程中，体现出了编选者自身值得尊崇的主观意志与文学考量。

2012年，Ji Hao 在《透明的诗学：明末清初的杜甫阐释学》中，选译了论及王安石为代表的后人，主观修改杜甫诗中字眼，却多有不合的记载。

> Wang Anshi 王安石（1021—1086）found that the word que 阙 in the phrase tian que 天阙（literally, sky watchtower）failed to form a parallel to the phrase yun wo 雲臥（literally, 'clouds lie'）in the next line. Wang treated it as a textual error and thus changed que into a verb yue 阅（literally, read/see）in order to create a sense of parallelism. ①

可见他在对这一相关引文进行选译时，注意到了部分语词的晦涩，故而采用了音译、汉字标注、意译相结合的多重译介方法，旨在突出原文所强调的语义重心。

二十四 《诗人玉屑》的选译本

南宋魏庆之编撰的诗话总集《诗人玉屑》，同样是对宋代诗话文本的分类汇编，共计十二卷，与《苕溪渔隐丛话》的差异在于，其论述诗歌创作文体、律法、语言技巧的文本占据主要比重。前十一卷主要论述诗歌理论，以诗辩、诗法、诗体等条目对诗话文本进行分类收录，第十二卷则多论述、评价汉魏至两宋以来的诗人及其作品，其详尽清晰的分门别类，与收录繁多的历史资料记载，英语世界的译者了解到这一文献与文论价值，从而进行了频率较高的选择性文本英译与研究。

1967年，由华兹生翻译的吉川幸次郎《宋诗概说》中，即选译了《诗人玉屑》所收录的《后山诗话》中对于三位重要北宋诗人"王介甫以

---

① Ji Hao. *Poetics of Transparency: Hermeneutics of Du Fu*（712-770）*During the Late Ming*（1368-1644）*And Early Qing*（1644-1911）*Periods*, University of Minnesota, Culture & Media., P. H. D., 2012.

工，苏子瞻以新，黄鲁直以奇"的诗歌风格界定，以此作为点评北宋代表性诗风的文献佐证，同时也可见这一诗话总集在南宋当世的传播效果显著。"Wang... ［An-shih］did it with skill. Su... did it with freshness, and Huang... did it with strangeness."①

1974年，施吉瑞在《杨万里诗歌中的禅、幻觉与顿悟》中，选译了将对诗歌的理解，与"佛法""参禅"进行联系类比的文句，即体现出了已经开始占据南宋文人论诗一席之地的以禅喻诗话语方式。

1982年，齐皎瀚在《诗非此路：宋代诗学经验》中，选译《诗人玉屑》收录的《休斋诗话》记载，即陈知柔结合自身实地体验对楚辞、杜诗进行鉴赏的选段。1987年林理彰在《中国诗歌批评中的顿与渐：以禅喻诗考》，选译了和施吉瑞英译文本相同的，以"佛道"作比"诗道"的文句，并对赵章泉所作三首以禅喻诗的《选诗》诗进行了英译。

林理彰与施吉瑞都对"诗道如佛道"选文进行了英译，林理彰就重要术语意译与音译的结合，在英译以禅喻诗的论诗诗时，他也注意到了对原文语气的保留。

1993年，汤雁方在《内在与显现：中国传统诗歌与诗学中的直觉艺术（妙悟）》中，选译《诗人玉屑》收录的《潜溪诗眼》论诗部分，即将作文之法与佛家"悟门"相联系的文段，在1997年的《认知或情感体验：阅读在中西文学传统中的理论与实践》中，汤雁方选译了龚相所作的《学诗》诗，同样体现的是以禅论诗的文本内核。

2012年，Ji Hao在《透明的诗学：明末清初的杜甫阐释学》中选译了《诗人玉屑》论述杜诗有"可解"与"不可解"部分的文句，为其学位论文所主要探讨的后世读杜诗的阐释学倾向，提供了明确的历史文献参考。

> Once there was a young man who asked for beneficial advice. The Master ［Han Ju 韓駒, a famous Song poet］ recommended that he repeatedly read Du Fu's poetry; a few days later the young man came again and said that some of Du Fu's poems could not be understood. The master an-

---

① Kojiro Yoshikawa. Translated by Burton Watson. *An Introduction To Sung Poetry*, Harvard University, 1967, p. 130.

swered: for the time being read those you can understand.①

综上可见,《诗人玉屑》收录的是从其他诗话著作中摘选的具体文本,并在一定的门类标准之下进行了排列辑录。虽然其收录的原诗话作品,在前文各部分中已有选译本的介绍(例如《后山诗话》《潜溪诗眼》等),但《诗人玉屑》的选本,不仅在个别具体文本上呈现出文字的差异,也更多地体现出这一辑录标准之中的,魏庆之本人的诗歌理论视角。故而将《诗人玉屑》单独列出,并对其选译本进行介绍,依然具备一定可供参考的价值,同时也能体现出英语世界译者对这一卷帙繁多的诗话总集的接受与传播。

第五节 金、元代诗话的选译研究

金代与元代两朝的诗话著作,受到英语世界研究者关注的比例,远不及两宋诗话那样显著,其选择性的英语原文翻译同样呈现出有所倾向的片段化特点。但这一时期诗话所呈现出的文本特点,依旧被研究者所关注、把握。金代诗话作品大致上承袭宋代诗话的书写传统,在记录历史轶事、文学活动的同时,鉴赏、点评前人诗歌作品,通过对历代诗歌特点的接受而表现出作者自身的诗歌创作诉求与理论倾向,其中以王若虚《滹南诗话》为代表。元代诗话数量颇多,并呈现出新的文本特点。除去遵循前代记录轶事的诗话类型之外,元代诗话还在宋代诗话讨论江西诗派等人创作技法的基础上,衍生出对诗法进行专门论述的类型。该类诗话同样通过点评、剖析前人诗话,得出相关优劣的鉴赏观点,"故以'言病'喻之,'处方'则喻诗法、诗格之类的著作,盖均以讲明诗歌格法、指导创作为主旨"②,此类诗话以杨载《诗法家数》、傅若金《诗法正论》等为代表。英语世界译者对元代诗话的关注,也体现在有意识地对此类理论进行目的性的选择英译上。

---

① Ji Hao. *Poetics Of Transparency: Hermeneutics Of Du Fu* (712 – 770) *During The Late Ming* (1368 – 1644) *And Early Qing* (1644 – 1911) *Periods*, University of Minnesota, Culture & Media., P. H. D., 2012.
② 王运熙、顾易生主编:《中国文学批评通史·肆 宋金元卷》,上海古籍出版社1996年版,第1053页。

一 《滹南诗话》的选译本

金代王若虚所作《滹南诗话》，共计三卷，以其号"滹南遗老"题名。作者受到宋代诗歌成就以及相关理论的影响，其论诗审美风格既推崇苏轼等前代诗人，又驳斥黄庭坚等江西诗派诗人对作诗语言用字、句法等技巧的过度强调，从而体现出其尚"真"贵"实"的美学倾向，英语世界译者也就这一突出的文本特点进行关注，并体现在文本选译的过程中。1971年，卜寿珊在《中国文人论画——从苏轼（1037—1101）到董其昌（1555—1636）》中选译《滹南诗话》援引苏轼语录，探讨作画"形似"等相关创作议题的文段。

> If anyone discusses painting in terms of formal likeness, His understanding is nearly that of a child. If when someone composes a poem it must be a certain poem, He is definitely not a man who knows poetry. There is one basic rule in poetry and painting; Natural genius and originality.
>
> when one writes a poem on a set subject and it is not definitely that specific poem, what kind of talk is this?… I say… [it means] one is not constrained by the subject, yet does not stray from the subject; that's all there is to it.[1]

卜寿珊对原文进行适当的节选，采取概括的意译方法，力图浅显、准确地对原文大致语义进行传达。

1982年齐皎瀚《诗非此路：宋代诗学经验》中，引述王若虚不赞同陈师道所谓苏轼"以诗为词"的论断，并进一步赞誉苏轼文学成就的选段。这一对苏轼诗歌创作经典化的论述，同样被2002年罗秉恕《宴会的后果：晏几道的词及其崇高传统》中，以及坎贝尔在其学位论文《王若虚和他的〈诗话〉》所关注并选译。该论文对《滹南诗话》进行了专题论述，并在第二章与第三章中选译诗话原文，对其中的诗学主张进行介绍、解读。译者按照章节顺序，以"自得""情""真""理"等诗学内核的术语以及对以黄庭坚为首的江西诗派论诗之法为线索，选择性英译了

---

[1] Susan Bush. *The Chinese Literati on Painting–Su Shih* (1037-1101) *to Tung Ch'i-ch'ang* (1555-1636), Harvard: The Harvard-Yenching institute, 1971, p. 26.

二十余则体现王若虚本人诗学主张的诗话原文。其中多以评价谢灵运、杜甫、白居易、苏轼、黄庭坚等前人诗歌，体现出王若虚崇尚自然本真去雕饰的诗风，而对句法、用典等可以追求新奇的语言修辞技法秉持批判的态度。

类似的文本也被 2010 年孙康宜、宇文所安主编的《剑桥中国文学史》所选译，该书选译王若虚"古之诗人虽趣尚不同，体制不一，要皆出于自得……何尝有以句法绳人者"①的论断，强调金代以《滹南诗话》为代表的诗论，已开始不再推崇江西诗派的主张，对于"自得"的推崇也体现出对严羽等相关诗论的传承，并将对后世文论发展产生影响。2011 年骆玉明《简明中国文学史》的英语版中，同样对该诗话对于"真""情性"等诗学概念的肯定进行选译。

二 《诗法家数》的选译本

元代杨载的《诗法家数》为一卷本，以"风、雅、颂""赋、比、兴"为正体，讨论诗歌体裁的典范与相应创作问题，对七言、五言的句式，以及律诗、古体诗、绝句等体裁进行了界定与论述，其诗论体现出对唐诗的尊崇，以及以其为典范的实践尝试。该诗话的选译以宇文所安的《中国文论：英译与评论》为代表，宇文所安将之称为体现出"商业出版的草率"的"诗歌写作手册"②，明确指出其将诗歌理论的阅读审美接受与写作进行了区别，只关注与体裁规范相关的实践讨论。

宇文所安英译了《诗法家数》的"序言""诗学正源""诗法准绳""律诗要法""古诗要法""五言古诗""七言古诗""绝句"等探讨诗歌体裁、句式的概论，以及杨载按照内容对诗歌进行划分的其中一类"登临"，与杨载讨论内容与形式关系的"总论"部分。作为译者，他仅选取部分文句片段，以图呈现对这一对诗歌创作树立范式的诗话作品的介绍，按照惯例他附在每段译文后的议论部分却较少，可见宇文所安本人并不太关注只对文学形式进行界定的文论，他更为关注的是对诗歌理论美学内核的思考。

1993 年，易彻理在其论述绝句诗体裁的《绝句诗起源的理论研究》

---

① 丁福保辑：《历代诗话续编》，中华书局 1983 年版，第 523 页。
② 宇文所安：《中国文论：英译与评论》，王柏华等译，上海社会科学院出版社 2003 年版，第 483 页。

一文中，选译了杨载对于绝句之法的论述，体现出其对于唐诗经典体式的推崇。

1997年，顾明栋的论文《诗歌创作的元理论：赋、比、兴》，选译《诗法家数》中奉"赋、比、兴"为"诗学之正源，法度之准则"，即援引了该诗话中对将赋、比、兴视为传统诗歌诗法典范的判断，肯定这一元理论定义的理论支持。"[They are] the proper source of poetics and the criteria upon which literary standards are formed."①

2009年Huicong Zhang在《摹仿与创新：杨维桢（1296—1370）及其乐府诗的批评研究》中，选译《诗法家数》中对于诗歌内容限定下的各类美学风格进行选，即"讽谏""征行""赞美"等诗歌应呈现出怎样的情感基调、美学特点的定义。

2016年，杨铸在《诗学之味与品味诗歌》中选译该诗话对于《古诗十九首》等汉魏古诗阅读接受的肯定。可见，译者多关注杨载在该诗话中通过前代诗歌所树立的文学形式典范，以及其对诗歌体裁、句式、结构等问题的界定立法，从而呈现出对于诗歌实践所涉及问题的权威式规范。

三 《诗法正论》的选译本

元代傅若金所作《诗法正论》同样是对诗法、诗格等文学形式典范的立论与探讨，体现出元朝诗论家对以杜甫为代表的唐代诗风的尊崇。该诗话后收录于明代的《诗法源流》三卷本中，它也延续元代诗话的诗法传统，对诗歌的格律、体裁限定进行了规范化的论述。

1993年，易彻理《绝句诗起源的理论研究》中，选译该诗话中探讨绝句起源于律诗中两联截句的说法。2005年，王宇根《印刷文化中的诗歌：黄庭坚（1045—1105）与北宋后期的文本、阅读策略与创作诗学》中，首先选译了对元诗四大家之一的范德机（即范梈）文学成就的肯定，并借此强调诗歌创作应遵循法度的意识，以及对以《诗经》、盛唐诗、《离骚》等前代诗文为典范的文学标准进行的强调。上述译者都注意到了元代诗话对于总结前代文学成就而树立的体裁范式的讨论。

---

① Ming Dong Gu. "Fu-Bi-Xing: A Metatheory of Poetry-Making", *Chinese Literature: Essays, Articles, Reviews* (*CLEAR*), Vol. 19 (Dec., 1997), pp. 1–22.

第六节　明代诗话的选译研究

明代诸多诗论家在元代诗歌理论的基础之上，继续关注汉唐等时期诗文成就的可借鉴意义，以李梦阳、王世贞等"前后七子"为代表的明代文人提倡学习汉唐，即"文必秦汉，诗必盛唐"的复古风潮，对于诗歌创作与接受的理论探讨，也多以前代文学史中的经典著作为典范，并在此基础上，展开对创作主体个性的进一步创新立论。明代诗话的这一理论特点也被英语世界研究者所关注，并以此为参考标准之一，对相关文本进行了英译与阐述。

一　《艺苑卮言》的选译本

明代诗人、学者，"后七子"之一的王世贞所作《艺苑卮言》，共计八卷本，是他对历代诗文书画理论的集中鉴赏论述，也是他作为明朝复古文学运动中拟古派的文论主张的集中体现。1971 年卜寿珊的专著《中国文人论画——从苏轼（1037—1101）到董其昌（1555—1636）》中，即选译了中国文人山水画从大小李到大痴、黄鹤，历经五次转变的"山水五变"的介绍。

1987 年，余宝琳《中西诗学意象论》选译了对于陶渊明诗歌风格的赞誉，以及其难以被后人模仿的评价。

> Yuanming entrusts meaning to unassuming placidity, but his syntax and diction involve extreme skill. After undergoing great thought their composition leaves no traces of it. If later poets concentrate all their forces to seek his likeness and call that naturalness, they are grossly mistaken. ①

林理彰在 1983 年的论文《明代诗歌理论自我实现的交替路径》中，选译了关于诗歌创作过程中"神与境会"的论述。同年，林理彰还在论文《王士禛的论诗诗：〈论诗绝句〉的翻译与注释》中选译了《艺苑卮言》对于明朝诗人郑善夫与王廷相之间文学轶事的记载，以及王世贞对于

---

① Pauline Yu. *The Reading of Imagery in the Chinese Poetic Tradition*, Princeton：Princeton University Press, 1987, p. 142.

徐祯卿诗歌选集与诗歌创作成就的评价。

2009年，田晓菲的论文《塔中的女人："古诗十九首"与"无隐"的诗学》中，援引了《艺苑卮言》将《古诗十九首》奉为"千古五言之祖"的评价。"'Nineteen Old Poems' are often considered to constitute the true origin of classical Chinese poetry."[1]

二 《四溟诗话》的选译本

明代"后七子"之一谢榛所作《四溟诗话》，以其号"四溟山人"为题名，通过对诗歌本质论的探讨，对前代诗歌、诗人进行语言修辞与美学风格的鉴赏点评，从而对诗歌创作、阅读接受等进行理论化书写与阐释，展示出谢榛本人较为系统、也极富洞见的诗歌理论，同时也对前代与当朝的文人交游、历史逸事等进行了记录。英语世界研究者也将这部诗话视作明代诗话的代表作之一，进行了文本的选择性英译。

1975年，刘若愚《中国文学理论》中，关注到谢榛对于诗歌创作过程中"情""景"中主客体之间关系的探讨，并选译相关论述。刘若愚的选译侧重于所选原文中的诗学术语与重点理念表述，故而他采用意译与拼音音译的结合，对重要的文本予以标出。同时他补全了部分语句所省略的部分，旨在更为流畅、通顺地展开对语句的意译。

黄维樑在1976年的《中国印象式批评：诗话、词话传统研究》和1980年的《中国诗话批评中的摘句为评：兼论对偶句与马修·阿诺德的"试金石"的比较》中，选译了谢榛对唐宋诗等的鉴赏评价。

Wu che [the awakened person] will understand them, while the mediocre mind will probably fail to do so.[2]

The T'ang poetry is like a noble prince whose behavioris refined and tasteful. The Sung poetry is like the small villager turned rich overnight. He is elaborately dressed up, bowing to his guests; but his speech and his ap-

---

[1] Xiaofei Tian. "Woman in the Tower：'Nineteen Old Poems' and the Poetics of Unconcealment", *Early Medieval China* 2009, no. 15: 3.

[2] Wong Wai leung. *Chinese impressionistic criticism: A Study of The Poetry-Talk (Shih-hua Tz'a-hua) Tradition*, The Ohio State University, PH. D., 1976, p. 6.

pearance are uncouth and vulgar. ①

  刘若愚则继续关注谢榛诗论中对主体感知的美学接受的论述。1988 年出版的《语言—悖论—诗学：一种中国观》中，选译了《四溟诗话》中有关具体诗歌文本与写作中"虚、实之景"，"辞后意""可解、不可解"之诗的论述，即探讨文学实践指导下的主体性审美特点。
  林理彰在 1983 年《明代诗歌理论自我实现的交替路径》中，则选译谢榛对前人诗歌进行筛选汇总之后，强调的接受过程中"熟读""歌咏""玩味"所带来的接受体验，足以对后人自身诗歌创作提供指导意义。可见英语世界译者有意识地关注到了，谢榛自欧阳修、严羽处延续而来的，对诗人内在主体意识与文学审美、写作方面的联系。
  1988 年宇文所安《废墟：文学史与伊甸园的诗歌》中，则选译了谢榛对《古诗十九首》具备平实浅白的"家常话"语言特点的赞誉，以此强调后世诗歌在语言上的过于刻意。1993 年，易彻理《绝句诗起源的理论研究》则同样论述前人诗歌之法，即绝句的创作句法在于"一句一意"的范式要求。
  1993 年汤雁方的《内在与显现：中国传统诗歌与诗学中的直觉艺术（妙悟）》，1996 年杨晓山的《领悟与描绘：中英诗歌自然意象的比较研究》，2003 年方葆珍的《追寻谪仙：李白及其历代评价》中，都选译了刘若愚曾英译的部分文本，关注"情、景""虚、实"等含蓄的主体性情志对于美学概念生成的影响。方葆珍在其专著中，还专门选译了《四溟诗话》中对于李白及其诗歌进行评价，以及对以李杜为代表的盛唐诗歌浑然天成的诗歌之法的高度肯定。此三人对相同文本不同程度的选择性英译，其差异主要体现在"情、景"等重要术语的译介上。相对而言，方葆珍更为注重术语理念的译介，她将主要诗学术语进行了意译与音译的结合，并补全了选文的句法，使译文行文更为流畅。
  2005 年的顾明栋《文学与艺术中的摹仿理论是否普遍？》，2014 年 BAI Li-bing 的《华兹华斯〈丁登寺〉的中国美学解读——与〈春江花月夜〉的比较》，2016 年的杨铸《诗学之味与品味诗歌》，也同样选译了刘

---

① William Tay, Ying-hsiung Chou, Heh-Hsiang Yuan. *China and the West: Comparative Literature Studies*, The Chinese University Press of Hong Kong, 1980, p. 35.

若愚、宇文所安等人所关注的"景乃诗之媒,情乃诗之胚"与诗歌接受"可解、不可解"的文句,这种对阅读主体意识的肯定,以及对抽象的理解空间的塑造,体现了谢榛诗论的一大理念核心,也对后世如王夫之、王士祯等人的诗歌理论有所影响,故而被英语世界译者所集中摘选。

2006 年,孙筑瑾《摹仿与兴》中选译了该诗话对于"元气"的讨论。2009 年,田晓菲在《塔中的女人:"古诗十九首"与"无隐"的诗学》中,也同样选译了谢榛对《古诗十九首》的"家常话"评价,同样体现了谢榛评价前代诗歌的立论,具备了一定的文学史代表性,体现了对某一时期文学独到特点的把捉,故而被英语世界所采纳借鉴。

> Use a few words to sum up ten thousand forms and running through them is the indivisible primordial qi without limits.①
>
> Xie Zhen 謝榛(1495–1575)pointed out that the poems "do not prize difficult diction"(bushing nanzi 不尚難字)and sound as if "a scholar chats informally with a friend"(xiucai dui pengyou shuo jiachanghua 秀才對朋友說家常話).②

综上可见,英语世界译者较为集中地关注到谢榛诗论中对主体性文学意识以及主客体之间的关系,并多次选译相关诗学理念与术语。

三 《归田诗话》的选译本

明代瞿佑所作《归田诗话》共计三卷,按照每则一名的条目对前代诗歌轶事、鉴赏等进行记录。2009 年 Huicong Zhang 的学位论文《摹仿与创新:杨维桢(1296—1370)及其乐府诗的批评研究》中,援引了该诗话对元末明初诗人杨维桢日常轶事的记载,即其晚年宴游享乐的生活在其诗歌创作中的反映,注意到了该诗话作为文学资料与历史文献的一大重要价值。

---

① Cecile Chu-chin Sun. "Mimesis and Xing, Two Modes Of Viewing Reality: Comparing English and Chinese Poetry", *Comparative Literature Studies*, Vol. 43, No. 3, Classics and Contemporary Literature/Culture/Theory(2006), pp. 326–354.

② Xiaofei Tian. "Woman in the Tower: 'Nineteen Old Poems' and the Poetics of Unconcealment", *Early Medieval China* 2009, No. 15: 5.

> In his later years, Yang resided in Songjiang. He had four concubines: Bamboo Branch, Willow Branch, Peach Blossom, and Apricot Blossom. All four were skilled in singing and playing music. They rode in a big painted boat and went to wherever their heart pleased. Wealthy and powerful families vied to invite and welcome them. Someone at the time composed a poem: Bamboo Branch, Willow Branch, Peach and Apricot Blossom, They whistle, pluck, sing, dance, and strike the pipa lute. What a pity the once respectable Master Yang, Has turned into a musician south of the Yangzi River.
>
> Yang Lianfu's poems have lines like "In the second month flowers are everywhere in the capital; a beautiful woman is suffering from the sickness of over-flowing sentiments..."; they all describe the pleasure of banquets and outings. These [activities] are what he naturally loved to do throughout his lifetime. ①

Huicong Zhang 就原文进行了节选，主要翻译杨维桢轶事及相关诗句。在英译诗句时，他尽量采取逐字逐句的直译，如将"竹枝柳枝桃杏花"译作"Bamboo Branch, Willow Branch, Peach and Apricot Blossom"，然而如选文原文所示，此处实际指的是杨维桢晚年的四个妾室，即实为人名。他就人名进行了指向物名的翻译，却未在译文中给以说明，恐会对不了解古代女子命名方式的接受者造成一定程度的误解。

四 《麓堂诗话》的选译本

明代学者、诗人、文论家李东阳的《麓堂诗话》，又名《怀麓堂诗话》，集中体现了李东阳文论思想中对于诗歌的探讨，集中于对诗歌接受、创作、鉴赏等各环节进行关注，并对诗歌本体论的美学内涵提出自己的理论主张，同时其诗论也是其作为茶陵派代表诗人之一的创作实践的体现。李东阳和前代的诸位诗论家相似，都以唐诗的艺术成就作为文学史中经典化的文本范式，其尊崇唐代诗人及其作品文本和语言、美学风范的评价，也被英语世界译者所关注。

---

① Huicong Zhang. *Imitation and Innovation: A Critical Study of Yang Weizhen* (1296-1370) *and His Yuefu Poetry*, Harvard University, P. H. D, 2009, p. 78.

1966年刘若愚的《中国诗学》中选译李东阳对于诗歌的美学要求，即诗歌需具备"具眼"与"具耳"，此二者理念是基本的，并界定了古诗与律诗不同的体裁区别。

> In writing poetry, one must have a perfect eye and one must have a perfect ear. The eye is concerned with form, the ear with sound.
> Ancient Verse and Regulated Verse are different forms; each must be written according to its own form before it can be considered proper. Occasionally one might use a touch of Ancient Verse in Regulated Verse, but on no account should one introduce a note of Regulated Verse into Ancient Verse. ①

1987年，余宝琳在《中西诗学意象论》中选译该诗话讨论诗歌美学理念的论述，即"诗贵意"与"诗有三义"的论述与其他研究者一样，余宝琳认为这是中国古代文论主流论述的一部分，是对于诗歌文本自身美学境界，及其与托物抒情的传统相联系的体现。也可以看出刘若愚、余宝琳等早期研究者，关注的更多是《麓堂诗话》这一类集中表现作者较为系统性诗歌理论的作品中，具有核心代表性的诗歌本体论探讨。

2003年方葆珍的《追寻谪仙：李白及其历代评价》选译了该诗话中言及"唐人不言诗法"，而诗法的讨论与重视自宋朝开始的选段，这也体现了李东阳与许多宋以后的诗论者一样，对过分关注语言章法技巧的宋代诗歌持一定批判态度，而对唐诗浑然天成的艺术境界，始终抱以高度的肯定。李东阳不仅对前朝的诗歌成就进行点评归纳，同样也对近世诗人进行了相关鉴赏与记载。

2009年Huicong Zhang的《摹仿与创新：杨维桢（1296—1370）及其乐府诗的批评研究》一文中，即选译了《麓堂诗话》对杨维桢"深于乐府"的创作风格的介绍，以及对元末明初社会注重诗歌、提升诗歌现实地位的史实的记载。

2010年Zhaohui BAO、Fenfen XIE的论文《庄子的意象运用的优势、不足与存在的问题》中，则和余宝琳一样，选译了有关诗歌比兴表现手法

---

① James L. Y. Liu. *The Art of Chinese Poetry*. Chicago: The University of Chicago Press, 1966, p. 79.

的论述。2011年骆玉明的英文版《简明中国文学史》，与2016年杨铸的《诗学之味与品味诗歌》中，都选译了李东阳对唐诗、宋诗、元诗作为某一时期的整体文学的评价，以及李东阳对明人学唐诗成果的赞誉，上述选文所指向的，都是李东阳对于唐诗作为诗歌创作典范的推崇，以及以唐诗风格特点为准绳的明朝诗歌实践，同时也是以茶陵派等明代文人为代表的，学习模仿汉唐诗文风格的复古特征的体现。

五 《诗薮》的选译本

明代学者、文论家胡应麟所作《诗薮》，共计二十卷，其中内编六卷，以体裁格律为限定，对近体诗、古体诗进行诗歌理论论述；外编六卷，以时代为线索，对从先秦两汉到宋元的诗歌进行点评鉴赏与理论化的概括；另有杂编、续编，对主流文坛关注之外的诗歌作品，以及明朝当世诗歌的发展成果，进行了论述。英语世界的研究者大多关注到《诗薮》作为明朝代表性诗话作品之一的重要性，对其较为细致并系统的诗歌理论进行了选择性的英译与解读，同时也关注胡应麟对诗歌理论较为广泛的多层面阐释。

1975年，刘若愚在《中国文学理论》中，就首先关注了胡应麟诗论的一大核心，即所提出的有关诗歌创作过程中的理念主张，即"体格声调，形象风神"两种诗学概念。他选译了胡应麟阐释此二术语，分别指代有形语言文本与无形审美意识的文段，以此代表《诗薮》中关于诗人主体性重要性的相关理论。1987年，余宝琳在专著《中西诗学意象论》中，则关注该诗话对唐诗进行鉴赏时，对初唐诗人陈子昂的高度赞誉。

1983年，林理彰《中国诗学中的才学倾向：严羽及其后期传统》中选译《诗薮》中借用禅家术语，论及宋代诗歌过分看重说理而导致"理障"的缺陷，以此说明明代以胡应麟为代表的诗论，对于严羽理论的接受，与对宋代诗歌风格的反思。相同的文本，1992年卜松山也在其《论叶燮的〈原诗〉及其诗歌理论》中进行了英译，同样是援引此文本说明清初诗论家叶燮，也继承了这一文学史观点与审美倾向。

1996年周姗在《再思杜甫：文学崇高与文化语境》，则关注该诗话对前代诗人的定论评价，援引了《诗薮》对杜甫诗歌莫不完备各项美学特点的评价。

Earlier Hu Ying-lin had made the same point. He gave examples of

第二章　古代诗话的英译本研究

lines from Tu Fu that were successively "too clumsy," "too rough," "too plain," and "too daring," but then concludes that "for Tu Fu, this is permissible, but Tu Fu may not be imitated in this."①

1993年，易彻理《绝句诗起源的理论研究》一文中，摘取了《诗薮》对于绝句起源的具体考据，涉及有关其发展起源的历史分期，于不同时期的具体作品中所体现的体裁变化等，这体现出的是胡应麟在对诗歌体裁进行考察时，是将其置于具体的时期与具体的诗句相结合，较为细致而严谨地展开论述的。

1993年，汤雁方《内在与显现：中国传统诗歌与诗学中的直觉艺术（妙悟）》一文中，则借胡应麟论张继"夜半钟声到客船"一诗的非现实性，讨论诗歌美学独立于现实事理之外的境界。

People debated about the line by Zhang Ji: "The midnight bell reaches the visitor's boat." To me, however, they all made fool of themselves. Poetry makes statements by means of scenes, and its success lies in the harmony of tones and in the matching of meaning and object. Such trivial things as factual details are not worthy of concern. Whether people beat the watches at midnight or whether the bell was heard at all is not to be worried about.②

2003年方葆珍的《追寻谪仙：李白及其历代评价》，则将《诗薮》中评价李白诗歌成就的部分，视作可提供立论依据的重要文献之一，选译了胡应麟对李白诗歌，尤其是其乐府诗的高度评价，并将李白置于与杜甫等其他不同风格的诗人的对比之中的文段。

同年，田菱的《隐逸、人格与诗歌：中国文学传统中的陶渊明接受》中，同样关注到了胡应麟对前朝历代重要诗人的评价，选译其对以陶渊明为代表的魏晋六朝诗的点评，着重关注的是这一时期诗歌体裁的发展，与

---

①　Eva Shan Chou. *Reconsidering Tu Fu: Literary Greatness and Cultural Context*, Cambridge: Cambridge University Press, 1996, p. 203.
②　Tang, Yanfang. *Mind and manifestation: The intuitive art (miaowu) of traditional Chinese poetry and poetics*, The Ohio State University, Ph. D., 1993, pp. 173-174.

各位代表性诗人创作成就之间的必然联系。

2009 年 Huicong Zhang 的《摹仿与创新：杨维桢（1296—1370）及其乐府诗的批评研究》，同样遵循这一视角，关注的则是胡应麟对于宋诗、元诗在语言风格上的对比，以及对其各自特点的评价。2010 年，杨晓山的《王安石〈唐百家诗选〉的传统与个性》中，则选取了胡应麟对于宋、元时期编选唐诗集的记述，通过举例而说明《河岳英灵集》《唐人百家诗选》等各部选集的不同审美倾向。

六 《诗镜总论》的选译本

明末陆时雍所作《诗镜总论》只一卷，同样呈现出对《诗经》、唐诗、宋诗等进行诗歌理论上的总结与评价。1988 年，Liu Hsiang-fe 的《六朝诗歌的形似模式：意象语言的变化路径》中，选译了该诗话评价诗歌自宋朝开始，而改变古律发生新变的部分。

> By Sung times, ancient style poetry came to a close and regulated verse began to thrive. With the change of form, the sensory elements were heightened and expanded. Hsieh Ling-yun's wonderful skill reveals its subtle power. Isn't his work as ingenious as that of the great carpenter Ch'-ing?[①]

译者的英译，是对选文作了语句删减的选译，并采用了音译与意译的结合。他将"谢康乐"进行了谢灵运全名的拼音标注，同时又对含有隐喻典故的细节语词进行意译，如将"鬼斧默运"这一语出《庄子》的比喻意译为"wonderful skill reveals its subtle power"，通过浅显易懂的表述，准确地传达了原文的实际语义。

第七节 清代诗话的选译研究

清代诗话与明朝诗话所呈现的整体特点有着密不可分的联系，并在此基础上，发展出了具有更广泛视域的理论特征，并有王士禛、王夫之、叶燮、袁枚、沈德潜、翁方纲等多位诗论家，就诗歌文本与主体的各个层

---

① Liu Hsiang-fei. *The Hsing-ssu Mode in Six Dynasties Poetry: Changing Approaches to Imagistic Language*, Princeton University, P. H. D, 1988, p. 156.

面，提出了细致而全面的阐述，其中既有叶燮那样与前朝复古主流文论对峙，建立起在历代文论作品中都极具独到洞见的诗话文本；也有沈德潜那样吸纳儒家诗论传统，进一步深化的诗话文本；同时也有王夫之、王士禛那样就某一代表性诗学理念进行系统的阐释，还有袁枚那样以长篇幅的诗话专论，对包括诗歌理论在内的自身文学活动进行详细记载的文本；更是出现了前代未有的，对于女性诗歌与文学活动进行专论的诗话作品。这一百花齐放、各擅其长的诗话文本特点，也在英语世界译者各自英译文本的选择中而有所体现。

一 《渔洋诗话》的选译本

明末清初诗人、文论家王士禛所作《渔洋诗话》，取自其"渔洋山人"一号，该诗话是王士禛及其友人对前人与近世诗歌进行点评鉴赏的总结，也对部分诗歌相关轶事进行了记录。王士禛诗论强调"神韵"说这一诗学概念与术语，既是对司空图、严羽等诗论中看重诗人主体性审美意识的理论继承，也是对自己诗歌美学理念的集中概括。清初文人李慈铭在《越缦堂读书记》中高度肯定了王士禛对于诗歌理论层面的整体认识，"国朝诗家，渔洋最得正法眼藏，商榷正伪，辨别淄渑，往往彻密味之中边，析芥子之毫发"[1]，可见将其视作清朝诗歌评论家中少有的，既从文学史与本体论角度探讨诗歌理论，又从细微处阐发美学理念与精神的代表性诗话作者。英语世界的译者，在对其进行选译时，也着重关注到了王士禛对于兴会神到的主观创作动念的阐述，以及与其他诗论家相似的，对于传统诗歌含蓄蕴藉的意象美学的论述，在此之外，也对王士禛诗话作品中的术语、理念进行了译介、解读，较为整体地对其本人的文学理论进行研究。

1966年刘若愚的《中国诗学》中，就选译了王士禛讨论诗歌创作内在驱动力的部分，即其用越处女论剑、司马相如论赋等作比喻，阐明作诗的诀窍得之于心、不可外传的选段。类似的论述也被1975年的《中国文学理论》所选译，即古人作诗讲求"兴会超妙"的浑然天成。刘若愚同样选译了王士禛引用姜夔用音乐声调比喻不同诗人作品风格特点的部分，以此说明其诗论受到了南宋诗论中看重个性化语言特点的影响。

---

[1] 陈伯海主编，朱易安，查清华副主编：《唐诗书目总录》（下），上海古籍出版社2015年版，第1001页。

1993年，林理彰的《王士禛的论诗诗：〈论诗绝句〉的翻译与注释》中，则选译《渔洋诗话》中对于明代朝鲜使臣诗歌创作的历史逸事的记载。1993年，汤雁方的《内在与显现：中国传统诗歌与诗学中的直觉艺术（妙悟）》一文中，选译了王士禛以明代诗人高启、曹能始、李太虚、程嘉燧的诗句为例，说明诗歌文本情景交融的主客体合一美感的体现。

> Wang defined the meaning of "spirit and tone" by citing the following lines: "In Baixia, mountains are all surrounding the city walls; /At Qingming, there are no travelers that are not homesick;" "Spring days are numbered in Baixia; /How many turns the Yellow River [has made] on the moonlit night?" "At Guabu, the river is empty and trees are scarce; / In Moling, sky is far and autumn is not fit."①

二 《带经堂诗话》的选译本

《带经堂诗话》同样是王士禛诗论文本的整理，是乾隆时期后人张宗柟对王士禛传世作品中有关诗歌品评论述部分的编辑汇总，共计30卷，并按照各自内容进行了文学流变、诗歌体裁、语言章法、作家作品点评、文化用典等各方面的分类，同时每卷各列题名，对其内容进行门类上的区别。该诗话中对王士禛所延续的以禅论诗的诗论传统，进行了较为细致的呈现，既有其通过禅家术语对诗歌哲理美学的比拟论述，也有在对其他诗人、诗歌进行点评时，所记录的禅家公案、轶事等。英语世界研究者在对《带经堂诗话》进行引述与阐释时，更加关注到这一文本特色，这是对王士禛所继承的严羽诗论特点的重要体现，也是王士禛"神韵说"所受到的文论话语影响的有力证据。

1987年林理彰的论文《中国诗歌批评中的顿与渐：以禅喻诗考》中，在对其所重点介绍的禅宗文论思想"顿""渐"进行文献还原时，即选译了《带经堂诗话》记录的愚山论诗的语录，给出了有关论诗之法在于禅宗所言"顿、渐二义"的论断。

2002年，石岱嵩在其学位论文《王士禛的禅林诗话：探讨与翻译》

---

① Tang, Yanfang. *Mind and Manifestation: The Intuitive Art (miaowu) of Traditional Chinese Poetry and Poetics*, The Ohio State University, Ph. D., 1993, p. 113.

中，专门选译了《带经堂诗话》中的"禅林"一卷，共28则诗话，并对其进行了注释解读，旨在介绍、分析王士禛诗论与禅宗理念的关系，并展示其是如何通过禅家术语、语录等概念，将禅宗与诗歌的审美理念、创作动因等主观感知相联系的。次年，施吉瑞专著《秘密花园——袁枚（1716—1796）的人生、文学、评论与诗歌》中，则选译了王士禛引述《沧浪诗话》，以赞誉严羽诗论中"妙悟"等相关理念的部分，这也是译者对于王士禛诗论中主体性直觉感知美学的清楚认识，把捉到了这一清初诗歌理论对于前代代表性理念的继承，足以体现审美主体的内在意识，始终是中国传统文论的一大议题。

> Yan Yu chose the two words marvelous enlightenment [miaowu 妙悟] on purpose… to express secrets that had never been expressed by earlier men, but Feng Ban from Changshu slandered him… When I was in the capital I once criticized [Feng] to his face… [Feng's] absurd theories are harmful to the teaching of Poetry![1]

三 《原诗》的选译本

清初学者、诗论家叶燮所著《原诗》分内外篇，是其对诗歌这一传统文学体裁的集中理论论述，被定义为《文心雕龙》之后又一部具有体系的诗学著作。《原诗》既关注文学史的纵向变迁，也探讨诗歌本体的美学理念，就诗歌的源流正变、鉴赏评定、创作方法等进行了逻辑性的系统阐释，不同于由明朝沿袭的复古主义的诗学主张，他在前人的研究基础上坚持己见，提出了"正变""死法、活法""理、事、情""胆、识、才、力"等诗学观念，对创作主体与自然客体进行了诗学术语的归纳，极大地丰富了传统诗学研究的理论体系。英语世界研究者也关注到了这一诗话在中国文论进程中的重要价值，就《原诗》的诗学体系进行研究阐释，肯定了他在清初诗学界所起到的承上启下、有所开创的价值，并对其大部分诗话文本进行英译，着重关注叶燮对于诗人主体与诗歌语言意境的理论解读，以及其各大代表性诗学术语的译介。

---

[1] J. D. Schmidt. *Harmony Garden: the Life, Literary, Criticism, and Poetry of Yuan Mei (1716-1798)*. New York: Routledge curzon 2003, p. 259.

《原诗》和历代代表性诗话作品相似，都对不同历史时期的诗人、诗歌进行点评、概括，从而通过文学史的视角建立起体现自身审美倾向的诗学理念。1974 年，施吉瑞《杨万里诗歌中的禅、幻觉与顿悟》一文中，选译叶燮对唐宋诗歌的点评，旨在强调诗歌创作贵精不贵多的论断，随后选译叶燮定义与论述诗学理念"识"的文段，并通过对严羽诗论中有关"识"的论述进行评价，而展现出叶燮自身思辨的理论逻辑。

　　1975 年，刘若愚的《中国文学理论》中，则开启了英语世界译者着重关注《原诗·内篇》有关诗歌本体美学理念的传统，他首先选译了叶燮看重诗人主体情志，声明"作诗者，在抒写性情"①的选段，随后节译有关诗学理念"理、事、情"与"才、胆、识、力"定义的文段，旨在突出叶燮以高度凝练的思维对文学写作主客体层面的观照，表明其诗论中对于主体创造力的重视，以及对于文章所建立的主观意识与自然世界的联系的肯定。这一研究视角下所选取的译本，也被后世其他英语世界译者所广泛参考。

　　1976 年，黄维樑在《中国印象式批评：诗话、词话传统研究》一文中，选译了《原诗》中有关以意象比喻、评价前人诗歌的选段，阐明诗歌传统意象对于审美接受的具体作用。

　　1987 年，余宝琳的专著《中西诗学意象论》中，则首次英译了《原诗》中对于传统诗歌语言含蓄美进行界定阐述的选段，即"诗之至处，妙在含蓄无垠，思致微渺，其寄托在可言不可言之间，其指归在可解不可解之会，言在此而意在彼"②的部分。

　　　　Where poetry reaches the utmost, its marvelousness lies in an endless concealed implication that conveys thoughts with a subtle vastness. It lodges [meaning] between the sayable and the unsayable; what it points to rests where the explicable and the inexplicable meet. The words are here and the meaning there. It obliterates demarcations and leaves the formal image, cuts off discussion and exhausts all things, leading a person to a deep, boundless, vague realm—this is what is called the utmost.③

---

① 叶燮:《原诗》，霍松林校注，人民文学出版社 1979 年版，第 50 页。
② 叶燮:《原诗》，霍松林校注，人民文学出版社 1979 年版，第 30 页。
③ Pauline Yu. *The Reading of Imagery in the Chinese Poetic Tradition*, Princeton: Princeton University Press, 1987, p. 210.

这一叶燮对诗歌语言能指与所指之间模糊联系而塑造的含蓄蕴藉美感的论述，也被其他后续译者视作对传统诗歌开放阐释空间的一大论述，并将其作为《原诗》重要的部分文本进行关注研究。

1988 年，刘若愚的《语言—悖论—诗学：一种中国观》中，则关注诗人作为体现主体能动意识的个体，如何在既有的文学史成果基础之上展现自身新意创造力的论述，选译了当代诗人应在学习古人创作风格与成就的基础之上，去除"古人之面目"，创造出自己的匠心的文段，并通过中西比较诗学视角对其进行了解读。

1992 年，宇文所安的专著《中国文论：英译与评论》与卜松山的论文《论叶燮的〈原诗〉及其诗歌理论》，都对《原诗》进行了篇幅较多的选译，涉及的文本几乎涵盖了内篇与外篇中的重要理论部分，尤其关注该诗话极具特色的几大代表性诗学术语与代表性立论文段，并对叶燮极具系统性的诗歌理论进行细致的介绍与阐述。宇文所安在《中国文论：英译与评论》第十一章"叶燮《原诗》"中首先对该诗话进行了理论层面的高度肯定，将其视作"继《文心雕龙》之后，它第一次严肃尝试提出一套全面系统的诗学"，并认为它"全面关注诗歌理论的根基，比《文心雕龙》更配得上'诗学'这个称谓"。[①] 鉴于这一高度评价，宇文所安将《原诗·内篇》分为上下两部分，进行了较为细致的原文选译与解读，并在后续添加"《原诗》补充部分"对内篇的其余部分以及少部分外篇文本进行了英译。宇文所安对《原诗》中涉及文学历史发展源流的"正、变"，涉及诗歌本体的哲理概念"法""理、事、情"，涉及创作主体审美意识与学历基础相结合的"才、胆、识、力"，"胸襟"的主观要求，都进行了相应的文本译介，以及附在每段原文后的理论解读。可以说宇文所安的英译，是以叶燮自身的理论框架为基础，进行了系统化的梳理与还原，既关注了叶燮作为清初文论家的代表之一，所体现出的主流时代特点，又突出了其立论有别于前代文论家，也有别于传统文论主流倾向的独到之处。

《论叶燮的〈原诗〉及其诗歌理论》一文中，卜松山同样以历史与具体的理论视角，对《原诗》文本进行了选择性英译。他首先关注到明末清初诗歌理论的复古主义倾向，以及叶燮本人所秉持的强烈的主体创造

[①] 宇文所安：《中国文论：英译与评论》，王柏华等译，上海社会科学院出版社 2003 年版，第 547 页。

力，由此而导向了他在诗歌发展史的论述中，高度肯定各个时期文学自身的发展能动性，即有关"正、变"的发展自适。

卜松山从《原诗》论述"惟变以救正之衰，故递衰递盛，诗之流也"的文本开始，节选英译原文的同时，对其进行理论概括与点评，旨在理清楚叶燮极富洞见的诗歌理论体系，他随后英译叶燮强调应去除古人的"陈言"，发挥当代诗人自身"胸襟"创造力的文段，并着重选译与阐释了叶燮用于概括文学创作所对应的外部自然世界的"理、事、情"这一组术语，以及与之相对应的对主体创作意识的"才、胆、识、力"进行论述的文段。

他通过英译文本的呈现，进一步突出了叶燮对诗人的"识"这一个体才能的强调，并进一步选译《原诗》中结合具体自然意象与前人诗句，对"理、事、情"进行哲理层面解读的文段。最后卜松山以《原诗·外篇》中"志高则其言洁，志大则其辞弘"为选译文本的结尾，也是在于关注到了叶燮坚持当代诗人突破前代文学成就限制，实现自我创造价值的主张，并将此主观创造力用"志"加以概括，卜松山故而将此处选译文本，视作《原诗》关于当世诗歌创作理论与实践的最终点题与升华。

1996年杨晓山的《领悟与描绘：中英诗歌自然意象的比较研究》一书中，也专列一节，探讨叶燮如何尝试通过诗学理念的建立，从而塑造起有别于前代诗歌风格限定与影响的创新实践。他着重介绍、英译与解读"理"这一理念与术语，在《原诗》中被多次阐述的文本。杨晓山对"理、事、情"的相关论述诗话原文和"诗之至处……"的文本进行了一系列英译，旨在关注叶燮是如何通过以"理"为首要诗学哲理，从形而上的美学层面建立起自身的诗论基础，从而展现其有别于主流文坛自宋朝诗话流传以来的，对唐宋等时期诗歌范式的学习与模仿的理论主张。杨晓山同时也英译了叶燮通过分析杜甫诗歌的语言修辞与含蓄美感，而建立起理想的语言意象的文本，这一选译更加在于凸显叶燮自身思想的能动性，以及他有别于明清主流诗论的创新理论实践与思想逻辑架构。

1998年，斯定文《中国晚期帝国的文人身份及其虚构化表现》中，则更加关注叶燮作为清初文人的一分子，如何通过《原诗》的理论阐述而试图建立起脱离古人辖制的理论体系与创作实践。他选译了叶燮以"法"为关键，统一结合"理、事、情"这一组诗学内核的文本，并选译了一系列《原诗》中论述今人应有别于古人之意，发挥新的创造实践的文本，并通过上述原文，在阐释与讨论中强调了叶燮在其所处历史时期，既遵循了历史主流的文化导向，又着力于发挥自身能动创造力，将诗歌发展置于能动的流变过程中，从而阐述出当代文人必然有别于古人的时代抱负。

1998年，邓文君《诗与变：苏轼的海市蜃楼》一文中，选译了《原诗》对于复古文论风潮之下，过于以唐诗为尊而贬斥宋诗的风气的介绍。1997年，He Dajiang的《苏轼：多元价值观与"以文为诗"》，则选译了叶燮肯定苏轼诗歌是"韩愈后之一大变"的文句，这也是对叶燮强调一代有一代之文学，看重源流正变的文学史观点的关注。

1999年的顾明栋《文学开放性与开放的诗学：跨文化视角下的中国观》中，选译了《原诗》中论述诗歌含蓄蕴藉之美的代表性选段，以及结合杜诗"碧瓦初寒外"的文本分析，呈现理想化的开放性美学空间的文本，这也证明顾明栋充分关注到了这一诗学论述中的哲理构成，并将其视作古代文论开放性诗学体现的代表性论述之一。

2003年的施吉瑞《秘密花园——袁枚（1716—1796）的人生、文学、评论与诗歌》中，则选译了《原诗》探讨个体创作诗歌时的思想准备过程，即作诗应先善于"格物"的文句。

> Those who are good at poetry must first engage in the examination of things [ge wu 格物]. They must use discrimination to expand their talent. Then their substance will be provided for, and their framework [literally, "bones"] established. [1]

2005年，顾明栋在其论文《文学与艺术中的摹仿理论是否普遍？》中，进一步关注叶燮对于诗人主体性的论述，首先选译了"盖天地有自然之文章，随我之所触而发宣之"这一体现文学的主观构成的论断，随后继续对该诗话原文进行筛选，英译了叶燮对于"识"这一理念的阐释，突出强调其将之视作统领诗人创作意识与学理基础的关键性内在驱动力，随后英译"以在我之四"的部分原文，以此构建起自然、诗人与诗文文本的必然联系。

---

[1] J. D. Schmidt. *Harmony Garden: The Life, Literary, Criticism, and Poetry of Yuan Mei* (1716-1798). New York: Routledge curzon, 2003, p. 396.

2008 年，余宝琳在论文《隐藏于寻常场景之中？中国诗歌的隐蔽艺术》中，再次英译了其于 1987 年专著中翻译过的"诗之至处"一段，并呈现出部分英译文本的不同。2011 年，卜松山《中国文学批评的持续性与不持续性——从前现代到现代》一文中，也再次选译了《原诗》中点评近代诗文创作的部分文句。

2014 年，Zhou Huarao 的《周邦彦词：大众文化与精英文化之间》一文则译介了叶燮有关"温柔敦厚"的诗教的介绍，将其译作"gentleness and propriety"。这也是其诗论对于儒家文论话语传统的体现。2017 年，杨海红在《中华帝国晚期的女性诗歌与诗学》选译了"诗有源必有流"相关文段，旨在说明叶燮诗论中对于历时能动的文学发展史的强调。

上述英语世界译者对《原诗》的选择性英译，都紧紧围绕叶燮极具思辨逻辑与独特见解的诗歌理论体系，并突出了该诗话对一系列具有概括性的诗学术语的译介。例如，宇文所安、卜松山相较其他译者，选择了更多诗话篇幅进行英译，相似的是，他们同时都集中在"内篇""外篇"中叶燮阐述自身诗学见解的部分，对其评价历代诗人的鉴赏部分关注相对较弱。这一系列被英译的文本，都显露出对文学史、诗歌本体、语言修辞、主客体美学理念等重大议题的论述，故而英语世界译者借此对中国诗话的关注与探讨更近一层，在对具体论断、术语、理念的翻译基础上，对《原诗》所代表的文艺美学理念展开了相应的深入研究。

四 《说诗晬语》的选译本

清代学者、文论家沈德潜所作三卷本《说诗晬语》，是其对诗歌进行点评鉴赏与理论阐释的集中体现。沈德潜受到儒家文学话语的影响，坚持"温柔敦厚"的诗歌教化功能，也强调诗人内在主体情感对于诗文艺术的影响作用。他曾师承于叶燮，却有所区别地强调唐诗等前代经典文学的范式，主张在模仿与拟古中效仿前人诗歌的理想章法，上述特点也被英语世界译者有所侧重地关注。

1975 年，刘若愚的《中国文学理论》中，就选译了《说诗晬语》中对于诗歌之道在于社会教化的部分，这一论断也是沈德潜对于自《毛诗序》等先秦文论所强调的诗歌教化论的继承。

1976 年，黄维樑的《中国印象式批评：诗话、词话传统研究》中，选译了沈德潜论述诗歌创作如何恰当体现用典的作用的文句。1983 年，林理彰的论文《中国诗学中的才学倾向：严羽及其后期传统》中，选译了沈德潜论述作诗应当学习古代，但同时也应知晓变通的部分，以及其以严羽诗论中"诗有别材"为例，阐明学问知识虽不是诗歌创作的决定性因素，但同样也具备不应被忽视的重要性。

1988年，Liu Hsiang-fei《六朝诗歌的形似模式：意象语言的变化路径》一文中，选译了沈德潜评价历代诗歌特点的部分，即有关南朝诗歌"性情渐隐，声色大开"的诗风总结。2003年，方葆珍在其专著《追寻谪仙：李白及其历代评价》中，摘选《说诗晬语》中对于李白、杜甫各自不同诗歌风格的评价，以及沈德潜用"弦外音，味外味"的意境美，赞誉李白七言绝句诗的部分。

2003年，顾明栋《中式思想中的审美暗示——形而上学与美学的和谐奏鸣》选译了沈德潜有关"诗贵寄意"的论断，突出了其对于自北宋《六一诗话》起，就多次论及的诗歌作品言意之间含蓄模糊的指代关系，所带来的审美体验论述的继承。

> Poetry is valued for its surplus meanings. While words refer to this, meanings reach out to that.[①]

2003年，施吉瑞的《秘密花园——袁枚（1716—1796）的人生、文学、评论与诗歌》一书中，则选取最能体现沈德潜强调创作拟古与儒家诗教的两处文本，并强调其遵循明代复古文论的主张，将前后七子的创作实践视作"诗道复归于正"。这一文本选译，也是旨在突出沈德潜诗论中与袁枚诗论最为背道而驰的部分，从而彰显袁枚与之相对应的不同思想价值指导下的诗歌理念。

2010年，田菱《论谢灵运诗歌创作中的自然性》则选译沈德潜对陶渊明、谢灵运诗歌进行比较的文段，强调二者诗歌对于"自然"这一美学概念的不同体现。2011年骆玉明的英译版《简明中国文学史》中，在对清代文学理论进行概括性介绍时，选译了沈德潜强调"温柔敦厚"的诗歌社会教化作用的文本，并以此作为沈德潜诗歌理论体系中最具代表性的一大理念。

[①] Ming Dong Gu. "Aesthetic Suggestiveness in Chinese Thought: A Symphony of Metaphysics and Aesthetics", *Philosophy East and West*, Vol. 53, No. 4 (Oct., 2003), p. 491.

五 《一瓢诗话》的选译本

清代文人薛雪所作《一瓢诗话》一卷，主要探讨了诗歌接受与创作的诸多议题，也对以唐诗为代表的前代诗歌、诗人进行了细致的点评。薛雪也曾师承于叶燮，故而其诗歌理论很大程度上受到了叶燮与沈德潜的影响。1999 年，顾明栋《文学开放性与开放的诗学：跨文化视角下的中国观》中，选译该诗话中对杜甫诗歌"不可解"的论述，这一点也是继承了《原诗》中对含蓄蕴藉不可以常理阐释的杜甫诗歌语言艺术的高度肯定。

2003 年的施吉瑞《秘密花园——袁枚（1716—1796）的人生、文学、评论与诗歌》中，选译了薛雪肯定当世诗人独立于古人之外的创造力，即有关"吾辈定须竖起脊梁，撑开慧眼"的部分文本。这一强调个体在文学史进程中的主体力量的主张，也是对叶燮诗论的明显继承。

> Discussing poetry and prose, some people set themselves up as the standard as soon as they open their mouths, and they must search for some blemish to attack even in outstanding works produced by others. Those of us who come later have nothing to rely upon and are all misled by [such critics]. We must sit up straight and open the eyes of our wisdom and not encourage someone just because the whole world praises him or defame him just because the whole world disapproves of him. ①

六 《随园诗话》的选译本

清代诗人、学者、文论家袁枚的《随园诗话》共计 16 卷，补遗 10 卷，是袁枚论述诗歌的集大成之作，该诗话分则记录不同的文本内容，汇聚了其对历史轶事、文坛掌故的记载，对周遭文人交游的文学活动的记录，对自身学习生涯的回顾，对前朝历代诗人文人及其诗歌、诗论作品的评价，对诗歌鉴赏、接受、创作乃至美学本体等方方面面的理论探讨，其中尤以袁枚所提倡的"性灵"说最具有代表性。这一在前人诗论基础上

---

① J. D. Schmidt. *Harmony Garden: The Life, Literary, Criticism, and Poetry of Yuan Mei* (1716-1798). New York: Routledge curzon, 2003, p. 48.

有所发展、体现出袁枚自身美学主张的精华所在的学说，在《随园诗话》中多次被论及，也成为英语世界译者重点关注的理论部分。

1957年，阿瑟·韦利的传记作品《袁枚，一位十八世纪的中国诗人》中，就已经为《随园诗话》专列一章进行介绍，并将其视作袁枚进入晚年后的重要文学实践之一。韦利选译了一系列诗话原文，包括袁枚评价前人诗歌成就，记录其他文人论诗语录，以及通过评价唐宋诗等作品而对"性情""诗意"等理念的阐发，证明此时韦利已关注到了袁枚诗论中有关"性情"这一强调主体情志与美学精神的重要术语。

1966年刘若愚的《中国诗学》中，继续对这一诗学理念进行关注，选译了该诗话中"诗者，人之性情也"以及相关论文文本，同时刘若愚也关注到了袁枚在主体情感风格的基础上，对于诗歌创作学识素养作用的重视，选译了袁枚强调"用典"的重要性的文本。

1972年，齐皎瀚的《杨万里作品翻译》与1974年施吉瑞的《杨万里诗歌中的禅、幻觉与顿悟》两篇论文中，都选译了袁枚高度评价杨万里诗歌创作与理论的部分文本，传达出其诗论所受到的前人影响。1975年，刘若愚的《中国文学理论》同样关注袁枚对于主体情感表现的论述，其英译说明作者的真情实感抒发占据了比社会道德更重要的位置。

1976年，黄维樑的学位论文《中国印象式批评：诗话、词话传统研究》中，选译了袁枚通过点评苏轼诗歌作品，而体现出的对于诗歌意境"味外之味"的推崇。1979年，欧阳桢的《超越视觉与听觉之标准：中国文学批评中"味"的重要性》中，同样关注袁枚诗论中对于"味"这一传统美学理念的传达，选译了"诗之厚在意不在辞，诗之雄在气不在句，诗之灵在空不在巧，诗之淡在妙不在浅"的文本。1999年，顾明栋的《文学开放性与开放的诗学：跨文化视角下的中国观》选译了和黄维樑相类似的，推崇"味外之味"的文本，以及举例具体诗歌阐述"改一字"即可改变诗歌意境的论断。

2003年，施吉瑞的《秘密花园——袁枚（1716—1796）的人生、文学、评论与诗歌》，是继韦利的袁枚传记之后，对袁枚其人其文进行详细研究的另一专著，其中也专列一节对袁枚的诗话创作进行了介绍，并援引具体文本概述其主要诗歌理论主张，并在后续章节中论述他所受到的明清其他文人的影响，尤其是其与沈德潜、翁方纲等人在理论层面的对立等。他首先选译了袁枚借用严羽以禅喻诗的话语方式，用禅宗术语品评诗歌的文段，随后英译了袁枚点评沈德潜所编《明诗别裁》与唐宋诗艺术成就的选段，突出了袁枚强调情感为先，驳斥学问见识在诗歌创作中被过分抬高的文坛风气。

2004年伊维德、管佩达合著的《彤管：中华帝国的女性书写》中，则关注了《随园诗话》对于女性诗人与作品的记载，选译了李氏女作诗嘲讽赵钧台的诗歌轶事，这也是该诗话另一大特点的表现，即以前所未有的关注度，对中国诗歌领域中往往被埋没的女性诗人、诗作，及其文学活动，进行了记录与肯定的评价。

2009年，Wang Yanning的专著《超越闺房：晚期中华帝国的女性游记诗歌》同样延续了这一视角，选译了袁枚记录个人经历，即其在旅行途中所见诗歌佳句的记载。2010年，孙康宜、宇文所安主编的《剑桥中国文学史》中，同样体现了袁枚有别于其他主流文人，而对女性诗人的重视，选译了其以苏小小为典范的个人轶事。2014年，BAI Li-bing的《华兹华斯〈丁登寺〉的中国美学解读——与〈春江花月夜〉的比较》中，同样选译了袁枚论述妇人女子、村氓浅学所作之诗，也可让李杜顿首的文句。

> Fed up with this, I replied with feigned seriousness: "Do you think it is absurd to relate myself to Su Xiaoxiao? Well, seen from today's perspective, you are indeed a top-ranking official, while Su is base. I am afraid, however, that a hundred years from now people will remember Su Xiaoxiao, but not you." Those present all burst into laughter.①

> There are housewives and illiterates, occasionally composed one or two lines of verses, which are so good that can not be emulated by great poets, even if Li Po and Tu Fu come to life again.②

上述选文都着重体现了袁枚评价他人诗歌成就，不以其社会身份为前

---

① Kang-i Sun Chang And Stephen Owen ed. *The Cambridge History Of Chinese Literature*, Cambridge: Cambridge University Press, 2010, p. 263.
② BAI Li-bing. "A Chinese Aesthetics Reading of Wordsworth's *Tintern Abbey*—with a Comparison to *Chunjiang Huayue Ye*", *International Journal of Comparative Literature & Translation Studies* Vol. 2 No. 2; April 2014, pp. 11-18.

提，他对主流文人阶层之外的创作群体的赞誉，也体现了其注重"性情"的主导作用而非学问素养、语言技巧的核心论点。

2005 年，顾明栋在《中国阅读与书写理论：走向诠释学与开放诗学》中选译"诗改一字"的轶事，2010 年，杨晓山《王安石〈唐百家诗选〉的传统与个性》则选译了袁枚评价《河岳英灵集》不选杜甫诗，《中兴间气集》不选李白诗，都是对于选诗者"各从其志"的体现。2011 年的孔旭荣的《形似的起源：对中国中世纪文学的再认识》，则选译袁枚论述文学史，从左思赋能够为当时学子提供类似于"类书"的参考价值入手，肯定诗文作品在学识层面对后人创作的指导作用。袁枚《随园诗话》收录甚广，在博采众家的基础上，又提出了自身独特的诗歌理论与美学见解，这些具有代表性特点的论述，都在不同程度上被英语世界译者所把握，并通过文本的筛选译介而呈现出来，同时，《随园诗话》作为清代诗话极具代表性的集大成之价值，也被英语世界所逐渐关注。

七 《寒厅诗话》的选译本

清代诗人、文论家顾嗣立所作《寒厅诗话》两卷，体现了其对于元代诗歌以及相关历史记载的关注，顾嗣立另编有《元诗选》，着重体现了其对元代诗歌成就的重视。2009 年 Huicong Zhang 的《摹仿与创新：杨维桢（1296—1370）及其乐府诗的批评研究》，就选译了该诗话对于以杨维桢为代表的元末明初诗人群体的赞誉，表现了这一诗话文本独辟蹊径，关注特定时期诗歌成就的特点。

At the end of the Yuan dynasty, amidst the chaos of warfare, Lianfu and Master Jade Mountain of our clan (Gu Ying) were the literary leaders of the time. They promoted and revived the elegant writings of poetry in southeast. Together with gentlemen like Ke Jiusi (1290-1343), Ni Zan (1301-1374), Guo Yi (1305-1364), and Tan Shao, they exchanged poems back and forth. Between the Song and Liu Rivers, the lingering rhythm of their elegant writings lasted till this very day.[1]

---

[1] Huicong Zhang. *Imitation and Innovation*：*A Critical Study of Yang Weizhen* (1296-1370) *and His Yuefu Poetry*. Harvard University, P. H. D, 2009, p. 98.

译者就所选文段采取了意译的方法，同时就文中出现的人名进行了拼音音译与生卒年的标注。他就具体的传统文学名词进行了意译，如将"风雅""风、韵"译作"elegant writings"，把握到这一对诗歌文本"雅"的追求，较为准确而浅显地传达出原文所指。

八 《静志居诗话》的选译本

清代词人、学者、文论思想家朱彝尊所作《静志居诗话》，共一函两册，通过对他人诗歌与自身创作实践的记录，所呈现的同样也是注重创作主体个人情志的理论主张。1994 年，方秀洁在《欲望书写：朱彝尊〈静志居琴趣〉中的爱情词》中选译朱彝尊通过评价自己与前人诗歌，论述爱情诗创作主体真实感情表达的重要性，即"仆所言者，情也"的相关论断，这也是其诗论中极具个人特色的部分。

> Of the love poetry (fenghuai zhi zuo)… that is extant, Li Shangyin's is the best; next is Han Wo's. The reason they are unsurpassed is because the qing (love, passion) is concealed and they use beautiful erotic allusions… . In later times, those who write erotic verse worry that they can not say enough. How can their poetry be any good? Thus there must be less music of bells and drums and more of the emotional state (qing) of sleepless tossing and turning before one can approach the excellent style of Li [Shangyin] and Han [Wo].
>
> Gentlemen, what you lecture on is moral nature (xing); but what I talk about is human emotion (qing).①

方秀洁对选文进行了部分语句的删减，并将重要的名词与术语，如"风怀之作""情""兴"进行了意译与拼音音译的结合。这一筛选与英译力求突出的，正是原文中对于"情"等相关诗学表述的讲求。

九 《春酒堂诗话》的选译本

清代学者周容所作《春酒堂诗话》多评论杜甫诗等前代诗歌，从而提

---

① Grace S. Fong. "Inscribing Desire: Zhu Yizun's Love Lyrics in *Jingzhiju Qinqu*", *Harvard Journal of Asiatic Studies*, Vol. 54, No. 2 (Dec., 1994), pp. 437-460.

出有别于前人诗话中重要理论的新意主张。1983 年,林理彰《中国诗学中的才学倾向:严羽及其后期传统》一文中,选译了该诗话对严羽诗论的驳斥,即通过阐述唐诗等经典时期的诗歌都体现出"理"的艺术内核,而不赞同严羽所称"诗有别趣,非关理也"这一广泛影响后世文论家的论断。

> Poetry has a different kind of talent which has nothing to do with li. These are words said by Yan Canglang which everybody obeys as if they were a revelation of the absolute intuitive truth of the Buddha-mind (xinyin). Do they not realize that these words have been seriously deluding later people! Just take a look at the great masters of the High Tang—is there one single word among their poetry that is not based upon learning or one single expression that is not profoundly involved with the principles of things! The degenerate influence of Yan's words has led to nothing less than the Jingling School of poetry![1]

林理彰就原文进行了逐句翻译,并最大限度地保留了原文中的反问与感叹语气。在就文学专有名词进行译介时,他采用了意译与音译的结合,如将"竟陵"译作"Jingling School of poetry",既保留了汉语拼音,也使接受者能够一目了然地理解到,其所指向的某个诗歌派别的含义。

十 《诗筏》的选译本

清代学者贺贻孙所作诗话《诗筏》,着重于阐述其自身的诗歌艺术审美,以及由此凝练而成的诗学理论主张,该诗话很大程度上沿袭了严羽的美学倾向,即崇尚妙悟这一浑然天成的艺术境界,带有同时代袁枚推崇"性情"的相似性,同时也和叶燮相似地反对明朝前后七子的诗文拟古倡导,在学理的集成上,更加倾向于明朝后期公安派、竟陵派自创或俚俗或新奇的艺术风格特点。《诗筏》将陶渊明作品等汉、魏、盛唐诗歌,奉为审美的典范,这一特点在某种程度上被英语世界译者所关注。2003 年,田菱《隐逸、人格与诗歌:中国文学传统中的陶渊明接受》一文中,选

---

[1] Richard John Lynn. "The Talent Learning Polarity in Chinese Poetics: Yan Yu and the Later Tradition", *Chinese Literature: Essays, Articles, Reviews* (*CLEAR*), Vol. 5, No. 1/2 (Jul., 1983), pp. 157–184.

译了贺贻孙赞誉陶渊明为继苏武、李陵、《古诗十九首》之后为"五言诗平远一派"的诗人典范。

2016 年,杨铸《诗学之味与品味诗歌》选译《诗筏》通过对李白、杜甫诗歌,韩愈、苏轼文章进行鉴赏,以及点评七言绝句这一体裁所决定的审美特征,从而对"味"这一诗学理念进行肯定的文段。

田菱与杨铸的选文都包含了大量的古代诗人名,前者对人名进行了汉语拼音的音译,后者则更为细致。杨铸既保留了原文中人名能指的音译,又补全了诗人们常用名的音译,并进行了汉字原名与生卒年的补充。可见他旨在音译原文的同时,尽可能多地向英语世界传递传统诗歌的文化信息。

十一 《围炉诗话》的选译本

清代学者、文论家吴乔所作四卷《围炉诗话》,既论述了有关诗法、诗格、学诗品诗的基本标准等本体论议题,又通过对唐诗、宋诗、明诗的具体评价,呈现出其自身对文学史成就与具体美学风格的价值判断,其提倡"比兴""有意"等诗学术语,传达出对宋诗过分注重学理、明诗过分注重声色的批判。

1983 年,林理彰在《中国诗学中的才学倾向:严羽及其后期传统》中,关注到吴乔所受到的严羽诗论的影响,以及在此基础上进一步发展自身学理的尝试,林理彰选译了《吴乔诗话》引用《沧浪诗话》的相关原文,进一步论述"理"在前人诗歌中的体现,并多次阐述"比兴"作为诗歌本质美学概念,对"悟"等创作境界的积极作用。

1987 年,余宝琳《中西诗学意象论》一书中则关注吴乔对"有意"这一艺术风格的解读,选译其对唐诗、宋诗"有意"的肯定评价,从而展示出吴乔将这一诗学理念视作衡量不同时期诗歌成就的重要标准。

> Tang poetry has meaning, yet relies on comparison and stimulus to manifest it in various ways. Its language is indirect and subtle, like a person wearing clothes and cap. Song poetry also has meaning, but uses exposition and rarely comparison and stimulus. Its language is direct and straight forward, like a person completely naked.[1]

---

[1] Pauline Yu. *The Reading of Imagery in the Chinese Poetic Tradition*, Princeton:Princeton University Press, 1987, p.214.

1996 年的杨晓山《领悟与描绘：中英诗歌自然意象的比较研究》中，则强调主体情感在诗歌文本意象塑造中的决定性作用，也体现出吴乔诗论所受到的严羽、王士禛、王夫之等相类似审美倾向的影响。

> Poetry should make feeling the host and scene the guest. Scenes and objects can not exist in themselves and must transform with feeling. Sad feelings bring forth sad scenes and happy feelings bring forth happy scenes. Tang poetry was able to fuse the scene with feeling and entrust feeling onto the scene. ①

十二 《剑溪说诗》的选译本

清代文论家乔亿所作《剑溪说诗》，对历代诗歌多有评价，既推崇唐诗的经典范式，也肯定苏轼等宋诗代表性作者的杰出成就，并提倡"性情"在诗歌创作与接受中所起的重要作用，其诗论核心与袁枚有相似的风格特点。

1983 年，林理彰《中国诗学中的才学倾向：严羽及其后期传统》中，同样将这一诗话对于主体性情的重视，视作对严羽诗论贵在个体之"悟"的继承。林理彰首先选译了乔亿对于诗文自汉代到南宋的发展史概括及评价，随后论及作诗与学问知识之间的必然联系，但强调学理并不是作诗的根本前提，从而引出对于"妙悟"与"知道"的肯定。

十三 《瓯北诗话》的选译本

清代诗人、学者、文论家赵翼所作十二卷《瓯北诗话》，是其对于历代诗人、诗歌进行考据、点评的整理总结，也是其诗歌发展史观的集中体现。十二卷按照各自内容进行分类编目，前十卷分卷论述评价从唐到清代的诸位代表性诗人，第十一卷则合论诸位前代诗人，以及翻案诗、摘句诗等小众体裁，第十二卷兼论各体。赵翼对于历史考证的细致研究，使其从文献的角度对历代各诗人及其创作，进行了较为详细清晰的还原，同时在这一诗史前提下，他与叶燮、袁枚相类似，高度肯定当代诗人在诗歌创作中的创新能动性，对明代诸多文论家的拟古风潮有所批判，体现出"发展的观点和追求创造的精

---

① Yang Xiaoshan. *To Perceive and to Represent*: *A Comparative Study of Chinese and English Poetics of Nature Imagery*, New York: Peter Lang De, 1996, p. 98.

神"以及"勇于和'荣古虐今'的保守派宣战的精神"。①

上述文本特点也是英语世界译者进行选译时的一大参考。1996 年,周姗《重构杜甫:论杜甫的文学英名和其产生的文化背景》中,关注到《瓯北诗话》对于杜诗的高度评价,即赞誉其诗作将"古人就已说过"的题材,转换出新意的选段。该译本选择也是对于赵翼关注到诗歌创作的能动发展的体现。

> Although this has been described by men in the past, in Tu Fu's hands, the subject jolts the reader's heart and soul as they have never been jolted before. ②

1997 年陈祖言的《黑与白的艺术:中国诗歌中的围棋》中,关注到赵翼对于吴伟业诗歌的评价,即对其风格进行与史诗相关联的总结,评论吴伟业诗歌多涉及"时事",从而扩大了其作品的传播受众与传播力度。

> Since he personally experienced the dynastic change, what he wrote about is mostly related to the important events of the time… All his work can be read as history in a poetic form. ③

1998 年,邓文君的《诗与变:苏轼的海市蜃楼》中,同样关注到《瓯北诗话》中诗歌发展的论述,选译了评价韩愈学习李白、杜甫创作,并在其基础上有所发展创造生发新意的评价。2003 年,方葆珍《追寻谪仙:李白及其历代评价》中,选译了赵翼对李白及其乐府诗等创作的评价,以"此仙与人之别也"区分出李白所代表的天赋之才,与其他代表性诗人的后天之才的差异。

2007 年,黄洪宇的学位论文《历史、浪漫与身份:吴伟业(1609—1672)及其文学遗产》,在其附录中选译《瓯北诗话》第九卷"吴梅村诗"

---

① 霍松林:《当代中国古代文学研究文库 唐音阁文萃》,复旦大学出版社 2016 年版,第 128—129 页。
② Eva Shan Chou. *Reconsidering Tu Fu*: *Literary Greatness and Cultural Context*, Cambridge: Cambridge University Press, 1996, p. 168.
③ Zu-Yan Chen. "The Art of Black and White: Wei-ch'i in Chinese Poetry", *Journal of the American Oriental Society*, Vol. 117, No. 4 (Oct. -Dec., 1997), pp. 643-653.

的部分文本，主要集中在从起句"高青丘后，有明一代，竟无诗人"到"此数语俯仰身世，悲痛最深，实足千载不朽"一段①，并在原文基础上进行了意译的改动、删减。译者主要关注赵翼对吴伟业诗歌成就的总体评价，以及对其代表作的介绍，并选取原文所引用的部分诗句，对其不同时期的写作进行概述，同时对诗话原文中吴伟业生平轶事的部分考证与具体诗句引用有所删减。总而言之，译者对该段诗话的英译，呈现出的侧重在于，通过其体现出吴伟业诗歌记录时事、自述身世的鲜明艺术特色，擅长律诗、"转韵""用实字"等语言修辞风格，以及同时代清初文人对其诗歌的接受、传播等，既关注了《瓯北诗话》对吴伟业生平轶事的历史考据，也涉及了其结合具体诗句探讨吴伟业语言特点与美学风格的论述。

十四 《石洲诗话》的选译本

清代学者、文论家翁方纲所作《石洲诗话》，是其所创代表性诗论"肌理说"的诗话文本体现。"肌理"受到前代诗论家理论的影响，很大程度上是对王士禛"神韵"说与沈德潜"格调"说的补充与发展，翁方纲将"肌理"分为"义理"与"文理"，前者关注作品内容中体现的伦理、学问规范等诗歌教化功用，后者则着重于语言修辞、章法技巧等创作形式，二者相互结合，"学问、经典是实，以实救虚，方能脱神韵之空寂；而诗法技巧的传达和运用，不能摹拟袭取，方能药格调之泥"②，才能最终弥补前人诗论的立论与逻辑漏洞，达到诗歌美学的理想境界。虽然"肌理说"的主要论述并不集中于《石洲诗话》，英语世界译者关注翁方纲诗话著作时，也将其作为核心。

2003年，施吉瑞《秘密花园——袁枚（1716—1796）的人生、文学、评论与诗歌》中，在探讨翁方纲与袁枚就各自诗论交流影响时，选译该诗话评价元好问诗歌成就的部分，即论断其作品艺术不及苏东坡，"肌理稍粗"却依旧具备独特而出众的艺术价值。施吉瑞就"肌理"这一选文中最为核心的诗学术语，进行了拼音音译，并补全了选文省略部分，以求更为流畅地对语句大意进行英译。

Compared to Su Shi, The texture ［jili］ of Yuan Haowen's ［poetry］

---

① 赵翼：《瓯北诗话》，霍松林、胡主佑校点，人民文学出版社1963年版，第130—138页。
② 楚默：《古典诗论研究》，三联书店2008年版，第469页。

can not escape from seeming a bit coarse. Still his elegant form was a creation of nature, and he stands out from the crowd in this respect.①

十五 《念堂诗话》的选译本

清代文人、学者崔旭的《念堂诗话》四卷,既是其自身诗歌见解的集中体现,也是其对于其恩师清代著名诗人张船山论诗语录的记录,崔旭所述诗论着重主观性情与感悟的重要能动作用,是对自严羽开始的相关审美倾向的继承与发展,同时也对同时代其他诗论者关于诗歌语言、体裁、审美风格的见解,进行记录、评价。1983 年,林理彰在《中国诗学中的才学倾向:严羽及其后期传统》一文中,将其诗论见解纳入被严羽所影响的历史延续中,选译崔旭对于朱彝尊"别材非关学"诗歌见解的驳斥,同时反映出他对于严羽有关诗歌重在自然感悟的理论总结的接受。

林理彰在对选文所引诗句进行英译时,最大限度地保留了原文的感叹语气,以此呈现出译文语义层面的情感倾向。并在译文中进行注释,说明选文中部分原文出自《沧浪诗话》的原文,并在此基础上展开对选文大意较为准确、通俗的意译。

十六 《贞一斋诗话》的选译本

清代学者、文人李重华所作《贞一斋诗话》集中论述诗歌本体论等议题,将"运"视作表现诗歌艺术核心的重要术语之一,并通过评论唐宋诗等前人作品,探讨涉及诗法、格律等诗歌创作步骤,同时撷取具有经典代表范式的前人诗论,通过对其论述与评价,展露出作者自身的审美倾向。2006 年,孙筑瑾《摹仿与兴》一文与 2016 年杨铸《诗学之味与品味诗歌》一文中,都选译了该诗话"兴之为义,是诗家大半得力处……其有兴而诗之神理全具也"②的相同文段,强调了李重华对于"兴"这一传统诗论的重要表现方式的肯定,将其从语言指涉的创作方法,转向了诗歌美学艺术的理想内核。

What poets primarily rely on is xing. In a [seemingly] unrelated man-

---

① J. D. Schmidt. *Harmony Garden*: *The Life*, *Literary*, *Criticism*, *and Poetry of Yuan Mei* (1716-1798). New York: Routledge curzon 2003, p. 268.

② 李重华:《贞一斋诗话》,《清诗话》,上海古籍出版社 1978 年版,第 93 页。

ner the poet talks about birds, animals, grass, and trees; yet somehow by his doing so, the season, the climate, the particular locale, and the human situation are all revealed in the poem without his being explicit about them at all. Therefore, when xing is present, there one finds the entire soul and essence of poetry.①

The xing style provides much help to the poets. Suddenly they talk about plants and animals; they do not name the season but allude to it; they do not describe the scenery but hint at it; they do not speak about worldly matters but let them emerge. Therefore, the xing bequeaths poetry with both spirit and truth.②

孙筑瑾与杨铸就相同文段进行了英译，其译文与译介方式却有着显著的差异。相比较而言，孙筑瑾更倾向于逐字直译，而杨铸则更倾向于意译。杨铸省略了部分细节语词，注重语句大意的表述，并在译文中呈现出原文句式的排比、对偶，故而与孙筑瑾版相比，其译文更为流畅通顺，简洁浅显，便于英语世界接受者更为直接地理解选文大意。

十七 《然脂集例》与《名媛诗话》的选译本

清代学者王士禄的《然脂集例》，是对历代女性创作诗歌的收集汇编，由于其在按照内容为条目分类的基础上，进行了一定程度的点评概述，而被《四库全书总目提要》纳入"诗文评"类。清代女诗人沈善宝所作《名媛诗话》十二卷，是对唐宋至清代以来，多位女性诗人及其著作的记载、鉴赏，以及其自身所属清代闺阁女性诗人群体的文学活动、诗歌实践的记录，内容涉及古今，也涉及朝鲜等不曾被主流视野所关注过的女性诗人群体。该诗话的独特之处，在于沈善宝作为著述颇丰的女性诗人，其自身诗歌创作以及相关交游往来的诗坛轶事，同样是《名媛诗话》

---

① Cecile Chu-chin Sun. "Mimesis and Xing, Two Modes of Viewing Reality: Comparing English and Chinese Poetry", *Comparative Literature Studies*, Vol. 43, No. 3, Classics and Contemporary Literature/Culture/Theory (2006), pp. 326-354.

② Yang Zhu. "Poetic Taste and Tasting Poetry", *Linking Ancient and Contemporary*, 2016, pp. 299-316.

论述、评诗的重要组成部分,也使其成为中国古代诗话中难得的,由女性创作的体例完善、内容翔实、收录广泛的诗话作品。

该两部诗话的共同点,在于对女性诗人、诗歌以及与此相关的日常生活、历史事件、文化常识的点评、记录,是考察中国女性诗歌创作的重要参考材料的一部分。英语世界的研究者在对中国传统主流文学所忽视的边缘化女性诗人,进行历史与文学层面的介绍、研究时,自然而然地注意到该两部诗话所提供的文献价值,从而对相关文本进行英译。2007年,蔡九迪的专著《魅旦:十七世纪中国文学中的鬼魂与性别》中,在介绍到中国古代诗歌总集编纂中,有关"仙鬼"一类边缘化题材的整理归类时,选译了《然脂集例》中对于仙鬼诗来源不正而不应予以收录的评价。

> As for poems by ghosts or immortals, prior anthologists have sometimes included them in a separate appendix. I consider that many of this type are fictional inventions by men of letters. Making them the subject of witty conversation is permissible, but to record them formally in a silly fashion is nothing but a children's game. Someone remarked that Hong Mai's *Ten Thousand Tang Quatrains* stoops as low as insects and reptiles, not to mention immortals and ghosts. Now Hong Mai needed to fill a quota of ten thousand. Under the circumstances, he had to include superfluous material, but essentially, this is not the proper way to compile a work.[①]

2008年,方秀洁《女性作者的自我:明清时期性别、能动力与书写之互动》的专著中,关注《名媛诗话》创作的历史记载,选译沈善宝对于创作该诗话第十一卷的动机与第十二卷所收录条例的自述,以及其对自身著作"奉扬贞德"的价值定位。

> Since the spring of Renyin (1842) when I said farewell to Madam Li [Shen's adopted mother], who returned to her native home, and the summer of the same year when Wen Runqing also left the capital to follow her husband to his posting, the sadness of parting left me feeling very much de-

---

① Judith T. Zeitlin. *The Phantom Heroine: Ghosts and Gender in Seventeenth-century Chinese Literature*, Honolulu: University of Hawaii Press, 2007, p. 138.

pressed and at loose ends. So I began to take the collections of poetry and prose by women in addition to the pieces sent to me by my various women friends and compile them into a "remarks on poetry". This was completed in eleven juan in the winter of 1846. ①

2009 年，Wang Yanning《超越闺房：晚期中华帝国的女性游记诗歌》这一专著中，选译了沈善宝记录其同乡余季瑛与顾太清等女诗人，赏菊花结诗社，进行诗歌创作、交流的轶事。

> Yu Jiying (Tingbi) from my hometown gathered Taiqing, Yunlin, Yunjiang, Zhang Peiji and me to the mountain room named Green and Cleanness at her house to appreciate chrysanthemums... when it came to dusk, Taiqing was about to leave in her carriage in order to enter the city before the city gate closed, and our friends urged me to do so for her. I then took up the brush to write a poem... after the poem was written, all the women appreciated it with each other, and the next morning, all of them composed poems as a reply. ②

三位译者对选文采取了不同程度的意译，尤其是方秀洁与 Wang Yanning，对原文进行了部分删减与省略，旨在从大意上就选文记录的逸事等进行概括性英译。与此同时，她们对《然脂集例》与《名媛诗话》的文本选译，都以女性诗人的价值导向为前提视野，关注在此价值取向引导下的，对于历代诗歌的定位、评价、编修，以及女性对自身创作活动的记载、解读等。这一女性主义视角使研究者在更为集中地关注中国古代女性诗歌创作的同时，将与之相关的诗话作品，也视作这一文学传统与历史文献的一部分。而对上述诗话文本的关注、筛选、介绍与解读，也带上了与传统主流文论导向有所区别的"他者"观点，使女性诗歌相关诗话的地位，在英语世界中得以较为突出地被彰显。

---

① Grace. S. Fong. *Herself an Author: Gender, Agency, and Writing in Late Imperial China*, Honolulu: University of Hawaii Press, 2008, p.144.
② Wang Yanning. *Beyond The Boudoir: Women's Poetry On Travel In Late Imperial China*, Washington University in St. Louis, P. H. D., 2009, p.202.

第三章

中国古代诗话的术语译介

作为古代文论话语的重要组成部分，古代诗话作品中频繁出现多类传达某种特定诗学概念的具体术语，既包括对诗话体裁属性的限定，也涉及诗歌本体论的哲理层面、美学风格、语言形式等文本特征，同时还涉及诗歌创作所对应的外部世界的抽象归纳，以及创作主体、接受心理等主观意念的具象概述。不同时期的不同诗话作品，其语言结构虽较为灵活松散，却也在不同程度上就上述诗歌理论问题进行了立论与阐述的尝试。而针对这一文本特点，英语世界的不同研究者，在不同的学术视野与动机下，对上述术语进行不同程度的译介、解读与阐述发展。这一研究，既是对具体古代文论理论议题的探讨，也体现了研究者试图以"他者"的中西比较诗学视角，对诗话术语所进行的归类、总结，甚至系统化的理论建构尝试，或是将这些诗学术语置于中西文论比较的对话与交流中，从而呈现出了不同类别的诗学术语的译介、阐释差异。

鉴于上述诗话术语在美学、哲理层面的抽象所指，为英语世界的关注、译介与研究论述带来了相对灵活的阐释空间，根本上也源于中西方文学理论，在自身话语方式上的差异。话语即"专指文化意义的建构法则，这些法则是指在一定文化传统、社会历史和文化背景下形成的思维、表达、沟通和解读等方面的基本规则，是意义的建构方式和交流与创立知识的方式"[①]，这种话语方式差异引发了对诗话术语理论内涵的不同观照，同时带来了以"他者"文化视野为前提进行译介的可能。英语世界研究者的译介与解读，也在还原原意的基础上，呈现出一定程度上带有自身理

---

① 曹顺庆：《中外比较文论史·上古时期》，山东教育出版社1998年版，第335页。

解的变异性，这种在中西话语方式之间交流的译介，即属于谢天振所提出的带有"一种文学研究与文化研究"特点的译介学。以这一视角对英语世界的诗话术语译介进行梳理与阐释，关注的即"原文在这种外语和本族语转换过程中信息的失落、变形、增添、扩伸等问题"[①]，故而下文各节中对于不同诗话中所出现的同一能指的诗学术语进行不同英语译介的整理、总结，以期呈现英语世界研究者在文论话语层面对传统文论的理解，以及其自身"他者"立场对这一文本信息的筛选、转换等作用。

第一节 "诗话"的译介

如表3-1所示，"诗话"（shih-hua、shi hua、talks on poetry、remarks on poetry、poetry talks、notes on poetry）一词的英译，可见既有直接援用拼音，也有基于"诗"与"话"内容特点的意译，其作为界定英语世界研究对象的名词，指向的是中国古代文人创作的，以诗歌理论、历史轶事、鉴赏评价等文学议题相关的一系列文本，鉴于这一体裁在语言风格上倾向于松散的散文格式，在语言结构上也较为灵活，其主要记载、论述的侧重点也在至宋到清朝的不同作者笔下有所差异，故而英语世界研究者在讨论这一体裁的定义时，也出于对不同时期诗话作品的关注，而有着各自不同的侧重，从而导向了"诗话"这一专业体裁术语在解读与界定层面的差异。因此就"诗话"这一体裁术语，在不同研究者眼中的内容范围与形式结构进行梳理与对比。

表3-1

	倪豪士	艾朗诺	宇文所安	易彻理	黄维樑	黄兆杰
诗话	shih-hua; talks on poetry	Remarks on Poetry	Remarks on Poetry; shih-hua	poetry talks	poetry-talk	notes on poetry

1986年，倪豪士主编的《印第安纳中国传统文学指南》一书，较为系统而细致地对"诗话"进行了体裁界定，在第一部分"文"的第四节"文学批评"中，对以《六一诗话》为代表与起点的古代诗话进行了定

[①] 谢天振：《译介学》，上海外语教育出版社1999年版，第1页。

义，称其为以一定主题与松散结构，就作者有关诗歌主体的见解进行整理的文本，可以看出这一定义受到欧阳修在《六一诗话》自序中"集以资闲谈"的定义的影响，主要集中于宋朝早期诗话多记录诗人交游轶事、论诗语录的传统，强调其文本随意平淡，并表现出鲜明的个人化评论的特点。

在该书第二部分"词目"，即按照题目、体裁、诗人、代表著述等为条目，对中国古代文学进行分类提要介绍的部分中，专列"shih-hua"一条，并将其译为"talks on poetry"，以"talks"强调这一术语指代的体裁中口语化的风格，以及注重评论的内容特点，并界定其为文学批评的一种形式，包括批评家对中国诗歌各个层面的评论。该评论既可以是作者自身原创思想的体现，也可以是其对其他评论家观点的记录或批判；其文本形式可短至一两行为一则，也可以长至一页或几页，但诗话的每一单则都可形成一个具备完整内核的单元，并与其整体文本形成集合。该条目继续引用《彦周诗话》与《六一诗话》中界定诗话文本内容的文句，以说明该书对"诗话"的定义关注在于对诗歌、诗人、诗论等相关议题的评论上，随后将宋朝之前即出现的"本事"与"语录"，视作"诗话"的文本形式与内容范围的原型，同时以此为外延，再次强调了诗话重在对诗歌相关轶事与诗人论诗语录进行记录、点评。该条目还将英国诗人柯勒律治记录其与侄子在非正式聚会上发表的简短、随意评论的汇编著作《桌边谈话》，视作体现了口语化文学评论的文本特点，并界定其为与诗话最为接近的西方文学形式。

这一定义明显集中于宋朝，这一诗话体裁早期发展时的特点，相似的解读，还出现在艾朗诺《美的焦虑——北宋士大夫的审美思想与追求》的第二章"新的诗歌批评：诗话的创造"中。艾朗诺关注两宋期间诗话的起源于逐步发展，将诗话（Remarks on Poetry）定义为中国古代文学的主要批评形式。艾朗诺采用"remarks"，意在强调其分条成则记录诗歌鉴赏评论的文本形式，并以《六一诗话》为例，指出这一体裁的篇幅短小、叙述散漫，主题灵活多变，多为"闲谈"性质的记载与评论。艾朗诺还援引郭绍虞在《宋诗话考》中的观点，指出早期诗话与宋代盛行的笔记体裁并无本质区别。以文人间闲聊语录的记录为主要特点，他指出"诗话"的"话"这一语词题名，就带有强调口语化评论的随意性，并还指出了北宋诗话开启的一大诗论取向，即对《诗经》《楚辞》等先秦两汉经典的忽视。

艾朗诺认为"诗话"内容范围中，带有消遣、交游等娱乐性质，从而使其与儒家传统的主流话语进行了区分，而就此体现出了论诗的"非正式性"，同时这一与主流传统的偏离，也可以使宋朝诗论者与诗话读者，暂时摆脱前代经典话语的直接影响，在自身社会语境中磨炼、提升自主的诗歌意识。艾朗诺虽未对宋朝，尤其是北宋之后诗话偏向理论为主的风格进行归纳，但也提及这一体裁在后期的持续发展，"两宋后期的许多诗歌批评作品中，记录谈话的条目所占比重小了很多。这也表明比欧阳修的工作更艰巨、更系统的批评的产生"①。可见由于关注视野与研究对象的限定，艾朗诺的"诗话"界定始终以宋朝诗话文本特征为主。

同样将宋代诗话视作"诗话"术语界定依据的，还有梅维恒主编《哥伦比亚中国文学史》第六编"注疏、批评与解释"中"文学理论批评：宋代的新观点和新路径"开头，将诗话称作"宋代最出类拔萃的文学批评形式"，并定义为"诗话可以是对任一种文学话题的思考，话题的范围涵盖选诗原则、历史语境、对诗句的分析以及对不同诗人长处的评价与比较"。②可见这一定义，还是集中关注这一术语指向北宋诗话的体裁限定，即较为随意灵活的评论文本。梅维恒虽然在后续介绍中指出宋朝后期的诗话，相较于早期《六一诗话》一类的随意性而呈现出更为"断言"的口吻，并更加体现出有别于平淡化日常记录的洞见性诗歌见解，但他对这一体裁的限定，并未将明、清时期诗话的后续发展特点，纳入"诗话"的内容范围中，仅就诗话文本的形式特点进行纵向上的关注，指出"随着诗话的发展，其篇幅也在壮大"③，从最早期的短短几页，发展到清代《随园诗话》的长达数百页。

宇文所安、孙康宜主编的《剑桥中国文学史》，也着力于关注自北宋开启的"诗话"体裁传统，不过作为贯通文学发展的历代通史，该书对这一术语的阐述也提及了其作为一个整体，在中国文学发展中的意义。在上卷第五章，由艾朗诺撰写的"北宋：'非文艺'散文：诗话"一节中，

---

① ［美］艾朗诺：《美的焦虑——北宋士大夫的审美思想与追求》，杜斐然、刘鹏、潘玉涛译，上海古籍出版社2013年版，第76页。
② ［美］梅维恒主编：《哥伦比亚中国文学史》（下卷），马小悟、张治、刘文楠译，新星出版社2016年版，第1034页。
③ ［美］梅维恒主编：《哥伦比亚中国文学史》（下卷），马小悟、张治、刘文楠译，新星出版社2016年版，第1035页。

对这一体裁进行介绍与界定。与其在专著的定义相类似，艾朗诺认为"诗话"受到笔记与佛家语录的影响，最初起源于文人之间的闲谈交流，即非正式的"话"，并最终成为北宋所发明的新的文学形式，该术语所指向的体裁的内容范围，包括理论主张、文学史叙述、对具体诗词文句以及对个体才华的评价，并最终发展壮大，"直到帝制时代结束，诗话都将是数量最多的一种诗歌批评形式"。艾朗诺对"诗话"的文学意义进行关注时，同样延续了其在《美学的焦虑》一书中有关其非正式性与自发性的界定，即认为诗话"没有文学教条的滞重"，不必强行符合文学与政教、伦理、道德、社会规范等其他层面相关联的价值立场，也不必要具备与文学主流经典相应合的论述。同时，肯定了借助这一体裁，诗论者所获得的文学评论的独立空间，"在诗话中他们终于有了一种可以探讨诗歌技艺、诗歌效果的载体，能够即时并持久地激发所有诗歌读者、诗歌作者的兴趣"[1]。

宇文所安在《中国文论：英译与评论》中有关"诗话"（Remarks on Poetry：Shih-hua）的界定，则更加关注具体细节，以及不同时期不同诗话之间在内容、形式上的区别，试图从该专著关注中国文学历史发展与各时期代表思想的立场出发，对"诗话"术语进行一个较为还原历史性的整体把握。在第七章"诗话"中，宇文所安和艾朗诺一样，将"诗话"视作对宋朝以前用本事记载诗歌轶事的"非正式的散文"的传承，并强调其作为宋朝独创的文学形式，开始体现出在相关论述上的权威性。与其他研究者相同，宇文所安以《六一诗话》作为"诗话"最基础定义的例子，强调其对文人活动中评论语录的记录与评价，指出诗话在这一时期的内容特点是对轶事的记录与随意化的口头评论。

随后他指出这一体裁的历时发展变化，其文本编排形式开始逐渐从松散走向一定的结构，或以年代为序，或以诗歌的相关类别为标准，或两者兼有，"随着诗话越来越体系化，它原来的审美价值和'本色'就渐渐丧失了"。宇文所安以《沧浪诗话》为例，认为该诗话即丧失了原本口语评论性质的"本色"，"它是由几类批评文类混合而成"[2]，而转向讨论理论、

---

[1] 宇文所安、孙康宜主编：《剑桥中国文学史》（上卷），刘倩等译，三联书店2013年版，第512—513页。

[2] 宇文所安：《中国文论：英译与评论》，王柏华等译，上海社会科学院出版社2003年版，第396页。

章法的体系化。可以看出，宇文所安所定义的"诗话"始终以北宋早期倾向于随意性口头评论的形式为主，并将其后续内容范围对体系化理论的关注，视作对原本传统的偏离，针对这一口头评论性质体裁的推崇，他以《论语》为例，认为这是以语录形式进行记录的儒家经典，而后世禅宗"话头"、新儒家"语录"和"诗话"提供了可供溯源的权威范式，奠定了这一话语言说方式的历史基础。宇文所安在第十章介绍王夫之《夕堂永日绪论》时，依旧将其文本的松散性视作"诗话"这一门类的特征体现，称其在"思想上有些离经叛道，然而，它不失为'诗话'传统的优秀之作"①，他甚至进一步指出《瓯北诗话》已经发展到足以兼顾文本结构的条理系统与理论探讨的深度广度。可见宇文所安以历时发展的眼光，关注到了"诗话"从北宋到清代的体裁发展，以及这一术语所指代的文本内容、形式也都随着不同时代诗论家的思想关注，而发生了在原基础上的变动、扩展与偏离。

其他研究者对上述译介，既有相似的延续，也有其各自的特点。例如易彻理在《绝句诗起源的理论研究》中将"诗话"译作"poetry talks"，体现的依旧是其有关诗歌议题的口头评论性文本的体裁特点；黄维樑在1976年的《中国印象式批评：诗话、词话传统研究》中也将"诗话"译作"poetry-talk"，虽并未对"诗话"进行系统的定义，却在介绍阐述之中体现出对这一术语所指代的类型文本的清晰认识。由于其论文所关注的是诗话等文学批评作品中的诗学概念、术语及其代表的传统文学理论内核，故而他在对"诗话"进行定义与介绍时，着重强调这一文学批评形式不仅体现出对作品的引用与点评，也足以作为重要的参考文献，使古代与现代的文论研究者都关注到其中的宝贵信息与理论见解。然而由于其体裁松散、随意、口语化等特点，"诗话"长期以来被中国与英语世界研究者所忽视。黄维樑同样以《六一诗话》《彦周诗话》等北宋早期诗话为例，阐明其体裁特点，但同时表明后世批评家对其忽视、驳斥，多来源这一体裁文本的独特，即"含混不清"，"不致力于系统的话语言说，不致力于解释与证明"，"一种全然印象主义化的批评"。② 黄维樑对"诗话"

---

① 宇文所安：《中国文论：英译与评论》，王柏华等译，上海社会科学院出版社2003年版，第503页。

② Wong Wai leung. *Chinese impressionistic criticism: A Study of The Poetry-Talk (Shih-hua Tz'a-hua) Tradition*, The Ohio State University, PH. D., 1976: 4.

的译介、阐释自此倾向于印象主义的对应特征，既是对诗话随意、口语特质以及传统诗论注重主观意象，不注重逻辑辩证的特点的认识，也是其在这一专著论文中，将诗话、词话代表的传统诗论美学与西方印象主义话语方式相联系的立论开端。

黄兆杰在《姜斋诗话》的全译本题名中将诗话译为"notes on poetry"，"notes"与前文所列"remarks"也相类似，旨在体现"诗话"按照一则则、一条条文本编排形式进行记录与评论的特点，侧面上也是其灵活松散、偏向口语，不受传统主流正式散文格式要求的、独创性的展现，同时也是黄兆杰主要作为诗话全文的译者，对其包括文本格式所在的全貌进行的还原与介绍。

由此可见，研究者对于"诗话"这一术语进行不同文本的英译，并在对其指向的文学体裁的介绍、解读中，展现了各自有所差异的视角与阐述，无论是对以北宋早期诗话的口语化、随意性进行重点关注，还是关注到诗话发展过程中从早期特点转向体系化理论，抑或是强调这一类型文本整体上的理论价值，或旨在传达某一诗话在组织结构上的文本形式，都是研究者立足于自身研究视野与动机所进行的有所侧重的译介。对其进行综合的考察，将尽可能大限度地还原英语世界对"诗话"作为术语的译介，以及其作为体裁的界定，与在此基础上的后续探讨。

第二节　古代诗话中"神""气""象"的译介

中国古代诗话作品这一系列文本，所提及、阐述、强调的诸多诗学理念，都通过特定术语的形式而呈现。这些术语不仅是古代诗话的重要组成部分，也是传统文论话语的价值体现，故而将一系列诗学术语进行整理、归类，并对英语世界不同译者对其进行的不同英译，以及各自所指向的理论内核进行梳理，从而建构起英语世界研究者对古代诗话所呈现的理论话语的理解，和"他者"视域中对不同术语文化信息有所选择与侧重的解读，以及在此基础之上，用自身中西比较诗学的理论前见，对诗学术语所体现的传统文论话语的进一步论述。

首先需要关注的是，对诗话文本所涉及的，中国文论话语范畴中哲理性的总体概念，也可称作对诗歌理论各层面具体术语提供阐释标准的元语言、元范畴，是古代诗话一系列术语倾向于主体感知的形而上话语的表现。元范畴是对诗学话语进行一定理解与划分之后，所昭示出的最基础的理念范围，"元范畴是那种不以其他范畴作为自己的存在依据，不以其他范畴规定自己的性质和意义边界的最一般抽象的名言。就其所涵括的内容来说是最深刻最精微的，其所罩摄的范围来说是最普遍最广泛的，而就其所具有的活动力和延展能力而言，又是最强烈持久的"[1]。同时，需要注意的是，与西方文论以二元论为立足点，将感性与理性彻底区分的话语方式不同，古代诗话术语所体现的文论话语方式"侧重话语表述方式的诗性追求，重中和兼济，重生命化批评，重形象化概念（感悟式、印象式的词语，暗示性的概念），重模糊性、音乐性和多义性特征"[2]。这种侧重于主体审美的话语方式，从诗论所关注的整体世界的元范畴，一直延续到与具体文本接受、主体创作紧密相关的一系列具体术语的阐释之中。

一 "神"

"神"作为在不同时期不同诗话中高频率出现的术语，既指向主体感知精神层面的符号概念，也与"心生而言立，言立而文明，自然之道也"[3]中的"道"相类似，指向的是传统文论家对形而上的宇宙世界的整体理解，与这一术语相关联的美学理念，也指向了以宇宙本源为关注核心的理想创作境界，故而首先关注这一诗学术语在诗话作品中的文本表现，以及英语世界对其的译介，有助于把握传统文论话语核心的理论观照。

严羽《沧浪诗话》将对这一理念的把握，视作诗歌创作的理想极致，即"诗之极致有一，曰入神"[4]。如表 3-2 所示，刘若愚、林理彰、汤雁方将"入神"英译为"entering/enters the spirit""entering the realm of the marvelous or divinely-inspired"，张彭春将其译作"entering into the spirit"，陈瑞山将其译作"enter or capture the spirit"，李又安译作"enter the spiritual（ju shen）"，卜松山译作"entering the realm of the spiritual"，宇文所安则将其译作"divinity"。针对"入神"之"神"，大多数译者和刘

---

[1] 汪涌豪：《中国文学批评范畴及体系》，复旦大学出版社 2007 年版，第 486—487 页。
[2] 牛月明：《中国文论构建研究：因情立体、以象兴境》，中央编译出版社 2012 年版，第 9 页。
[3] 周振甫：《文心雕龙今译》，中华书局 1986 年版，第 10 页。
[4] 何文焕辑：《历代诗话》，中华书局 1981 年版，第 687 页。

若愚一样，将"神"理解为抽象感性精神的高度凝练，刘若愚认为"神"体现的是严羽以禅喻诗的美学追求，其倾向于参禅静思过程中的直觉性体验，可以使创作者通过这一过程把捉到生命体验中的"神"，从而达到审美的至臻境界。他还单独将其译作"marvelous、inspired、god-like"。宇文所安所译"divinity"，按照《牛津词典》释义为"the quality of being a god or like God"，即倾向于宗教信仰话语的"神性"，他借用基督教教义的元语言来阐释这一在其看来，严羽所能表达的最高的诗歌艺术赞美，是将"神"置于高出个体直觉的感悟之上，将其视作宇宙万物宏观概念之中的抽象符号，与前述大部分译者有一定指代范围上的差异。

表 3-2

	刘若愚、林理彰、汤雁方	张彭春	陈瑞山	卜松山	宇文所安
入神	Entering/enters the spirit、entering the realm of the marvelous or divinely-inspired	entering into the spirit	enter or capture the spirit	entering the realm of the spiritual	divinity

　　王夫之《姜斋诗话》中"神于诗者，妙合无垠"① 的"神"，被刘若愚译为"Those who can work wonders/Those who can work miracles in poetry"，杨晓山译为"poetry at its most marvelous"，黄兆杰译为"inspired poetry"，宇文所安译为"spirit in poetry"。这一表述中的"神"，指向王夫之在核心诗学理念之上力图塑造的诗歌理想意境。黄兆杰在其译文的注释下指出，他采用被动形态的单词表达"神"的产生，更加贴近王夫之原文的本来指向，即这一境界不在于由人为力量所达到，它无法被诗人所追求到，也无法被批评家所解释，强调的是"神"本质上的形而上哲理论。刘若愚等人译介倾向的，则是呈现出这一使诗歌臻于至境的客体存在，并塑造其高妙难言的抽象概念，或是赋予其人格的精神刻画，进一步展示这一概念中难以被阐释、被把握的直觉感悟。

　　通过整理可以看出"神"的英译，在一定范围内被广泛译作与"精神"相关的表述，其中尤其以刘若愚为代表。"神交古人""光犹神也"（《四溟诗话》）的"神"被其译作"in spirit（shen）"；林理彰、杨晓

---

① 王夫之：《姜斋诗话笺注》，戴鸿森笺注，人民文学出版社1981年版，第72页。

山与之相类似，也将"神交古人"译作"in a spiritual communication"与"spiritual transformations"。刘若愚还将"形象风神"的"神"（《诗薮》）译作"spirit（feng-shen）"；将"穷尽此心之神明"（《原诗》），译作"spiritual light（shen-ming）"，宇文所安也采取这一相似译介。林理彰将"神与境会"（《艺苑卮言》）中"神"译作"shen（the universal spirit）"，将"神明妙悟"（《说诗晬语》）中"神"译作"spiritual understanding"，可见与刘若愚在对这一术语抽象精神层面理解的类似。同样有此理解的还有卜松山与余宝琳，前者将"天地之至神"（《原诗》）中"神"译作"spirit"，后者将"神爽飞动"（《麓堂诗话》）也译作"spirit"。

和宇文所安对"入神"的不同视角的译介一样，Zhaohui BAO 与 Fenfen XIE 对出自"神爽飞动"的"神"的理解，和余宝琳有所差异。他们将其译作"into a seemingly beautiful paradise"，同样借用基督教话语概念营造出至高至妙的文学审美境界。对"神"这一术语在诗话文本中的具体论述，采取"神明"相关的具象化形象予以译介的，还有坎贝尔对"以为神助"（《浑南诗话》）中"神"的英译，即"divine assistance"；Huicong Zhang 将"若有神助"（《麓堂诗话》）中"神"，译作"god"。将"神"译作英语语境中至高无上、难以把捉、没有具体形象与感知标准的"god"，还见于方葆珍对"出鬼入神"（《诗薮》），卜松山对"杜甫，诗之神者也"（《原诗》），刘若愚对"感鬼神"（《说诗晬语》）中"神"的译介。

"感鬼神"中的"神"，由沈德潜援引自《毛诗序》"故正得失，动天地，感鬼神，莫近于诗"，孔颖达疏中解释"鬼神"与"天地"相对，是人格化、个体化的魂魄精灵，"神"这一术语在此处的原文呈现则更倾向于与宗教释义相近的抽象灵魂。与刘若愚将其译作"god"不同，方葆珍、施吉瑞将其译作"spirit"，骆玉明书中则将其译作"ghosts"。"god"在英语释义中更贴近于宗教教义中的"神"；"spirit"则和前文中刘若愚、林理彰等人的译介相似，体现的是主体精神的抽象高度；"ghost"则更贴近"鬼魂"等与现实世界脱离的玄妙难解的想象。

这几种译介各自呈现的话语阐释都有所差异，却同样把握到了"神"这一元范畴诗学术语的抽象难解，与难以被人力所把捉、所阐释的高度，以及其作为形而上本质概念对具体诗歌理解、接受的根本指向。对于

"神"的译介,也有个别诗话文本呈现有所不同,而译者也未在译介中体现出某一特定的主题概念,如杨铸将"使人神远"(《诗筏》)中的"神",译作"feel far away",即采用意译,表达出"神"的能动性以及这一状态变化与诗歌审美的关系,虽未对其进行名词概念的界定与解读,也同样意识到了"神"作为主体精神,对于诗歌实践过程中意境传达的作用。

由"神"延伸出的术语词组在同样的能指呈现中,也会由于语境运用的变化而呈现出不同的释义,英语世界研究者在切实理解原文意义的前提下,也会对这一差异进行体现。《潜溪诗眼》与《诗法正论》中都出现的"精神",Jiayin Zhang 将前者文本译作"the essential spirit in poetry",王宇根将后者文本译作"the energy",就在于《潜溪诗眼》中为"精神气骨",即诗歌文本中抽象美学价值的一种概括作比,《诗法正论》则为"虚费精神",强调的是作者主体面对诗歌客体时的内在驱动力。

"神"作为古代诗话文本中体现传统美学至高境界与本元核心的元范畴术语,其对其他诗学理念的修饰与合并,能进一步塑造出与这一理念相关,又在各自诗论阐释层面有所生发的其他术语,如"神理""神韵""神气"等,同样也是诗话文本术语被译介、解读的重要组成部分。

二 "气"(含"神气""才气""志气""正气")

"气"与"神"相类似,同样是中国古代文论话语乃至美学规则的元范畴之一,它更涉及与文学文本、创作主体相关联的。最早论述到"气"与"文"的直接联系的是曹丕《典论·论文》中的"文以气为主,气之清浊有体,不可力强而致"[1],将"气"视作文学的主要艺术内核,并且强调其并不是单纯靠人为努力就可以达到的境界。"气"比"神"向文学主体更进一步的是,在以代表抽象宇宙本源的符号构成基础之上,更加贴近于文学文本自身的形态构成,以及这一文本塑造与作者主体之间的联系,可以说,"它涉及文学的本源、创作主体的生命力、精神活力、气质才性、创作个性(气性)、血气体能、道德情操等诸多生理与心理特征,创作主体精神意志对创作客体的投射贯注,从而形成创作客体的审美特征

---

[1] 郭绍虞主编:《中国古代文论选》(第一册),上海古籍出版社 2001 年版,第 158 页。

等等诸多方面"①,"气"正由涵盖自然宇宙抽象难解不可把握的神灵力量,向创作主体对文本客体的有效感知的逐渐转变。

如表3-2所示,和"神"类似,"气"这一术语也存在体现抽象的精神概念的译介。"spirit",采用这一英译的有刘若愚对"墨气所射"(《姜斋诗话》),余宝琳对"其气胜"(《岁寒堂诗话》),傅君励对"人徒见凌轹造化之气"(《西清诗话》),林理彰对"文出气厚"(《剑溪说诗》),韦利对"神气"(《随园诗话》),欧阳桢对"诗之雄在气不在句"(《随园诗话》)中"气"的译介,所体现的都是对于无法用具体文本相关概念进行论述的,超越于具体语言之上的抽象美学理想的概括。

表3-3

	余宝琳、傅君励、刘若愚、林理彰等	黄兆杰	刘若愚、卜松山	杨晓山	艾朗诺	Jiayin Zhang	易彻理	方秀洁	易彻理、宇文所安	卜松山
气	spirit	suggestiveness (forcefulness)	vital force	primordial energy	Aura; tone	air	breath	vigor	ch'i; qi	cosmic energy

"气"同样体现为创作主体对文本特征进行理解时,所感知到的一种无形的力量。黄兆杰对"墨气所射"中"气"的英译与解读,就与刘若愚强调单纯的精神层面有所不同,他将其译作"suggestiveness(forcefulness)",传达的是传统诗歌美学所讲求的含蓄暗示,不以逻辑论辩见长的艺术特点。相类似的是,刘若愚将"条而贯之者,曰气"(《原诗》),卜松山将"才气心思"(《原诗》)中的"气"都译作"vital force"。卜松山还将"'寒'者,天地之气也"译作"cosmic energy",杨晓山则对此处的"气"译作"primordial energy","force"与"energy"相类似的是,都在这一能指的指向中侧重于"气"作为统御某种特定价值的力量、能量呈现。

同时也有其他译者采用其他含义的特定单词对"气"进行英译。艾朗诺将"峭急(而)无古气"(《潜溪诗眼》)、"无脂泽气"(《彦周诗

---

① 杨星映、肖锋、邓心强:《中国古代文论元范畴论析:气、象、味的生成与泛化》,上海古籍出版社2015年版,第57页。

话》）中的"气"译作"aura"，又将"气格超胜"（《石林诗话》）中的"气"译作"tone"；Jiayin Zhang 将"空余气长在"（《后村诗话》）中的"气"译作"air"；易彻理将"一气直下"（《诗法家数》）中的"气"译作"breath"；方秀洁将"剑气珠光"（《名媛诗话》）中的"气"译作"vigor"。可以看出，上述译者对于这一抽象含蓄，没有具体形象指向的术语，尝试了与某一种类型的形象的结合。鉴于这一术语难以被明确定义的，兼具自然宇宙、诗歌客体与创作主体相关联的所指，也有不少译者直接运用拼音音节进行音译。林理彰对"熟读之以夺神气"（《四溟诗话》）中的"神气"，直接译介为"shenqi"；易彻理对该诗话中"意绝而气贯""元气浑成"分别音译为"ch'i""qi"；宇文所安则将《原诗》中出现的术语、理念"气"都译作"qi"，并将其视作文学文本在形成自身表现主观与客体世界的过程中，一种被哲理化的能动性力量，"叶燮强调'气'，也就是强调该过程的活生生的自我推动的特点"①。

"气"作为元范畴最根本、最基础的文论术语之一，其延伸出的有关创作对象与主体层面的词组，也是这一哲理化理念得以进一步被文论批评家关注、阐述的体现。艾朗诺将"往往以绮丽风花累其正气"（《潜溪诗眼》）中"正气"译作"correctness"，倾向于基于文本艺术审美标准的评判；林理彰将"丈夫志气本冲天"（《藏海诗话》）中"志气"译作"aspirations"，倾向于创作主体的灵感能动；韦利将"才气心思"（《随园诗话》）中"才气"译作"talent"，则直接跳过了"气"的表意，突出了对于诗人主体才华作用的强调。

三 "象"（含"意象""物象""兴象""形象"）

"象"这一术语最早在先秦典籍中出现于《周易·系辞》，"圣人立象以尽意，设卦以尽情伪"②，象作为卦象而成为圣人传达表意的工具，即此处作为文论概念的"象"是某种可以感知、描绘、理解的符号，可以通过它表达出特定的意义或主体情感。进入诗学话语范畴的"象"，也是

---

① 宇文所安：《中国文论：英译与评论》，王柏华等译，上海社会科学院出版社 2003 年版，第 561 页。
② （魏）王弼注，（唐）孔颖达疏：《周易正义》，（清）阮元校刻：《十三经注疏》，中华书局 1980 年版，第 82 页。

作为可以被文学主体所对应的客观存在对象，是可供传达、感知的某种形象，但这种形象并不是某种可以通过语言诗句而直接表达的个别现象，而是介于抽象的自然本源与人为的表意、表情传达之间。正如老子所言"大象无形"，"象"作为传统文论元范畴之一的术语，更加贴近具体可感的形象认知，塑造了自身同时涉及自然本源、文本符号与文学创作、接受主体的概念范围。这一术语在相关层面的各自延伸释义，进一步形成了"物象""气象""意象"等在诗话文本中被重点解读的术语理念。

严羽《沧浪诗话》中"镜中之象"的"象"，作为对可被创作主体所感知的具象的形而上概括，被多位研究者进行了有所差异的译介。针对这一原文出处的"象"，张彭春最早将其译作"image"，此后刘若愚、卜寿珊、欧阳桢、林理彰、宇文所安、叶维廉、余宝琳、He Dajiang、陈瑞山、顾明栋、汤雁方等研究者都沿用了这一译介，只有华兹生在翻译吉川幸次郎的日语译文时，将其译作"shapes"。可以看出绝大多数译者关注于这一术语指向的，对于具体形象的高度概括，即可与诗论中"意象"这一概念的相通之处。而华兹生关注于这一形象可被感知、认识、理解的形态，具体能指虽有所区别，却都是对其抽象内核的有效认识。

英语世界译者在应对其他诗话中出现的"象"时，也采用了"image"这一英译，如 Jiayin Zhang 对"意象迫切"（《后村诗话》）的译介。"意象"作为"象"在文本能指上的延伸变化呈现出的诗歌艺术形象，相较于抽象的形而上概念，更加倾向于创作主体自身能动感知对于客体符号的艺术加工与人为感知。卜松山则将"意象"译作"comprehension and imagination"，更加体现出这一术语指向的主体感知。

由"象"延伸的诗学术语还有"气象、物象、兴象"，均被齐皎瀚译作"atmosphere"。胡应麟提出的"作诗大要不过二端，体格声调、兴象风神而已。体格声调有则可循，兴象风神无方可执"中的"兴象"，着重体现的其"无方可执"的抽象含蓄的艺术内核，因此刘若愚将其译作"inspired imagery（hsing-hsiang）"，汤雁方将其译作"meaning and object"，前者体现的是与"神"相类似的，对无法通过人为塑造力而建构的美学意境的传达，后者则是关注诗歌文本与对象客体之间的抽象联系。同样体现译介差异的还有"万象"这一术语，方葆珍将其译作"varieties"，卜松山译作"phenomena"，前者关注自然客体与文学文本联系的多元种类，后者倾向于用"现象"释义，更加贴近于"象"与意象、物象相关的符号呈现。

　　同理的还有"形象"这一术语,侧重于具体可被感知、被描摹的客观存在表述,则与文学主体的能动性更为紧密相连,也是力图传达创作主体在进行诗歌实践时,所具备的对于具体言说对象进行塑造、建构的能力。余宝琳将其译作"formal image",宇文所安译作"visible form",卜松山译作"fixed forms"。三种英译,都与"form"这一表达形状、形式、形态的能指有关,侧重的释义同样都是体现这一术语指向的,可被意念或视觉或思维所把握到的形象,是将抽象难解的哲理本源与主体的能动感知,以及文本的语言形态构成相结合的客体对象。

第三节　古代诗话中"理""意"的译介

　　与形而上的元范畴诗学术语有所不同的是,"理"与"意"所属的所指层面开始更加贴近能够通过语言、文字而表述、理解、达到的具象。前者侧重于学问知识等符合理性与逻辑思辨的文本思想,其延伸出的"义理"这一诗学概念,最早就与儒家经典释义的章句学问密不可分,《汉书·刘歆传》中"初《左氏》传多古字古言,学者传训故而已,及歆治《左氏》,引传文以解经,转相发明,由是章句义理备焉"[1]的记载,即将这一术语与文本内涵的学理性,在一定程度上画上了等号。待到诗话作品兴起并繁盛发展的宋朝时,"理"这一概念依托于程朱理学的阐发,而更加与书本知识的学理层面相贴合,"凡一物上有一理,须是穷致其理。穷理亦多端,或读书讲明义理,或论古今人物,别其是非"[2],可见理学为主的文论思想,倾向于认识"理"作为自然万物客观存在的理念核心,并认为这一内核是可以通过人为理解的努力而获得具体的体现。这一理念向诗学术语的转化,也与宋代诗歌"以学问为诗""以议论为诗"的创作倾向密切相关,并在北宋以后的诗话作品中被作为重要术语进行点评、阐述。"意"则是可以通过语言、文字进行复述,被人为理解通过感性或理性思维进行感知、梳理与归纳的意义,鉴于意义生成的主观性,"意"的释义也与语言("言"),文字("书")等密切相关从而呈现出多样化的表现,其与其他术语相组合而形成的诗学理念也是诗话作品中重要的,

---

[1] 班固:《汉书》,中华书局1962年版,第1967页。
[2] 程颢、程颐:《二程集》,中华书局1981年版,第188页。

对于诗歌文本蕴含的美学价值的体现，以及对创作主体通过文本传递情感表达的彰显。

一　理（含"义理""神理""正理""理、事、情"）

《沧浪诗话》"诗辩"一章中"诗有别趣，非关理也"[①]，是严羽强调其所看重的诗歌艺术风格的重要论断，体现了他对宋朝诗歌以学问义理、议论句法为重的风格特点的批判，也被多位英语世界译者所关注、译介。如表3-4所示，张彭春作为该章节最早的译者，将"理"译作"reason"，陈世骧、欧阳桢、叶维廉都沿用了这一译介；刘若愚则是最早将此处的"理"译作"principle"的译者，梅维恒、卜松山都沿用了他的英译；陈瑞山则是将二者结合，强调"理"是"reason or principle"；骆玉明著作的英译中则强调此处的"理"为"natural principle"，是诗歌创作过程中被关注对象客观存在的理念，将之与严羽另外所论述的，宋代诗歌重"理"重学问、议论的价值倾向区分开。

表 3-4

	张彭春、陈世骧、欧阳桢、叶维廉	刘若愚、梅维恒、卜松山	邓文君	He Dajiang	坎贝尔	《剑桥中国文学史》
理	reason	principle	discursive argument	intellectual significance	pattern of things	order

严羽在"诗评"一章指出"本朝人尚理而病于意兴，唐人尚意兴而理在其中"[②]，此处的"理"则是对宋朝诗歌以议论、学问为诗的风格特点的总结。故而邓文君将其译作"discursive argument"，He Dajiang 将其译作"intellectual significance"，都是倾向于呈现这一术语在此处侧重于论辩、学问的诗歌文本表现的特点，突出这一诗歌注重学问议论的艺术特点，旨在凸显宋代诗歌与唐诗在内容思想、美学取向上的显著差异。

在其他诗话作品中，"理"这一术语所出现的语境，也存在两种倾向。其一在于还原诗歌文本的语言逻辑与思想内核，将其视作可以通过创作者人为努力而达成的学理、文义上的语言文字表述；其二则是倾向于理

[①]　何文焕辑：《历代诗话》，中华书局1981年版，第688页。
[②]　何文焕辑：《历代诗话》，中华书局1981年版，第696页。

学的思想影响,将"理"视作包括诗歌在内的世间万物自身都客观具备的、可供感知、阐述、分析的理念内核,此两处可见人为之理与天然之理的话语层面的区别。延续了对《沧浪诗话》中"理"的"principle、reason"相关译介,傅君励将"此理迨不容声"(《西清诗话》)中的"理",译作"principle";坎贝尔将"此诗之正理也"中的"正理"译作"true principle";林理彰将"禅家戒事、理二障"(《诗薮》)中的"理"译作"rational principles",此处两种译介呈现出了诗话作者强调的,对于诗歌创作有益的哲理性理念,与带有说理、讲学性质,并对诗歌实践有所妨碍的人为义理之间的区别。同样是"正理"这一术语,骆玉明著作中将其译作"right representation",同样体现出将其视作正确标准的肯定与推崇。

和张彭春等人相似,将"理"译作"reason"的,还有艾朗诺对"然文章论当理与不当理耳"(《潜溪诗眼》),坎贝尔对"至其辞达理顺"(《滹南诗话》)中"理"的译介。坎贝尔还将"曲当其理"(《滹南诗话》)中的"理"译作"pattern of things",《剑桥中国文学史》则将"至其辞达理顺"中的"理"译作"order",相关所指都重在凸显"理"作为包括诗歌文本在内的事物自身的客观逻辑。

在此基础上延伸出的诗话术语"神理",通过与元范畴术语"神"的结合,进一步将这一客观存在的核心理念,导向了更加抽象哲理、贴近文学文本理想艺术境界的释义。"爰自风姓,暨于孔氏,玄圣创典,素王述训,莫不原道心以敷章,研神理而设教"[1],《文心雕龙·原道》就已将这一术语设置为自然万物本元之理的阐释,而文学实践则是对这一与"道"并列的,哲理化万物内核的人为阐述与探索。林理彰对其英译时,侧重于"神"的元范畴所指,将其译作"spirit(shenli)";宇文所安将其译作"principle of spirit";杨晓山译作"magical principle",都体现出了对这一术语倾向于哲理化、理想化的客观事物理念存在的理解。涉及具体语境时,刘若愚将"神理凑合时,自然恰得"、"势者,意中之神理也"(《姜斋诗话》)中的"神理"译作"spirit(shen)and the principles(li)",黄兆杰将其译作"logic of the imagination",宇文所安则译作"principle of spirit",三位译者都在译介中考虑到了"理"在精神想象层面的主观抽象

---

[1] 周振甫:《文心雕龙今译》,中华书局1986年版,第14页。

性，同时也考虑其可以通过一定逻辑而得以体现的条理性。而孙筑瑾、杨铸对"诗之神理"（《贞一斋诗话》）的译介，则更加凸显了这一术语对诗歌艺术精神本质的强调，前者将其译作"soul and essence"，后者译作"spirit and truth"，都传达了"理"在艺术审美中被推崇的本质、核心地位，以及其抽象化的概念。

而"义理"一词则体现出《汉书·刘歆传》所论及的，可以通过知识、学问的论述、阐发而得以被体现的文本思想。艾朗诺将其译作"meaning"；Jiayin Zhang 译作"principles"；林理彰将其译作"Reason and Principle［i. e. Neo-Confucianism］"，强调这一术语的所指侧重于程朱理学等新儒学所提倡的阐发经学义理，即看重释义讲学，传递儒家学说思想的特点。

叶燮《原诗》所提出的"理"，因其与"事""情"两大特定诗学术语，共同构成一组阐释叶燮诗歌理论核心之一的，凸显自然万物客观规律与哲理化内核的术语。"譬之一木一草，其能发生者，理也。其既发生，则事也。既发生之后，夭矫滋植，情状万千，咸有自得之趣，则情也。"① 可以看出叶燮特定了"理"这一术语囊括自然万物客观存在性的哲理，以及其与"事""情"紧密相连，以此延展的内在联系，故而《原诗》中的"理"必须作为"理、事、情"这一组术语而被考察。英语世界研究者也注意到了这一组术语的不可分割性，并在译介与解读中将其视作一个文论话语的整体表现。这一组在《原诗》中被界定为包容宇宙、万物一切义法、规则的概念，需要注意到译介差异的是刘若愚、宇文所安、杨晓山、顾明栋、蔡宗齐、谢耀文这几位研究者。较早期进行英译的刘若愚，将"理、事、情"译为"principle/reason、event、manner"，以此为发端，对这一组理念尤其是"情"的所指的译介，诸多研究者产生了分歧。刘若愚基于对《原诗》为中国诗学发展史"后期表现理论"的定义，特意将其译为"manner"，并指出"'情'在此处并非指'感情'，而是事物发生的情形"②。卜松山也在《论叶燮的〈原诗〉及其诗歌理论》一文中采用此种译法。

宇文所安则将"理、事、情"翻译为"principle, event、circumstance"，也是对刘若愚的英译成果进行了一定程度的沿袭。他指出

---

① 叶燮：《原诗》，霍松林校注，人民文学出版社 1979 年版，第 21 页。
② 刘若愚：《中国文学理论》，杜国清译，江苏教育出版社 2006 年版，第 127 页。

principle 与 event 的指向范畴比较容易理解，而将"情"译为表示"情形、环境、情况"这一倾向客观外部条件的"circumstance"，只是能表达出其部分意义，他认为"'情'是事物在某一特定时刻的样态，也是情感或感受，因此，事物的'情'传达似乎就体现着一种情绪"①。宇文所安意识到"情"在这一组传达外部世界终极意义的理念之中，有着表达主观内在的倾向，却仍选择用"circumstance"对其进行了译介，可以看出宇文所安受到刘若愚的影响，对"情"的所指，以及如何对其进行英文表述，都还带有强调外部世界对诗歌的作用这一表现理论的倾向。译介叶燮对"理、事、情"的界定"幽渺以为理，想象以为事，惝恍以为情"时，他将"情"进行了"affection/circumstance"的补充，宇文所安在此处对之前就"情"的所指进行再理解并译介，弥补了之前的"外部世界的相关表象"的释义，重新强调了与外部环境紧密相关的创作主体的内在表现。

  杨晓山将"理、事、情"英译为"reason、fact、manifestation"，不同于宇文所安，他将"理"简单地引向"原因，理由，理性"这一更容易由中文语义所推导出的引申义，"事"则同样较为简单地译为"事实、实情"，"情"则是通过有"表现、显示"之义的"manifestation"，与宇文所安选择的"circumstance"所侧重的，宇宙外物的外在形态映射这一所指有所不同，此处"情"的英译所产生的语言所指更多是外部世界下的内在显现与传达。顾明栋对于这组术语的英译，大致上与宇文所安相同，却将"情"译为"condition"，其侧重的含义仍是偏向外部客体的环境、情状等稳定状态。翻译理论学者谢耀文认为应把这组术语"理"译作"implicit"，"事"译作"imaginary"，"情"译作"elusive"，最终则将"理、事、情"进行了英译术语表述的总结，出于对英文个体单词所指的局限，他力图通过多个英译与阐述的罗列，尽力完善《原诗》术语作为放送者所传达的传统诗学内涵，与英语世界接受者对于上述术语的理解、认识的切合。他将"理"总结为"principle、reason、significance、inherent order, etc."，"事"为"event、matter、relation between visible objects"，"情"为"emotion as well as manner of being, vivid expressiveness of nature essence of anything"，可以看出谢耀文对于"情"的解释体现了主客观世界的必然联系，却最终侧重于情感体验的主观性表述，这与他在对"情"

---

  ① 宇文所安：《中国文论：英译与评论》，王柏华等译，上海社会科学院出版社 2003 年版，第 561 页。

的理解贴近于中国传统诗话所讲求的"情景交融"有关。同样运用意译阐述而非名词术语进行译介的,还有蔡宗齐将"理"译为"li, the inner principles that determine what we can occur","事"为"shi, actual occurrences in the world of nature and man","情"为"external forms manifested by those occurrences"。

二 "意"(含"命意""语意""立意")

"意"作为与诗歌作为文本形态进行阐述的文论话语相关联的术语,体现的是作者、读者等主体对语言、文字等符号进行理解时,所感知到的思想、含义、情感等各种带有主观色彩的寓意,同时也是诗歌作为具体文本,切入到主体接受与实践过程中时,最为普世性的文学价值的体现,即任何一处诗歌创作与阅读都离不开"意"的具体传达与感受。对"意"及其延伸的诗学术语的译介进行梳理,可以看到英语世界译者针对这一出现频率极高的术语,既有所占比重较高的,对其单纯表示客观文本内容意义所指的理解,还有涉及对诗人主体性等主观倾向的考虑,呈现出了较多元的英译文本差异。

欧阳修《六一诗话》中"含不尽之意见于言外"[①] 的"意"开启了诗话作品中探讨言与意的关系,以及后者超越于前者、不受其限制的诗话文论传统。对于这一出处的术语译介,与"言"大多被译作"word"不同,"意"的译介始终有所差异。如表 3-5 所示,华兹生最早将此处的"意"译作"significance",黄维樑也沿用这一英译;宇文所安、Jiayin Zhang 将其译作"thought";张双英、傅君励、汤雁方则译作"meaning"。"meaning"这一直接指向诗歌在语言、文字上的文本意义的译介,作为"意"的最普遍英译被许多译者所采用。

表 3-5

	华兹生、黄维樑	宇文所安、Jiayin Zhang、张彭春	张双英、傅君励、汤雁方	萨进德	杨晓山、方葆珍、田晓菲	韦利、刘若愚、坎贝尔、卜松山	宇文所安	Jiayin Zhang	刘若愚
意	significance	thought	meaning	import	intention (yi)	idea	concept	expression	goal

---

① 何文焕辑:《历代诗话》,中华书局 1981 年版,第 267 页。

同样体现这一特点的还有《沧浪诗话》中"故其妙处,透彻玲珑,不可凑泊,如空中之音,相中之色,水中之月,镜中之象,言有尽而意无穷"①,作为体现传统诗歌含蓄蕴藉审美标准的代表性论述,其中的"意"被诸多研究者译介。最早的张彭春将其译作"thought";刘若愚、宇文所安、华兹生、卜寿珊、欧阳桢、林理彰、陈瑞山、余宝琳、He Dajiang、顾明栋、汤雁方都将其译作"meaning"。余宝琳、宇文所安、卜松山、顾明栋等人还将"言在此而意在彼"(《原诗》)中的"意"同样译作"meaning",可见绝大部分研究者在对与"言"形成对照联系的"意"进行理解时,关注的都是它作为文本最直观意义的体现。

除开这一最普遍的英译,针对不同诗话文本中具体语境的变化,"意"的英译呈现出相应的差异。例如,Jiayin Zhang将"炼句不如炼意"(《潜溪诗眼》)中的"意"译作"thought","有意用事"中的"意"译作"meaning";虽然出自同一诗话,萨进德将"反其意而用之者"中的"意"译作"import"。"intent"也是"意"作为诗话术语被英译的文本之一,傅君励对"意与言会"(《石林诗话》),Jiayin Zhang对"诗人之意"(《岁寒堂诗话》)的英译都有此;或者直接用拼音加上英译,表达"意"作为主观意愿的术语化表达的理论特点,如杨晓山将"其意可见"(《苕溪渔隐丛话》)中的"意"译作"intention(yi)",方葆珍将"宋人谓作诗贵先立意"(《四溟诗话》),田晓菲将"意愈浅愈深"(《诗薮》)中的"意"译作"intent(yi)",都是通过保留拼音强调这一术语虽然体现了"意愿"这一层含义,但其作为文论术语还有只可意会、不可阐释的空间。其他译介还有,Jiayin Zhang将"吟咏性情之本意"(《后村诗话》)中的"意"译作"expression"。韦利将"诗以意为主"(《随园诗话》),坎贝尔将"古人意有所至"(《潆南诗话》),刘若愚将"意随笔生"(《四溟诗话》),卜松山将"以兴起其意"(《原诗》)中的"意",都译作"idea"。

而同一处诗话原文中出现的,涉及诗学术语的"意",也被不同的译者进行了不同的英译。例如,"要见古人自命处、着眼处、作意处、命辞处、出手处"②中的"作意处",刘若愚译作"goals",卜松山译作"in-

---

① 何文焕辑:《历代诗话》,中华书局1981年版,第688页。
② 叶燮:《原诗》,霍松林校注,人民文学出版社1979年版,第18页。

tentions",宇文所安译作"concept"。"无论诗歌与长行文字,俱以意为主。意犹帅也"① 中的"意",杨晓山直接以拼音译作"yi";宇文所安译作"concept",黄兆杰译作"creative mood",是在一定解读基础上的意译,强调了此处作为诗歌创作主导力的"意"的主体性。

由"意"延伸、组合出的其他术语,如"语意"被黄维樑译作"rhetoric",旨在强调侧重语言修辞层面的文本含义;"立意"被刘若愚译作"idea",旨在表达这一术语所指称的,诗歌文本内容所体现的思想意蕴;"命意"被卜松山译作"themes",体现其对诗歌主题、命题的表达,宇文所安则将其译作"the way in which concepts are formed",明确阐释了这一术语是指向对作品内在含义的构成方式,斯定文将其译作"The creation of meaning",强调的是意义自身在文本结构中所具备的创造性与组织性。

第四节 古代诗话中"情""景"的译介

"情""景"作为衡量诗歌艺术风格的基础术语,既以单独个体的形态,对文本相关的代表主体情感与自然外部的概念进行了立论,二者同时又组成了不可分割的一组诗学术语,例如"情景交融"等传统文论话语的重要概念。情、景合一,以及如何看待二者之间的关系,也是历代诗话作者在作品中重点关注的议题之一。在诗人、读者、评论家等主体视野中,"情"与"景"的相互关联与对照、融合并不是人为塑造的,而是在诗歌创作、鉴赏等具体审美实践中自然而然形成的传统诗歌美学理念。例如"情"这一概念在《原诗》"理、事、情"的术语解读中,既具备独立的有关自然万物生发外显的特点,又与其他术语组成体系。译者在对其进行译介时,既关注到其对于事物具体特点外露的主体性,也涉及对其表达主体情感的认识。当"情"与"景"相结合,在王夫之等诗论家笔下,则同样被赋予了其他具有代表性的体系架构。因此,关注这两者诗话术语,及其延伸与组合的术语理念时,应注意到"情""景"可被单独进行讨论,涉及诗歌实践的各个环节,也可单独进行延伸,例如"理、事、情"中的"情","情性""性情",乃至袁枚提出的以性情为核心的"性

---

① 王夫之:《姜斋诗话笺注》,戴鸿森笺注,人民文学出版社1981年版,第44页。

灵"论等，同时此二者也可并置为不可分割的一组诗学术语，作为"情、景"或"情景"纳入传统文论话语之中。而英语世界研究者的译介，也呈现出这一观照下的具体特点。

一 "情"（含"性情""情性""性灵"）

"情"在特定的诗话作品语境中，作为对个体情感的独立表达时，译者往往将其与感性化的情感表征相联系。艾朗诺将"高情远意"（《潜溪诗眼》）中"情"译作"sentiments"，他又将"缘情体物"（《石林诗话》）中"情"译作"affection"，同样出处则被傅君励译作"feelings"；余宝琳也将"其情真"译作"feeling"，同样出自该诗话的"情动于中而形于言"中的"情"则被傅君励译作"emotion"。"情"作为独立诗学术语被译介的文本，大抵为上述几类，都侧重于这一术语指向诗歌创作中被抒发、被表达的主体情感。

由这一术语延伸出的"情性""性情"，则是诗话作者在具体诗歌创作的论述中，所强调的诗人的主体性，即诗歌实践中不可缺少的不同诗人性格、情感特点的具体表达，也是可以通过诗歌文本被读者所感知到的艺术风格特点。关于此二者意义相近的术语，译者也有不同程度的译介。有关"性情"（"情性"），Jiayin Zhang 将其译作"nature"，重在表达此为诗人与生俱来的主观天性，Huicong Zhang 也采用此译介；坎贝尔将其译作"emotions（qing xing）"，重在强调其作为感性的主体感情；骆玉明著作中将其译作"personality"，强调此为不同诗人的具体个性；刘若愚则结合多种译介，将其译作"nature and emotions（or personaliry, hsing-ch'ing）"，以其呈现较为全面的解读；Liu Hsiang-fei 将其译作"inner feelings"；施吉瑞译作"human nature and feelings"，上述译介都是对诗人这一创作主体的情感天性与独特个性的凸显。

严羽提出"诗者，吟咏情性也"①，是诗话作品最早对诗歌创作应以抒发情性为主的强调。针对此处语境的"情"，张彭春作为最早的译者，将其译作"feelings and emotion"；刘若愚、陈瑞山、顾明栋则译作"emotion and nature"；欧阳桢译作"emotions and the nature of things"；林理彰译作"one's original nature"；宇文所安译作"what is in the heart"；骆

---

① 何文焕辑：《历代诗话》，中华书局1981年版，第688页。

玉明译作"personal feeling",上述译介虽略有差异,都体现出对诗人自身内心情感天性的强调,即通过此传达出诗歌应作为个体情感的具体抒发表现。袁枚提出的"诗者,人之性情也"①,即是对《沧浪诗话》这一论断的继承,韦利将其译作"their own feelings",刘若愚在不同的论著中分别将其译作"nature and emotion"与"personal nature",都同样旨在强调诗人创作时主体情感的重要性。袁枚所提出的"性灵"这一学说,即将"性情"提升到更加接近抽象哲理的层面,凸显了它代表的诗歌艺术风格与美学标准的整体话语价值,韦利将"性灵"译作"natural gifts",施吉瑞译作"natural genius(hsing-ling)",刘若愚将其译作"native sensibility",都是将"性情"的主体情感指向进一步抬高到自然天赋的抽象高度,体现出了"性灵"作为袁枚诗论主体话语与美学标准的重要性。

二 "情、景"

"景"作为对自然万物外部景象的总称,其单独作为术语所指出现时,无论其具体语境与原文出处,都多被译作"scene""sceneries",即可被感知、描绘的景色、景物。"情"与"景"作为诗话作品中常见的,也是传统文论话语中极其重要的一组诗学术语,在许多原文文本中都被诗话作者视作不可分割的整体而进行论述。英语世界译者也将此二者作为共同融合、相连的概念加以译介。

王夫之提出"情、景名为二,而实不可离"②,谢榛提出"作诗本乎情景,孤不自成,两不相背"③,都是对"情、景"对诗歌创作审美指导作用的重视,以及对此二术语相互融合、联系的整体性的强调。针对"情、景"这一对术语,刘若愚在《中国诗学》中将其译作"emotion and scene",Liu Hsiang-fei 也采用这一译介,而刘若愚在《中国文学理论》中就译介的完整性进一步发展,将其译作"Ch'ing(emotion/inner experience)and ching(scene/external world)";黄兆杰在理解基础上侧重于意译,译作"visual experience and emotional experience",重在强调这一术语指向的,始终是诗人或读者在面对诗歌文本时的主体体验;宇文所安则译作"affection and scene";李又安则采用拼音"Ch'ing and ching";杨

---

① (清)袁枚:《随园诗话补遗卷四》,江苏古籍出版社 1993 年版,第 647 页。
② (清)王夫之:《姜斋诗话笺注》,戴鸿森笺注,人民文学出版社 1981 年版,第 72 页。
③ 丁福保辑:《历代诗话续编》,中华书局 1983 年版,第 1180 页。

晓山、肖驰、BAI Li-bing 将其译作"feeling and scene";顾明栋将其译作"scenes and desires"。

无论何种具体译介文本,在对"情、景"进行整体性释义与解读时,都突出了情感的主体性,即通过这一组合,"景"的所指已经不再是作为独立术语出现时的单纯、客观的自然景物,而是带入了"情"的感性、主观感情色彩的,被诗人、读者等主体所解读、诠释的,特定范围内的"景"。"情、景"在诗歌主体关注视域中的相互联系、融合,也被英语世界译者所关注与理解。

第五节　古代诗话中"悟""识"的译介

承接前文诗学术语"情"对于诗人主体情感能动作用的强调,"悟"这一术语,同样指向诗人、读者等诗歌实践参与者的主体性,强调其直觉化的,脱离理性思辨逻辑的直观感悟。由其引发出的"妙悟""顿悟"等术语,更是对于宋代诗话以禅论诗话语方式的继承与体现,这一系列术语凸显了个体思想启发感悟的不可捉摸性,是传统诗学术语看重直觉思维,"大多对'言外之意'的非语言意会和浑然妙悟尤为强调"[①]的特点的表现。"识"这一术语则相对体现出更多的理性思维,是诗人等相关主体在一定学历知识、价值取向的基础之上,对诗歌进行审美判断与理解接受,相较于"悟"的主观直觉,更侧重于理性逻辑。而"识"往往也被诗话作者视为进行诗歌创作、评论鉴赏、接受的一大重要前提与审美标准,或可有助于达成"悟"等直觉化的艺术境界。叶燮提出的"才、胆、识、力"这一组术语,强调以"识"为首要,形成创作主体的个性心理与学识基础。

一　"悟"(含"妙悟""悟入")

"悟"作为单独术语出现在诗话原文中,其英译呈现出较为单一的特点。刘若愚将只侧重于表现主体感悟的"悟"译作"awakening",宇文所安译作"enlighten",Liang Du 译作"be aware of",都强调了主体的能动意识。相类似的译介,还有黄维樑译"悟者"为"wu che〔the awakened

---

[①] 王晓路:《西方汉学界的中国文论研究》,巴蜀书社2003年版,第301页。

person]", 林理彰、汤雁方译"凡作诗如参禅，须有悟门"(《藏海诗话》)中的"悟门"为"enlightenment (wu-men)"。"悟门"这一指向诗歌创作之法的诗学术语，即以禅论诗话语的体现。

最能体现这一以禅宗术语带入诗歌理论，借用其概念为诗学术语的文论话语传统的，是严羽提出"大抵禅道惟在妙悟，诗道亦在妙悟"[①]中的"妙悟"。张彭春将其译作"spiritual intuition"，刘若愚译作"intuitive apprehension"，宇文所安译作"enlightenment"，陈瑞山译作"miraculous awakening"，施吉瑞译作"miraculous enlightenment"，骆玉明著作中译作"wondrous enlightenment"，林理彰译作"marvelous enlightenment"，杨晓山译作"divine enlightenment"。综上所述，可见英语世界译者在表现这一所指层面的主观感悟、灵感的同时，都侧重于强调"妙悟"这一理念的自发、直觉，甚至接近神性、灵性的自动生发，通过译介展现出这一主体思想中的境界的达成，与后天的学问知识、逻辑思辨并不相关，而重在于抽象、直观、自发生成的精神感悟。

"如今人之治经，然后博取盛唐名家，酝酿胸中，久之自然悟入"中的"悟入"，重在表现对"悟"这一主体境界的实践与达成。施吉瑞将其译作"enlightened and enters"，宇文所安译作"achieve enlightened insight"，陈瑞山译作"one will come to awakening naturally"，傅君励译作"enter through awakening"，林理彰译作"enlightened spontaneously"。林理彰还将"诗于唐人无所悟入"(《围炉诗话》)中的"悟入"译作"gain enlightenment (wu)"。

二 "识"(含"真识""才、胆、识、力")

"识"在古代诗话作品中作为名词指向的诗学术语时，往往呈现出与学识，及其为核心所构成的诗歌理解、判断的释义。林理彰将"故学者先以识为主"(《潜溪诗眼》)中被肯定为诗歌实践第一主体要务的"识"，译作"judgment (the power to discriminate)"，即最为核心、基本的对于具体诗歌作品内涵与美学等要素的把握认识。艾朗诺将同一出处译作"appreciation"。萨进德将"非识学素高"(《艺苑雌黄》)中的"识"译作"knowledge"，施吉瑞将其译作"understanding"。上述译介都侧重于表

[①] 何文焕辑：《历代诗话》，中华书局1981年版，第686页。

现"识"有关可后天人为习得的知识、学问、诗歌审美的阐释。

严羽提出"野狐外道，蒙蔽其真识，不可救药，终不悟也"①则进一步将"识"上升至核心的主体思想，并将其与"悟"的能否达成进行了必然的联系。针对严羽提出的"真识"这一与诗歌理解、创作等层面相关的概念，刘若愚将其译作"true judgment"，陈瑞山译作"consciousness (insight)"，宇文所安译作"genuine judgement"，林理彰译作"true knowledge of poetry"，体现出知识习得与主观理解共同构成对诗歌这一对象的价值判断，从而实现对主体诗歌实践的指导。

叶燮提出"才、胆、识、力"一组诗学术语，"然是有志，而以我所云才、识、胆、力四语充之，则其仰观俯察、遇物触景之会，勃然而兴，旁见侧出，才气心思，溢于笔墨之外"②，表现了创作主体在有关诗歌写作、阅读理解、评价鉴赏等相关要素上，应当呈现出的理想的文学见解、学识、取向等，是诗人针对诗歌实践的主体能动性的总结概括。其作为不可分割的整体理念，与"理、事、情"这一着重表现自然万物等诗歌客体对象的理念内核的术语，构成了叶燮诗论体系的核心。"大约才、识、胆、力，四者交相为济。苟一有所歉，则不可登作者之坛。四者无缓急，而要在先之以识：使无识，则三者俱无所托"③，则明确强调这一组整体概念的诗学术语，以"识"这一主观判断为首要与核心。刘若愚将该组术语译作"talent、judgment、daring、strength"，宇文所安则译作"talent、judgement、courage、force"，卜松山译作"talent、judgment、courage、vigor"，斯定文译作"talent、daring、knowledge、strength"，施吉瑞则将此处的"识"单独译作"discrimination"。这一组术语重在体现的是，诗人在学问见解、审美倾向、动机抱负、能力与价值取向等各个主体层面的具体能动力，直接指向了不同的个体如何实践具体的诗歌艺术成就。

第六节 古代诗话中"韵""味""趣""致""清""色"的译介

"韵""味""趣""致""清""色"等诗学术语，体现的是诗话作

---

① 何文焕辑：《历代诗话》，中华书局1981年版，第687页。
② 叶燮：《原诗》，霍松林校注，人民文学出版社1979年版，第47页。
③ 叶燮：《原诗》，霍松林校注，人民文学出版社1979年版，第29页。

者在诗歌艺术鉴赏中，通过此类诗论话语传达出的对诗歌文本的审美倾向与接受标准。此类诗学话语表达方式，被刘若愚概括为"以含蓄代明晰，以简明代冗长，以间接代直接，以暗示代描述等方式"[①]，虽然上述诗话术语体现的都是诗歌接受者、创作者通过主观美学的引导，对诗歌的美学内核与艺术风格进行的含蓄抽象的归纳，侧重于展示文本在语言修辞等层面的艺术特点，但其各自的指向又有所区别。"韵"与"味"作为某种程度上，对诗歌文本进行整体美学价值归纳的术语，呈现出的是传统诗歌理论追求言外之意的艺术境界的取向，是对于诗歌在语言架构中所呈现的含蓄蕴藉、余味悠长的理想化艺术风格的强调，此二术语也体现出了将诗歌审美与音乐、食物等进行类比这一诗话术语的构成特点。

"韵"以指向诗歌的韵律、韵脚等语言范式为原点，体现出音韵章法的艺术衡量标准，同时其延伸出的"神韵"术语作为王士祯等诗话作者的诗论核心，是诗话作品诗学话语中具备代表性的美学理念，"韵"与"味"结合而成的"韵味"，也是这一相类似的诗学话语在语言审美上的延续。同样，"趣"与"致"也相互映照，构成对诗歌语言艺术的理想化推崇，都体现出对诗歌进行美学归纳时所感知到的，倾向于某种独到、显著的审美体验，这种体验也是接受者自身主观感受所决定的，从而对诗歌艺术价值的衡量形成了某种抽象、直觉的判断标准。"趣"延伸出的术语"兴趣"，也是与"神韵"相类似的，对诗歌创作指导的总体美学价值的归纳概括。"清""色"二术语则同理，体现出诗歌接受者在审美体验中的归纳总结，同时也体现出术语在语言指向上的倾向性，如"清"往往被延伸为"清健""清新"等表达某一特定语言风格的术语，而"色"也有"本色"这一限定诗歌在语言上的艺术标准的延伸，或"物色""声色"等，以色彩指向而延伸出的注重烦琐物象、华丽修辞等语言风格的创作倾向。

一 "韵"（含"神韵"）

"韵"作为单独诗学术语出现在诗话中，指向的是诗歌语言修辞上讲求的韵脚、韵律、音韵规范等，故"韵"多被英译为"rhyme"或"prosody"，又比如林理彰将严羽所提的反面语言范式译作"vulgar prosody"，

[①] James Liu. *Language—Paradox—Poetics: A Chinese Perspective*, Princeton: Princeton University Press, 1988: 56.

体现出其在语言学意义层面的所指释义。刘若愚将"如乐之二十四调，各有韵声"(《白石道人诗说》)中"韵声"译作"tone"或"flavor"，此处译介着重体现的是这一术语对于诗歌语言在接受层面体现出的具体特点的强调，这种语言美感与不同个体主观的感知密不可分。

同样是"韵"，在不同的语境中也体现出不同的美学指向。刘若愚将"句由韵成，出乎天然"(《四溟诗话》)中的"韵"译作"inspiration"，此处译介不再体现其有关语言修辞的释义，而是转向了艺术审美层面更为抽象、直观的美学核心，导向了与"神韵"术语相贴合的传统诗论美学建构。王士禛提出的"神韵"术语，涵盖了诗歌创作、接受、鉴赏等各个层面的美学体验，导向的是抽象哲理内核与高妙艺术境界共生共融的理想化诗歌话语，受到的是严羽等人讲求诗歌艺术应羚羊挂角、无迹可求的语言表现的影响，体现出对含蓄蕴藉、冲淡悠远的言外之意的传统美学追求。周姗将"神韵"译作"spiritual tone"，施吉瑞译作"spiritual resonance"，此类译介都重在强调"神韵"侧重于主观精神、抽象意蕴的指向。刘若愚在阐释"神韵"的含义所指时，指出"神"包括"spirit""spiritual""inspiration"等主体精神层面，指出"韵"包括"tone""rhyme""rhythm""consonance""resonance"等声调、押韵、节奏、和谐与共鸣等体现诗歌语言美感的要素，而王士禛提出的理想化诗歌艺术，则对应此二者合一之后的美学标准。

二 "味"

"味"这一术语将诗学话语与味觉的感官感知作类比，体现的是诗歌鉴赏接受过程中读者等主体的主观审美体验，同时也借此理念导向了诗歌美学对于深远、醇厚的艺术意味的推崇。"味"在诗话中作为接受过程中品味、体味的动词时，坎贝尔译作"mull"，杨铸译作"ponder""taste"，林理彰译作"savor"，既有与味觉感官作类比的释义，也有侧重于思想上意会、领悟的释义，可以说将上述英译结合起来，可以较为清晰地理解"味"作为审美接受的意动作用。

而将"味"视作诗歌内在的美学核心价值时，译者往往侧重于通过英译体现其与味觉感知的连类比照，多直接采用相关英译呈现这一语言修辞比喻。柯霖、宇文所安将"又如食橄榄，真味久愈在"(《六一诗话》)中的"味"译作"flavor"；顾明栋将"咀之而味愈长"(《临汉隐居诗话》），黄维樑将"味外之味"（《随园诗话》）中的"味"也译作"flavor"。杨铸、余宝琳、刘若愚、施吉瑞则将这种同样追求言外之意的美学价值的术语译作"taste"，方葆珍则译作"savoriness（wei）"。

三 "趣"（含"兴趣""风趣"）

作为诗话术语的"趣"与"味"类似，都是对诗歌文本中超越语言指称之外的言外之意，及其美学价值的凝练概括。当其倾向于某种主观体验上的意趣、趣味而出现在诗话文本中时，其译介也呈现出了一定的文本差异。如表3-6所示，杨晓山将"郊居闲之趣"（《岁寒堂诗话》）中的"趣"译作"delight"，旨在强调主观感情层面的意趣；傅君励则译作"quality"，强调其整体性的感知；刘若愚将"景实而无趣"（《四溟诗话》）中的"趣"译作"inspired mood"，突出其在主观体验上的创造性直觉感知；方葆珍则译作"charm"，突出诗歌文本自身在审美上显露出的魅力与否；而诗话中处于不同语境，却都体现主体的文学鉴赏趣味的"趣"，则被刘若愚译作"feeling"，旨在强调这是一种主观感受；杨铸则用"interest and charm"强调其趣味性指向；宇文所安、杨晓山译作"delight"，强调这一主观体验的愉悦。

表 3-6

	杨晓山、宇文所安	傅君励	刘若愚	方葆珍	杨铸	张彭春、陈瑞山、欧阳桢、骆玉明	宇文所安	林理彰
趣	delight	quality	inspired mood; feeling; kind of meaning or interest	charm	interest and charm	interests	distinct interest	kind of talent

严羽提出"诗有别趣，非关理也"[①] 中的"趣"，导向了其对诗歌文本体现的，与学问义理、议论文字不相关的含蓄抽象美感的推崇，故而被诸多译者所译介与阐释，意图通过此还原严羽诗论中的审美价值判断。张彭春、陈瑞山、欧阳桢、骆玉明将其译作"interests"，刘若愚译作"kind

---

① 何文焕辑：《历代诗话》，中华书局1981年版，第688页。

of meaning or interest",宇文所安译作"distinct interest",林理彰译作"kind of talent"。综合上述译介可见,译者们的英译所指都倾向于某种特定的趣味、意义或才能,虽然鉴于传统诗学话语的抽象模糊,而难以用理论化的阐释对其进行明确的界定,但足以证明译者们已经明确地理解到了"别趣"与学问知识等理性思维的区别,并通过不同的英译文本为其划定了大致的指向范围与释义空间。

严羽继续提出的"盛唐诸人惟在兴趣,羚羊挂角,无迹可求"[①] 中的"兴趣",即"趣"这一术语的进一步延伸阐释,将"趣"与超越具体语言所指的诗歌含蓄美相对接,共同导向了追求诗歌言外之意的审美取向与艺术标准。张彭春将此处的"兴趣"译作"in inspired moods",陈世骧译作"pure 'animation' or 'gusto'",宇文所安译作"stirring and excitement",陈瑞山译作"inspiration and its interest",欧阳桢译作"heightened sensibilities",余宝琳译作"inspired interest",He Dajiang 译作"inspiration and excitement",顾明栋、汤雁方译作"inspired feeling"。上述译介各有差异,但共通之处大多在于着重表达这一术语的主观、直觉特性,以图将其与严羽所驳斥的议论学理诗风分割开来,并且强调受到某种灵感触发的主体感受、直觉、意趣以及愉悦满足的精神状态,旨在强调这一诗学术语所指向的主体精神,足以形成对理想诗歌艺术风格的引导。

袁枚提出的"兴趣",同样是在对主体性情的创作引导作用高度肯定的前提下,提出的诗歌美学理念的意象标准。韦利将"不解风趣"(《随园诗话》)译作"beauty of conception",施吉瑞译作"style and interest",可见译者对这一术语的阐释与"趣"原本对主观情志的所指有所区别,主要集中体现在诗歌文本自身的美学理念与语言层面的意趣风格。可见袁枚在前人的诗论基础上,进行了诗的术语组合与理念延伸,将完全依托于直觉、主观的意趣审美,转向了诗歌自身在语言艺术层面的选择,这一主客体之间的联系,也为理解"趣"这一诗话术语的话语价值,以及如何实践其美学取向提供了一定的思路参考。

四 "致"(含"极致""兴致""思致")

诗学术语"致"在前列术语的基础上,进一步塑造出传达理想、极

[①] 何文焕辑:《历代诗话》,中华书局1981年版,第688页。

致化的语言艺术境界。"致"往往与其他术语相结合,构成对具体美学内核的极致表述有所倾向的诗学话语。例如严羽提出"诗之极致有一,曰入神"[①]中的"极致",表达了诗歌创作最为理想的主体审美显现,对整体的诗歌认识与实践都有高度的概括性。张彭春将其译作"Highest Reach",刘若愚译作"ultimate excellence",宇文所安译作"supreme accomplishment",陈瑞山译作"ultimate level of poetry",李又安译作"highest point",汤雁方、林理彰译作"ultimate attainment"。上述译介都着重体现出对诗歌作为文学的整体观照对象进行理解,从而塑造出的最为理想、高妙的整体艺术境界,这种境界呈现出抽象、含蓄的美学特点,是严羽为诗歌的鉴赏认识与创作实践所树立的唯一范式,而译者们的不同英译都围绕这一理想化的艺术审美极致而进行了释义解读。

严羽又提出"不问兴致",来叙述宋朝诗人注重用典、句法、学识等在诗歌创作中的大幅度运用,批判他们忽略了他所强调的"唯在兴趣"的美学倾向。针对这一与含蓄蕴藉、浑然天成的语言艺术风格相联系的术语,刘若愚将"兴致"译作"inspired moods(hsing-chih)",宇文所安将其译作"stirring and excitement",陈瑞山将其译作"inspiration and its mood",林理彰将其译作"inspiration",方葆珍译作"the full manifestation of xing"。可见宇文所安、刘若愚、林理彰与陈瑞山都通过自身英译,体现了"兴致"与"兴趣"在所指上的相似性,即着重主观的,被自然激发的某种兴趣、灵感以及创作主体所感知到的精神愉悦。方葆珍则直接保留了"xing"作为诗学术语的独立性,将"兴致"阐释为对这一审美理念的具体体现。

叶燮在论述诗歌理想美学境界在于含蓄蕴藉的语言特点时,提出"思致微渺"这一表述。余宝琳、宇文所安、卜松山都将"思致"译作"thoughts",顾明栋则将其译作"poetic imagination"。前者侧重于体现这一术语指向的,创作主体在语言组织等实践过程中的主体思想,后者侧重于诗歌文本自身在语言层面的具体表现,两种释义都共同导向了叶燮所推崇的,诗歌在具体语言文本中所体现的,以悠远含蓄、指归模糊为首要价值取向的艺术风格。

---

① 何文焕辑:《历代诗话》,中华书局1981年版,第687页。

五 "清"（含"清新""清健"）

"清"延伸出的诗学术语，有"清健""清新""清远"等，所指向的基本上是与"清"的美学所指相关联的，某种特定的艺术风格。顾明栋将"句亦清健"（《临汉隐居诗话》）译作"clear and robust"，杨铸则译作"fresh and vigorous"，前者侧重于清晰明确的语言风格，后者则侧重于语言文本所传达的清新活力的主观感知。

又有诗学术语"清新"，例如出自"清新奇巧"（《庚溪诗话》），傅君励将其译作"pure, new"，而对于出自《苕溪渔隐丛话》的"清新"，傅君励则将其译作"pure, fresh"。对与此术语相类似的，同样传递出清新隽永、冲淡自然的美学风格的"清远"，田菱将其译作"pure remoteness"。"清妙"则被施吉瑞译作"pure and miraculous"，齐皎瀚译作"natural"。可见不同英译中体现了"清"所延伸组合出的诗学术语，在所指层面始终呈现出倾向于清新、纯粹的特定艺术风格。

六 "色"（含"本色""物色""声色"）

"色"作为独立出现的术语时，往往指向与视觉感官相类比的美学风格，这也符合传统诗论用简明的概念对抽象审美体验进行指代的话语方式。"色"延伸出的其他组合术语，都是基于这一视觉感官所指，对诗歌艺术内核进行具有一定倾向性的归纳。"色"作为诗话原文中的独立术语时，往往被译者统一译为"colour"，而其延伸术语则随着释义的美学倾向而有所差异。严羽提出"惟悟乃为当行，乃为本色"①，即把"本色"与以"悟"这一以禅喻诗的话语方式为核心的诗歌整体风格相联系，树立起一个足以衡量诗歌艺术价值的哲理化标杆，刘熙载提出"极炼如不炼，出色而本色，人籁悉归天籁矣"②，正是对"本色"这一术语所指向的天然冲淡，消解后天人工修饰的美学核心的强调。刘若愚将"本色"译作"natural colours"，宇文所安译作"original colour"，陈瑞山译作"genuine color"，施吉瑞译作"basic type"，林理彰译作"natural color"。可以看出，此处不同译者对"本色"的译介都倾向于对其相关联的"悟"这一道法自然、浑然天成的主体直觉境界的理解，故而呈现出"本色"作为

---

① 何文焕辑：《历代诗话》，中华书局1981年版，第687页。
② （清）刘熙载：《艺概》，上海古籍出版社1978年版，第121页。

诗歌理想化内核的天然、元初的释义，得以体现出这一释义的共通之处，在于译者们都不约而同地理解到了严羽诗论崇尚自然领悟的精神内核。

陈师道针对韩愈以文为诗、苏轼以诗为词的创作革新而提出的评价"虽极天下之工，要非本色"①，强调的是"本色"作为主流传统的文学语言范式的指称，试图通过对诗词写作革新的评价，传达出原有的语言修辞的艺术标准。He Djiang 将此出处的"本色"译作"fit the proper style of respective genres"，罗秉恕译作"basic character〔of the respective forms〕"，强调的都是诗词作为文学体裁，原有的某种语言构成的客观标准；王宇根将其译作"nature"，则更为明确地突出了传统语言风格在这一语境中的根本性地位，黄维樑译作"pen-se"，直接采用拼音音译，则突出了这一术语作为理念范式的本质性。上述英译都是为了彰显陈师道对诗歌语言传统风格的推崇，并将其内化为艺术核心，进行了审美批评话语体系中的升华。

另有"物色"，指向的是诗歌中关于自然景物、客观事物的意象刻画，则被艾朗诺直接译作"sights"；"声色"这一术语，体现出其视觉、听觉的感官要素，侧重强调过分注重语言文本的修辞、典故、辞藻、声律等人为修饰，以及华丽不实的书写对象，是大部分诗论批评家所不赞同的某种极端化语言风格，故而 Liu Hsiang-fei 将其译作"sensory elements"，强调其所指向的感官体验，后又将其进一步释义为"depiction of the sensuous delights of sights and sounds"，着重突出了这一术语强调的，在审美过程中给接受者带来的感官刺激的愉悦体验。

第七节　古代诗话中"法""体""格""调"的译介

"法""体""格"这一系列古代诗话术语，其共通处在于都是对诗歌语言形式的概述。诗法、句法自北宋江西诗派起，就是该流派注重文字章法、议论学问的艺术风格的体现，"法"所囊括的句法、字法、活法等都是对诗歌写作时的语言修辞、用字、用典、行文、韵律等语言技巧的讨

---

① 何文焕辑：《历代诗话》，中华书局1981年版，第309页。

论，以及所得出的一定范围限定的客观范式与审美标准，这一着重诗歌外在形式，并试图彰显文字运用技巧与学问义理阐释的诗歌风格，成为宋朝诗歌最为显著的特点。这一术语也延伸出具体的诗话作品题名，如宋之后的《诗法家数》《诗法正论》等，都是对诗歌创作之法，即人力可为的语言技巧的集中论述。

"体"是对诗歌体例、律法等语言格式形态的讨论与限定，同样体现出一种对语言技巧进行阐发与定义的客观标准，"体"的具体阐释既与不同诗歌作品集群的体例、格律有关，也与具体诗人所独创的，带有强烈个人风格的不同诗体有关。"格"所延伸出的"诗格"，是明确对诗歌格律、语言技法、用字规则进行阐释与立论的文学体裁，起源于唐朝文人对诗歌创作的讨论与记录，如崔融的《唐朝新定诗格》，假托白居易的《金针诗格》等，并对北宋前期诗话这一体裁的出现有着直接的影响，这一体裁对诗歌声病、对偶、用韵等章法的界定，对近体格律诗的体裁规范形成有着明显的促进作用，而"格"也进一步发展为在后世诗话作品中被多次论及的，对于诗歌语言范式的又一概括性指称。

历代诗话作品对"法""体""格"的诗歌语言的形式讨论有所继承，并在各自的诗论中对这一语言修辞的讨论进行进一步阐发，同时也借此呈现出各自诗论的特点，即以此为反例，对过分注重诗歌形式与文字修饰的风格进行批判。例如严羽《沧浪诗话》中就有"诗体""诗法"的专章论述，又有"诗之法有五"的相关论断，同时他对宋朝人以文字、学问为诗的创作风格进行驳斥，根本上是对江西诗派过度讲求句法、字法、诗法等人为创作限定的批判。"调"则是以音乐的听觉感知对诗话术语进行指代，借助其定义对诗歌的声调、音调、韵律以及某种被主观感知的审美意蕴进行归纳，同时，鉴于传统诗论话语的抽象与哲理特点，使"文论术语、概念范畴之间呈开放性关系，在指述对象和理论观照方位方面相互流动、相互移位、相互吸纳、相互补充，其结果则是促成了不同术语、概念、范畴之间的融合，由此产生了新的概念范围"[①]。"格"与"调"组合成的诗话术语"格调"，与"性灵""兴趣""神韵"等同为诗话作者提出的诗学理论专称，指向了一种凝练在诗歌内部的整体美学价值。这一话语的组合生成，体现的是以语言形式为指

[①] 党圣元：《返本与开新　中国传统文论的当代阐释》，河南大学出版社 2011 年版，第 92 页。

称的术语相融合后，产生了对于诗歌主体美学精神这一概念范围进行论述的全新理论。

一 "法"（含"诗法""句法""死法、活法"）

"法"作为诗歌之法的术语指代时，体现出的多是诗歌创作在遣词造句具体过程中的方法、准则，是诗人与诗论批评家在一定程度的诗歌理解与实践之后，所尝试制定的人为范式，主要作为诗话术语"诗法"而呈现。如严羽所提"诗之法有五"中的"诗法"，被宇文所安译作"rule"，陈瑞山译作"principle"，张彭春译作"elements in the structure of poetry"，林理彰译作"aspects to the Dharma of poetry"，王宇根译作"methods of poetry"，方葆珍译作"poetic technique"。可见对于诗歌在语言修辞、技巧上的章法的理解，各位英译者略有区别。宇文所安、陈瑞山侧重于将其确立为某种准则、法度，张彭春则强调这是诗歌语言结构的具体构成要素的体现，林理彰的译介则借助以禅喻诗中的佛法之法，强调这一准则与严羽诗论话语的内在联系，方葆珍、王宇根则倾向于阐释诗法是诗歌创作过程中涉及的具体技巧、方法。

同时，对于"诗法"的阐释，同一译者也会随着诗话作品语境的变化，呈现出不同的译介。林理彰在对《四溟诗话》进行选译时，将"法"译作"models"，凸显的是前代诗人的具体诗作，可以为后人写作实践提供有效的参考范式；他还将"洪昇昉思问诗法于施愚山"（《带经堂诗话》）中的"诗法"译作"the method of composing poetry（shih-fa）"，侧重的是阐释其为具体写作过程中遣词造句的技巧方法，突出了这一诗法是可以通过经验而被概括、通过语言而被表述的，此处的译介明确体现了，与作为"法度、原理、规矩"等诗法的抽象释义的差异。

又有"句法"这一术语，在诗话作品中作为诗学话语出现，起源于北宋时期江西诗派提倡讲求作诗句法、字法的传统，后又作为论述诗歌创作的重要术语，而被多位英语世界译者进行译介。黄维樑将这一术语译作"［poetic］lines and methods"，倪豪士译作"ways of expression"，乔纳森·皮斯译作"phrasing"，Jiayin Zhang 译作"principle of composing lines"或"method of composing poetry""method of composing fine lines"，罗秉恕译作"mode of versification"，坎贝尔译作"rules of versification"，《剑桥中国文学史》译作"line method"，杨铸译作"syntax"。可以看出，大部译者都通过译介强调了"句法"是有关诗歌创作遣词造句的具体方法，只在于具体指向上的区别，倪豪士认为句法是诗歌表达的多样化方式，皮斯、杨铸则表达这是遣词造句的构造方式，罗秉恕和坎贝尔则侧重于阐释这是有关诗歌格律的规则、范式。可以看出上述译者虽然在具体英译中侧重有所不同，却都理解到了句法所强调的诗歌语词字句构成中的规律、章法。

"法"在其他诗话作品中单独作为术语出现时，也存在具体语境的变化而导致的所指的变化。叶燮《原诗》将"法"作为术语进行探讨时，是将其视作天地万物客观存在的自然世界的法度，并与其涵盖自然原理的"理、事、情"系列术语相连接，"三者得而不可易，则自然之法立。故法者，当乎理、确乎事、酌乎情"①。针对这一客观存在的内在法度，卜松山、宇文所安等译者都将其译作"rule"，以体现其哲理化的核心理念。叶燮还专门提出"死法""活法"这一语言形式的评判，这一诗论话语自《沧浪诗话》起，就作为对诗歌之法是否符合诗话作者的艺术倾向而得以延续。杨晓山将"死法"译作"dead methods"，黄兆杰、宇文所安将其译作"dead rules"；"活法"则被傅君励译作"living method"，宇文所安译作"animate rules"，从而通过一系列英译呈现出这一对术语在艺术倾向上的显著对比。

二 "体"（含"正体、变体""体物""近体"）

"体"作为诗话术语，及其延伸的另一诗话术语即"体制"，最常体现出的所指，是对诗歌客观文本结构、语言格律范式的总结。这一语境中的"体"，多被译作"style"或"form"，这一英译也可用作对具体诗体的译介。例如坎贝尔将北宋西昆体译作"Xikun form"。同时单独的"体"作为术语，也有其他译介的释义指向，如卜松山将"识为体而才为用"（《原诗》）中的"体"译作"substance（ti）"，强调的是"识"与"才"在叶燮诗歌理论体系中的关系，即以"识"为创作主体的内在思想动力，而"才"这一个人才华的外露，则是这一艺术精神的具体外用实践。

与"死法、活法"相似的，还有"正体、变体"这一组术语，同样

---

① 叶燮：《原诗》，霍松林校注，人民文学出版社1979年版，第20页。

用对比体现出不同时期不同诗人的具体创作，在传统语言范式与革新的变化形态之间的对比。李又安、Liang Du 将"正体"译作"correct in form"，Jiayin Zhang 译作"standard form"，前者又将"变体"译作"changed form"，后者将其译作"altered forms"，凸显出的是作为诗歌整体概念的体例，所呈现出的标准规范，以及在一定具体创作中得以变化、灵活的规范。

将"体"视作对某一客观事物对象进行衡量、考察、理解的动词时，则延伸出"体物"这一创作过程层面的术语，艾朗诺将这一术语译作"giving form to things"，傅君励译作"articulate objects"，刘若愚译作"understand the nature of things"或"empathize with things"，可以看出艾朗诺的英译体现了"体物"与表述为体制、规范形式的"体"的联系，而其他英译则体现出通过"体"这一动词对事物的本质内核，进行主观、理性思维上的理解与把捉。

当"体"侧重于指向诗歌的体裁、格律的时候，"近体"这一术语所表述的，对于讲求格律规范的近体诗的体裁限定，则被 Huicong Zhang、易彻理译作"recent forms"，黄维樑译作"Recent Style"，顾明栋译作"modern style"，施吉瑞译作"regulated-style"。同样是对于体裁限定的"体"的英译，易彻理还关注到了具体某种格律体裁的英译差异，他将乐府体译作"yüeh-fu genre"，绝句体译作"chüeh-chü genre"，体现了他对于"体"作为诗体，而对不同时期兴起的，不同格律句式的诗歌的具体不同指向，而不是一味将"体"视作单一的体裁。

其他相关组合术语，还有刘若愚将"体格"译作"formal style（or form and style，t'i-ko）"，卜松山将其译作"form"。卜松山又将"形体"译作"apparitions"，宇文所安译作"form"。林理彰将"俗体"译作"suti（vulgar formal structure/generic form）"。上述英译都是对有关诗歌语言形态的具体术语的释义，始终侧重于对其有关形式的所指的理解。

三 "格"（含"常格""气格""句格""诗格""格律""格物"）

诗话作品中出现的术语"格"，常被视作有关模式、风格、体裁等相关的语言形式概述，在其释义与英译中也体现出了与"体"这一术语的相似性。英语世界译者基本上将独立出现的术语"格"译作"pattern"与

"form",当其表现为某种特征明显的语言风格所形成的诗歌体式时,则被译作"style",如"江西格"被译作"Jiangxi style",而"风格"则被译作"formal style"。

"格"常与其他术语相组合而生成有关诗歌语言风格范式的修饰与限定,例如指向诗歌主流语言传统的"殆不可拘以常格"(《六一诗话》)中的"常格",柯霖译作"constant form",张双英则译作"poetic imagination",前者体现的是诗歌语言在句式、格律、韵脚等方面的稳定规则,而后者则强调诗歌语言的想象性,即对观照对象的语言描述。

又有艾朗诺将"气格"译作"tone and style";Jiayin Zhang将"诗格"译作"poetic taste",邓文君将其译作"prosodic form";易彻理将"句格"译作"line-style";韦利、施吉瑞将"格律"译作"metre and rules",宇文所安译作"formal rules"。可以看出,当"格"的组合术语依旧指向诗歌的格律、句式等语言规则范式的时候,其译介多涉及对语言形式、风格、规律等层面的凝练总结,只在有关风格特点,或遣词造句,或诗歌语言整体等细节层面有所区别。

当"格"的所指是探究、探求这一意动含义时,其组合成的"格物"术语是中国古代哲学思想与话语体系的重要组成,"致知在格物,物格而后知至"[①]所提出的"格物"是对事物原理的推演与探究,诗话作者也将其作为诗论术语,以表达诗歌创作过程中对自然事物的理性理解与思考。卜松山将"格物"译作"investigation of things",施吉瑞译作"examination of things",此处的"格"作为创作主体的意动,被译作"investigate",此处的译介体现出了这一语境中,"格"所体现的主体在思维层面对客观事物的理性逻辑与主观能动。

四 "调"(含"声调""音调""风调""意调""格调")

"调"作为诗学术语,体现其有关声音的听觉感官指向时,往往被理解为诗歌语言在音调、韵律、平仄等方面体现出的音乐美,以及与其相关的鉴赏衡量标准。其作为单独的"调"被英语世界译者所理解时,其译介往往呈现出与音乐要素的相关性。刘若愚将姜夔以音乐声部音调与诗词

[①] (汉)郑玄注,(唐)孔颖达正义:《礼记正义》,(清)阮元校刻:《十三经注疏》,中华书局1980年版,第1673页。

韵律作比的"如乐之二十四调"(《白石道人诗说》)中的"调"译作"modes of music"。易彻理则将同样表示音乐声律之调的"调"译作"sound-pattern",田菱译作"tonality",Huicong Zhang 译作"tones",斯定文译作"melody"。上述译介都体现出译者注意到了"调"作为与发声相关的听觉感知,与诗歌在语言音调中所体现的美学风格的联系,充分认识到了传统诗歌对语言范式所要求的音律声调上的形式要求。

类似这一所指,"调"与表听觉感官的其他术语相结合,生发出的"声调""音调",同样是对诗歌语言音调规律与美感进行概念性标准化的术语。鉴于其指向的专有,林理彰将"声调"译作"shengdiao",卜松山译作"melody",宇文所安译作"pattern",刘若愚译作"musical tone (or sound and tone, sheng-tiao)"。易彻理则将"音调"译作"sound patterns"。可以看出,易彻理、宇文所安都强调这一术语,指向的是诗歌音乐感所固有的模式,而诗论作者所推崇的理想诗歌语言则应当在格律、声调、用韵等乐感层面遵循这一合理模式。而卜松山、宇文所安则侧重于这一术语对于诗歌音乐性的强调,体现出的是其涉及艺术审美时的具体范围,即声音、旋律、韵律以及这一切要素,在接受者听觉感知中的风格呈现。

这一表述语言音感的"术语",还延伸出对于抽象的主体审美与意义构建方式的表述,如林理彰将"风调"译作"style and tone";田菱将"意调"译作"mode of thinking",译介表现出的是对主体感知的风格,以及文学构思的范式的解读,可见译者都极力通过一定程度可凸显具象思维的释义,对传统诗话话语抽象、简洁的高度概括进行话语表达方式的转换,以达到英语世界接受者的有效理解。

"调"与"格"这两处指向美学概念的术语相结合,则延伸出"格调"这一全新的诗论范畴。"格调"作为明清时期代表性文论术语之一,此处语境的"格"指向的是用以传达思想内涵的诗歌语言在组织结构上的体制,"调"则是诗歌语言在音乐感层面的韵律、音调、平仄声韵等,明朝后七子代表诗论家王世贞提出:"才生思,思生调,调生格。思即才之用,调即思之境,格即调之界。"[①] 又结合明代七子推崇复古、拟古的"文必秦汉,诗必盛唐"的主张,意图以诗歌语言组织所呈现的格调对

---

① (清)王世贞:《艺苑卮言》卷一,人民文学出版社1961年版,第10页。

汉、魏、盛唐诗歌进行摹仿。沈德潜又进一步继承并强调"格调"说，主张推崇关乎美刺和温柔敦厚的诗教传统，通过对格调所体现的风格、体式的追求，回到封建正统的诗歌美学话语中，又讲求声律、音调的合乎雅正，意图实现诗歌向传统风格范式的回归。易彻理将这一文论术语"格调"译作"style"，骆玉明译作"sound and prosody"，韦利、施吉瑞译作"metre and tone-pattern"。可以看出译者的译介侧重体现"格调"在语言声调方面的模式、风格等释义，强调这是诗歌语言在听觉相关的韵律、体式的呈现，主要将其表现为一种对诗歌语言制定正规典范的界定。

第八节 古代诗话中"虚""实"的译介

"虚""实"既可为单一独立存在于诗话文本语境中的术语，在很多情况下也相互组合为一对互为映照的诗学术语。此二者都指向诗歌鉴赏过程中对于诗歌文本艺术美感与写作对象的理解。"虚"既可以指诗歌在语言组织上的某种空洞、空泛的文病，如"文虚""虚言"，更多的则是表达一种与"实"实在、现实所对照的抽象、含蓄、悠远无垠的传统美感。"虚实相生"所指代的传统诗歌艺术生成的理想状态，与"情景交融""有无相生"等，都是符合历代批评家所推崇的言外之意的诗学话语。这也是对中国古代诗论、文论崇尚直觉感知的传统的延续，是严羽等诗话作者一直继承的以禅喻诗"不立文字、以心传心"的话语方式，从根本上强调哲理化的主体意会，"强调意义的不可言说性，始终是中国文化的一个潜在的、深层的文化规则……这个文化规则的制约，形成了一套中国文论话语体系，这套体系又具体体现在'虚实相生'、'以少总多'、'诗意之辩'等议题上"[①]。

"虚"指代的空虚、空泛、不可被实际视觉感官所衡量的美学范畴，当其作为对诗歌创作艺术精神的贬义形容时，多指向被无故耗损、浪费的主体精神与思想。如表 3-7 所示，王宇根将"虚费精神"（《诗法正论》）中的"虚"，译作"wasted in vain"，可以见得这一释义是创作实践的某种反面例证。"清虚"这一延伸而来的术语，则指向精神内在的清净明澈、无为纯洁，是主体精神在诗歌鉴赏与创作过程中的理想境界之

---

① 曹顺庆：《比较文学与文论话语 迈向新阶段的比较文学与文学理论》，北京师范大学出版社 2011 年版，第 248 页。

一。刘若愚将其译作"pure emptiness",宇文所安译作"clean and clear",卜松山译作"clean emptiness",他们的译介都体现了这一术语指向的避免了外界污染、干扰的精神内核,这也是传统诗论所限定的,对于诗歌创作有着直接影响作用的审美理念。

表 3-7

	王宇根	刘若愚	宇文所安	方葆珍	卜松山
虚	wasted in vain	emptiness; illusory	clear; plastic; empty	unfounded (xu)	emptiness (xu)

"实"作为单独术语出现时,其语境多为对于事实、现实的强调。如表 3-8 所示,刘若愚、李又安、杨晓山、黄兆杰、卜松山将"情、景名为二,而实不可离"(《姜斋诗话》)中的"实"译作"reality"。而当"实"在其他诗话中作为事实的表意而出现时,则被刘若愚、傅君励译作"fact",杨晓山译作"case",余宝琳译作"real events",上述译介都是对这一术语指向客观现实的释义。值得注意的是,"实"作为"华实并茂"(《原诗》),与"华"所代表的花朵这一诗歌语言结构相对,则被理解为果实的指向,故而被卜松山、林理彰、宇文所安译作"fruits",卜松山还对其进行释义上的补充解读"appearance and reality",证明这一与植物果实作类比的诗话术语,其指向始终还是与"实"原意相类似的,可以描绘、感知的客观现实。

表 3-8

	刘若愚、李又安、杨晓山、黄兆杰、卜松山	刘若愚、傅君励	杨晓山	余宝琳	卜松山、林理彰、宇文所安	方葆珍	刘若愚
实	reality	fact	case	real events	fruits	substantive	real

"虚、实"作为一对术语在诗话原文中出现时,始终存在相互对照与相互生成、融合。"景虚而有味","景实而无趣"(《四溟诗话》)就是一对"虚、实"概念相互对照的文本体现,通过虚与实这两组对立的艺术审美理念,从而演化出诗话作者所推崇的某种审美倾向。刘若愚将此处的"虚"与"实"译作"illusory"与"real",方葆珍将其译作

"unfounded（xu）"与"substantive"，强调的是两者在审美范畴中的概念对立。

而针对"虚实相成"（《原诗》）这一体现传统诗论主要话语特点的论断，译者主要关注这两者在语言表述中的联系。针对同一语境中的"虚"与"实"，卜松山与宇文所安给出了各个版本的英译。宇文所安将"虚"译作"plastic""empty"，将"实"译作"solid"；卜松山将"实"译作"reality（shi）""real"，将"虚"译作"emptiness（xu）"，可见无论采用何种英译，"虚"与"实"都分别指向客观对立的虚空与现实，而"虚实相成"这一概念，则是这一对术语在传统话语哲理层面的融合与交汇。卜松山将"虚实相成"译作"emptiness and fullness complement each other"，宇文所安译作"solid and empty complete one another"，顾明栋译作"real and unreal complement each other"。上述对这一术语的英译，都体现了"虚"与"实"在美学概念相对立的二者，在这一文论话语价值中的相互贴合与相互补充，最终在文论话语中作为体现传统美学取向的一个整体理念。

第九节 古代诗话中"正""变"的译介

诗话术语"正"顾名思义，强调的是诗歌语言与艺术风格的正统，以及符合某种审美标准的正确理念，这种"正"依托于在文学史发展历程中诗歌创作者、接受者、批评家约定俗成的主流传统，可以体现在诗歌风格、体裁、格律等层面。而"变"则指向与之相对应的变化、革新，既可以是具体诗人的创作改革，如韩愈"以文为诗"、苏轼"以诗为词"的尝试，也可以是某一时期诗歌的整体风格。这种"变"是客观存在的能动发展，在《文心雕龙》中，刘勰即专设"通变"一章进行论述，"夫设文之体有常，变文之数无方"，"参伍因革，通变之数也"[①]，强调的是变化与不变相互交替，互为补充，相互沿革承继，共同构成了能动的文学发展历程。

叶燮则在诗话创作中继承了这一通变诗歌史观，梳理、考察不同时期诗歌创作的艺术成就与特点，总结出诗歌发展代兴，一代有一代诗歌之盛

[①] 周振甫：《文心雕龙今译》，中华书局1986年版，第271页，第274页。

的客观规律，并为其这一流变限定了概念的源头，即《诗经》，"今就三百篇言之：风有正风，有变风；雅有正雅，有变雅。风雅已不能不由正而变，吾夫子亦不能存正而删变也；则后此为风雅之流者，其不能伸正而诎变也明矣"①，以"正风、正雅""变风、变雅"的术语引出了后世文学按照时代发展而发生正变交替的历史必然性。叶燮同时指出这种"变"无损于诗歌正统的艺术内核，而是在具体的语言修辞、艺术风格、组织结构等方面生发出具有时代与个人特色的新意，"时变而失正，诗变而仍不失其正……吾言后代之诗，有正有变，其正变系乎诗，谓体格、声调、命意、措辞、新故升降之不同"②。这种"正、变"诗歌发展史观，作为叶燮诗论体系中文学史层面的代表性组成部分，和其他诗话作者在作品中论及诗歌风格的朝代变迁时所采用的"正""变"术语，都同样被英语世界的译者所关注到。

被表达为正统、正确，符合规范的术语"正"，也通过不同译者的译介而体现出这一指向。如表3-9所示，"correct""correctness"是其出现频率最高的英译，田菱、倪豪士、宇文所安、林理彰、李又安等人都采用这一译介。与此同时，林理彰、坎贝尔在对"正法眼""正理"等具体语境中的"正"进行理解时，将其译作"true"；顾明栋则将"正理"中的"正"译作"right"，"正源"中的"正"译作"proper"；施吉瑞则将表示正统典范的"正"译作"orthodox"，将表示恒常的内在质量的"正"译作"quantity"，将"正宗"的"正"译作"proper"。方葆珍将"古人作诗，譬诸行长安大道，不由狭斜小径，以正为主"（《四溟诗话》）中的"正"译作"[their] principal [route]"，强调的是古人诗文作品中被推崇的理念范式，强调其被后世文学评论者所肯定的正统所在，这与叶燮所讲求的源头之正是遥相呼应的。李又安还将"奇正相生"（《潜溪诗眼》）译作"irregular and correct movements will occur"，Jiayin Zhang 将其译作"unusual and the usual are independent of each other"，此处的"正"是表示常见、普遍的"usual"，也是对于符合某种文学主流的常规范式的强调。而对"奇正相生"的释义，也可看出与"虚实相生"这一文论话语相类似，都是通过对立美学概念的相互映照、相互补充，凸显出传统话语在抽象而圆融的、整体理念论中的逻辑自洽。可见虽然与"正"的所指相对应的译介有多种，但英语

---

① 叶燮：《原诗》，霍松林校注，人民文学出版社1979年版，第4页。
② 叶燮：《原诗》，霍松林校注，人民文学出版社1979年版，第4页。

世界译者所关注并强调的，始终是将其视作恰如其分的、合乎正统的，符合传统文学主流传统与规范的诗歌艺术要求。

表 3-9

	田菱、倪豪士、宇文所安、林理彰、李又安	林理彰、坎贝尔	顾明栋	施吉瑞	方葆珍	李又安、Jiayin Zhang
正	correct、correctness	true	right、proper	orthodox, quantity, proper	[their] principal [route]	usual

"变"则体现出与之相对应的，诗歌在语言艺术、风格特点、体例格律等方面的变化、革新。"变"的主要释义与译介可以通过严羽对宋代江西诗派所转变的诗歌风格看出。如表 3-10 所示，陈瑞山、林理彰、Liang Du 将"唐人之风变矣"（《沧浪诗话》）中的"变"译作"change"，宇文所安、邓文君、王宇根则译作"mutation（pien）"，施吉瑞译作"altered"。卜寿珊将表示山水画风格随着时期而变化的"山水五变"的"变"译作"new, another"，易彻理则将诗歌风格、体式随着朝代与作者的变化而变化的"变化"译作"transformation"，邓文君将其译作"innovation"，卜松山将其译作"variations"。林理彰则将概括这一文学流变史观的"通变"译作"effect transformations of one's own（tong bian）"。可见以"变"为主体的诗话术语，着重强调的都是其所体现出的，诗歌艺术风格的能动性，可以随着时代发展而变化、转换、革新、偏倾的种种客观规律，这也体现出了不同时期诗人主体作为诗歌创作的主体实践力量，凭借自身见解、审美、理想等种种主体要素而进行的自我尝试与历史突破，而这一贯穿纵向历时线索的规律，也被英语世界译者所理解，并通过译介进行了传播。

表 3-10

	陈瑞山、林理彰、Liang Du	宇文所安、邓文君、王宇根	施吉瑞	卜寿珊	易彻理	邓文君	卜松山
变	change	mutation（pien）	altered	new, another	transformation	innovation	variations

第三章　中国古代诗话的术语译介　　249

将"正变"作为专指这一源流通变的诗话术语，则体现在叶燮《原诗·内篇》所论述的"其正变系乎诗"，"正变"是一组由相互补充的术语所组合而成的整体，体现的正是诗歌发展历程的能动与自洽。卜松山将"正变"译作"correctness（zheng）and change（bian）"，宇文所安则译作"normative and mutated"，二人的译介都体现出了对"正"符合传统规范，讲求主流文学话语与美学理念的理解，同时凸显出"变"的变化、转换与变异。"正变"组合而成的是对于诗歌发展历程宏观的历史规律总结，是体现诗歌艺术作为自为能动的整体，在以正统标准下的文学话语与艺术价值为核心的，客观生发的变化与匡正。可见英语世界译者通过这一诗歌发展史观的理解与阐述，已经合理有效地将传统诗歌及其文论话语视作了一个合理自洽、能动完备的整体系统。

第十节　对于古代诗话术语译介的思考

古代诗话一系列术语的英译，主要集中在英语世界研究者对诗话原文的全译、节译、选译，以及其他英语世界研究者的研究论述中，其翻译层面的差异着重体现在核心诗学理念与概念总结性的文段。比较各个英译版本的差异，运用现代语言学所提出的"能指"与"所指"这一组概念，更能明确不同版本的英语翻译为诗话文本的异质文明交流、传播与接受，所造成的不可避免的影响作用。瑞士语言学家费尔迪南·德·索绪尔（Ferdinand de Saussure）提出的语言符号的"能指"与"所指"，他认为"语言符号连接的不是单纯的事物与名称，而是概念与音响形象"[1]，因此用能指代替了形象与声音这些感官要素，用所指代替了被指示的事物的内在含义。而英语世界译者对诗话术语的能指进行英译时，必然会针对这一特有的东方话语，进行以英语为载体的所指层面的阐释解读，从而呈现出不同层面、不同倾向、不同美学重点，甚至不同释义的具体英译文本。

综上所述，可以看出为了传达古代诗话所蕴含的诗学术语的所指意义，并将其译介为英语，从而传达出英语词汇能够体现的特定所指，英语世界的研究者进行了多种版本的尝试。具体体现为不同译者对同一术

---

[1] ［瑞士］费尔迪南·德·索绪尔：《普通语言学教程》，高名凯译，商务印书馆1980年版，第101页。

语的不同译介；同一译者缘于具体语境的差异，而对同一术语的不同译介；不同术语相互组合为新的理论范畴的术语时，译者在其原意基础上对其进行的新的译介解读等。根据译介学读者接受理论中所提出的"解释群体"这一概念，应当意识到上述研究者作为译者，同时也是文学文本的读者，在使用英语这一媒介对中国古代诗话术语进行理解、接受、阐述时，存在着他国文化背景下的译介者自身的前提视域，或是像顾明栋、蔡宗齐等译者，以中文为母语，却旨在使用另一语言媒介译介、论述中国传统诗论话语，这一与目标接受群体的理性思维逻辑，即"逻各斯"，存在着根本性差异的理论思想。无论是采用自身先天语言优势与后天汉学基础，尽力理解与传播诗话文本与深层次文化底蕴的他国研究者，抑或是利用自身先天文化背景与后天语言能力，力图尽可能详尽贴切地阐述理念内涵的本国研究者，都属于美国读者反应批评理论家斯坦利·费什所提出的"有学识的读者"。具备理解者与生产者所共有的经验，译者们在理解原文时始终会依照自身所处语言、文化群体所共用的话语规则进行解读与转换，费什指出："这些规则约束着话语的生产……它们也将约束反应的幅度，甚至反应的方向。"[1] 明确了上述不同国家、不同文明背景下的译者所存在的这一客观规律，可以理解译介学"文化转向"之后的要求，即"译者也好，读者也好，在对所译原文或所读作品作出的解释，必然会受其所处社会时代、文化语境、道德观念、习俗以及审美标准等的制约和引导"[2]。

对古代诗话作品中常见的诗论术语，以及英语世界译者对其的译介、阐释、解读进行梳理归类，可以对中国传统诗歌理论的话语体系有一个整体的认识与理解，同时也可考察到英语世界研究者处于"他者"的语言文化背景与理论话语视角之中，对这一系列古代诗话术语所作的阐释与研究。纵观上述术语，也可明确地认识到其所代表的中国文论在话语方式上，与西方文论的理性感知、明晰逻辑有着本质上的差别。诗话术语呈现出的主观、直觉、抽象，以及不同理论范畴之间的互通互融，不同术语之间的组合，美学范畴之间的相互补充等，都必须依托诗话原文中的具体语

---

[1] ［美］斯坦利·费什：《读者心中的文学：情感文体学》，载张经之等主编《西方二十世纪文论选》（第三卷），中国社会科学出版社1989年版，第543页。转引自谢天振《比较文学与翻译研究》，复旦大学出版社2011年版，第242页。

[2] 谢天振：《比较文学与翻译研究》，复旦大学出版社2011年版，第242页。

境与术语文本，才能被接受者所感知。英语世界译者对同一文本能指的术语所进行的不同英译文本的译介与解读，正是说明诗话术语自身携带的意义阐释空间，带来了他者理解的不确定性与多样性，由此而产生的审美理解的偏向性，也是英语世界接受者在自身文化语境中产生文化过滤或误读的必然性。由于西方文论界常年在文论话语与语言意义生成方式中，尊崇"把逻各斯的真理视为声音和意义在语音中的清澈统一"①，即要求言与意的语言表达中的严丝合缝，以及由此而推演出的思维逻辑，这也是德里达所提出的西方所推崇的"逻各斯中心主义"。以柏拉图为代表的古希腊哲学讲求的"理念"，树立的是自然世界宇宙万物变幻莫测的外表之中所存在的理性秩序与规范，而文学艺术等创作实践则是对这一"理念"的模仿与再现，而这种模仿即思想通过语言、文字而得以传达的方式，也符合逻各斯主义的表意方式，也就是说逻各斯既是西方文学作品及理论思想自身生成的方式，也是其思想、内涵的话语言说与表达方式。与这种依托于客观存在、切实可辨的理性逻辑的言说方式不同，包括传统诗论在内的中国文论的意义生成与表达方式，则依托于以"道"这一核心为主的传统话语。

  运用译介学的理论视角，考察到古代诗话作品中囊括的一系列涉及传统诗论各个理念范畴的诗话术语，在英语世界的译介中所出现的多个阐释，各位译者出于自身文化背景下的理解视角、具体解读、表述目的等原因，对同一术语的英译采用了不同侧重、不同表述的音译、意译，以及各种意义指向、美学范畴的总结与补充。从刘若愚用西方文论视角对古代诗话进行分类，这一西方视角倾向明显的关注、译介，到宇文所安较为重点、全面地节选诗话原文，重点标出对术语的译介，并同时在对原文的评论、阐释中再次解读术语的代表性所指，到后续迄今为止的多位译者，在前人基础上进行了力求全面却也带有自身文化视角、背景等色彩的译介。纵观这一发展，应当明确认识异质文明对话之间客观存在的社会、文化环境与话语言说方式等要素的差异，就能够意识到上述种种英译虽然难免有其片面或偏差，却都是在总体文化视域与个体理解作用下，体现出了英语世界译者群体对于诗话术语的合理阐释，以及由此应运而生的对诗话作品的理解与传播。

---

① 张隆溪：《道与逻各斯》，冯川译，四川人民出版社1998年版，第67页。

在古代诗话的一系列术语中，体现与"道"相类似的本体论哲理概念的，有通向依托于世界本源这一美学范畴的"神""气""理"，和"道可道，非常道，名可名，非常名"①中"道"是无法言说、无法解析，无法通过理性逻辑进行判断与思考相类似，"神""气""理"指向的也是诗歌创作所应该推崇、讲求的，诗歌审美应该符合其精神、风格的世界本体内核。然而，这一核心往往只能通过"立象以尽意"的表达而进行尝试性的言说，由此而延伸出诗话作品所强调的"言外之意""神韵"等理念。在强调创作主体的主观表达与言说时，则衍生出"心""意""悟"等术语及其相关组合，以及与主体情感的抒发相关联的"情、景""才、胆、识、力""兴趣""性灵"等术语。诗人、读者、批评家等主体性在诗歌作品中得以通过经验而总结为符合一定主流传统与约定俗成范式的艺术标准，从而使诗话作者进一步提出有关诗歌语言格律、体例、韵脚、平仄、风格等各个层面的规则章法，由此应运而生"体""法""格"等术语。随着这一诗歌文本的人为标准的进一步制定，与之相应的接受审美则形成了对"韵""味""致""趣""清"等，有关不同艺术境界与美学风格的术语的阐发。对一定时期、具体诗人的代表性诗歌创作进行上述各个艺术要素的感知、衡量、评价与界定，则会产生如"正、变""奇、正"等有关诗歌源流发展的文学史观相应术语。

由此可见，中国文论话语包括本体、创作、接受、发展等各个环节的建构，是具备有机性合理性的价值体系，正如季羡林所说："我们在文论话语方面，绝不是赤贫，而是满怀珠玑。我们有一套完整的与西方迥异的文论话语。"②当英语世界的研究者面对着这一系列体现各个维度传统话语的诗话术语时，通过对其进行英译与意义上的解读，可以使他们明确地理解到以这些术语理念为核心的传统诗论的不同向度的观点。在此基础上，研究者将融合对术语理念的译介传播与思想解读，进一步阐发诗话作者在诗歌理论、创作、审美、及其与社会文化各个层面相关的思想，与之伴随的，始终是他们作为以英语为载体的研究者，立足于自身语言文化背景的"他者"视角。这种对于具体思想的阐释与讨论，将依托于不同研究者的具体方法论，从而呈现他们将传统诗论放置于中西诗学相比较、相对照的视野中的种种理解、接受与传播。

---

① 王谦之：《老子校释》，中华书局1984年版，第3页。
② 季羡林：《季羡林人生漫笔》，同心出版社2000年版，第436页。

对于英语世界古代诗话作品研究的充分认识，有必要通过将上述有关诗话术语的一系列英译进行整理，从整体上对于这一术语译介进行理解，明确各个时期的各位译者在各自论文、专著等成果中的侧重表达，而不是单纯地对某位译者的译介进行片面的集中关注或武断的评价，这样才能整合出英语世界译者、读者对于古代诗话术语的接受、理解，以及在此基础上产生的有着各自方法论侧重的思考方向，即后续的有关诗话理论话语的论述与研究。这样的理解不仅适用古代诗话作品所包含的诗学术语，同样适用于中国传统文论作品的其他术语与理论话语在英语世界的介绍、译介与传播，以及其他在跨异质文明之间进行跨语际传播、解读、接受等能动交流过程的中国文学文本，乃至任何一种中国文化的组成部分。

第四章

英语世界研究者对古代诗话研究的方法论视角

英语世界研究者对于中国古代诗话作品中体现的诗歌理论思想的研究与阐述,依托于自身语言文化背景这一颠扑不破的基础。英语作为载体,所带来的话语言说与表意方式的差异,使他们始终处于"他者"的文化立场与视角之中。通过这一差异性对古代诗话所囊括的传统诗歌艺术风格、语言形式、诗人生平、美学理念等各个要素进行比较文学、比较诗学层面的解读,研究者对文论术语以及思想的理念阐述,也是一种比较诗学话语的具体表现,这一话语言说需要依靠相应的研究方法。

英语世界研究者在以"逻各斯"为中心范式的表意言说基础之上,针对不同的诗话作品、不同的文本侧重点而采取了具体的方法与视角。"逻各斯基本含义是说话……同时又表示所说话的内容、语言讲出来的道理"①,英语世界研究者作为遵循逻各斯话语方式的古代诗话关注者,在跨文化的比较诗学视野中,坚持的是对理性逻辑与理论性分析解读的推崇,他们所采用的切入视角、思维方式与研究方法,都受着自身语言规则、话语范式以及西方文学理论背景的显著影响。20世纪以来,西方文艺理论的繁荣发展所应运而生的多种学说理论,以及延伸出的理论分析方法,也影响了研究者将诗话文本和思想带入接受者的文化视域之后,所进行的对比参照,以及在理解、阐释、译介、传播过程中所产生的种种变异,这也体现了他们作为"他者"所进行的过滤性解读,以及与自身研究对象相关联的具体阐释倾向。

---

① 张隆溪:《从比较文学到世界文学》,复旦大学出版社2012年版,第45页。

由于诗话作品涉及不同的古代文人作为与之关联的具体研究对象，他们大多是除却诗歌理论领域之外，在具体诗文创作中同样享有较高成就，在主流社会中处于较高地位的官员士子、文人墨客。如欧阳修、王士祯、李东阳、王夫之、袁枚、沈德潜等诗话作者，在符合儒家伦理道德秩序的具体历史时期有着各自的，与朝代背景、社会历史相关联的文学实践；陈师道、姜夔、刘克庄、赵翼等诗话作者则有诸多诗文传世，其作为诗人、词人的文学创作者的文化身份，在中国古代文学发展史中也占据相应的重要位置。诗话作品作为记录不同时期诗人诗歌轶事，并点评其创作的体裁，其文本内容中也涉及对其他诗人、文人的诗歌评价与艺术鉴赏，例如宋代及以后诗话将杜甫诗歌视作诗歌写作的经典范式时，必然会涉及对其本人的相关生平资料的研究；《六一诗话》对于梅尧臣生平轶事与论诗语录的记载，也是对其文学实践的还原，以及对其历史地位形成的助益；《瓯北诗话》对杜甫、苏轼、吴伟业等前代诗人的评价，体现出了赵翼从考据的历史资料入手，对各个历史时期诗人生平代表性事件的记述，以及从"知人论世"的角度还原这一因素对其各自诗歌创作题材、风格的影响。与这一记录诗人轶事的写作特点相区别的，还有严羽、叶燮等人的诗话文本，体现出对诗歌理念论述的专一性，他们在文学史中的身份也较为单一地主要呈现为某部诗话的作者，而不是凭借其他官场声名、诗歌写作、文人交游而名垂青史。

总而言之，古代诗话既可以作为某位古代文人诸多原创诗文著述中的一小部分，而使研究者通过其"管中窥豹"，对该文人的生平史实、诗文实践进行研究，也可以作为对某位诗人进行文学史地位构建的部分原始材料，而使研究者将其视作考察该诗人诗歌成就评价的线索，而串联起对该时期的历史背景、该诗人创作特点的研究。更为重要的是，古代诗话作为对传统诗歌理论进行阐述的重要古代文学体裁，其中所蕴含的诸多诗论术语、评论鉴赏、艺术见解、理论思想，都是英语世界研究者研究传统文论过程中的重点关注对象。而他们所选择的，与自身西方文论背景相贴合的，本体论、四分法、阐释学、现象学、印象主义、女性主义等研究方法，则与研究者所秉持的比较诗学前提视角相结合，共同构成了英语世界对于这一系列诗话文本思想，以及其评论对象和作者本人的研究方法论。

第一节　研究者对诗话作者、评论对象生平的传记式研究

"颂其诗，读其书，不知其人可乎？是以论其世也"①中"知人论世"的孟子文艺思想，传递的是一种通过查证、研读、梳理作者历史生平与社会经历，从而推导出其文学思想构成的文学文本解读视角。这种普遍的文艺研究视角，被英语世界研究者视作对诗话作品进行文本分析的一大方法，鉴于诗话倾向于随笔散文的体裁特点，它足以传达出诗话作者的诗歌审美见解与理论思想，却不足以代表其在传统文学主流价值观中的典型著述。自北宋到清朝的诗话作者，通过"诗话"记录文人交游的言行轶事，评价前人与今人的诗歌艺术成就，论述自身的诗歌美学标准，这些"以资闲谈"的内容虽然一定程度上不符合"文以载道"的经世济用传统，却是切实记录诗话作者以及往来文人日常事件、生平历史的重要文献，其中以袁枚《随园诗话》为例，可以看出袁枚在尽可能全面地评价论述诗歌艺术的构成时，也进行了自己诗歌创作以及相关经历的自传式记述。"自传性材料是作家对自己生平经历、性情、思想观念、趣味及创作情况等的回顾和反思，是了解作家最直接有效的途径"②，故而英语世界研究者可以通过对《随园诗话》进行解读研究，而进一步探求袁枚及其生活的历史社会原貌，同时也可以借助袁枚生平的文学实践与相关文坛交游，而进一步了解有关《随园诗话》的写作背景与内容倾向。

某一部诗话或一系列诗话对某位前代著名诗人的评价与记录，也会作为历史资料进入英语世界研究者的视角，古代诗话作为对诗歌进行文学史分层，并通过树立前代诗歌典范而营造艺术审美标杆的代表性诗论著述，从北宋起到明清时期，对以李白、杜甫等为代表的盛唐诗人的反复阐释与记录，塑造了他们在文学史中进一步被刻画的历史形象。《瓯北诗话》对陆游"陆放翁年谱"的编写，即有关其生平史实与创作大事的个人编年体传记，该诗话对"吴梅村诗"进行类似于作为"诗史"记录明清交替

---

① （汉）赵岐注，（宋）孙奭疏：《孟子注疏》，《十三经注疏》，中华书局1980年版，第2746页。
② 潘树广、黄镇伟、包礼祥：《古代文学研究导论　理论与方法的思考》，安徽文艺出版社1998年版，第198页。

时期重大历史事件的定义,从而使相关诗话原文成为研究吴伟业生平事件的历史文献之一。当英语世界研究者对吴伟业及其"梅村体"诗歌艺术进行深入研究时,必然也会将这一诗话部分作为对其相关文学实践的有效记述与评价。英语世界文论话语也一贯坚持对作者的生平背景进行了解,从而与就其作品的解读互为参照,"一本过去的著作,一册过去的文献,我们在认识产生它的心理状态以前,在对撰写人的品格有所了解以前,是不能理解的。只有到了那时,文献才是活的"①。

总而言之,诗话文本本身与诗话的作者及其点评、记述的诗人群体紧密相连。发源于"笔记""语录"等几类文学体裁,从而带给诗话的显著的散文化特点,使其得以在文本内容中出现相关联的社会日常、文学事件、人物交际等历史片段。作为群体性文本的诗话,也得以成为英语世界研究者关注、研究古代诗人生平思想发展变迁的重要材料之一,而研究者利用这一视角对诗话文本进行的解读与分析,同样构成了自身研究成果中被普遍使用的一大方法论。

一 阿瑟·韦利、施吉瑞对袁枚《随园诗话》相关生平传记的研究

阿瑟·韦利的《袁枚,一位十八世纪的中国诗人》与施吉瑞的《秘密花园——袁枚(1716—1796)的人生、文学、评论与诗歌》两部专著,主要就是对这位著书颇丰、交友甚广的清朝文人、诗人的传记性质研究,其中都设立专章对《随园诗话》这一袁枚后期著作进行创作背景、思想内核、涉及内容的介绍与解读,说明两位研究者都将该诗话视作袁枚生平文学实践的重要组成部分,同时也关注到了该诗话原文中有关袁枚历史生平事件的反映与对照,而不是孤立地关注诗话内部的话语价值,是将其与外部世界作者所经历的文人往来、社会事件、个人生活经历相结合为一体,既关注到了其作为诗歌理论著述体现出的文论话语思想,也关注到袁枚在其中体现的自传性回忆与自述见解,这一历史文献价值。

《袁枚,一位十八世纪的中国诗人》的章节目录,采用编年的分章体例,从"在杭州,1716—1736"的袁枚出生与青少年时期的家庭情况与

---

① [丹麦]勃兰兑斯:《十九世纪文学主流》,人民文学出版社1982年版,第376页。

教育经历开始,到"在北京,1736—1749"他在京城参加科举殿试,得中进士的文人仕途,到"知县,1743—1749"中记录袁枚出京外调为官,在沭阳、江宁、上元等地出任知县,以及相关政绩民望,到"在随园,以及前往西北的旅行,1749—1752"记录袁枚辞官归隐,购买江宁废园,将其改建为"随园"并于此定居,同时开始寻访民间交游广阔的经历,到"随笔与志怪故事,1752—1782"记录袁枚开始创作各式笔记、手札、尺牍、散文以及其《子不语》24卷、《续子不语》10卷等志怪笔记体小说,再到"旅行,1782—1786"记录其继续游历全国各地名山大川,并以此进行诗文活动和文人交游的经历,再到"《随园诗话》与《随园食单》,1787—1797"着重介绍袁枚晚年在诗歌见解评论、理论思想与生活致趣、饮食烹饪等方面上集大成式的著述。

最后还在附录中记录并研究了袁枚在生前及死后,与当时清朝社会大事件所发生的联系,以及后人对其作品的研读理解,其中"马噶特尼特使与袁枚著作"的补充,则记录了英国访问清朝的特使团中唯一懂得中文的斯汤顿,向皇家亚洲学会呈上了名为"3000 卷",实则 3000 章分散的中国古代文化著述,而学会所收藏的袁枚书信与志怪故事的文本,也成为英语世界关注袁枚文学作品的早期文献资料,这一纪录显示了阿瑟·韦利在第一手文献的搜集上所进行的切实尝试。而阿瑟·韦利对袁枚生平进行的传记式介绍与研究,体现为在文本写作中多次引用包括《随园诗话》在内的袁枚书信、诗歌、散文、随笔原文作为其本人思想志向、生平感悟、交往活动的直接例证,足见其对诗歌、诗话原文了解研究程度之深,开启了英语世界研究者关注古代诗歌相关原文文本的一大先河。

阿瑟·韦利在《随园诗话》专章开篇即引用袁枚创作于 1787 年的诗歌,自况其随着年龄的增长,更加珍惜每一刻光阴的匆匆流逝,从而引出其晚年的各项积极进取的文学实践与各种交友活动。阿瑟·韦利遵循了袁枚晚年的纪事年谱,和诗话作者本人一样,将《随园诗话》视作串联起袁枚晚年生活种种事件与思想活动的重要线索之一。他首先提及袁枚在 1788 年写给毕沅的书信中,提到了感谢其对《随园诗话》成书刊行所提供的帮助,至少足以证明在此年限,《随园诗话》已经作为一部原创的长篇诗话著作,呈现出一定的完整雏形。阿瑟·韦利认为这部袁枚倾力多年而最终完成的诗话著作,其文本很大程度上是对历朝历代诗人生平轶事的记录与评述。他援引并英译《随园诗话》中,袁枚自述年轻时与其他诗人学子的诗歌交流,"敬亭与余同校甲子科乡试,闱中自诵其《过古墓》云:'古墓郁嵯峨,荒鸥立华表。当时会葬时,车马何扰扰!'余不觉其佳。王笑云:'君且闭目一想。'"① 以此说明袁枚借《随园诗话》为载体,进行自传性质的早年经历回忆与记录。

阿瑟·韦利明确指出《随园诗话》对前朝诗人的点评与记录并不多,而是将谈论的范围集中在了 18 世纪诗人身上,同时"有很多自传体的参考资料,这本书是我们了解他职业生涯的主要来源之一"②,还包括袁枚自己论述诗歌相关审美的部分,以及他通过援引其他诗歌批评家的观点来表示类似观点的赞同与附议。阿瑟·韦利认为该诗话体现了袁枚在诗歌上的个人思想倾向,这与 18 世纪清代诗歌文坛的争议性讨论有关。以袁枚为代表的部分文人学者将诗歌与道德规范的宣讲所区分开,认为其作为文学体裁不需要密切模仿古代诗歌的经典范式与前代代表诗人。袁枚认为文学创作尤其是诗歌这一体裁,应当是创作者个体气质与情感的表达,在符合主流规范的传统语言技巧、章法所构建的文本框架之内,这一主体情感气质需要找到与之相符的语言措辞,从而形成诗歌语言文字。而另一方则遵循了千百年来正统儒家的道德伦理体系,认为诗歌应当体现道德教育的"诗教"作用。阿瑟·韦利指出这一有关诗歌本体主旨的争议自 13 世纪,即讲求"兴趣"的严羽所处的南宋末期就已初显端倪,并一直持续到袁枚所处的清朝。阿瑟·韦利随后强调袁枚所坚持的这种诗歌享有独立自主的美学定义的权利,始终都不是从古至今中国作家、政治家与教育家的主流观点。

他举了与袁枚同时期并与其有着交游往来的沈德潜为例,说明主流文坛对诗歌必须具备道德启迪作用的主张。阿瑟·韦利对于传统诗论的主流价值取向的理解,与宋代以来大部分诗话作者是一脉相承的,即应将唐诗而非宋诗视作作诗的典范与榜样,并将在诗歌创作中超越前人的艺术成就与思想内核,视作最为值得追求的目标。而这一推崇古代诗歌经典作用以及教化意义的代表学者,就是沈德潜,这一靠编选《明诗别裁》《钦定国朝诗别裁集》等诗集而树立起诗歌经典化,并获得当朝皇

---

① (清)袁枚:《随园诗话》,王英志编纂校点,《袁枚全集新编》第八册,浙江古籍出版社 2015 年版,第 260 页。

② Arthur Waley. *Yuan Mei*, *Eighteenth Century Chinese Poet*, Stanford: Stanford University Press, 1957: 167.

帝乾隆赏识的士子文人。阿瑟·韦利认为他对于《钦定国朝诗别裁集》的编选、评传体现出了他对于忠君思想与孝悌伦理道德的推崇,认为如不符合这一主流价值就不足以称为合适的诗歌,但其将由明入清的贰臣钱谦益的诗作放置于卷首,就体现出了价值取向上的矛盾,故而后来被乾隆下令将此部分删毁而进行了重新编订。阿瑟·韦利在记录乾隆不满沈德潜编选的清朝诗人诗集这一历史事件之后,随即引用袁枚写给沈德潜的两封书信,表示他对沈德潜所秉持诗歌理念的质疑与反驳。首先,袁枚就沈德潜看重唐诗而无视宋诗的艺术成就发问,认为其别裁集编选了对宋代诗歌极力推崇的厉鹗的作品,就是自相矛盾的体现;其次,袁枚批评沈德潜不选王彦泓作品,是出于他创作了不存在道德指导的爱情诗的考量,他指出孔子尚且没有把爱情诗为主的"国风"从《诗经》中删去,而一位合格的诗歌总集编选者,应该如实地记录下他所处时代的各种诗歌类别,而爱情诗除却不够含蓄隽永的缺陷之外,并不应该被完全排除在关注视野之外。阿瑟·韦利举例清朝这一时期抒发爱情为主的诗歌代表作,是朱彝尊为其妻妹冯寿常所写的《风怀二百韵》,获得了清代其他文人学者的高度赞誉,并且时常被袁枚援引作不应将情诗排除在诗歌总选集之外的例证。

然而据袁枚自述,沈德潜并未在书信中就其所有质疑给出回应。阿瑟·韦利特别指出按照中国延续数千年的尊重长辈、前辈的伦理传统,袁枚在书信中与沈德潜进行交流的随意语气是非常罕见的,可见虽然两人的诗歌主张与美学理念完全是南辕北辙的对立,但在日常生活中却保有良好的私人关系。当 1763 年袁枚因病卧床时,时年 90 岁的沈德潜还特来拜访探望。隔年沈德潜再度来访时,当时享有盛名的画家吴省曾,为沈德潜与袁枚,还有其他几位文人学者蒋士铨、尹似村、陈熙共同聚会的"随园雅集"留下了《随园雅集图》这一画作,类似的袁枚组织的"雅集"这一文学交流活动,在 Janet C. Chen 等学者处也有描述记录。

阿瑟·韦利随即选译《随园诗话》部分有关袁枚论述自身重视"性情"在诗歌创作中作用的诗话原文,并将其与袁枚写给沈德潜的书信中所提及的诗歌美学等争议讨论相结合,从而得出袁枚诗歌理论与欧洲 19 世纪浪漫主义作家在理念上的相似性。他援引法国浪漫主义小说家司汤达在《拉辛与莎士比亚》中的定义,"浪漫主义是为人民提供文学作品的艺术。这种文学作品符合当前人民的习惯和信仰,所以它们可能给人民以最大的愉快"①,以此说明与推崇古代经典所营造的审美趣味的法国古典主义相比,司汤达所定义的浪漫主义特点,与和推崇复古的诗歌思潮进行对抗的袁枚是相似的,故而阿瑟·韦利认为袁枚本人应该至少也会赞同自己是一位准浪漫主义者。随后阿瑟·韦利又论及意大利浪漫主义作家曼佐尼的学说,最终得出比较诗学视角下的对比结论,认为袁枚的"性情""性灵"主张虽然与欧洲浪漫主义思潮有所相似,但本质思想上仍有明显差异。他认为袁枚通过自身诗歌创作、文学活动经历以及对其他诗人创作诗歌的艺术标准要求所体现的是,诗人有关性情、兴趣、情感偏好与喜恶的主体精神,而不是欧洲浪漫主义所强调的为他人所带去的最大限度的快乐,故而在比较诗学的连类比照之中,阿瑟·韦利最终认为袁枚与注重创作者主体情感抒发的德国浪漫主义,更为相似。

在《随园诗话》业已出版的1788年,被阿瑟·韦利称作袁枚保护人的两广总督孙士毅,奉旨讨伐篡夺黎氏王朝的安南叛臣阮惠。起初战争进展顺利,袁枚还于次年特地作长诗,对孙士毅的胜利表示祝贺,但随后战势急转而下,这一被视作乾隆晚期重要战役之一的"安南之役",最终以孙士毅的战败而告终,而他被乾隆召回京城另行任命,就此这一历史事件间接使袁枚暂时失去了原有的朝中庇护。随后按照编年纪事,阿瑟·韦利又记录某一朝中官员在前往江西九江任职的途中,到访袁枚,并带走了他所收藏的"天女散花"题材画轴,以及他一向器重的年轻弟子刘霞裳,作为其在就九江任上的秘书。这一损失使袁枚再次感受到了进入晚年后的失落与力不从心。1790年年底,阿瑟·韦利记录了袁枚在身体上的病痛,由于曾有人说袁枚会在75岁去世,所以他为自己创作了在主流诗歌题材中较为少见的"自挽诗",并广邀自己所交游的文人们进行唱和。但缘于对尚未去世的人进行哀悼这一不吉利的意兆,并没有多少文人、诗人相应回复。阿瑟·韦利特意指出当时著名的学者、教育家姚鼐也受邀为其作诗,他将自1790年才开始与袁枚有了密切往来的姚鼐,称作儒家学派堪称伟大的学者之一,他对儒家道德思想、伦理政治理念的坚持,使他并不赞同也不主张袁枚在《随园诗话》中论述的,感性、天然、突破道德秩序的"性情"学说,以及其对儒家礼仪伦常造成的威胁,但这并不妨碍他肯定赞誉袁枚作为一名作家、诗人的才华,也并不妨碍他对袁枚本人的

---

① [法]司汤达:《拉辛与莎士比亚》,王道乾译,上海译文出版社1979年版,第26页。

为人性格表示敬重。

1790年，孙士毅回到南京任职总督，他对袁枚的崇拜与推崇，使南京的文学氛围与教养风气得到了很大的提升，而袁枚不仅作为诗人，还作为诗歌教育家而被公众所认知，他招收女性弟子学诗、作诗的教育方式，也受到了主流社会前所未有的批判。阿瑟·韦利明言因为这一做法，违背了千百年来儒家思想所限制的男女有别、授受不亲的伦理道德。而袁枚则以《诗经》中尚且有许多由女性创作的篇什而进行反驳，主张女性也有进行诗歌创作与学习的权利。阿瑟·韦利认为袁枚的这一看似特立独行的行为，在他死后得以被正视，而他的创举使他足以成为18—20世纪捍卫女性权利的先驱者。

阿瑟·韦利随后举例《十三女弟子湖楼请业图》这一清代画作记录了他所招收的13位女性弟子求学的场景，但在袁枚本人编选的《随园女弟子诗选》显示，他至少有28女弟子。阿瑟·韦利认为让他印象最为深刻的是金逸，一位被袁枚在《随园诗话》中称为"纤纤"的女弟子。她的才华出众和体弱多病，让阿瑟·韦利联想到了于1792年刊行的曹雪芹《红楼梦》中的"黛玉"，她们二人在人物形象、诗歌创作的情感抒发上都有着极高的相似性。而纤纤作为袁枚诗歌的崇拜者，也被记录在《随园诗话》之中，她对袁枚诗歌进行的"必以情"的概括评价，正是对袁枚讲求性情、性灵的正确认知，故而获得了袁枚本人的肯定，而得以通过诗话的记载传之后世。

由此可见，阿瑟·韦利对《随园诗话》的介绍、英译与研究解读，始终以袁枚本人的性格情感、社会形象为中心，对其进行研究的方式也与袁枚自己的书信、亲历的生活日常、历史事件相关联。他所选译的诗话原文体现的是袁枚在一直以来的创作实践和艺术主张之中，都极力推崇的对天性性情、感情、兴趣等主体倾向的重视，并通过袁枚与沈德潜等人的书信往来，还原了他在诗话作品中所主要论述、关注的几大诗歌艺术议题。在阿瑟·韦利提及《随园诗话》对其所选择的当代诗人进行点评鉴赏时，也关注到了袁枚一直以来在南京等江南地区招收女弟子的传统，以及他是如何重视并将女弟子的语录、诗歌作品以及相关轶事收录进诗话，可见他所尝试进行的文学实践活动与诗话内容的写作是紧密相连的。

阿瑟·韦利同时也记录了袁枚晚年与其他官员、学者、文人的交际往来，以及这些人对他诗歌主张的评价。可见，在以袁枚为中心的社会生活日常中，可以通过一系列历史事件，对《随园诗话》的思想内核与内容范围进行考察，甚至该诗话作为袁枚诗歌理论论著的代表之一问世之后，也可通过此就当世对该诗话的评价、理解与争议进行介绍。正如阿瑟·韦利所说，他将《随园诗话》视作袁枚对自己部分生平事件的自传性材料，同时他对这部诗话所代表的袁枚相关诗歌主张，也秉持着英语世界文化背景中必然存在的比较视角，他将"性情""性灵"的学说与法国、德国浪漫主义理论相对比联系，并用女性主义视角褒奖袁枚招收女弟子传授诗歌，这一不符合中国千年儒家伦理的行为。归根结底，阿瑟·韦利有关《随园诗话》的介绍、选译与解读与袁枚晚年生活的日常经历息息相关，他所进行的相关诗歌理念与创作、史实的记录、评价与感想，都是对"袁枚"其人进行编年体人物传记书写的其中一环。

《秘密花园——袁枚（1716—1796）的人生、文学、评论与诗歌》，顾名思义，则是一部内容更为详细周全，讨论范围更为广阔的袁枚传记与其文学成就的研究专著。在"传记"部分中，施吉瑞特意看重"随园"这一江南园林寓所在袁枚人生历程中的重要作用，并在记录、评论袁枚早年生涯与晚年生活的同时，专设一节讨论其购买、改建随园之后，并在其中定居的生活。施吉瑞专门讨论了袁枚辞官之后退居江南的收入来源，其中之一就是《随园诗话》的顺利成书与刊刻发行，带来了相当可观的经济收益。当世的学子、诗人、文人多向袁枚奉上费用，以求自己的诗作能够被收录进这位著名诗人有关诗歌佳作点评、鉴赏的诗话著作之中。施吉瑞引述当世人的记载，称每一位提出这一要求的诗人需要向袁枚提供十两或十五两白银，即使是最贫穷的学子、学者，也需要向他提供最低限度的食物以抵作酬金，然而在《随园诗话》这一部诗论巨著中，袁枚只收录了上述所有提供来的诗作的不到十分之一，但他借此获得了当时文坛的赞誉与推崇。随后施吉瑞在评论与注释中指出，这一历史记载或许是出于对袁枚这样一位职业作家的身份偏见。由于完全靠出书盈利并不符合当时由在朝官员所组成的文坛主流，同时也可能出自这位记录者对于袁枚所获得的成功的嫉妒。施吉瑞认为这部诗话巨著的刊刻发行实际上耗费了不少成本，而按照袁枚自己的书信显示，对其出资赞助的，应该是毕沅与孙慰祖二人。而纵观《随园诗话》，袁枚收录了相当一部分毕沅诗歌，收录的孙慰祖诗歌却只是寥寥数句，这在施吉瑞看来，可以作为对袁枚靠收取银两来决定是否收录当世某人诗歌的记载的驳斥，至少这一证据在孙慰祖的诗歌那里是有效的。施吉瑞引述《随园补遗》的记载，表明袁枚曾从孙慰祖的家人那里得到了他的大量诗作，却只在诗话中收录、点评了短短数句，可见袁枚在《随园诗话》对当代诗人创作的鉴赏中，依旧是多少坚持了排除在经济利益之外的个人艺术审美。

施吉瑞对《随园诗话》与袁枚晚年人生经历、感悟与文学实践活动的关注，也是以编年的历时为线索，和阿瑟·韦利一样，他同样提及袁枚对女性诗人与诗歌的重视，他指出在 1788 年或 1789 年，袁枚开始正式招收了第一名女弟子孙云凤，而在 1790 年前往杭州的旅行之中，他与 13 名女弟子在西湖边的授业讲课，成为历史上著名的"十三女弟子湖楼请业"这一场景。施吉瑞指出袁枚自小就对家族中女性亲属所创作的诗歌表现出了兴趣，但他确实因长期以来教授世家名门闺秀与家眷有关艺术、诗歌的创作技法与审美理念，而饱受世俗质疑。同样和阿瑟·韦利一样，施吉瑞强调在袁枚死后，这一对他名声的争议发生了变化，使他成为中国文学历史上对女性文学最为重要的男性支持者。施吉瑞还按照袁枚的生平线索指出，他在 1790 年还曾前往天台山旅行，但这一年他的大部分时间心力都花在了《随园诗话》的编订上，因为这一在其所处时代最为流行，获得认可度最高的诗话著作，此时正要准备迎来它的面世发行。施吉瑞也像阿瑟·韦利那样，提及了袁枚在 1790 年所患的胃病，以及他对于有人预言他会这一年离世的恐惧，这一切都源于诗人进入生理衰老之后的感触与悲凉之情。

施吉瑞在阿瑟·韦利采用编年体形式对袁枚进行人物传记式研究的基础上，专章对袁枚的文学理论与实践进行了介绍与研究，但这一研究范围与解读方式始终以袁枚其人的具体经历与人际往来相关，他定居随园之后与其他文人的交流往来，就诗歌艺术进行的相互质疑与讨论，以及他在江南文坛中所塑造起的声名与争议，都在《随园诗话》对所评价诗人、诗歌、生平轶事、诗歌理念的收录与筛选之中得以体现出其影响。

施吉瑞认为袁枚虽然在诗话的体裁形式上延续了对于宋代以来历代诗话的继承，但在诸多理念上都与前人有着显著差异。施吉瑞考据这一诗话由创作于袁枚 69—72 岁的 16 卷正文，与创作于他 74—81 岁的补遗共同构成，在其中袁枚明显表现出并不像其他诗话作者那样，重在对前朝经典诗歌与代表诗人有所推崇，他既不赞同欧阳修从客观事实的角度考证寒山寺并没有"夜半钟声"，也不赞同后世诗话作者逐一对欧阳修的考证进行反驳，他认为在诗歌的鉴赏中仅仅拘泥于此，会造成接受者"夭阙性灵"而过于注重诗歌语言的形式组合。相应地，施吉瑞又指出袁枚并不是一味反对前人的诗歌，他甚至以泰山、天台、潇湘等自然景观为比喻，指出在诗文创作与审美中片面地"文尊韩，诗尊杜"①，会使诗人无法意识到其他艺术特色的个体作品，而"学者当以博览为工"②，不应当通过经典化的接受而限制了自己的审美视域，这也是对当时文坛所盛行的，与之相对立的，沈德潜推崇古代经典的"格调"的批判。

施吉瑞总结《随园诗话》的体例遵循了原本篇幅短小分则、分段的传统，袁枚大量引述同时代其他诗人的作品，并在其前或其后进行带有自己诗歌审美倾向的评论。关于其论诗内容，施吉瑞则认为有所缺陷，他指出袁枚常常只是直接指出他对某一些具体诗句的欣赏或批评，就像他时常对某一诗人、诗歌评论家的思想进行好恶点评一样，时常比较不同诗人诗句之间的技法特点与艺术风格，却很少在诗话中直接就其诗歌理论与诗歌实践进行论述。故而施吉瑞认为要想还原袁枚诗歌理论与实践总结的整个体系，只有将《随园诗话》与他其他理论阐述性的文章结合在一起考察，同时也需要关注到袁枚对白话小说、戏剧等通俗文学体裁的关注与评价。

而针对诗话文本本身，施吉瑞认为袁枚过多地记录了一些他所经历过的轶事、事件，更像是通过这一自传性回忆而体现出他在文学思想上的倾向。例如袁枚记录"开天眼"的超自然现象，和他创作志怪笔记《子不语》，对花妖狐媚、精怪鬼魂等颇感兴趣的志向相符，但施吉瑞也指出这一取向很难获得当时社会主流文坛上儒家理性主义思想家的认同。再加上袁枚多在诗话中记他与踏摇娘等社会身份低微女子的诗词唱和韵事，或是平民女子突破封建礼教追求自主婚恋等轶事，使他备受当时其他文人有关私生活与道德风尚的批判。但对平民女性这一社会边缘群体的关注，与袁枚坚持对诗歌的收罗、评论、关注应该秉持开阔的视野与博爱的审美情怀相对应。施吉瑞也再次指出当时社会对袁枚有可能靠收取报酬而决定将谁的诗作收录于《随园诗话》之中的争议，恰恰是这部诗话，在内容上收录各阶层诗人诗作与相关轶事甚广的体现，正因为袁枚体现出了与大多数诗话作者不一样的，对于各个阶层、各种艺术风格，以及不关乎伦理道德的社会轶事的兴趣，才使人们质疑他的创作动机。施吉瑞也指出当时清

---

① （清）袁枚：《随园诗话》卷八，人民文学出版社1982年版，第266页。
② （清）袁枚：《随园诗话》卷八，人民文学出版社1982年版，第278页。

朝社会大部分作家仍是以文学为"业余"的在朝官员,他们与袁枚所处的市井民间并不相同,但也很难区分袁枚所收取是贿赂或仅仅是他人不带意图目的的礼物。

施吉瑞将《随园诗话》概括为 18 世纪中国社会流行度最广的作品之一,并借章学诚等人对其的评价体现袁枚其人及其诗歌创作、理念呈现,带给后世的多样化评论。他将钱锺书对袁枚的评价视为最有建树性、最中肯的观点,即虽然不肯定袁枚诗歌的艺术性,却将《随园诗话》评价为"不仅为当时之药石,亦足资后世之攻错",更加肯定了这部诗话"家喻户晓,深入人心"的传播普及程度。[①] 施吉瑞还强调不应将其只定义为文学理论著作或 18 世纪诗歌的选集,而是关注到《随园诗话》作为 18 世纪文学广阔的全景画,它事无巨细地丰富呈现了早已逝去的,我们曾享有过的某种文学化的诗意生活方式。

二 黄洪宇对《瓯北诗话》中吴伟业相关生平传记研究

《历史、浪漫与身份:吴伟业(1609—1672)及其文学遗产》一文是对明末清初诗人,"江左三大家"之一的吴伟业的生平及其代表性文学创作的介绍与研究。黄洪宇主要关注的是吴伟业主要诗文作品和其与明清交替这一特殊时期的历史事件、亲身经历见闻的紧密联系。他首先关注吴伟业所创"梅村体"是如何体现出与历史的关系,通过对吴伟业战争题材诗的介绍与解读,探求中国诗歌传统中对战争创伤的文化记忆,这也是对吴伟业诗歌"以明末清初的历史现实为题材,反映山河易主、物是人非的社会变故,描写动荡岁月的人生图画,志在以诗为史"[②] 这一最显著艺术特点的体现。他进一步关注吴伟业诗史类型诗歌中"红颜祸水(尤物)"这一形象的书写与褒贬,这也与吴伟业自身所经历、见证的,即《圆圆曲》中陈圆圆与吴三桂,《清凉山赞佛诗》中顺治帝与董小宛等备受争议的历史人物与事件。对与他同时代的人物进行文学性刻画与评价,必然与吴伟业自身在这一历史时期的生平际遇、官场或文坛往来见闻息息相关。

黄洪宇还专设一章,对吴伟业在其诗文集中为明末清初著名民间说书人柳敬亭作《柳敬亭传》进行介绍研究,他关注的是吴伟业为自己所熟悉的这一民间艺术家记录书写一生的文学尝试,所显露出的是,以吴伟业

[①] 钱锺书:《谈艺录》,中华书局 1984 年版,第 231 页。
[②] 袁行霈主编:《中国文学史》第四卷,高等教育出版社 2005 年版,第 283 页。

为代表的明末文人群体在朝代更替之际的人生选择与心灵波折。吴伟业与柳敬亭所发生的文学层面的联系，也指向了他本人在这一历史时期的亲身经历与感悟，同时还涉及了黄宗羲等同时代著名文人、学者对吴伟业为人处世、诗文创作的评价，以及这些明末清初文人相互之间在文学、政治上的交际往来等具体史实。

鉴于吴伟业主要的诗歌艺术风格特点，就是以真实的、戏剧化的历史情节与事件为题材进行创作，所以他个人的真实体验与社会经历，以及他在这些人物关系、历史事件中所占据的位置，与他的文学创作是密不可分的，也就是说当英语世界研究者考察、研究吴伟业的诗歌创作成就、语言风格、体裁特点，甚至当世人对其进行点评鉴赏时，都不可避免地会研究考察到他的生平事件，故而也会通过这一文学研究的过程，为吴伟业其人树立起传记式的研究论述。而赵翼《瓯北诗话》中对吴伟业及其诗歌作品、文学生平的专门论及，也会成为英语世界研究者所关注的重要材料之一，赵翼所还原的吴伟业历史形象，也是对其本人生平进行理解建构的一大线索。黄洪宇对《瓯北诗话》中第九卷"吴梅村诗"的长篇幅选译与意译，也是对这一兼具历史材料与文学文献特点的诗话的高度重视。

黄洪宇在对吴伟业整体诗文创作进行最为基本的介绍时，就强调《瓯北诗话》作为专门评述、点评诗人艺术成就的论著，巩固了吴伟业在中国诗歌殿堂中的重要地位，他指出赵翼专列一卷对其进行评论，并将吴伟业与李白、韩愈、苏轼、陆游等著名诗人并列，正是对其诗歌史地位的推崇。他还介绍到赵翼创作《瓯北诗话》之初，原本只准备将唐宋诗人纳入评论范围，最后却选定了包括吴伟业在内的三位清朝诗人加入其中，他强调这说明赵翼所处时代距离吴伟业离世仅过了一个世纪，他却已经成为上述唐宋诗人在创作成就上的有力竞争者。这种对清朝当代诗人的强调体现了文人群体对于文学史影响的焦虑，以及他们力图面对与克服这种焦虑的野心，所以吴伟业的诗歌成就得以被凸显、传扬，就显得格外必要。

黄洪宇认为赵翼在文学体裁的历史延续性上，关注到了吴伟业诗歌的独特特点，他指出中国诗歌发展历程中存在用特定的乐府体裁，记录战争以及上层阶级压迫者所造成的政治、经济腐败与社会困境的传统，而吴伟业在自己诗歌的题材与风格上吸取了前人影响，尤其是杜甫《兵车行》、"三吏""三别"这一类政治、战争题材新题乐府或歌行体，对寄托了政治、历史视角的"梅村体"有着直接的影响作用。这也符合赵翼对其诗歌以具体的真实历史事件为基准的描述,同时体现出了吴伟业是有意通过诗歌创作而留下对历史现实的记录这一创作意图,正如《瓯北诗话》对其文学生平的"身阅鼎革,其所咏多有关于时事之大者"的评价。①

而这一受到赵翼赞誉的,取材于"正史"而非"小说家故实"的吴伟业历史诗歌,正是在真实性和文学性上获得了难得的高度统一。黄洪宇认为正是诗歌内容与历史保持了高度的一致性,才使得作为历史学者的赵翼对其青眼相待。赵翼在《瓯北诗话》中采用历史考据、编写年谱等方式对诗人们进行记录评价,又注重不同时期诗人成就的独创性与历史价值,所以他欣赏的正是能够有效地将历史准确性与诗歌才华相结合的诗人,而吴伟业恰好符合赵翼的诗歌理想。黄洪宇认为应当将吴伟业为官出仕的亲身经历,与他这一创作倾向相结合,他指出吴伟业在明代崇祯朝、南明洪光朝、清代顺治朝这三个时期,都担任了官方史官的类似官职,并以纪事体的形式编写了记录崇祯朝陕北各股义军起义生事,直到明朝灭亡的《绥寇纪略》一书。他认为纵观吴伟业生平,其对诗歌和对历史的关注兴趣是相同的,吴伟业的诗歌作品与历史著述所记录的,往往是同一历史事件,此二者又可依托于不同的体裁与语言风格,从而相互阐发。

黄洪宇选译《瓯北诗话》"吴梅村诗"一卷的内容,也是基于其所经历的历史事实,以及在历史观点上进行取舍,代入文学的艺术风格。他选译了赵翼引述了吴伟业记录历史事件,感叹兴旺更替,乃至自伤身世,开解自身作为由明入清的贰臣这一尴尬的社会身份的文段,可以说吴伟业后期再度为官、出仕别朝的人生选择,在一定程度上加深了他对于现实历史的参与度,也加深了他对自己所见证、所关注的诸多社会事件的理解与感悟,使其平添了许多人世沧桑的悲悯与共情,从而又将这一主体情感再度映射到"梅村体"的诗歌创作中,形成了自己蔚为大观的诗歌艺术成就。

针对吴伟业诗歌所体现出的历史地位,黄洪宇指出在中国传统文学的发展历程中,叙事诗这一体裁始终是较为薄弱的一个环节,而吴伟业有效地在语言形式、修辞技巧、艺术风格、文本内容、情感取向上对该体裁进行了变革与发展,从而使他在清朝诗歌艺术中占据了重要的一席之地。由

---

① 赵翼:《瓯北诗话》,《清诗话续编》,上海古籍出版社1983年版,第1283页。

此可见，通过《瓯北诗话》所解读研究到的吴伟业诗歌创作，和他所处的历史时期，所经历的具体事件，所接触的因缘际会、悲欢离合紧密相连，并且互相之间影响、映照，最终将其与"历史"紧紧缠绕的一生，映照到了他的"梅村体"诗歌艺术之中。可以说，对吴伟业诗歌的阐释与理解离不开对其生平经历的观照，对吴伟业生平进行史实的考据时，也无法与其诗歌艺术的成就，以及后人对其的具体评价切割开来。

第二节 刘若愚对古代诗话"形而上""表现""技巧""实用"的分类方法论研究

美籍华裔学者、汉学家刘若愚作为早期较为全面、多元地对中国文学与传统文论话语进行研究的英语世界研究者，其关注视角与理论阐述都有着值得瞩目的重要意义。在其对中国古代文论、诗论等著作进行英译与研究的过程中，对诸多古代诗话作品的原文也进行了重点关注。刘若愚对中国古代诗话这一系列文本进行介绍解读、译介与研究的最显著特点，与他对中国文论其他文本的研究是相类似的。他坚持采用西方文艺理论的建构对中国文论进行全面、立体的系统化分类与重构，并通过具体的西方文艺理论话语对诗话作品中的诗歌理论进行分析阐述，这一研究方法始终贯穿于其学术生涯之中，并呈现出一定程度能动的变化发展状态。刘若愚对诗话文本的诗论话语的研究，主要体现在 1962 年的《中国诗学》、1975 年的《中国文学理论》、1982 年的《中国古诗评析》、1988 年的《语言—悖论—诗学：一种中国观》这四本诗学专著之中，他以美国学者艾布拉姆斯《镜与灯》中对文学进行世界（宇宙）、作家、作品、读者四要素分类的方法视角，试图建立起中国文论的门类体系。艾布拉姆斯建立起四要素之间相互发挥联系与作用的图表模式，从作品与世界相连接的关系推演出"模仿理论"，从作品与读者角度的关系中推演出"实用理论"，从作家与作品相互的关系中推演出"表现理论"，以及关注作品本身的"客体"文本，并从这四要素的建立中，梳理研究西方文学理论的发展演变。[①] 刘若愚则在此基础之上，进一步进行自身思想的塑造与代入，将四分法通过图表进一步塑造成"四分环"，并将这四个不同的视角建构成一个能动的整

---

① 艾布拉姆斯：《镜与灯——浪漫主义理论批评传统》，袁洪军、操鸣译，中国社会科学出版社 1991 年版，第 11 页。

体循环过程，即"第一阶段，宇宙影响作家，作家反映宇宙"，第二阶段"作家创作了作品"，第三阶段"作品及于读者，直接作用于读者"，第四阶段"读者对于宇宙的反映因他对作品的体验而改变"。①

这种阐释视角与思维模式成为一种决定论的基准，使刘若愚将文论作品、诗话作品中古代文学批评家所提出的观点，代入到这一循环系统之中，这种以西方文论为先见的视角体现了刘若愚最为明显的理论特色，也成功地将诸多传统文论原文思想、术语译介、传播到英语世界的视野之中。刘若愚的文论研究在《中国文学理论》一书中得到了代表性的阐述，但这一中西比较诗学的视角在1962年的《中国诗学》中已经初现端倪，同时该专著的问世有效地填补了当时英语世界对中国文学理论进行成体系的译介、研究的漏洞。虽然陈受颐的《中国文学史略》出版较刘若愚的这部专著早一年，却远远没有在英语世界获得如此高的肯定。刘若愚所尝试的理论视角与文论研究范围，使西方学者得以从一个较为容易理解的视角对中国文论的原文与具体理念有所解读，夏志清就认为《中国诗学》一书"虽然篇幅不多，而且显然是专为不懂、不太懂中文的英语读者而写的，但内行诗家一翻此书即知道作者不仅对诗词、诗话真有领会，他对西洋诗学也很有研究，不得不予之佳评"②。刘若愚自身也立志于通过这一研究方法，建立起英语世界对中国文论体系的有效理解与研究阐释，从而建立起两种不同语言文化背景下文艺理论的可通约性，实现其"提出渊源悠久而大体上独立发展的中国批评思想传统的各种文学理论，使他们能够与来自其他传统的理论比较，而有助达到一个最后可能的世界性文学理论"③。这种借用西方文艺理论的体系框架与文论话语，对中国诗话中的诗论思想进行介绍、解读的方法，长久以来也被认为在其具体的译介、阐述与比较过程中不可避免地带上了"以西释中"的模式化痕迹，甚至牵强附会地进行理论话语套用的缺陷。但刘若愚通过其对诗话作品的理论话语英译与阐述的研究，打下了英语世界研究者对传统诗论价值的直接认识的基础，始终是值得国内学界关注与研究的重要方法视角。

刘若愚在《中国诗学》第二部分"传统的中国诗歌观"第二章"唯我论：诗歌用于自我表现"中，已经体现出了他对中国文论所进行的以

---

① 刘若愚：《中国文学理论》，赵帆声等译，中州古籍出版社1986年版，第13页。
② 夏志清：《岁除的哀伤》，江苏文艺出版社2006年版，第138页。
③ 刘若愚：《中国文学理论》，赵帆声等译，中州古籍出版社1986年版，第4页。

作者与作品关系为中心的"表现理论"视角分类。他首先指出按照价值取向进行划分，中国文学批评家中既有推崇伦理道德教化的道德家，也有重在表达主体情感的"唯我"的个体主义者，其中的一个不同，体现在对诗歌与人的情感（情）与本性、天性（性）关系的解读上。刘若愚认为道德家在认同诗歌体现感情的基础上，更加重视诗歌对这些因素的影响，也就是强调诗歌对人格内在的道德教化作用，而个体主义者则更加关注情感在诗歌中的表达，无论这一在诗歌中体现的情、性是否具有道德层面的升华。

刘若愚引用了袁枚《随园诗话》中将诗歌与诗人的性情相结合的定义，并通过袁枚与金圣叹类似观点的比较，指出袁枚将情感视作诗人独特个性的表达，同时还讲求诗歌需要符合一定的审美与思想标准。他认为这就是袁枚诗歌理论的核心"性灵"（native sensibility），而袁枚所讲求的是诗人应当保持儿童一般的自然天性。刘若愚解释"灵"是诗人本性中存在着的高度敏感，从而使诗人的情感内在不同于其他同样有着强烈情感的人群，而"性"则是使个体诗人与其他诗人有所区别的，包括着特定情感的天性。刘若愚认为与金圣叹相比，袁枚似乎过于强调诗人群体的个体、独立情感的重要性，甚至略有歧视其他群体主体内在的嫌疑。他进一步引述《随园诗话》相关文本，并指出基于袁枚的这种基础论点，他对于当时社会所肯定的模仿古代经典诗歌的风气则不太赞同，因为袁枚坚称虽然经典的前代诗歌值得尊崇，但诗歌本身是情感与天性的表达，必然不会只局限于某一两个特定时期的固有表达方式，同时袁枚反对过度用典。这种对于学问知识的技巧性的强调，必然也会阻碍诗人天性的抒发，故而他也对王士禛讲求诗歌语言的典雅范式提出了反驳。刘若愚认为西方的读者不会对袁枚的上述论断表示吃惊，多半因为这种对于主体内在的抒发早已存在于西方文论对于诗歌作用的界定之中，但在袁枚所处的历史语境之中，这些理论的提出代表着从传统话语独立的勇气，同时也被刘若愚视作与传统文论话语中道德宣讲与学术经验所不同的，诗人自身表达的有力体现。

在第三章"技巧论：诗歌是一种文学练习"中，刘若愚关注于诗歌作为客观存在的语言文本，所体现出的技巧、修辞上的各种范式界定，以及文学批评家的相应追求。他将明朝李东阳《麓堂诗话》中的诗歌理论视作对这一类别的论述，他指出李东阳强调诗歌的语言形式，认为诗歌与散文的区别即在于其可以通过诵读而呈现出音韵,而具体的诗歌也应当在语言形式上有别于他者。和明朝的许多诗论家一样,李东阳同样推崇杜甫诗歌,却不是出于对其思想性与情感性的肯定,而是对其音韵、格律的娴熟运用而表示赞誉。但是刘若愚也特意强调李东阳与明朝复古派的前后七子有所不同,他并不讲求对古代诗歌进行摹仿,而是主张诗歌语言的音韵、格律可以通过诗人的学识而得到冶炼提升,从而获得同时代读者的广泛传播与认可,因此没有必要在诗歌创作中刻意摹仿某一特定时期与流派。

他也指出同时代诗论家中存在模仿古代的主要观点,例如前七子之一的李梦阳的诗论就提倡摹仿杜甫,认为摹仿可以使诗人熟练掌握写作的语言技巧,而杜甫诗歌理想化地符合了传统诗歌的格律要求,所以学习、摹仿范本一般的杜诗,可以掌握音韵、格律、字法等各种诗歌语言的形式技巧。刘若愚在本章的论述,选取的正是传统诗话中专注于语言文本自身,讨论如何在创作技法上体现诗歌本质的段落,但事实上传统诗话对以作品客体为主的诗歌技法的关注,远不止上述内容,他的选择视野难免过于集中偏颇。

在第四章"妙悟说:诗歌是一种感知"中,刘若愚直接采用严羽以禅喻诗的话语方式,强调这一类别中诗歌的意义,在于将其视作诗人对世界与自己内心的联系,以及在这一过程中内心的沉思领悟,即《沧浪诗话》中的"妙悟"。刘若愚也进一步展开原文中"入神"这一术语的论述,说明严羽强调通过妙悟这一内心平静的沉思状态,而达到诗歌中的理想境界"入神"。刘若愚借用英国诗人济慈提出的概念"消极能力"(negative capability),认为严羽的主张使诗人消极地使自己成为这种妙悟沉思状态所掌控的对象,故而他认为严羽对于理想诗歌的要求,是既不过分强调情感,也不过分看重学识,而是一种在刘若愚看来难以捉摸、难以言传的"空中之音",这体现出佛家话语中有关一切存在都是虚幻符号的特点。

刘若愚多处引用《沧浪诗话》原文,说明严羽主张"诗有别材",体现出与书籍不相关的、不符合学理原则的意义,这也将宋朝诗歌为代表的以才学、文字为诗的主张,视为诗歌理想的反面。刘若愚明确指出《沧浪诗话》中这种诗论观点,既不把诗歌视作道德教化或文学练习实践,也不把它视作自我内在情感的表现,而是关注诗歌是如何体现诗人对世界的观照，或世界是如何通过诗人的意识而得以体现。刘若愚继续指出这种诗论影响到了王夫之在《姜斋诗话》中提出的"情""景"理念，其讲求的理想诗歌是代表客体的"景"与代表主体的"情"的交融，而他进一步指出在诗歌中完成情与景相互融合是远远不够的，诗人还需要抓住事物的精神，即引出王士禛在《带经堂诗话》中提出的"韵"，以及他沿用严羽"入神"理念而阐述的，对"景"的描绘与把握。刘若愚认为王士禛所说的"神"，是指如何通过内在精神而把握住外在事物的本质。

刘若愚认为王士禛的观点体现出了与前文所述的个人主义者的相似性，但他对于诗歌创作的方法认知却截然不同，他关心的是诗人如何达到一种个人化的韵味，而不是像袁枚那样强调对于个性与情感的表达。他定义王士禛是在创作过程中，以生命的"神"为主体，通过对个体情感的一系列提炼，使诗歌获得一种个人化的"韵"。刘若愚进一步讨论上述几位诗话作者是如何定义诗歌的创作过程的，他指出严羽强调灵感与直觉，即盛唐诗歌所体现出的"妙悟"。而王士禛、王夫之都反对摹仿古人，王夫之主张把握事物内在的精神，王士禛则强调同样借助于禅宗术语的"顿悟"，即无法用语言表达的诗歌创作的诀窍，在于瞬间的直觉感知。而对于博览群书所换取的学识上的增长，则将其视作获得直觉灵感的一个重要前提。

刘若愚将这类诗论观点定义为"直觉主义者"，他们的共同点是认为诗歌的美学在于暗示，而不是类似现实主义那样进行详细的陈述与刻画。无论是采用"神韵""情、景"等哪一种概念，他们都主张诗歌的本质在于，通过诗人心灵所反映的外部世界，以及它对内部世界情感的显现，此二者相互之间的结合。他们强调直觉与灵感的重要性，并反对拘泥于对古代诗歌的一味摹仿，也并不主张对语言修辞、格律的技巧进行关注，也不像个人主义者那样满足于对自身个性的表达，而是寻求对世界有关看法的表达。

这种以作品、世界、个体为中心进行分类化的理论解读方法，在《中国文学理论》中得以进一步完善。刘若愚基于艾布拉姆斯的四分法，将中国传统文论划分为六个不同主体为核心的门类，即形而上论、决定论、表现论、技巧论、审美论、实用论，他分章对上述六个门类进行了论述，并按照历时顺序对其各自范围内的文论、诗论原文进行了阐述与译介。在第二章"形上理论"的"形上传统的支派"中，他认为《沧浪诗话》中

"入神"这一入于神妙、神启的直觉感应境界,体现的是抽象、形而上的美学理想,"因为在中国文学和艺术批评中,完美的直觉的艺术作品,那几乎是无须力求的,自然而然的,通常称为'神'"[1],而刘若愚也将其理解为诗人主体对于进入事物生命形态,从而把握其精神内在的某种方式。这种方式在严羽那里被直接定义为直觉化的"妙悟",这种以禅喻诗的直觉灵感的强化在刘若愚看来,使严羽将诗歌的理想途径导向了"兴趣",他进一步译介《沧浪诗话》"诗有别趣"的选段,借此证明严羽的诗歌本体论既否认了诗歌是理论与书本知识,也否认了是对古人诗歌的机械模仿与情感的肆意表达,由此他得出严羽对于诗歌的定义既不属于技巧论与实用论也不是原始的表现论。刘若愚认为严羽关于诗歌本体的讨论,是属于"含有表现理论的要素"的形而上[2],在其关于如何进行诗歌创作的实践层面探讨中,则是提倡摹仿古代的,严羽诗论的上述特点则分别被后世诗歌批评家所继承。

例如刘若愚认为谢榛《四溟诗话》中,关于诗歌由"情"与"景"合二为一而成的定义,虽然倾向于表现论,但其关于"以数言而统万形"的论述则涉及自然元气,从而体现形而上的话语方式。他将谢榛诗论所强调的"情""景"结合为,体现了"道"的客观现实与主观意识情感通过直觉灵感的"神"而进行的合一,从而将其视作对形而上与表现论的共同体现。

刘若愚还认为这种主客内外结合的诗论观,也被王夫之《姜斋诗话》所继承,即该诗话反复强调的情与景相互交融的美学境界,而他所提出的"得神"则与严羽的"入神"相类似,这种对诗人通过心灵的直观灵感与宇宙万物自然原理进行贴合的认识,使刘若愚将王夫之与严羽等形而上代表诗论家进行了归类。他还指出这种清初诗论对于形而上的追求,来自王士禛"神韵"说的提出与普及,这种理念对于诗歌理想的定义就是获得与以禅喻诗相符的"神悟"境界。刘若愚对"神韵"的解释,即为了达到诗歌理想的艺术境界,诗人的主体精神需要与世间万物的内在精神相吻合、相呼应,达到"神会"的同时,也需要关注诗歌自身的韵律、声调等语言修辞以及各个语言形式要素之间的和谐美感。刘若愚认为"神韵"指向的是诗人与宇宙万物的关系,也是诗人与诗歌创作抽象哲理层面的关

---

[1] 刘若愚:《中国文学理论》,杜国清译,江苏教育出版社2006年版,第55页。
[2] 刘若愚:《中国文学理论》,杜国清译,江苏教育出版社2006年版,第61页。

系，故而带有形而上的特点。

第三章"决定理论与表现理论"的"后期的表现理论"中，刘若愚通过对《原诗》中"胸襟""抒写性情"的有关强调，而将叶燮诗论定义为表现理论的主要体现，虽然他也关注到了《原诗》中"理、事、情"所涉及的对于自然万物是如何映射到诗歌文本中的论述，但他更注重叶燮提出对诗人创作主体能力进行限定的"才、胆、识、力"，故而认为与以虚静的精神状态被动地接受自然万物的"道"相比，叶燮诗论重在体现足以反映宇宙万物的精神特质，所以这属于将这一反映通过文本而传递的表现理论。他又指出袁枚的"性情"与"性灵"，是对这一重视诗人精神个性的进一步体现，袁枚将诗歌视作性情、感情尤其是爱情的体现，是更为纯粹的表现论。

第六章"实用理论"的"实用理论传统的延续"中，刘若愚引述《说诗晬语》中"设教邦国，应对诸侯"，从而确立对沈德潜诗论中教化作用的认识，并将其划分为实用理论的门类。第七章"相互影响与综合"的"拟古主义及其反动"中，刘若愚介绍了他认为兼具两种门类划分的代表诗话及其理论，他指出胡应麟《诗薮》中提出的作诗艺术要求的"悟"与"法"，分别继承吸取自严羽的形而上理论与李梦阳的技巧理论，从而兼具二者；同时他指出胡应麟还关注诗歌作品如何体现宇宙与作家心灵的反映，而这种类似于模仿的反映的具体呈现，也取决于诗人的主体情感，所以他认为胡应麟诗论还兼具模仿与表现理论的要素；同时还补充了李梦阳虽然崇尚复古，讲求经典化的语言修辞技法而主要体现为技巧论，却依旧也强调诗歌作为诗人情感的表现，故而也体现出表现理论特点。"最后的交互影响"中，他也论及了袁枚诗论在表现理论与实用理论中体现的矛盾。

这种运用西方理论话语与视角对中国传统诗论进行连类比照与建构的方式，在1982年《中国古诗评析》一书中进一步深化，刘若愚在第一章"四分环"中，直接论述由世界、艺术品、作家、观众所构成的循环过程，这一过程包括在其看来有关文学创作、接受、传播的各个相关环节，并引述多位西方文论家的相关理论对其进行举例。在论及法国文学批评家丢弗伦（Mikel Duufrenne）所界定的诗歌文学作为审美对象，由"'所表现的世界'与'所表达的世界'共同构成时"这一结合了客观世界与主观内在表现的文论观点，并将"'境象'说成是'某种气质，它不可以言传,却能通过激起人们的情感而表现自身'"时①,使他联想到了中国古代诗话作者严羽、姜夔所提出的"气象"。而主客合一的诗歌审美追求使他将丢弗伦对于个人主体作用的强调,与传统诗论中对于个人具体艺术风格的重要性论述进行了联想,例如姜夔《白石道人诗说》中的"一家风味"与王士祯的"神韵"说。刘若愚认为这都是侧重于体现了诗人自身的具体艺术风格与感知特点的论述,是对有诗人自身影响所在的世界反映的体现。

1988年,刘若愚的《语言—悖论—诗学:一种中国观》一书中,同样在自己所建构的传统文论框架体系的基础上,进一步深入阐述传统文论话语的学理性,并将其与西方文论各个派别的批评家的具体学说,放置在同一考察视野之下进行讨论、联系与对比、类比等。在该书中刘若愚强调"语言悖论",即包括传统文论批评家在内的学者、评论者、批评家,大多声称断言艺术美学的最高境界与成就无法通过语言来进行恰当的传达,然而矛盾的是支持他们作出这一论断的则正是语言;相应的是,艺术理论话语的表达者们断言艺术的理想境界,无须通过语言便可获得有效的传达,而这一断言也同样依靠于语言的传达。这种语言形态与表意之间的悖论,在讲求"言外之意""书不尽言,言不尽意"的中国传统诗歌理论那里得到了有力的验证。

第三章"悖论的诗学"中,刘若愚指出中国传统诗歌理论批评家们已经意识到了语言作为载体,与诗歌语言文本所呈现的美学本质之间的悖论、矛盾,并继续将其发展为具有东方传统文论话语特点的悖论诗学,他明确强调中国诗人在诗歌理念与实践中都偏爱含蓄蕴藉的表达,重视间接暗示的传递,故而这种以少总多地传达言外之意的语言表达方式,正是传统诗歌美学的独特价值所在。他引述《六一诗话》中欧阳修将梅尧臣诗歌比作余味悠长的"橄榄"的"平淡"评价,指出欧阳修对言外意的追求,体现了这一贯穿历代诗话理念的美学主张。

刘若愚还选译了《沧浪诗话》"诗有别材"的选段,强调严羽的相关论述体现了悖论诗学的美学理念,一是不过分强调甚至不主张诗歌创作中学问议论等理性知识体现的作用;二是符合理想标准的诗歌体现了"言有尽而意无穷"的特点;三是理想的诗歌应该"羚羊挂角,无迹可求",不

---

① 刘若愚:《中国古诗评析》,王周若龄、周领顺译,河南大学出版社1989年版,第26页。

显露人工修饰穿凿的痕迹,这在刘若愚看来是对悖论诗学的恰当总结与深入阐述,并对后世诗话作者产生了深远的影响。例如刘若愚专论谢榛《四溟诗话》中对于独立于格律、声调之外的直觉感知的重视,他认为谢榛继承了严羽对于学理言说之外的趣味的强调,还提及了该诗话对"辞前意""辞后意"两种与语言载体相对立的意义的论述,并借用法国诗人保罗·瓦雷里、英国诗人奥登的相关观点,表明与谢榛等古代批评家的相似性,强调他们在对于诗歌内在思想与语言外部载体的辩证关系进行考察时,存在着让人联想的共同价值判断。

刘若愚沿用了他有关传统诗论的个性主义者的界定,进一步提出他们所提倡的"兴趣""趣味"等美学理念,都是无法用语言进行理性定义与分析的,它们同样是意在言外的体现,却可以通过语言被传达;同时他还沿用了在《中国诗学》等前期著作中对王士禛"神韵"的理解,将其定义为个人主义的非个性理论,或非个人主义的个性理论,强调的也是具体个体诗人在语言表达上的美学尝试,都可以体现为悖论的诗学在历代诗话理论发展中的持续彰显。刘若愚还引述了部分西方文论批评家、作者,如莎士比亚、济慈、德里达、瓦雷里等人的观点,说明这一悖论诗学的话语方式并不止存在于中国诗歌理论之中,而是东西方文论相互之间可以映照的共同特点。

第四章"解释的悖论"中,刘若愚指出语言层面的悖论诗学,必然导向解释层面的悖论,这一悖论在集中进行了对他人诗歌作品评价、理解的古代诗话中必然有所体现。他选译《六一诗话》对梅尧臣用诗歌评价诗歌,用诗句的意象传达有关无法言说的美感的记录,指出这一方法是传统诗论家面对"言外之意"所采用的典型阐释方式之一。他还引述《四溟诗话》中"诗有可解,不可解"的论断,说明传统文论中一向存在着不对诗歌原文意义进行刻意深究的传统,这种传统诗论中对于主体能动性的非概念化界定,也让他联想到了西方现象学文论对于主体间能动性的论述。

在"跋语:个性的非个性化"中,刘若愚论述的是他对诗歌的个性化思想感情,以及其所传达出的非个性真实之间的哲理性思考,他将诗歌理论中对于"道"的再现定义为非个性真实的传统,并强调个体诗人通过个体情感的书写,表达的是对超越个体的"言外之意""神韵""趣味"等美学理念的追求,这似乎与主要强调个性与传递具体感情的西方诗歌艺术有所区别。但刘若愚也认为英国诗人艾略特的诗歌主张，体现了这一既追求个性在诗歌中的凸显，又规避个性的过分张扬的悖论，并引述《原诗》中"才、胆、识、力"的选段，认为叶燮讲求的是通过一系列个人才能在诗歌创作的运用，使诗人首先要摆脱自己的个性化人格，具备代表着经典化诗歌的古人的人格，并最终摆脱这一第二人格，从而获得非个性化的超越人格。他认为艾略特与叶燮一样，即认识到了遵循传统与个人化才能的重要性，又认为最终的艺术目标在于改变传统，叶燮的诗歌理论对于诗人的才、胆、识、力的强调，使其得以突破复古主义的理念主张，从而呈现出诗史发展中"源流正变"的生生相续。

可以看出刘若愚借助艾布拉姆斯的文论体系，对中国传统文论所建立起的"六分论"的架构体系，在他自身的文论话语研究视角中已经较为系统，故而刘若愚可以借助这种由自己所创的方法对中国诗话中的术语、理念、论述等进行译介与阐释。刘若愚的方法论，在于将诗话作品中较具代表性的原文论断与观点术语，按照西方文论的话语分类，放置到四分环循环过程的各个环节中，使它们符合相应的六个不同核心的文论门类，并在自己所建立的理论体系基础上，进一步采用个性主义、表现等视角，对诗话的具体论点进行论述，并将它们与西方文论观点相结合、联系。

可见在对中国文论进行了六分法的系统阐发与比较对照之后，刘若愚得以从更为宏观的高度、更为细节的切入点入手，对不同诗论观点进行兼收并蓄、融会贯通的讨论，也使英语世界得以通过这一更易理解的方法视角，将传统诗论纳入自身知识范畴之中。但这种以西释中的方法，忽略了传统诗论在术语、话语内涵等各个层面的多义性与含蓄性，导致刘若愚忽略了东方话语自身独立的话语特点，从而导致了这一研究方法所凸显的诸多显著问题。

第三节　研究者对诗话作品的现象学、阐释学、接受理论方法研究

20世纪西方现象学的理论观点与方法视角，也是英语世界研究者用来理解、阐释、论述中国诗话术语理念与理论观点的一大代表性方法。"现象学"（Phenomenology）源自希腊语 phainesthai，表示自我显现与彰显以及"显现于感官和意识的东西"，对于意识的高度强调使一切意识都可

以成为被指向某一对象的意识，从而形成思想对象与思想行为之间相互依存的内在联系，即"我的意识并非只是世界的被动记录，它积极地构造世界或'意指'世界"①。可见现象学讲求世界的本质是由主客体所共同构成的，而认识事物的本质是靠个别的、直观的意识对其进行理解。现象学的创立者德国哲学家胡塞尔（Edmund Gustav Albrecht Husserl）在其著述中指出，为了确立起对本质科学的研究，需要将"习以为常的认识态度'悬置起来'，而将整个为我们而存在的自然世界'加括号'"②，并把外部世界还原成人类自身感知的意识内容，实现现象学的"还原"。

现象学的文学批评方法，也就是要把作为对象的作品的社会历史背景、作者生平经历、创作条件、读者的能动性等因素括起来，即不将其影响作用纳入考虑关注范围之内。因为胡塞尔现象学强调的是，通过现象而构建的客体，而所有客体都体现为意向性客体，"它力图探索一个被称为'人类意识'的抽象物和一个由种种纯粹的可能性所构成的世界"，并"主张纯粹感知中被给予的东西就是事物的本质"③，故而现象学方法论对文学作品进行的也是"内在"的阅读，使文本被还原为作者自身意识的纯粹体现，并导向了对作者心灵的种种深层结构的关注，可见现象学所关注的是主体心灵与客体世界之间的合二为一。这种关注世界本质与心灵构成的理论视角，与传统文论中谢榛、王夫之的"情景"，以及王夫之的"境界"、叶燮的"理、事、情"与"才、胆、识、力"等理念不谋而合。

而起源于西方学术界对《圣经》的阐释的阐释学，同样延续了现象学对于主客合一的提倡，加上这一传统符合中国儒家话语中解经学对经典典籍的注释、作疏、正义等传统，故而阐释学也被英语世界研究者视作关注传统诗话理论的重要方法之一。阐释学对于主体即读者作用的强调，使文本的阐释空间被无限扩大，它强调文学作品的意义是不断生成更新的过程，故而可以建立起作为经典的古代作品与作为阐释者的当代主体的联系，这也将英语世界研究者对古代诗话的关注纳入了合理性的范畴之中。

阐释学方法使英语世界研究者既可以关注历代诗话作者在诗话中对于某一经典诗人或经典时期诗歌的解读，也可以将自己作为阐释者，对古代

---

① 伊格尔顿：《二十世纪西方文学理论》，伍晓明译，北京大学出版社2007年版，第48页。
② 汉斯·约阿西姆·施杜里希：《世界哲学史》，吕叔君译，广西师范大学出版社2017年版，第564页。
③ 伊格尔顿：《二十世纪西方文学理论》，伍晓明译，北京大学出版社2007年版，第49页。

诗话所代表的传统诗歌理论论述、术语等话语进行阐释，同时对传统文论进行整体性的方法论把握。这一方法，则是基于研究者在现象学所讲求的意识客体的基础上，对于传统诗歌视域下的自然对象与哲理内核有了一定的分析，从而进一步关注与之相对的接受者主体，所释放出的一系列解读与论述。

而阐释学在西方理论学界的进一步发展即接受理论（又称接受美学），该理论将注意力更为明显地转向对读者作用的关注。德国文艺理论家伊瑟尔（Wolfgang Iser）提出"召唤结构"理念，即认为文学文本并非固定不变的语言形态，而是在各语义单位之间存在连接缺失与意义空白，这些空白则需要通过召唤读者去进行创造性的阅读理解，从而进行填补。这样一来就高度肯定了读者的主体能动作用，以及其在文学实践中对文学文本所施加的重要影响。德国文艺理论家姚斯（Hans Robert Jauss）则认为读者在阅读理解开始之时，已经具备了审美经验的"期待视野"，即读者心理层面预先存在的结构图式，会直接作用于读者对作品的不同理解与把握，而由这种被理解的文学作品所构建起的文学史，不再只局限于作家与文学流派自身的特点，而是呈现出文学作品在不同历史阶段被"接受"的情况，从而展现出由此规定、定义出的文学史特点，即文学史是被读者接受、理解的历史。"只有当作品的延续不再从生产主体思考，而从消费主体方面思考，即从作者与公众相联系的方面思考时，才能写出一部文学与艺术的历史。"①

这种着力关注历史视野与接受效果的视角，与中国文论进程中对于前代代表性诗人及其诗作的接受理解、鉴赏评价的传统，有着不谋而合之处。传统文论对于魏晋盛唐时期诗人进行持续了不同历史时期的点评，所构成的诗人、诗歌的经典化塑造，正是读者接受的有效体现。

纵观这一探讨意识客体的还原的现象学视角，到阐释学对主体作用与文本阐释空间的强调，再到接受理论对读者接受所起的决定性作用的论述，这一线索明晰的理论发展与思路演变，足以提供英语世界研究者对古代诗话进行解读的理论方法支撑，也可供国内学界对其"他者"视角下的方法论运用，有一个较为清晰的逻辑认识。萨进德、顾明栋、田菱、方葆珍、Ji Hao 等英语世界研究者对不同诗话作品及其术语、理念的译介、

---

① 姚斯、霍拉勃：《接受美学与接受理论》，周宁、金元浦译，辽宁人民出版社1987年版，第339页。

论述与研究，正是符合这一学术思路与方法视角的代表性成果。

一 萨进德对《原诗》的现象学方法研究

早在1986年，倪豪士主编的《印第安纳中国传统文学指南》第一卷中，就诗话这一体裁与历朝历代代表作进行概述介绍时，对《原诗》的界定是"对诗歌所体现情感的现象学的有机阐释"[1]。该书并未就这一视角展开详细论述，但同时也说明了英语世界研究者注意到了叶燮诗论，乃至古代诗话中所蕴含的，可以与西方文论现象学批评方法相联系的理论内核，这也意味着在后续的研究进程中，研究者会继续采用这一视角，对传统诗论中有关意识客体与主体间关系进行研究。1993年，王靖宇主编的论文集《清代文学批评》收录萨进德的论文《试析叶燮的诗歌本体论》中，借用波兰现象学家罗曼·英伽登（Roman Ingarden）的观点，对《原诗》的文本本体论进行阐述，并探讨二者之间的理念相似与差异。英伽登作为胡塞尔的学生，虽然继承了其现象学的部分基础观点，但具体理论也呈现出注重读者作用的接受理论特质。

英伽登提出文学意义层次理论和美学素质理论，在1931年的《文学的艺术作品》中，他将文学作品的形成视作有机的整体，体现出不同的意义层次以及各自的不确定性，而读者需要通过自身主体作用将作品正确地"具体化"，即合理连接起作品的各个不同部分与层次，并最终实现作品内部整体的有机和谐。这也体现了他的现象学理论倾向，即把文本视作多层次结构构成的意向性客体，而读者在阅读过程中进行了感知与想象性思维活动的参与，从而使文本的不确定得以被给定，"文学艺术作品只是在它通过一种具体化而表现出来时才构成审美客体……审美客体并不是具体化本身，而恰好是文学艺术作品在一种具体化中得到表现时所完成的充分体现"[2]。可见英伽登强调将文学作为观照对象时的读者作用，他师承胡塞尔的现象学基础理论，又直接影响到了伊瑟尔等人的接受理论，而萨进德在有关《原诗》的论述中将其视作关注本体的现象学学者，故而在此处尊重萨进德本人的定义。

---

[1] William H. Nienhauser. *The Indiana Companion to Traditional Chinese Literature*, Vol. 1, Bloomington: Indiana University Press, 1986: 55.

[2] 罗曼·英伽登：《文学的艺术作品》，蒋孔阳主编：《二十世纪西方美学名著选》（下），复旦大学出版社1988年版，第268页。

萨进德首先肯定叶燮在《原诗》中的理论阐述，认为其反对明朝以来的诗文复古主义，强调一代有一代的文学，而诗歌创作不拘泥于定法、死法的主张，必然会涉及诗歌作品创作时所参照的本原，以及文学与自然世界之间的关系，故而将其纳入文学本体论的讨论范畴，并将其与英伽登的现象学学说进行连类比照，认为此二者之间存在着不谋而合的思想投契。他们都强调"主体必须消除自我的成心，真正地认识现实"，以及"文本所呈现的事物和现实事物本体上的共同点"。[①]

他首先就《原诗》中"必先有所触以兴起其意，而后措诸辞，属为句……其意、其辞、其句劈空而起，皆自无而有，随在取之于心；出而为情、为景、为事"[②]的一组术语"意、辞、句"进行解读，他认为叶燮提出的"意"符合古代诗话术语中，一处能指指向多处理论范畴所指的特点，虽不能明确其具体定义，但这种"意"是通过事物的触动、刺激而兴起，故而类似于现象学所说的"意识趋向性、意向性"，即作为意识到特定对象的精神行为的意识，所呈现的特定的趋向。而"意、辞、句"的"自无而有"，说明文学文本的语言由心灵主体而催生，这也符合英伽登所提出的，一切文学活动都是意识的产物。萨进德在这一语境下的文学作品是能指与所指的集合，语言的所指跟随着具体语境与语言发展历史而变化，也就是叶燮所说的"情、景、事"，也是意识行为在文学语言中的具体投射。萨进德认为英伽登提出这样的，有关语言形态与意义的意识本体观，是为了与古希腊哲学的"理念"以及西方现实主义文论的"现实"等传统文艺理论范畴有所区分。

萨进德在理解叶燮所说"情、景、事"这组概念中，包含传统诗论提倡的"情景交融"的美学境界的前提下，进一步分析"景"与"事"的关系。他认为"景"是具体的、静态的自然客体事物，而"事"则是事物的能动的形态，这种静态与动态的客体世界构成符合传统诗论的话语特点，也符合英伽登提出的语句的意义意向，由名词与动词的意义意向共同构成。故而当"辞"这一语言文本开始呈现为句段即作品的时候，作为意向性客体投射的名词与作为动作投射的动词融合为主体动作性方向的目标，这也符合英伽登所提倡的文本自身的结构。萨进德借用波兰现象学

[①] John. C. Y. Wang. *Chinese Literature Criticism of the Ch'ing Period* (1644–1911). Hong Kong: Hong Kong University Press, 1993: 27.

[②] 叶燮：《原诗》，霍松林校注，人民文学出版社1979年版，第5页。

家卡拉加（Kalaga）对英伽登文本层次结构的四个分层，即语音构造、意义、事情与描述的境界。萨进德认为境界包括了被意识所投射的事物的具体情态与变化，从而可以将"景"理解为诗句所直接投射的意识客体，而将"事"理解为各种客体自然之景所蕴含的境界。他还明确指出叶燮诗论中的"情"并非感性的情感化表达，而是动态的，因主题与事物而被触发的主体内在，只有当诗人与世界发生接触、感知的反应联系时，引发了作为"意""辞"的前提，"情"才得以表达。因此他进一步推出叶燮诗论核心理念之一的"理、事、情"，虽然属于自然客体内部情状的范畴，但这一客体却是由文艺作品所构造、所指向的客体，也就是说，是英伽登提倡的，由意义意识所投射的纯粹的意向性客体。

萨进德引述《原诗》中有关"理、事、情"及其与文学与世界之间关系的论述，首先明确的是"理"自然所固有的规律，而此处的"事"则是"理"的进一步具体的延伸显现，而"情"则是事物的内部情状。他援引宋朝理学的相关论述，试图将叶燮的"理"与宋儒提倡的"理"相对接，说明这一概念代表着统御于一切自然客体的理念核心。

他还论述了叶燮诗论对于诗歌含蓄蕴藉的不确定美的提倡，例如叶燮对杜甫诗歌"碧瓦初寒外""晨钟云外湿"的品评，以及对其不确定意指性的赞誉，他强调这种诗歌语言措辞而带来的不确定性，与英伽登论述文本客体层次的不确定性是类似的。这种不确定性来自英伽登提出的文本各个部分层次之间的空缺与断裂，以及"一个词因上下文而定的待机潜力有时会与其他词的词意范围发生矛盾"[1]，从而使得诗歌文本产生了无法被明确理解、界定的多义性，这也是叶燮在鉴赏杜诗时对"初寒""湿"等不确定意指所传达的语言美感的认同，是他对"理、事、情"这组概念，进行的"幽眇以为理，想象以为事，惝恍以为情"的理想化艺术标准。

关于叶燮对"理"的概念界定，萨进德将英伽登的现象学理论，推回到他与胡塞尔一脉相承的现象学还原法上，指出这一方法的目的，就在于将直觉的意识还原到客体本身决定事物属性、外表与发展变化的本质上。而这种被还原的本质，在萨进德看来，与叶燮的"理"有着相似性，即自然客体，以及它所包括的作为客体的文学文本的内核，这在东西方话

---

[1] John. C. Y. Wang. *Chinese Literature Criticism of the Ch'ing Period* (1644–1911). Hong Kong: Hong Kong University Press, 1993: 33.

语中都是可以视作文学本体研究的本原所在。与此同时，他也指出叶燮的"理"以还原宇宙自然万物的客观法则、规律、本质为要，而英伽登则是遵循"现象还原"所呈现的"理"与"本质"之间仍有着理论范畴的具体差异。"本质"体现的是意识层面知觉的可能，涉及的是抽象哲学范畴，故而它表示的是被意识所指向的对象的本质，而"理"则被叶燮视作诗歌本体的最重要元素，偏向的是作为诗歌观照对象的客观自然事物的本质，叶燮借助这一事物内在本质，所要强调的是它与诗歌主体发生作用后的一系列，体现在具体情状、语言表象上的变化。

萨进德对《原诗》中"意、辞、句""情、景、事""理、事、情"这三组术语的介绍与阐释，始终与他所预设的英伽登现象学方法论相联系。在他对诗话原文术语进行一定有效理解的前提下，他将英伽登关于现象还原、意向性客体、文本层次结构与不确定性等现象学、接受学理论观点进行了代入，并与叶燮的观点进行了联想类比。

他关注的是叶燮对于诗歌本体的具体考察研究，是否可以用英伽登的理论模式进行比较，他对现象学观点进行了详细的逻辑阐述，也对《原诗》的多处原文进行了引述与解读。这种类比难免带有一种模式套用的痕迹，虽然萨进德也关注到了二人主张的理论在范畴层面的区别，而他对叶燮诗论有关抽象的自然本原的文学本体论探讨，也以原文中的术语概念为基础，但是否能完全采用英伽登的现象学理论方法，建立起英语世界视野下对叶燮诗歌文体论的合理有效论述，还有待深入挖掘。萨进德提供的这一方法论，是中西比较文论话语的沟通对话，其对《原诗》哲理化的诗话理论内核的解读，还是存在着意义重大的借鉴参考作用。

二 顾明栋、Ji Hao、田菱、方葆珍对古代诗话的阐释学、接受理论方法研究

诠释学，即阐释学（Hermeneutics），德国哲学家伽达默尔（Hans-Georg Gadamer）作为海德格尔（Martin Heidegger）的学生，结合现象学意识本体论与注解《圣经》的古典解释学的理论范畴，指出一部文学作品的意义从未被作者自身的意图所穷尽，因为这种被意识所指向的客体的意向性远远超出主体所能把握的，而每一个读者都不可避免地把来自文学传统的"前理解"或"成见"带进文本中，同时同一文学作品处于不同历史语境之中，又会延伸出新的意义。当读者作为主体面对文本时，文学文

本所产生的这种不确定性也与前文中英伽登所提及的不确定性相类似,但阐释学的不确定性更加关注过去传统与当下的对话,把文学文本放置于过去与现在的能动关系之间,强调这种对话对过去的传统、文学的经典所产生的新的理解。

而伽达默尔强调"一切理解都是生产性的,理解总是'别有所解',亦即去实现文本中新的可能性,去使其变得不同"①。由此而来,古代文学的经典作品存在于历史的视野之中,并非一直保持着一成不变的内核。每一代读者的主体内在都有所差异,而每一代读者对经典的阐释都既带着传统的前理解,又具备各自的创造性与新意,由此而带来了对于文学作品阐释的普遍性认识的方法论,这也是伽达默尔所强调的"理解从来就不是一种对于某个对象的主观行为,而是属于效果历史,这就是,理解属于被理解东西的存在"②。

这种注重读者作用的阐释学,与中国文学中的解经学的传统有相类似之处,国内学界也借用这种西方话语方式对古代文学进行研究,例如关注乾嘉学派、宋明理学等对儒家经典的注释等。读者主体作用的扩大导致了阐释边界的延伸,顾明栋也正是立足于这一理论视角,而关注到了传统文论、诗论中阐释空间的可供讨论价值。顾明栋所用术语为"诠释学"而非"阐释学",在于他的诠释学方法不仅关注将传统话语视作可以提供灵活性阐释理解的研究对象,也关注中国文学所固有的传统诠释学。

这种传统诠释学自古以来,就存在于历朝历代思想家、文学批评家对典籍、诗歌、史书、艺术作品等文化文本的解释之中,顾明栋认为他们对言与意之间的紧密联系与矛盾隔阂,对主客体之间连接的种种讨论,使"现代诠释理论所探讨的对象、概念、原理、方法几乎都可在中国传统中找到,甚至还可以说有不言而喻的隐性体系"③。顾明栋借用西方阐释学的话语理论与方法视角,尝试建立起的是中国古代文论话语的诠释学体系,在这一理论体系的观照下,同时对抽象、哲理化的传统话语的各个理论范畴进行探讨,在对接收者的主体阐释能动性的肯定之下,从而进一步建构起传统文论、诗学等作品及其理念所体现出的客观存在的文学开放

---

① 伊格尔顿:《二十世纪西方文学理论》,伍晓明译,北京大学出版社2007年版,第71页。
② 伽达默尔:《真理与方法》上卷,洪汉鼎译,上海译文出版社1999年版,第8页。
③ 顾明栋:《中国诠释学与文本阐释理论——跨文化视野下的现代构建》,《南京大学学报》2017年第3期。

性。这一开放性也是顾明栋强调的,对传统文论话语不同于西方理论话语的特点所在,可见他立足于西方理论方法,最终探求的是传统文论话语独立与自主的价值呈现。

顾明栋的这一方法论的代表性成果,是1999年他的学位论文《文学开放性与开放的诗学:跨文化视角下的中国观》以及以此为基础的,出版于2005年的专著《中国阅读与书写理论:走向诠释学与开放诗学》。他首先介绍分析作为理论基础与方法论的诠释学以及诠释学的开放性,并从西方文论话语传统与东方文论话语传统的发展中寻找这一理论的共性。他援引西方哲学范畴的阐释学理论,认为以文本为中心的伽达默尔的文学诠释学,可以定义为文学文本的解释理论,由此而呈现出一种解释的开放性。他指出正如伽达默尔所说,文学文本不是"在明确的知识中获得了实现,而是在经验本身所鼓励的,对经验的开放之中而获得了它自己的实现"①,在主客对话互动之中,读者与文本之间的"视野融合"导致了充分的阐释,由于文本与读者都有其传统性与意向性,而一代代读者随着历史变迁而变化着自身语境,故而诠释学呈现出理论上的空间开放性,并获得了无限延伸的意义视野。

顾明栋将这种诠释学的开放性称作文学的开放性,即语言文本不是意义有限的语言形式的外壳,而是由意象或语言符号构成的诠释学空间,能够在其中产生无限的意义阐释。他认为这一文学开放性是东西方文学历代都存在的现象与议题,中国文学的开放性阐释最早可以追溯到《周易》《庄子》等先秦典籍中对于言与意关系的讨论,对"诗无达诂"的阐释界定中,以及从六朝就已出现在诗文批评中的"遗音""遗味""文外曲致""不尽之义""含蓄""悟"等审美理念与术语。

2012年,Ji Hao的博士学位论文《透明的诗学:明末清初的杜甫阐释学》对明末清初这一特定历史时期的杜甫诗歌及其生平阐释学进行了论述,强调这一时期对杜甫的阐释,产生了与以往朝代,尤其是宋朝诗论对杜诗经典化的相反的阐释现象,而这一转变与清初的社会背景与官方话语这一特定历史语境有着紧密联系。同时也对明末清初文人对杜甫生平的阐释进行研究,这一自宋朝开始的传统在钱谦益那里成为从包括诗歌解读在内的,对杜甫生平不同阶段的阐释。Ji Hao认为这与由明入清的遗民对生

---

① Gu Mingdong. *Chinese Theories of Reading and Writing: A Route to Hermeneutics and Open Poetics*, Albany: State University of New York Press, 2005: 1.

平阐释的具体实践有关，也与康雍乾时期清朝官方意识形态介入杜甫生平阐释的过程有关。

这种阐释的形式则以明末清初文人、思想家、文学批评家为杜甫诗文编修总集、撰写注释、进行鉴赏点评为载体。他指出宋朝诗话等文论作品推崇杜甫诗歌的传统，发展到明清时期时，已经逐渐形成蔚为大观的杜诗学，既包括诗人、诗论者就诗歌史、诗歌审美、诗歌创作等各个层面对杜甫的经典化，也包括他们以"以意逆志""知人论世"的儒家文论传统对其生平遭际、志向抱负的解读。这种阐释使 Ji Hao 联想到西方阐释学的理论框架与具体方法，尤其是其所提倡的文学文本所具备的一定的意义，可以通过正确的后世解读而被有效地传达、理解。

他梳理了西方阐释学的发展脉络，以确立这一理论方法的框架，指出阐释学在西方的根源是以解读《圣经》为主体的宗教阐释学以及法律阐释学，前者注重精神层面的感应，而后者注重知性逻辑理解，但此二者都强调阐释者自身的主体作用对文本思想传达的影响。他借用日内瓦学派文学批评家乔治·普莱（Georges Poulet）提出的"两个我"的概念，即作为阅读主体的"我"会在阅读接受过程中被作品中所体现的作者的那个"我"所干扰，普莱认为理解一部文学作品就是让作者在读者的心中向读者展示自己，而读者则通过自身作用使两个"我"得以和谐共处。

Ji Hao 认为这与孟子所提倡的"以意逆志"这一中国传统阐释学概念异曲同工，在这一理念话语中，对于作者的"志"的理解接受，成为读者的终极目标，而通过"诗言志"的儒家文艺理论主张可以看出诗歌本身即诗人之志的表现。由此孟子借此树立起了与普莱所说的理解另一个"我"相类似的，以作者之志为最高目标的阐释学模式。而阐释的具体行为，则是阐释者的自我与他所感知到的作者的自我之间的不断协商对话。由此而体现出的"以意逆志"的复杂性，在明末清初的杜甫阐释学中得以体现，Ji Hao 借此理论前提所要探讨的，正是这一时期阐释者解读杜甫时如何调和自我意识与备受尊崇的杜甫意图之间的矛盾与协商，以及他们的阅读接受与外部社会历史情况之间的相互影响。而杜甫阐释学的独特之处，还在于被阐释的对象不局限于他的诗歌文本，故而他专门提出"生命阐释学"的概念，针对其生平解读进行研究。被誉为"诗史"的杜甫诗歌的产生与其所处的历史语境紧密相连，而将其诗作放置回历史的原始语境进行解读时，必然会与杜甫的生平经历相重叠，而对其进行解读的这一接收方式，也符合古代诗话作品评价诗歌时对作者生平轶事进行记录的传统。由此他认为诗歌与作者生平共同成为阐释的关注对象，也体现出了中国传统诗学自身的显著特点。

Ji Hao 在对杜甫阐释学相关文论呈现进行研究时，把古代诗话视作佐证这一解读传统及其不同层面表现的参考资料。例如他论及《一瓢诗话》中有关杜甫诗歌"不可解"的论断，指出这一评价实际上是对由宋到清的一种杜诗阐释倾向的侧面体现，不可解的前提即历代文人对其进行的持续不断的尝试性理解与各自不同的接受表现。他认为"不可解"形成的文化原因有两种，一是杜甫诗歌中书本才学知识的高度运用，增加了从知识理性层面进行理解的难度。"无一字无来处"的杜甫创作风格，体现了诗歌创作与博学广识相对等的传统，他引述《诗人玉屑》的记载说明杜诗所涉及的历史事件、文学典故等学问内容会为诗歌的初学者增加理解的难度。

而"不可解"还可以理解为杜甫诗歌的某些精妙之处是无法解释的，不是每一个阐释者都能理解在审美接受一般意义上的杜甫诗歌的艺术美感。这在于杜甫诗歌有关具体场景的描写与相关意象情感的抒发，也与阐释、接受者自身的经历相关，他援引《竹坡老人诗话》中周紫芝讲述自己夜游蒋山，登宝公塔，在山中见到一系列壮美的自然景象，并联想到杜甫诗歌中相类似场景的描述。Ji Hao 指出解读者的个人经历使杜甫诗歌具体诗句的创作环境，得以在主体意识中被复原，从而被解读者所明确接受，并得以把握这种审美阐释上有效碰撞、对话的瞬间。而这种接受上的艺术美感是无法用语言进行描述的，这也是"不可解"的又一层面的体现，同时这种意识意义超越于语言表达之上的话语方式，也与传统文论强调语言不能尽数传达意义的观念相类似。

Ji Hao 所借用的以西方阐释学的方法视角对杜甫诗歌的历代解读、阐释进行的研究，更多倾向于考据学为杜诗作注疏的方式，但他同样也将宋朝以来的诗话纳入关注视野，从中梳理出诗话作者对杜诗进行阐释、理解的历史传统，以及由此而衍生的传统诗论的话语表达方式，可见诗话作品中对于某一代表性诗人及其诗歌的评价鉴赏、接受解读，始终是考察这一诗人在文学史进程中被塑造、被阐释的重要材料。

2003 年，田菱的博士学位论文《隐逸、人格与诗歌：中国文学传统中的陶渊明接受》则采用接受理论的视角与方法，探讨历代文学理论对于陶渊明形象及其诗歌的接受与经典化塑造。她首先指出这种"接受"与其本人的作品本身距离较远，事实上取决于不同历史朝代诗集编修者与文论批评家自身的动机与需求。为了关注这种历史性的批评与解读，就需要把不同时期不同接受者的主体意识纳入考察范围。针对陶渊明接受的经典化过程塑造，田菱采用了20世纪西方文论中接受理论的相关观念，她引述姚斯将历史维度纳入接受过程的概念，即他通过将历史传统的考量这一元素带入文学研究，从而扩大"互文性"的界限，从而将"文本与文本间的关系"扩展、转变为"文本与人的交互作用"。[①]

以姚斯为代表的接受理论学者，认为应当通过读者的积极参与作用，来维持文学作品跨越不同历史时期的生命延续。这种重视接受与影响的美学范畴高度认同读者的期待视野，田菱指出期待视野的基础，是历史传统中作者与读者自身所具备的文化价值。历史时期的变化以及这一时期文学的全新发展，会使读者前理解与期待视野随之发生变化，从而对处于传统中的前代文学作品的阐释、评价发生新的变化。田菱指出，虽然中国文学话语中，并没有明确的读者接受与理解语境的相关概念，但她依旧关注不同的特定历史时刻对陶渊明的阐释，她关注的是接受理论前提下读者与陶渊明的阐释性对话。这种以接受与阐释的双重元素为核心的研究方法，足以关注不同时期文人对陶渊明形象的进行的"隐逸、人格、诗歌"这三大关键词的不同解读，从而还原并探讨陶渊明不同文学形象的塑造与传承。

田菱对古代诗话及其诗论的介绍研究，主要集中在对陶渊明诗歌美学的接受的解读之中。第四章"从六朝到宋代的文学接受"第三节"宋朝的重新定义与经典化"中，通过《六一诗话》对梅尧臣诗歌艺术风格如同"橄榄"的评价，言明梅尧臣本人所讲求的，以及其诗歌所代表的"平淡"的美学风格，是对诗歌文本所传递出的余味悠长的滋味的强调。同时梅尧臣将自身诗歌与陶渊明诗歌进行并置，"方同陶渊明，苦语近田舍"[②]的诗句既表明了他对自身艺术风格的清晰认识，也体现了他对相类似的陶渊明诗歌语言特点的推崇。这也引出了宋代诗歌开始远离西昆体的

[①] 姚斯、霍拉勃：《接受美学与接受理论》，周宁、金元浦译，辽宁人民出版社1987年版，第26页。

[②] 梅尧臣：《依韵和晏相公》，见《梅尧臣集编年校注》，朱东润校注，上海古籍出版社1980年版，第368页。

辞藻华丽，而转向推崇平淡的美学韵味的后续发展。

田菱还引述李又安对黄庭坚品评陶渊明诗"不烦绳削而自合"的评价，说明黄庭坚关注到了陶渊明诗对于"言外之意"的传达，她指出"言外之意"通过《六一诗话》中梅尧臣相关语录而逐渐成为宋代诗歌最受推崇与力图实现的文学品质之一。她还通过列举宋代诗话的相关评价而表示，宋代对陶渊明诗的接受、阐释体现出了有意识的、有目的的，与六朝、唐朝接受传统进行区别的特点。各位诗话作者试图通过自身对前代评价的再评价，而树立起宋朝对陶渊明接受的全新传统，例如《石林诗话》中叶梦得抨击钟嵘《诗品》不应将陶诗与政治诉求相结合，称其品评为"陋"；《苕溪渔隐丛话》中胡仔则认为钟嵘将陶渊明称作"隐逸之宗"是不恰当的；《蔡宽夫诗话》中蔡启则声称唐朝诗人并不曾领会陶诗的真正精妙，指出白居易、韦应物等人看似摹仿了陶诗的创作风格，但这一摹仿并未得原作精髓。宋代诗话作者力图通过自己的论述重新树立陶诗评价的美学概念，而到南宋时，以《沧浪诗话》为代表的诗话作品，已经有所公认地将"自然"这一特点，视作了陶氏最为显著、突出的艺术标志。

第五章"文学接受第二部分：明清时期"第一节"文学史中（外）的陶渊明"中，田菱论及《诗薮》中胡应麟对历朝历代诗歌体例、格式的各自变化发展的阐述，认为胡应麟借此展现了诗歌发展的历史视野，即将陶渊明的五言诗视作"千古平淡之宗"，既是诗体的源头，也是这一崇尚冲和平淡的审美风格的源头。田菱指出胡应麟在进行诗体、诗格发展的历史格局建构时，将陶渊明诗放置到了与正体有别的偏体中，这也体现了以复古主义为主流的明朝文论者，出于对宋代诗歌的忽视，而相关联地降低了宋代诗论者所推崇的陶诗的地位。

而贺贻孙《诗筏》则将陶诗独立于历史化的诗歌风格影响之外，认为陶渊明的艺术创作既没有受到前代诗歌风格的显著影响，也没有投注他本人对于后世诗歌模仿的主观意识，从而将陶诗从历代传承的历史格局中独立了出来。由此可见，田菱引述了两种不同的有关陶诗阐释、解读的明代诗话论点，她认为虽然明朝诗话对于陶诗的正统地位进行了不同发声的辩论，但由宋朝所建立的陶渊明经典地位并没有受到明显的动摇，但这一相关讨论，在客观上也拓宽了后世诗论家对陶渊明诗歌的接受、阐释空间，最终也使陶渊明在诗歌发展史中的形象，得以通过读者、诗话及其作者与更替变换的历史社会之间的种种联系、协商、对话而成功建立起来。

同年，方葆珍出版的专著《追寻谪仙：李白及其历代评价接受》，也是通过研究古代诗话在内的历代文学批评著作，并从不同时期阐释者的具体语境与观点中，树立起对李白及其诗歌的接受历史的研究。在第一章"阅读理论"第一节"空中寻物：追寻谪仙，从中唐到明"中，借《诗薮》的论述而讨论明朝时对于李白、杜甫并列的诗论现象，她指出李杜并列在唐诗的评论传统中已经形成了一种普遍的、规律化的完整性，而杜甫则在后世对李白诗的评价中发挥了作为有助于构造的工具作用。此二者在诗歌风格、美学价值、思想阐述中形成了互补，而李白诗则作为杜甫诗经典化塑造过程中的一种有益的补正而存在。方葆珍指出李白诗歌在后世阐释、接受中，历来呈现出对知性认识、分析的抗拒，体现出难以言喻的、抽象的、感知化的诗歌美感，这也是严羽所推崇的无迹可求的真正的诗意。她随后主要论述了《沧浪诗话》中的诗论观点，认为李白诗符合"诗有别趣"的界定，同时严羽对李白诗的重视，塑造了他对于盛唐这一诗歌发展鼎盛时期的偶像化。

随后她论述明朝复古主义的持论者李东阳在《麓堂诗话》中对于李白诗歌的推崇，他推崇学习摹仿盛唐诗的主张，使他对李白诗中难以界定、言明的飘逸诗性进行了标准化的定义，从而将李白塑造成与杜甫相对等的诗歌榜样，并使当时诗论界承认李白诗歌的知性、学识特点，尤其是承认李白的知识并不比以书本知识运用为特点的杜甫诗逊色。由此为基础，李东阳号召更多明朝学子探索、学习、摹仿李白诗歌语言表达方式中，可以被理性所习得的知识与灵感，从而将这一内核与严羽的以禅论诗方式相结合，共同合并提炼为诗学理念"神"，并影响了后续的诗歌批评家的诗话理念，例如方葆珍论述在清代对李白诗的接受时，所提到的王夫之的"情、景"二者融合的观点，以及王士祯"神韵"说等。

在论及清朝《原诗》时，方葆珍则指出叶燮的诗论主张明确地表现出与明朝复古主义的抗衡、对峙，他在论述有关诗人主体创作意识的"才、胆、识、力"时，将李白诗歌视作"识"这一重要主体的体现，他认为李白诗的艺术价值得以体现不在于可被后世摹仿、学习的才能，而在于其自身独到的天赋是不能被后世全盘效仿的独立性内在。

方葆珍进一步借《瓯北诗话》中赵翼对李白的分卷品评研究，说明其对李白的接受开始结合了具体的历史考据，而使李白形象及其诗歌一贯的，被阐释为神秘、抽象、难以言喻的艺术风格平添了许多真实性。通过赵翼将李杜进行地位上并列的评价可看出，与杜甫诗一直以来被后世经典化的不变传统相比，李白诗的接受、解读以及地位的变化升降，与其自身诗歌的文学品质并没有直接联系，而是不同朝代文学批评家思想上呈现的历史变化，对其进行了直接的作用，也就是说李白诗的介绍、阐释与历史语境、期待视野的变化密不可分。方葆珍认为赵翼的评价，在力图客观地还原李、杜这一对并列的代表性诗人各自原本的艺术特点，并将李白视作中国诗歌史上不可被复制的独立的创新个例，即明确指出李白个人所尝试的诗歌风格特点，自他而始，也自他而终。而与杜甫相似的是，他们都在盛唐诗歌的领域中开辟出了全新的文学天地，不同的则是，杜甫诗成了后世可以成功借鉴、摹仿、解读并学习的模型，而李白诗则由于其独特的才华而难以再现。

方葆珍指出正是赵翼肯定了李白诗所具备的独到精神，而这一宏大的精神内核足以说明李白的文学形象，为何会与诗歌史中典型的失意文人、流放官员有所区别，正因为李白在诗歌实践中体现出了对世俗的冷漠与无视，才符合诗歌史对其公认的"谪仙"，这一与众不同、卓尔不群的接受评价。

第四节 研究者对古代诗话的女性主义方法研究

英语世界研究者受到20世纪60年代以来，女性主义的兴起与发展影响，自然而然地采用这一文艺批评方法对古代诗话中涉及女性诗人、诗作、女性诗话写作的情况进行了介绍与研究。西方女性主义思潮的起源与发展由来已久，早就在14、15世纪依托于文艺复兴运动的人文主义兴起，通过对追求个性解放、追求个体主观幸福的人道主义倾向中有所体现，随着18世纪启蒙运动思潮影响下西方资产阶级对"自由、平等、博爱"与"天赋人权"的呼吁号召，使得作为个体的"人"的独立权利得以逐渐彰显，19、20世纪欧美女性作家群体的创作，也得以在这一背景下获得显著的发展。

20世纪上半叶，英国作家伍尔夫（Virginia Woolf）与法国作家、学者波伏娃（Simone de Beauvoir）为这一时期作为文艺理论重要思潮的女性主义思想打下了基础，前者强调女性作家应独立于家庭琐事的社会传统身份，拥有"自己的房间"这一生理与心理上自主独立的空间。后者从女性生理结构入手，以存在主义视角切入讨论女性继被自然塑造了生理属性之后，又被历史与文化塑造了其社会属性，即从属于男性的"第二性"，从而体现了"一个人之为女人，与其说是'天生'的，不如说是'形成'的"①。由此而指出女性自古以来在社会关系、经济地位、日常生活中对男性的从属、依附关系，这使她们自然而然地将父权制的话语价值与道德准则，内化为自己的性别身份与行为规范，从而长期以来放弃了对自身独立自主发声的权利的追求，并由此加剧了社会文化中两性之间平等地位的失衡。这一论断既为当时社会上女性群体性格意识的觉醒，为其对社会权利与身份地位的追求提供了思想上的指引，也为后续女性主义文艺创作与批评方法的发展奠定了基础。

女性主义艺术家由此而进一步关注，女性作者的文艺作品在以往以男性为主导视野的文艺领域，如何进行自身价值的彰显。她们指出在以"第二性"为性别意识主导的西方传统思维中，"女性永远扮演着作为异化的他者的角色，她们无权进入由男性把持着的主流世界，更加无法进入艺术世界与主流世界"②。中国古代诗歌相关的女性诗人及其诗歌、诗论创作，相较于受到男性话语霸权所辖制的西方女性文艺创作，则可谓有过之而无不及。

长时期占据主流话语的儒家伦理道德对女性行为规范的约束，使她们难以像男性诗人那样施展自身创作才华，也难以在诗话作品为代表的历代诗歌评论中占据显著的一席之地，即使是在近现代中国古代文学史的撰写之中，也对这一性别群体的诗歌创作有所忽略，哪怕是明清时期已经出现较为显著的集群式的女性诗人及其创作，但观其后世研究，依旧是虽然"这一时期女性作家之间的频繁交往也为女性文学观念的更新与统一搭建了良好的桥梁……但现今文学史中对这一时期的女性文学却很少提及，不能不说是一大缺憾"③。

针对古代诗歌批评家对女性诗歌、诗人及其文学活动关注的相对缺失，英语世界部分研究者专门对女性诗人的创作方式与具体诗作进行了介绍、研究，同时也对古代诗话中有关女性诗歌的评价，女性诗人文学活动、历史轶事的记录，进行了论述，力图呈现的是一直以来被主流传统所

---

① ［法］波伏娃：《第二性》，陶铁柱译，中国书籍出版社1998年版，第23页。
② 马晓翔、陈云海主编：《当代艺术思潮》，南京大学出版社2016年版，第105页。
③ 庄佩娜：《论英语世界的中国文学史》，博士学位论文，四川大学，2016年。

忽略的中国女性诗歌发展脉络,以及各个时期女性诗人依托于自身社会身份、历史语境,而进行的诗歌语言艺术探索与主体意识发声。这种独立、集中于特定性别的研究方法,也成为英语世界古代诗话研究的一大特色。可见英语世界研究者对古代诗话的女性主义研究,与其说是一种有效的方法,不如说是一种研究视角更为恰当,他们试图通过这种西方文艺理论思潮影响下形成的性别视角,关注在诗话所隶属的历史朝代之中,女性诗人、女性诗话作者的诗歌诗论创作、文学生活交际以及所流传后世的女性诗歌艺术价值与话语言说。

最早关注诗话作品中女性诗人及其创作的,是伟烈亚力在《汉籍解题》中对王士禄《然脂集例》的概述介绍,他介绍到王士禄本人旨在收录古今以来所有女性创作的闺阁诗篇,并编辑收录历代女性诗人著作230卷,虽然后多散佚,至今只存《昭代丛书》本、《四库全书存目丛书》本,但伟烈亚力将其纳入中国古代诗文评的范畴之中,可见他肯定了王士禄对于女性诗人、诗歌进行关注收录的动机意图,也意识到了女性诗歌及其编选、品评在中国古代诗话著作中不应被忽视的艺术价值与历史地位。

同样体现了明清时期男性诗人对女性诗人群体关注与重视的,还有袁枚教授世家女弟子诗歌技艺,并将女性诗歌大量收录进《随园诗话》的种种举措。在前文所述的施吉瑞和阿瑟·韦利对袁枚的研究中,都可以看到他们虽然也提及了袁枚的这一文学实践,与千百年来主流社会男女大防的伦理道德秩序相悖,也因将女性诗人的公众曝光度抬高了前所未有的程度,从而引发了当时社会舆论对其人品、声名的质疑。但韦利等英语世界研究者仍然高度肯定了袁枚的这一主张,纷纷将其视作18世纪乃至整个古代文学史中,少有的关注女性主义文学价值的男性先驱者。

2004年,伊维德与管佩达的《彤管:中华帝国的女性书写》一书,以九百多页的浩浩体量,对先秦到清朝以来的隶属于各个社会地位、文化身份的女性作者及其流传下来的文字书写进行了详细的介绍与研究。在序言中,她们指出当英语世界研究关注到数千年来中国帝国时期漫长的传统文学发展进程时,应当对同样属于这一历史流变的女性写作进行关注,对其诗歌、散文、戏剧、小说等文学体裁创作的研究,也是英语世界最近几十年的一大汉学研究趋势。在英语世界已经出版了不少中国古代与现代女性作家研究专著与文学翻译选集的前提下,伊维德与管佩达指出有必要继续对中国女性作家的诗歌等作品进行系统化的研究,即考察女性作家作为独立性别的发声。

她们指出传统女性的文学创作始终在历史的语境中受到男性作家的束缚，例如传统诗歌中"男子作闺音"，即男性作家借助女性口吻抒发政治、生活等层面的情感领悟的传统，这一传统在某种程度上限制了女性诗人的发声，使得她们秉持自身性别的创作被压制了下去。同时她们也指出女性作家在小说、戏剧等体裁有着不俗的创作成果，其原因在于这类体裁被看重诗文的儒家文化传统视作"小道"，受到男性作家的相对忽视，从而为女性作家开辟了较为自由的书写空间。

而按照传统的千年主流文学话语来解读，女性作者的书写相对于男性写作所占据的公共（外部）的社会属性，而一直呈现出更为私人（内部）的特点，故而女性作家生平相关的传记资料也是考察她们文学创作的重要材料，而且女性作家的身份呈现出了宫廷女性、闺阁女子、尼姑道士、青楼女性等分布在不同社会阶层的多种文化身份。她们强调作为英语世界的研究者，对传统女性写作旨在关注其千百年以来累积的丰富性与多样性，同时关注体现了女性作家为自己发声的文学文本，这也是女性主义方法视角的直接体现，英语世界研究者以此为标准，考察漫长的古代文学历程中女性作为男权社会主导下的性别属性与社会成员，通过诗歌等语言文本所传递出的自身立场与话语。

第三部分"插曲：理想与现实"中，两位研究者关注了处于社会边缘的青楼女子、扬州瘦马、被采买的妾室等主流男权话语所轻视的女性作者，以及她们作为诗歌创作者的生平逸事等，并译介《随园诗话》记录的赵钧台在苏州采买瘦马女子作为妾室，因为嘲讽一位女子没有缠足，而被其作诗反唇相讥的轶事，体现出的是袁枚作为男性诗话作者对社会身份低微的女性诗人的关注，也体现了身处社会底层的女性靠诗歌创作进行自我发声，向男权以示讽喻的勇气与才能。

在第四部分"女性文学的第二次高潮"，第十三章"诗歌"的"王端"一节中，介绍提及这一时期对于女性诗歌的编修选集以及评论鉴赏，已经有了比较显著的成果，并举例王端好友沈善宝所作《名媛诗话》一书，称其为第一部由女性创作的，以女性诗歌为主题的诗歌评论专著。该专著对于古代诗话所涉及的女性诗人创作的介绍虽仅止于此，但是伊维德与管佩达所提供的这种以女性主义的独立性别意识，关注先秦以来历代女性作者的自我意识觉醒，以及通过诗歌等文学体裁所进行的发言传声，这是英语世界对中国女性诗人群体、诗歌成果的研究的一大特点，也填补了一直以来性别层面的英语世界古代诗话研究的空白。

2008年，方秀洁的专著《女性作者的自我：明清时期性别、能动力与书写之互动》中，同样关注处于主流社会边缘，未曾被官方所承认的女性文学书写，她援引西方女性主义文艺理论的观点，指出被明令禁止参与任何公共事务、科举考试的女性群体生活在一种"基本的排斥结构"之中，只能被局限在家庭、地域的本土化语境之中，借由特定的环境或历史时刻，通过非正式的写作留下了自己的痕迹。她指出从属于早期的精英阶层的女性，通过书写而获得了相对经典化的文学史地位，例如汉朝班昭与宋朝李清照。然而也有大部分女性作家，属于自唐朝开始书写传统的女道士、妓女等身份低微的人群，故而始终无法摆脱在文学史书写中被边缘化的地位。

她也同样指出英语世界对中国女性诗人、诗歌的研究也起步较晚，和中国学界一样，直到最近二十多年，才开始认识女性在文学历史中的突出位置，并重新开始反思女性文学创作的意义。方秀洁指出该论著旨在寻求对于"谈论她们的方式"的探讨，即女性作者的创作实践以及相互之间产生的影响联系，并致力于具体文本的分析与解读，在将女性写作视作单一的文化实践的同时，也关注这一文学框架之外的社会经济条件，为之提供"文化转向"的研究方法参考。以此为方法视角，她专门对晚清时期女性诗人与批评家的诗歌选集、诗论作品进行研究介绍，考察这一诗人群体的文学交游与创作往来，在第四章"性别与阅读：女性的诗歌批评中的形式、修辞与团体"中对沈善宝《名媛诗话》进行介绍与解读。

她首先介绍了沈善宝自1842年起创作《名媛诗话》一书，在女性作者之外，她还承担着作为吴凌云继室的家庭身份，直到5年后的1847年方才完成这部著作。方秀洁指出沈善宝创作诗话的目的，在于她意识到这一题材的灵活性，可以遵循前代的诗话体裁传统，较为自由地就大量诗歌作品的题材库进行筛选、点评，同时可以对特定的诗句、诗人进行相关坊间轶事的记录。因此沈善宝的诗话作品与同时期的女性编者的诗歌编选集并不相同，她并没有大量列出包括诗人姓名与诗篇在内的目录，而是呈现出了一定选择基础的分类。沈善宝在诗话中明言她写作的目的，是保存与传播女性创作的诗歌作品，尤其是将处于社会底层，被公众视野忽视的女性诗人纳入考察、评论、记录之中。而自宋朝以来开始的诗话创作，始终以男性诗论作者对男性诗人的诗歌进行评价为主,这一诗话领域的空白也有待填补。方秀洁引述沈善宝为《名媛诗话》所写的自序,表明她最强烈的写作动机,就是弥补长期以来男性诗话写作传统中的内容不足以及性别上的文化偏见,从而形成以女性群体为中心的收录广泛、议论丰富的诗话作品。

方秀洁评价鉴于沈善宝创作诗话的动机主要在于收录、补全女性诗歌的具体作品,存续女性诗人的后世声名,故而她对诗歌进行的点评并不是偏向于学理性的,她并没有像其他男性作者那样,借点评诗歌而进行诗歌理念与美学标准的主张,而是进行内容较为平庸、语气较为赞扬的肯定评价。而方秀洁进一步指出,她对《名媛诗话》所记录的女性诗人结社的团体活动更为感兴趣,她认为这种文学团体的成立为诗歌选集的编选、诗话的创作都提供了信息与素材来源,并为其注入了交游沟通的活力。

她运用"话语场"(discursive filed)这一西方文论概念,说明晚清女性诗人的写作、交流、传播流通与出版发行等,都汇聚于这一多层面的文化话语场。受到文化教育的大家闺秀相互之间以诗文会友,并以写作能力为衡量标准,将对方纳入自己所属的文学群体之中,这一群体超越了亲属关系与社会制度的规范界限,使女性诗歌的实践与自我改善成为可能,这也使沈善宝收集、编选诗歌的视野得以拓展得更为开阔,并像其在自述中所言的那样,甚至关注到朝鲜等其他国家的女性诗人的创作情况,更加有助于达成她为女性诗歌收集存世的创作目的。

她指出《名媛诗话》作为一部诗话作品,既符合又背离了一直以来的诗话体裁传统,沈善宝采用相对更为开放松散的形式,为清朝女性诗人群体完成了概念化的界定。方秀洁明确指出沈善宝通过对诗话体裁进行更为灵活开放、适应性强的探索与实践,为女性性别意识的确定建构出了一个独特的文化混合空间,而其所体现的女性诗人的团体集合呈现出现实与想象相混合的特点,也就是女性诗人在这一团体形成的空间中,可以以想象中的作者、读者与评论家的身份,进行现实层面的诗歌写作、交流、品评等文学活动。通过其想象中文化身份的饰演,女性诗人可以将自己置身于与男性诗人同样实践方式的文学活动之中,完成自身诗歌活动的完整性,实现这一群体所共有的文化理想。

方秀洁最后强调这一女性诗歌批评的要点在于,女性既是诗歌作者,也是记录者、读者与评价者,故而女性作者自始至终都渴望在文学传统的传承中，确立自己的一席之地，故而女性诗话作者与诗集编选者深知主流社会背景下，女性写作受制于家庭身份而难以得到施展的不易，也深知不受主流重视的女性诗歌在流通、传播过程中的不易，故而她们最强烈的文学抱负，就只是将女性诗人的作品与姓名传之后世。在这一语境与动机的推动下，女性诗歌批评家并不过于看重诗歌的艺术审美，而是更加关心对女性诗人这一群体的介绍。而通过对这一清朝时期女性诗歌阅读、理解、批评实践的论述，方秀洁认为可以借用美国女性主义文艺批评家伊莱恩·肖瓦尔特（Elasne Showalter）提出的"她们自己的文学"（a literature of their own）概念，说明女性诗人与诗话作者共同构建了一个相互支持、对话的空间，并在这一空间的支撑下完成了晚清时期女性写作群体的性别意识的提升，以及有意识的，将自身从男性作者的附庸中独立开来，寻求自主文学发声的有效尝试。

关于这一女性诗人相互之间交游往来，建立起文学团体的研究论述，还有 2009 年 Wang Yanning 的博士学位论文《超越闺房：晚期中华帝国的女性游记诗歌》对沈善宝、顾太清等人赏荷花、赏菊花，并结诗社进行诗歌创作的文学活动的记录；该论著还记录了袁枚传授女弟子诗歌写作，并参加杭州的女性诗人诗歌集会的轶事。

而同样记录这一类似诗歌团体的，还有 2016 年 Janet C. Chen 的博士学位论文《十八世纪中国绘画中的才女呈现：〈十三女弟子湖楼请业图〉》。该论文援引袁枚在《随园诗话》中关注女性诗人及其诗作，并进行点评的原文，并以袁枚女弟子孙云凤为例，介绍了袁枚在江南等地收录世家女子作为学诗的女弟子，并参与组织到女弟子的诗歌雅集活动中，对其诗歌实践进行了指导与影响。同时以袁枚的 13 位女弟子在西湖湖楼进行雅集这一活动场景，被绘画等形式进行记录的历史为例，说明这一时期的女性诗人实践活动已经开始获得了更多的公共关注，而女性诗人也开始以有组织、有纪律的团体活动展现出了，在家庭闺阁身份之外的文化自觉意识。

第五节　有关英语世界研究者对古代诗话研究方法的思考

英语世界研究者对古代诗话这一系列呈现出不同语言风格、理论范畴、体裁特点的文本进行了不同层面、不同关注点的介绍、译介与论述研究，同时也对不同时期的诗话作者，以及诗话作品所评价、记录的历朝历代诗人进行阐释解读，可以说，古代的"诗话"成为串联起古代诗歌各个层面及其理论、术语等讨论的线索，也成为英语世界研究者纵观中国诗歌发展史方方面面的有效桥梁。

鉴于英语世界研究者所采取的具体方法之间的差异，可以看出他们选取、着眼的诗话相关研究对象也呈现出了很大的差异，而这也符合诗话自身灵活松散、包容多元的体裁特点。诗话以散文、随笔化的文体囊括了诗人历史轶事、文学交游、文人往来语录、诗歌创作相关生平等与当时社会、文化密不可分的元素，也包含诗学术语、语言技巧、美学理念、鉴赏评价等一系列以诗歌文学文本为核心的范畴。可见不管英语世界研究者选择从外部或内部对诗话内容进行研究，从中都可以"管中窥豹"，呈现出与诗话作者所处的社会形态、历史语境、文学传统及其个人文学取向息息相关的探讨。

阿瑟·韦利、施吉瑞对作为诗话作者的袁枚进行生平传记式的研究，关注通过他写作、出版《随园诗话》的资金来源，关注历史记载中有关他收取报酬，进行有偿的诗歌收录与评价的记录，并讨论这一当时社会舆论的成因与可靠性。韦利更为关注袁枚其人在创作《随园诗话》的晚年期间，所经历的种种生活变故与社会事件，以及围绕其"性情""性灵"诗歌学说而进行的，与姚鼐、沈德潜等当世著名学者之间的书信或亲身交际往来，可以说韦利是将《随园诗话》及其体现的袁枚诗歌主张视作其晚年精神生活的组成部分，是其社会生活环节中的某一环，足以反映袁枚所亲身经历的生活日常。

施吉瑞则更加强调袁枚与同时代，甚至前朝历代文人、诗人不相同的"职业作家"的身份，袁枚辞官隐退江南之后，其社会身份就发生了和在朝为官的士子文人有所差异的转变。有朝廷俸禄傍身的官员文人、学者、诗人，更多将诗文创作视作业余的兴趣娱乐活动，并不会将诗歌创造的著述刊刻、发行、传播的实际情况视作自己经济收入的主要来源。而已经脱离官场，将诗文写作等实践活动视作自己后半生主要职业的袁枚，需要关注自己著作流通之后所带来的经济收益，故而他对《随园诗话》的诗歌、诗人编选收录以及该诗话后续出版的关注，将更加与实际的经济状况相联系。"职业作家"这一社会身份，是近代中国社会才得以广泛出现并被普遍承认的身份,"中国的文学家以文学创造为职业的历史并不悠久,虽然也曾有过'宫廷诗人'式的诗人,但作诗本身不是目的"①。

施吉瑞对其这一文化身份转变的认识,进一步地推导出了袁枚作为职业作家的时代先进性,依托于这一先进性,可以考察出袁枚收取稿酬、赞助等资金可能的合理性,同时也反射出当时社会对其这一行为多有贬斥、批判的合理性,与主流时代的格格不入是作为作家、诗人、诗歌批评家与教育家等多重身份的袁枚,所必须承担的时代局限性与必然性。韦利与施吉瑞共同关注的,另一当世社会对袁枚其人名声的争议,则来源于他收纳诗歌教学女弟子的社会实践,这一涉嫌违背男女大防这一传统儒家规范的教学行为,在袁枚所处的时代为其招致了许多恶评与猜忌,导致其人品声名的社会评价受到了影响。

施吉瑞就引述了章学诚对袁枚教学女弟子的批判,"近有无耻文人,以风流自命,蛊惑士女,大率以优伶杂剧所演才子佳人惑人。长江以南名门大家闺阁,多为所诱,征诗刻稿,标榜声名,无复男女之嫌"②,以说明当时主流社会道德价值观对袁枚所提倡的文学活动的不齿,但当英语世界的研究视角得以摆脱这种局限于特定历史语境的话语,而将关注投注于整个文学发展历程的时候,研究者自然而然能清醒地认识到袁枚对于女性诗人、诗歌的重视是先进于其所处时代的一大创举。韦利与施吉瑞都在其研究成果中明确强调了袁枚作为男性诗人,为女性诗歌的创作、记录、评价与传播所做出的实际贡献,这一看似有悖于儒家礼教的诗歌实践使他本人成为千年传统诗歌史上少有的,为处于公共视野忽视之中的女性诗歌提供教学指导与传播空间的先驱者。

黄洪宇对《瓯北诗话》中有关吴伟业诗歌创作生平的研究,依托于该诗话第九卷"吴梅村诗"的主要内容,也依托于同样作为清朝诗人的诗话作者赵翼对吴伟业所处明末清初历史背景的审视。二者相距时间的接近,使得以历史考据为诗话写作主要方法的赵翼,能够更为清晰明确地考察吴伟业所处的特定历史时期的重大历史事件,并进一步了解"梅村体"诗歌与作为文学题材的真实历史之间的联系,从而考察到吴伟业生平经历

---

① [日]中野美代子:《中国人的思维模式》,北雪译,中国广播电视出版社1992年版,第148页。

② 章学诚:《乙卯札记、丙辰札记、知非日记》,冯惠民点校,中华书局1986年版,第181页。

与其诗歌"诗史"特定的紧密结合。

黄洪宇指出了赵翼对吴伟业、查慎行为代表的本朝诗人有所偏爱,将他们纳入了与李白、杜甫、苏轼、韩愈等相并列的著名诗人行列之中,同时也对南宋诗人陆游、明朝诗人高启进行了同样的关注与赞誉,这一诗话写作方式事实上是赵翼自身诗歌主张的直接映射。反对明朝遗留下的诗文复古主义,反对荣古虐今的赵翼,在其论诗的诗歌创作篇目中,既有"李杜诗篇万口传,至今已觉不新鲜。江山代有才人出,各领风骚数百年"①,也有"词客争新角短长,迭开风气递登场"②,"论人且复先观我,爱古仍需不薄今"③的论断,可见赵翼主张诗歌的发展随着社会时代的变化而变化,而一代更有一代之文学新变。

这种能动的诗歌发展史观体现了他作为诗论家兼史学家的基础观点,更是对本朝诗歌艺术价值进行肯定的理论前提,而《瓯北诗话》对吴伟业诗歌的大规模评价、记录正是这一诗史观的有效例证。而赵翼为了体现吴伟业诗歌足以彰显今人风范的独到艺术价值,则必须结合历史事件与其相关亲身经历,进行对"吴梅村诗"的具体点评,这一表现手法也在客观上体现出赵翼写作诗话时重视历史考据的特点。黄洪宇也论述了赵翼作为史学家,对吴伟业的史学家身份的考据,即作者与被写作的对象都与历史考证溯源的文学写作手法密不可分,这一将真实历史映射到诗歌文本中的共通点,并最终还原到了《瓯北诗话》对吴伟业诗歌的历史性的关注之中。

吴伟业亲身经历的历史事件被其灵活运用为诗歌创作的素材,也塑造了赵翼所强调的"梅村体"叙事诗的一大纪实特点,而叙事诗一向是传统诗歌体裁较为薄弱的环节,可见这也是赵翼所看重的吴伟业诗歌成就独立于古代传统的价值所在。黄洪宇对《瓯北诗话》中吴伟业生平与诗歌创作记录评价的论述,也体现了将这一诗话视作诗歌史线索的特点,从中可以分析出与明末清初历史语境,赵翼所处的诗歌传统及其秉持的个人文学主张等相关的文学话语。

而顾明栋与刘若愚对古代诗话的研究论述,都是以西方文学理论的方法视角为框架,对诗话文本体现的传统诗论理念进行分析论述,并都在某

---

① 赵翼:《瓯北集》,上海古籍出版社1997年版,第467页。
② 赵翼:《瓯北集》,上海古籍出版社1997年版,第852页。
③ 赵翼:《瓯北集》,上海古籍出版社1997年版,第623页。

种层面上体现出了他们自身已然意识到的思想矛盾。刘若愚借助艾布拉姆斯对作者、作品、世界、读者这四种核心角度的划分,将中国传统文论进行了"六分"的分类处理,试图借此为较为抽象、零散的传统文论建立起合理有效的理论体系,但中西文论话语固有的言说方式的差异性,让这一单纯的西方理论方法的套用显出了其自身的矛盾性。

借用叶维廉提出的"文学模子"(Mould)理论,可以看出以不同语言为载体的诗歌文学具备不同的模子,不考虑东西方文论之间的话语差异,而进行简单的以西释中难免会有牵强附会之嫌,叶维廉指出"模子"囊括了文学经验、诗歌美学、语言修辞与创作主题等各个层面的要素,而西方文学及其理论所应用的批评模子,注重知性的理论化逻辑,"大体上最后都要归源到古希腊柏拉图和亚里士多德的'关闭性'的完整、统一的构思"①。中国传统文学、诗歌的模子则包含了更为广阔、灵活的空间,既排斥严格的定位式的解读,也通过意象的自由排布而尽力摆脱了语法、逻辑的束缚,"这种灵活性让字与读者之间建立一种自由的关系,读者在字与字之间保持一种'若即若离'的解读活动"②,从而形成了中国诗歌独特的言与意之间不受限制的关系,增添了传统诗歌语言所追求的意在言外的艺术效果,扩大了语言作为表意对象所能传达的更为丰富的艺术想象力。

这一特点与西方文论话语之间的差异,导致不同文学模子之间难以轻易通约,"中国诗人不把'自我的观点'硬加在存在现象上,不如西方的诗人之信赖自我的组织力去组合自然"③。在此文论话语差异的语境之下,刘若愚建立起的理论体系在对具体诗话作品进行解读时难免遇到难以完全符合其架构的矛盾。

在论述《原诗》体现出叶燮论诗的何种理论倾向时,刘若愚主要将其划分为表现理论范畴,并指出"理、事、情"这一概念虽然也有概括自然世界内部哲理,以"道"为核心的形而上特点,但叶燮诗论的重心是在于强调用诗人主体的"才、胆、识、力"的内在精神状态,对自然

---

① 叶维廉:《东西方文学中"模子"的应用》,见《寻求跨中西文化的共同文学规律——叶维廉比较文学论文选》,北京大学出版社1987年版,第23页。
② 叶维廉:《中国诗学》,人民文学出版社2006年版,第16页。
③ 叶维廉:《东西方文学中"模子"的应用》,见《寻求跨中西文化的共同文学规律——叶维廉比较文学论文选》,北京大学出版社1987年版,第59页。

外部世界进行了投射，同时其所推崇的"胸襟""活法"等理念都体现了诗人表达自身的主体性。可见刘若愚也认识到了叶燮诗论所包含的多样性，但仍为其进行了表现理论层面的界定，事实上，以《原诗》为代表的诗话作品都彰显了叶维廉所说的传统诗歌的模子特质，即诗话文本讨论的理念范畴指涉较广，其通过语言而呈现的术语也多指向抽象、广阔的艺术审美空间，概念与概念之间并未进行知性封闭的理性逻辑的联结，所以刘若愚在解读诗话文本的原文时，也会感受到自身界限分明的理论体系对具体诗学理念进行分类、理解时的冲突。

这种以西方文化理论的模子对应传统诗论话语模子所导致的，分门别类时的具体谬误与纷杂，还体现在他对《诗薮》的阐释上。他选译胡应麟论述"法"与"悟"二者重要性的选段，"作诗大要不过二端，体格声调，形象风神而已。体格声调有则可循，兴象风神无方可执……故法所当先，悟不容强也"[①]。胡应麟强调作诗之法应当是格律、声调、韵律等语言技法与直觉感悟之间的结合，故而使得刘若愚认为是对严羽的形而上理论与李梦阳的技巧理论的共同继承，从而兼具了两种理论范畴。

同时他也认为胡应麟在"体格声调，水与镜也"[②]中，将诗歌语言层面的格律声调体式等形式要素，视作了可以映射、摹仿自然世界情状的"水"与"镜"，而这种映射与他论述叶燮的表现理论所采用的视角相类似，即强调诗人通过心灵内在情感等主体意识，完成对宇宙万物的反映，故而客观上诗歌文本对自然事物的映射与主体情感的能动投射相结合，使刘若愚又认同胡应麟诗论对模仿与表现理论，此二者范畴的兼具与结合。

由此可见，刘若愚对于同一部诗话所体现的"六分"范畴的分类，也存在许多难以明确界定的不确定，他在遭遇两种不同模子的文论话语之间的思维冲突时，只能简单地选取诗话作品中的某几句阐述诗学术语的原文，并以此为依据进行不同分类环节的划分，使同一部诗话作品呈现出不同概念范畴之间的交互、糅杂与混合，这与其最初提出"六分"法这一体式严明的，逻辑自洽的循环过程的初衷难免相悖，也体现出了刘若愚比较诗学理论体系对具体诗论文本进行分析，难以避免的阐述偏颇。

相类似的理念范畴之间的矛盾，还出现在对具体诗话作者的解读上。刘若愚在《中国文学理论》中遵循这一论述思路，强调袁枚诗论中对于

---

① 胡应麟：《诗薮》，上海古籍出版社 1979 年版，第 100 页。
② 胡应麟：《诗薮》，上海古籍出版社 1979 年版，第 102 页。

"性情""性灵"这一主体情感内在能动力的高度肯定,将袁枚的诗歌理论界定为比王士祯、叶燮、谢榛等人都更为纯粹的表现理论。但他同样也认为袁枚的文论思想呈现出总体特征上的矛盾,即"袁枚对散文和诗也表现出二元的态度"①,他指出在探讨散文这一"文"的体裁,袁枚倾向于运用实用理论的范畴与立场,而当其探讨"诗"的理念术语时,则通过对个体情感的重要性的强调,体现出明显的表现理论倾向。

　　这一刘若愚无法用自身理论体系进行解释的,诗话作者对诗、文不同体裁的话语倾向的矛盾,其实是传统文学千年发展历程之中常见的一大议题。顾明栋在探讨传统文学的开放性阐释空间时,也曾就不同体裁传统文学的阐释特点而产生相类似的矛盾与疑问。他指出从西汉初年设立五经博士到清朝乾嘉学派对各式文献的训诂、考据,都可以看出对于儒家经典进行阐释这一解经学的正统性,历代封建君主甚至参与儒家经典的注释,或颁定、推行正统的典籍注疏版本,顾明栋认为这一官方做法体现出了主流社会对于阐述经典的语言表达的规范要求,旨在通过合乎特定话语标准的阐释,而确定统一的、恰如其分的文本阐述。而在他看来,这就与历代诗歌批评家所推崇的,言与意之间不必进行指向明确的连接,以及诗歌言外之意的追求相矛盾。可见顾明栋在对不同文学体裁的话语范式进行研究时,也考察到了"文"与"诗"之间存在的在同一语言表述层面的相互矛盾。

　　以"文"为主的散文体裁,更多指向的是与经世济用之道相结合的科举应试的载体,也是儒家先秦典籍的主要语言形态。与"缘情""言志"的"诗"体裁相比,"载道"的"文"自身体裁特质的明确性,就决定了相比之下其更符合以儒家礼教、伦理、道德规范为实用模范的统治者需求。而顾明栋所指出的这种传统文学延续千年的"依经立义"的阐释传统,一直以来都为主流官方社会所采用,使得自上而下的文人阶层都遵循儒家经典的思想教义,并推崇尊经、读经、解经的文化阐释方式,而由此推演到传统社会语言文化的各个层面,并影响了袁枚此类传统文人自身的话语模式。

　　与此同时,正如刘若愚、顾明栋所感知到的二元的矛盾所示,传统文论话语的阐释方式并不像西方话语那样呈现统一的、以"逻各斯"为核

---

① 刘若愚:《中国文学理论》,杜国清译,江苏教育出版社2006年版,第208页。

心的单向模式，而是通过"道"为核心的话语方式而呈现出文论特征的另一层面，"中国传统的固有文化规则是什么呢？在笔者看来，主要有两个：一是以'道'为核心的意义生成和话语言说方式。二是儒家'依经立义'的意义建构方式和'解经'话语模式"[①]。

以"道"这一抽象的、哲理的、难以言喻的、指称丰富的自然本原为核心，则自然而然地延伸出了传统诗论就不尽之意、意在言外的语言美学的主张，也延伸出了诗歌作为语言文学体裁，与传达儒家经典释义的文，在艺术追求与话语言说层面的根本差异，由此也可见，刘若愚所指出的袁枚诗文理论的二元特点，就是基于这一传统文化规则的二元性：推崇儒家思想与话语规则的散文，依托于依经立义的传统话语方式，必然体现出经世济用，符合封建社会现实需求的理论倾向；而袁枚所推崇的传达主体情感的诗歌体裁特点，也符合"道"这一艺术内核所传承下来的语言修辞的包容性、丰富性。顾明栋所看到解经学寻求语言阐释正统性，与诗歌语言文本阐释的文学开放性之间的矛盾对立，事实上也是两种截然不同的文化规则与言说方式之间的客观差异所在，因此不应该简单地将这种不同的阐释方式视作对立的冲突，而是应当结合不同的文化艺术核心，从切实的现实语境出发，探讨其根源所在的中国文化话语规则。

刘若愚、顾明栋在具体文论对象的论述上遭遇了二元矛盾的困惑，其根本原因不仅在于没有完全恰当地理解东西方文论之间文化模子的差异性，更在于他们将现代西方文艺理论的方法视角加诸传统文论的解读时，没有完全深入传统话语的固有语境之中，考察依经立义的文本书写传统与以道为核心的诗歌表述方式，从而才误入了以西释中的方法论的迷途。

对于古代女性诗人创作的相关关注、研究，英语世界不同研究者也呈现出了不同视角的解读差异。韦利、施吉瑞、Janet C. Chen 借袁枚教授女弟子，记录、评价女性诗人作品的研究，呈现出的是具备一定家世背景，接受书香门第或后天教学熏陶的闺阁女子群体，这样的女性诗人大多被儒家伦理道德与行为规范所约束，肩负着相夫教子、三从四德的家庭功能与社会身份，诗词创作对她们而言更像是闺阁间交流往来抒发才华与感情的载体工具。

伊维德与管佩达所关注的女性书写群体，则是涵盖了各个社会阶层、

[①] 曹顺庆、王庆：《中国文学理论的话语重建》，《文史哲》2008年第5期。

各个历史时期,从事各类文学体裁创作的女性作者,既包括深居宫廷的贵族女性,也包括身份低微,处于社会边缘的妓女、妾室、歌女等,以及尼姑、女道士等特殊文化身份的人群,她们通过对不同身份、不同语境中多样化女性书写的梳理与还原,力图呈现的是女性这一一直从属于男性的生理性别,如何通过漫长的文学书写,在封建男权占主导的社会中完成文化性别的独立,并实现自主文化意识的发声。

方秀洁、Wang Yanning 则着眼于清朝这一特定历史时期,将沈善宝以收录、评价、传播女性诗歌为目而写作的《名媛诗话》作为重要研究对象,同时将更多的关注目光投注到身在闺阁之中的世家女子群体,尤其关注她们通过集体出游、集结诗社、编选闺阁诗集与撰写女性诗歌诗话的种种文学实践。方秀洁将这种闺阁妇女以诗歌创作、评价、记录为核心的交际往来,视作一个团体所塑造的凝聚了现实与想象的空间。

英国小说家伍尔夫在《一间自己的房间》中提出了"自己的房间"这一隐喻,认为女性作家应当拥有一间属于自己的房间,可以使她摆脱以父亲、兄弟、子女等亲属关系为主导的家庭生活的束缚,从为人妻女、为人母的世俗职责中短暂地挣脱出来,在一个不受干扰的独立空间中进行文学创作,同时她还应具备相应的收入报酬,以通过支撑经济生活来帮助女性作家实现文学创作过程中精神生活的独立。

可以说伍尔夫的这一主张,旨在寄希望于女性作家能够摆脱一直以来受制于男性为主导的社会文化的掌控,将自己的才华与天赋有效地通过文学作品而展现在公共视野之中,也就是说伍尔夫主张一向以家庭为中心的女性作家能够获得经济与精神上的独立自主,从而在这一独立空间之中施展自己的创作潜能,"当她们有了自己的一间房间(一种传统、一种语言,经济和知识上的独立性)之时,她们就将自由地成为她们自己,自由地按真实的样子去看它,没有压低她们之判断的她们与男性的关系;她们将能够'思考自己的事情'"[①]。

伍尔夫将这一房间所隐喻的文学创作空间称作"在真实的在场之中",这与方秀洁运用"话语场"来定义晚清时期闺阁女性诗人结社集群的团体活动,有不谋而合的对应之处。方秀洁认为女性诗人通过血亲、姻亲或诗文会友等关系所连接起来的交际往来,建构起了一个隐藏在闺阁女

---

① M. A. R. Habib:《文学批评史 从柏拉图到现在》,阎嘉译,南京大学出版社 2017 年版,第 623 页。

子群体内部的诗歌团体,在这个团体之中,她们寄送书信交流诗歌写作心得,品评并竞赛诗歌作品,结交出游集结诗社,并把隶属于女性诗人群体的诗作收集整理编选,为之撰写诗集与诗话。在这种实际发生于"话语场"的诗歌实践之中,她们将自己的家庭身份隐去,变身成为想象中的作家、读者、诗歌编者与评论家,从而将这一女性诗人团体凝结成了一个像伍尔夫所言的,属于她们自己的,相对独立、自主的精神空间,从而发出了方秀洁所推崇的女性诗人的"她们自己的声音"。

可见这一对传统早期女性诗人群体研究的诉求,也与以伍尔夫为代表的早期西方女性主义文艺理论相合,都旨在还原女性作家暂时脱离于家庭与夫权、父权的独立文化身份,使其精神生活与诗歌创作都得以获得自主意识的觉醒。相应地,更为早期的袁枚收纳、传授女弟子这一文学实践,也是在主流男权社会的辖制之外,为女性诗人提供了一个相对独立、自由的学习、创作空间,这样的理解,也能更加彰显出韦利、施吉瑞对袁枚作为女性文学先驱者的评价,是何其公正。

然而需要格外注意的是,这种经济、精神上得以独立的创作空间,是隐秘的、内部的,也是短暂而不稳定的,它依托于不同家庭条件、环境的女性自主自发的集结,与积极的主观意愿,并不代表以男权为主的公共视野对其写作有所重视。事实上,对女性诗歌进行关注的总选诗集与诗话作品,在中国文学史中数量极为有限,也并不属于奉行儒家道德的封建社会的主流文化。并且这种独立空间的基础,也依托于有一定经济基础的官宦世家女子的物质条件,伊维德与管佩达所关注的社会底层身份低微的女性们,则很难通过自身经济的相对自主而实现这一文学空间的自立。

综上所述,可以看出英语世界研究者对古代诗话作品所包含的各个文本要素,进行了生平传记式,"形而上""表现""技巧""实用"的分类法,以及现象学、阐释学、接受理论、女性主义等多样方法视角的研究,由不同的方法论所导向的是,对于不同诗话原文术语、理念、形象的不同关注与论述,他们有的试图从社会、历史等外部文化的角度解读诗话与创作者、评论对象之间的紧密联系,有的试图用西方文艺理论的理论框架或视角对诗话中的诗歌艺术层面的理念、术语进行分析、归类、解读与论述,有的从逻辑思辨的西方哲学方法入手,探讨难以被理性所把捉的传统诗论核心,有的则着眼于某一特定社会群体,关注诗话作为线索与参考资料,为这一群体的诗歌创作所体现出的艺术价值与话语取向。

无论采用何种方法论,其本质上,都是英语世界研究者立足于以英语为载体的语言文化背景,在这一"他者"视角下,采用西方文论话语为基础的立场,对另一话语规则下的传统诗论进行的译介与研究,这也是研究者面对这一研究对象,所自发进行的文化过滤,即"文学交流中接受者的不同的文化背景和文化传统对交流信息的选择、改造、移植、渗透的作用",也是"跨异质文明下的文学文本事实上的把握与接受方式,它是促成文学文本发生变异的关键"。① 正是上述英语世界研究者立足于自身的现实语境与所接受的西方文化知识背景的影响,采取了一定的西方文论方法对诗话文本进行选择性的译介、理解与分析论述,体现出的"他者"在自身文化土壤中的认识的能动性,在这一介绍传播古代诗话及其所包含的术语概念、美学理念的过程中,"认识不仅在其中被制约、规定和生产,也在其中具有制约、规定和生产作用"②。

这一能动的主体认识直接作用于研究者自身所投射向古代诗话文本的研究视野,使其进行能动的、各具特色的不同程度的对诗话文本的英译、理解与阐述。刘若愚试图借助西方文论现有的理论体系,对看似零散的传统文论进行系统化的有效分类,但其较为简单直接的方法论挪用,导致了一定程度的以西释中的谬误与偏颇,顾明栋同样试图通过诠释学的理论方法,对包含了传统诗论话语的中国文论进行系统化的,有关文学开放性的体系建构,这一方法论虽然切实地把握到了传统诗歌抽象的言与意关系,广阔的艺术联想与丰富的阐释空间,却无法一以贯之地对中国文论话语规则中,倾向于儒家思想范式的依经立义传统进行全盘阐述。

可见这些英语世界研究者们,都基于自身能动的理解、选择与文化信息的过滤,对古代诗话所代表的传统诗歌话语进行了"他者"的方法论研究,虽然因为东西文论话语之间的固有差异,以及每个研究者自身过滤作用的不同,而呈现出了一定程度上的,与原文理念有所偏差的理解,甚至于误读,但这都是跨异质文明背景下,英语世界研究者对古代诗话文本进行译介、传播、研究的过程中,所必然发生的语言、文本、理论层面的变异。

---

① 曹顺庆主编:《比较文学教程》,高等教育出版社 2006 年版,第 99 页。
② 埃德加·莫兰:《方法:思想观念》,秦海鹰译,北京大学出版社 2002 年版,第 15 页。

结　语

　　本书以北宋至清朝的一系列古代诗话作品为中心，建立英语世界这一研究范围，考察在不同时期运用英语为载体对古代诗话进行研究的不同研究者，并对其研究成果进行整理、分类以及分析阐述，力图能够展现一个完备、全面的中国古代诗话传播、译介、研究的现状。最终通过各种渠道收集整理相关公开出版图书、学术论文与博士学位论文等英语世界研究成果，并通过有效的梳理，完成了对这些研究成果的理解与论述。

　　19世纪到20世纪70年代，英语世界研究者对诗话的介绍、关注，既有个别的传教士、留学生对诗话作品的简述概括或选择性英译，也有刘若愚、李又安等汉学家，开始采用中西比较诗学的视角，对传统诗歌理论进行的一定解读；20世纪80—90年代，直至进入21世纪到今天，中国古代诗话在英语世界的传播现状已有了显著的发展，不仅是研究成果数量与体量上的增加，使得更多的古代诗话著作被纳入英语世界的关注视野，而且越来越多的研究者加深了对诗话文本内容的介绍与论述。他们针对诗话这一体裁文类所包含的，各种诗人生平历史、文学轶事，具体诗歌鉴赏品评，诗学术语理念论述等进行关注，从而使英语世界对古代诗话的了解、接受进一步推进发展。

　　与此同时，同一研究者在不同时期对同一诗话作品及其作者研究的逐步深入，也是这一诗话研究现状的一大特点。鉴于诗话作者往往是古代文学史上素有创作成就的文人、学者、诗人，他们通过自身作品而展现出的艺术思想、理论探索与文论话语成果，往往使研究者在不同时期对同一研究对象进行多层次的论述，例如宇文所安对传统文论的宏观与微观层面的介绍与阐释，刘若愚始终坚持的采用西方文艺理论对诗歌理念进行的分门归类与体系建构等。这些贯穿了研究者学术生涯的研究，都将古代诗话作品及其相关要素视作重要的参考材料与关注对象之一；英语世界不同研究者在不同时期对古代诗话进行的不同程度的介绍、理解、译介，势必会导向他们自身所采用的"他者"视角与西方文论的研究方法，从而实现了古代诗话研究方法论的多元与延伸。

以古代诗话传播现状的总结为基础，继续关注英语世界研究者作为翻译者，对古代诗话作品原文的译介情况。鉴于这一体裁类似于松散、灵活的笔记散文的特点，以及其涉及面广的内容范围，只有《六一诗话》《沧浪诗话》《姜斋诗话》被英语世界研究者全文译介，但其他从北宋至清朝的诗话作品被众多译者进行了不同程度与范围的选择性英译。同一部诗话的同一原文或术语，往往被不同研究者进行了不同具体方法的译介，使英语世界诗话的英译呈现出了多样化特点。

译者们大多关注诗话中体现作者对于诗歌语言风格与艺术特点进行评论的代表性段落，或是其就诗歌本体、创作、接受、历史评价等相关诗学术语、理念进行的定义与论述，从而对此类选文进行英语译介与释义解读。其中最具代表性的，是英语世界研究者对诗话文本中的一系列诗学术语的译介。数量繁杂、抽象含蓄的术语理念，是传统诗论彰显其理论话语特点的重要例证。无论是探讨诗歌本体的元范畴，还是关注传统诗歌的语言美感与艺术风格，抑或关注诗歌创作时的主体情感作用，或诗歌语言的声韵、格律、技法等形式要求，或是考察诗歌批评家对诗歌发展史的界定概念等，被英语世界研究者所译介、解读的系列诗学术语，都构成了古代诗话文本所体现的重要传统文论话语价值。

为了进一步将这些诗学理念纳入自身的理解范畴之中，英语世界的研究者立足于自身"他者"的语言土壤与文化背景，自然而然地采用西方文艺理论的方法、视角对传统诗论进行整体上的把握、理解。他们有的借用西方文艺理论体系，试图建立起传统诗论的完整体系架构；有的运用阐释学等理论方法，试图从纵向上对不同历史朝代的诗话作品进行整体上的概括；有的运用现象学、接受理论、传记式研究对具体诗话、作者、被诗话所评价的诗人等对象，进行具体的分析解读；有的针对传统诗歌所处的封建社会历史语境，运用女性主义视角对一直被边缘化、被忽视的女性诗人群体及其诗歌、诗评，相关文学实践等进行关注研究。这些方法论都体现出了研究者在面对诗话文本时，转向自身传统语境与文化构成的倾斜。

研究者针对古代诗话的诸多整体性特点，进行了多元的西方文论方法阐述，这一研究过程也必然会出现跨异质文明对话交流中，难以避免的文化过滤现象。

综上可见，传统诗话的理论话语一向是英语世界关注的一大重点。并在此基础上，以中西比较诗学的视角进一步阐释诗话作者的理论主张，并将相关术语、理念与西方文论的概念进行连类比照，这也是研究者自身"他者"文化立场的体现。为了使英语世界中的接受者能够更加有效地对另一话语言说规则中的诗歌理论有所理解，必然将传统诗歌理论带入西方文艺理论的话语场域之中。

探讨英语世界对中国古代诗话的研究，首先需要明确的是以介绍、译介、论述为中心的英语世界研究成果，才能进一步探讨研究者多元化的"他者"视角与发展性的论述思维，从而最终得以明确以古代诗话为核心的中国文化对外传播的有力前景。由于笔者所能获取的资料渠道有限，虽已经尽力地尝试完成全面、齐备的研究成果搜集整理工作，但依然可能有相关材料因这一局限而被排除在关注范围之外。因此，对于这一议题的相关文献的搜集，或许难免有挂一漏万之处。如上所言，暂时无法获取原文的英语世界文献，只能暂不讨论，留待日后条件成熟之时再进行补充与后续研究。

就已纳入讨论范围中的古代诗话英语研究成果而言，收集整理、分析阐述它们的意义，不仅在于向国内研究界介绍这一古代文学体裁在另一种语言环境、另一种文明视角下的传播与影响，同时也是将其纳入比较文学的分析视角，用实证性的文本分析明确这一中国传统文论，如何在贴合他者视域的前提之下，通过既是接受者也是传播者的英语世界研究者，进行了一系列的译介、交流、影响与接受。在探究原文本英译的差异，以及各个研究者的解读、分析视角的风格特点时，同时也是在梳理东西方文化交流过程中不可避免的变异。由于现实语境、文化传统、话语言说方式等主客体差异影响下，古代诗话这一系列文本对象发生了更贴近英语世界接受群体的审美意识、目标语言与理解能力的变异。

东西方文论的话语方式与理论成果，都具有不可磨灭的本土性与世界性特征，此二者会通过不同民族、不同语言之间的交流对话，而更加显著地得以体现。我们需要认清，传统文论在对外传播过程中的种种客观文化现象，兼顾本土性与世界性的平衡，在坚持自身文论话语的言说规则与价值取向的同时,注意到其与异质文明话语规则之间的对话。考察这种有效的沟通是如何在体现各自独立性的同时,又完成相互之间的交流与融合。在东西方本土性的交流、碰撞之下,自然而然产生了古代诗话译介与研究方向的多元化与复杂性。全球化的时代背景,中西文化交流日益密切的必然,与中国文化自身的独特价值,决定了世界性的特征与发展趋势,以古代诗话作品为代表的中国传统文化在上述路线的合理传播之下,最终将建立起异质文明之间清晰平等的对话交流。

不同国家、民族的文化之间,以特定语言为传播的载体,通过一国文化向另一国文化的流传、译介、接受等形式而建立起了良好的沟通,使体现自身民族精神内蕴与思想价值的传统文化,能够在他国广为传播,落地开花。异质文明之间的话语方式的区别,是客观存在且无法回避的,只有传播与接受的双方都正视这一文化差异,通过对具体文化文本的译介、解读与阐述等研究,才能够增进不同民族文化之间的相互理解,才能够促进异质文明对话的平等开展。以此有效的对话交流为前提,从英语世界中国古代诗话的英译、研究等传播过程中,汲取比较诗学视角下的方法论经验,也为我们考察自身传统文论话语建设的路径提供了可借鉴的思路。

中国文化作为对外传播的起点,应当充分发挥自身主体性,认识到文化传播过程中,"他者"视角下所产生的研究成果的多样性学术与现实价值;应当明确传播过程中文化信息的被选择、被过滤、被"他者"化。英语世界研究者在自身方法视角下,对相关信息进行解读阐释,乃至使其发生相应的变异,这始终都是文化对外传播的必由途径。对中国古代诗话在英语世界的译介与研究,所进行的关注与探讨,既表现了长期以来中国文化博大精深的历史传统,与蓬勃向上的发展态势,也体现了迄今为止中国文化面向世界范围进行广泛传播的丰硕成果,与未来可期的发展前景。

参考文献

英文原著

Barnstone, Tony, Ping Chou, trans. and ed. T*he Art of Writing*: *Teachings of the Chinese Masters*. Boston: Shambhala, 1996.

Bi Xiyan. *Creativity and Convention in Su Shi's Literary Thought*. New York: Edwin Mellen Press, 2003.

Bush, Susan, Shih, Hsio-yen. *Early Chinese Texts on Painting*. Hong Kong: Hong Kong University Press, 2012.

Cai Zong qi. *Configurations of Comparative Poetics: Three Perspectives on Western and Chinese Literary Criticism*. Hawaii: Hawaii University Press, 2001.

Chen Shou-yi. *Chinese Literature, A Historical Introduction*. New York: The Ronald Press Company, 1961.

Chou, Eva Shan. *Reconsidering Tu Fu Literary Greatness and Cultural Context*. Cambridge: Cambridge University Press, 1995.

Colin, S. C., Hawes. *The Social Circulation of Poetry in the Mid-Northern Song: Emotional Energy and Literati Self-Cultivation*. New York: State University of New York Press, 2005.

Colin, S. C., Hawes. *The Social Circulation of Poetry in the Mid-Northern Song*. Albany: State University of New York Press, 2005.

Egan, Charles. *Clouds Thick, Where abouts Unknown: Poems by Zen Monks of China*. New York: Columbia University Press, 2010.

Egan, Ronald. *The Problem of Beauty: Aesthetic Thought and Pursuits in*

Northern Song Dynasty China. Harvard: Harvard University Asia Center, 2006.

Eoyang, E. C. *The Transparent Eye: Reflections on Translation, Chinese Literature, and Comparative Poetics* (*Shaps Library of Translations*). Hawaii: University of Hawaii Press, 1993.

Fong, Grace. *Herself an Author: Gender, Agency, and Writing in Late Imperial China*. Hawaii: University of Hawaii Press, 2008.

Fuller, Michael A. *Drifting among Rivers and Lakes: Southern Song Dynasty Poetry and the Problem of Literary History*. Harvard: Harvard University Asia Center, 2013.

Gu Mingdong. *Chinese Theories of Reading and Writing: A Route to Hermeneutics and Open Poetics*. New York: State University of New York Press, 2005.

Giles, Herbert Allen. *A History of Chinese Literature*. New Yok: D. Appleton-century Company, 1933.

Ginsberg, S. *A Bibliography of Criticism on T'ang and Sung Tz'u Poetry*. Madison: Board of Regents of the University of Wisconsin, 1975.

Huters, Theodor, Wong, R·Bin ed. *Culture & State in Chinese History: Conventions, Accommodations, and Critiques*. Stanford: Stanford Unversity Press, 1997.

Hammond, KJ. *History and Literati Culture: Towards an Intellectual Biography of Wang Shizhen*, 1526–1590. Hong Kong: Hong Kong University Press, 2006.

Hsiao-Ching Hsu. "*Talks on Poetry*" (*Shih-Hua*) *as a Form of Sung Literary Criticism*. Ann Arbor: UMI, stampa, 1994.

Idema, W. L. *Trauma and Transcendence in Early Qing Literature*. Harvard: Harvard University Asia Center Press, 1998.

Idema, W. L. *The Red Brush: Writing Women of Imperial China*. Harvard: Harvard University Press, 2004.

Levy, Andre. *Chinese Literature, Ancient and Classical*, translated by William H. Nienhauser, Jr. Bloomington: Indiana University Press, 2000.

Liu, James. *Language-Paradox-Poetics*. Pricenton: Pricenton University Press, 1988.

Liu, James. *The Art of Chinese Poetry*. Chicago: University of Chicago

Press, 1962.

Luo Yuming. *A Concise History of Chinese Literature*, translated by Ye Yang. Leiden: Koninklijke Brill NV, 2011.

Mair, Victor H. *The Columbia History of Chinese Literature*. New York: Columbia University Press, 2001.

Mair, Victor H. *The Shorter Columbia Anthology of Traditional Chinese Literature*. New York: Columbia University Press, 2000.

Mair, Victor H. *The ColumbiaAnthology of Traditional Chinese Literature*. New York: Columbia University Press, 1994.

Meng Liuxi. *Qu Bingyun (1767-1810): One Member of Yuan Mei's Female Disciple Group (China)*. Vancouver: The University of British Columbia (Canada), 2001.

Nienhauser, W. H. ed. *The Indiana Companion to Traditional Chinese Literature*. Bloomington: Indiana University Press, 1986.

Rickett, Adele Austin. *Wang Kou-wei's Jen-chien Tz'u Hua*. Hong Kong: Hong Kong University Press, 1977.

Roddy, Stephen J. *Literati Identity and Its Fictional Representations in Late Imperial China*. Stanford: Stanford University Press, 1998.

Sargent, Stuart Howard. *The Poetry of He Zhu (1052-1125): Genres, Contexts, and Creativity*. Boston: Brill, 2007.

Schmidt, J. D. *Harmony Garden: the Life, Literary, Criticism, and Poetry of Yuan Mei (1716-1798)*. New York: Routledge, 2003.

Schmidt, J. D. *Stone Lake: the Poetry of Fan Chengda (1126-1193)*. New York: Cambridge University Press, 1992.

Schmidt, J. D. *Within the Human Realm: The Poetry of Huang Zunxian 1848-1905*. New York: Cambridge University Press, 1994.

Schmidt, J. D. *Yang Wan-li*. Boston: Twayne, 1976.

Sun, Kang-i, Owen, Stephen ed. *The Cambridge History of Chinese Literature*. New York: Cambridge University Press, 2010.

英文学位论文

Bibber-Orr, Edwin Van. *A Feminine Canon: Li Qingzhao and Zhu*

Shuzhen. Yale University, P. H. D, 2013.

Cameron, Sterk Darryl. *Chan Grove Remarks on Poetry by Wang Shizhen*: A Discussion and Translation. University of Toronto (Canada), M. A., 2002.

Campbell, Mhairi Kathleen. *Wang Ruoxu* (1174–1243) *and His "talks On Poetry"*. University of Alberta (Canada), M. A., 2002.

Chang, Shung-in. *THE "LIU-I SHIH-HUA" OF OU-YANG HSIU (CHI-NA)*. The University of Arizona, P. H. D, 1984.

Chang, Lawrence. *Soft Power and the Qing State*: Publishing, Book collection, and Political Legitimacy in 18 Century China. University of Illinois at Urbana-Champaign, P. H. D, 2013.

Cheang, Alice. *The Way and the Self in the Poetry of Su Shi*. University of Harvard, P. H. D, 1991.

Chen, Ruey-shan Sandy. *An Annotated Translation of Yan Yu's "Canglang shihua"*: An Early Thirteenth-century Chinese Poetry Manual. The University of Texas at Austin, P. H. D, 1996.

Chen, Janet C. *Representing Talented Women in Eighteenth - century Chinese, Painting*: Thirteen Female Disciples Seeking Instruction at the Lake Pavilion. University of Kansas, P. H. D., 2016.

Fuller, Michale. *The Poetry of Su Shi* (1037–1101). (*VOLUMES I AND II*) (*CHINA*). Yale University, P. H. D, 1983.

Ginsberg, Stanley. *Alienation And Reconciliation of A Chinese Poet*: The Huangzhou Exile of Su Shi. The University of Wisconsin - Madison, P. H. D, 1974.

Gu Mingdong. *Literary Openness and Open Poetics*: A Chinese View in A Cross-cultural Perspective. The University of Chicago, Ph. D., 1997.

Grant, Beata. *Buddhism and Taoism in the Poetry of Su Shi* (1036–1101). Stanford University, P. H. D, 1987.

He Dajiang. *Su Shi*: Pluralistic View of Values and "Making Poetry out of Prose". The Ohio State University, Ph. D., 1997.

Huang Hongyu. *History, Romance, and Identity*: Wu Weiye (1609–1672) And His Literary Legacy. Yale University, P. H. D., 2007.

Ji Hao. *Poetics Of Transparency*: Hermeneutics of Du Fu (712–770)

During The Late Ming (1368-1644) *And Early Qing* (1644-1911) *Periods*. University of Minnesota, P. H. D., 2012.

Li Yanfeng. *Linguistic And Graphic Manipulation in The Miscellaneous Forms of Traditional Chinese Poetry*. University of Hawaii at Manoa, P. H. D., 2005.

Liu Weiping. *A Study of the Development of Chinese Poetic Theories in the Ch'ing Dynasty* [1644-1911]. University of Sydney, P. H. D, 1967.

Liu Hsiang-fei. *The Hsing-ssu Mode in Six Dynasties Poetry: Changing Approaches to Imagistic Language*. Princeton University, P. H. D, 1988.

Liang Du. *The Poetic Theory and Practice of Huang Tingjian*. University of British Columbia, P. H. D, 1991.

Lynn, R. J. *Tradition and Synthesis: Wang Shih-Chen as Poet and Critic*. Stanford University, P. H. D, 1971.

Palumbo, L. D. J. *The Poetics of Appropriation: the Literary Theory and Practice of Hung Tingjian*. Harvard Journal of Asiatic Studies, P. H. D, 1995.

Pan, Da'an. *The Beauty Beyond: Verbal-visual Intertextuality in Traditional Chinese Landscape Poetry and Painting*, University of Rochester, Ph. D., 1991.

英文论文

Admussen, Nick. "The Poetics of Hinting in Wild Grass". *Journal of Modern Literature in Chinese*. 11. 2, Spring 2014, pp. 134-157.

Ashmore, Robert. "The Banquet's Aftermath: Yan Jidao's Ci Poetics and the High Tradition". T'oung Pao, Second Series, Vol. 88, Fasc. 4/5 (2002), pp. 211-250.

BAO, Zhaohui. XIE, Fenfen. "The Advantages, Shortcomings, and Existential Issues of Zhuangzi's Use of Images". *Frontiers of Philosophy in China*, Vol. 5, No. 2 (June 2010), pp. 196-211.

BAI Li-bing. "A Chinese Aesthetics Reading of Wordsworth's Tintern Abbey—with a Comparison to Chunjiang Huayue Ye". *International Journal of Comparative Literature & Translation Studies* Vol. 2 No. 2, April 2014, pp. 11-18.

Bickford, Maggie. "Stirring the Pot of State: The Sung Picture-Book

'Mei-Hua Hsi-Shen P'u' and Its Implications for Yüan Scholar-Painting". *Asia Major*, THIRD SERIES, Vol. 6, No. 2 (1993), pp. 169-236.

Bryant, Daniel. "The 'Hsieh hsin en' 謝新恩 Fragments by Li Yu 李煜 and His Lyric to the Melody 'Lin chiang hsien' 臨江仙". *Chinese Literature: Essays, Articles, Reviews (CLEAR)*, Vol. 7, No. 1/2 (Jul., 1985), pp. 37-66.

Chan, Wai Keung. "A Tale of Two Worlds: The Late Tang Poetic Presentation of the Romance of the Peach". *T'oung Pao*, Second Series, Vol. 94, Fasc. 4/5 (2008), pp. 209-245.

Chan, Wai Keung. "Restoration of a Poetry Anthology by Wang Bo". *Journal of the American Oriental Society*, Vol. 124, No. 3 (Jul.-Sep., 2004), pp. 493-515.

Chan, Wai Keung. "Wall Carvings, Elixirs, and the Celestial King: An Exegetic Exercise on Du Fu's Poems on Two Palaces". *Journal of the American Oriental Society*, Vol. 127, No. 4 (Oct.-Dec., 2007), pp. 471-489.

Chang, Peng Chun. "Tsang-lang Discourse on Poetry". *The Dial* v. 73 1922, pp. 274-276.

Chaves, Jonathan. "'Not the Way of Poetry': The Poetics of Experience in the Sung Dynasty". *Chinese Literature: Essays, Articles, Reviews (CLEAR)*, Vol. 4, No. 2 (Jul., 1982), pp. 199-212.

Chaves, Jonathan. "Translations from Yang Wan-li". *The Hudson Review*, Vol. 25, No. 3 (Autumn, 1972), pp. 403-412.

Chen, Zu-Yan. "The Art of Black and White: Wei-ch'i in Chinese Poetry". *Journal of the American Oriental Society*, Vol. 117, No. 4 (Oct.-Dec., 1997), pp. 643-653.

Chen, Shih-hsiang. "Chinese Poetics and Zenism". *Oriens*, Vol. 10, No. 1 (Jul. 31, 1957), pp. 131-139.

CHEN, Yun. Huang Deyuan. "Revealing the Dao of Heaven through the Dao of humans: Sincerity in The Doctrine of the Mean". *Frontiers of Philosophy in China*, Vol. 4, No. 4 (December 2009), pp. 537-551.

CHEN, YU-SHIH. "The Literary Theory and Practice of Ou-yang Hsiu: Chinese Approaches to Literature from Confucius to Liang Ch'i-Ch'ao".

Princeton University Press. (1978).

Cheang, Alice W. "Poetry, Politics, Philosophy: Su Shih as The Man of The Eastern Slope". *Harvard Journal of Asiatic Studies*, Vol. 53, No. 2 (Dec., 1993), pp. 325-387.

Cheang, Alice W. "Poetry and Transformation: Su Shih's Mirage". *Harvard Journal of Asiatic Studies*, Vol. 58, No. 1 (Jun., 1998), pp. 147-182.

Cheng, Wen-Chien. "Drunken Village Elder or Scholar-Recluse? The Ox-Rider and Its Meanings in Song". *Artibus Asiae*, Vol. 65, No. 2 (2005), pp. 309-357.

Cherniack, Susan. "Book Culture and Textual Transmission in Sung China". *Harvard Journal of Asiatic Studies*, Vol. 54, No. 1 (Jun., 1994), pp. 5-125.

Chi Xiao. "Lyric Archi-Occasion: Coexistence of 'Now' and Then", *Chinese Literature: Essays, Articles, Reviews (CLEAR)*, Vol. 15 (Dec., 1993), pp. 17-35.

Clara Wing-Chung Ho. "The Cultivation of Female Talent: Views on Women's Education in China during the Early". *Journal of the Economic and Social History of the Orient*, Vol. 38, No. 2, Women's History (1995), pp. 191-223.

Cleaves, Francis Woodman. "The Biography of Bayan of the Bārin in The Yüan Shih". *Harvard Journal of Asiatic Studies*, Vol. 19, No. 3/4 (Dec., 1956), pp. 185-303.

Colin Hawes. "Meaning beyond Words: Games and Poems in the Northern Song". *Harvard Journal of Asiatic Studies*, Vol. 60, No. 2 (Dec., 2000), pp. 355-383.

Egan, Charles H. "A Critical Study of the Origins of 'Chüeh-chü' Poetry". *Asia Major*, THIRD SERIES, Vol. 6, No. 1 (1993), pp. 83-125.

Eoyang, E. C. "Beyond Visual and Aural Criteria: The Importance of Flavor in Chinese Literary Criticism". *Critical Inquiry*, Vol. 6, No. 1 (Autumn, 1979), pp. 99-106.

Fan, Minghua, Sullivan, Ian M. "The Significance of Xuwu 虚无 (Nothingness) in Chinese Aesthetics". *Frontiers of Philosophy in China*, Vol. 5, No. 4 (December 2010), pp. 560-574.

Fisk, Craig. "The Alterity of Chinese Literature in Its Critical Contexts". *Chinese Literature: Essays, Articles, Reviews* (*CLEAR*), Vol. 2, No. 1 (Jan., 1980), pp. 87-99.

Francis, Sing-chen Lydia. "What Confucius Wouldn't Talk About": The Grotesque Body and Literati Identities in Yuan Mei's "Zi buyu". *Chinese Literature: Essays, Articles, Reviews* (*CLEAR*), Vol. 24 (Dec., 2002), pp. 129-160.

Fong, Grace S. "Inscribing Desire: Zhu Yizun's Love Lyrics in Jingzhiju qinqu". *Harvard Journal of Asiatic Studies*, Vol. 54, No. 2 (Dec., 1994), pp. 437-460.

Gu Mingdong. "From Yuanqi (Primal Energy) to Wenqi (Literary Pneuma): A Philosophical Study of a Chinese Aesthetic". *Philosophy East and West*, Vol. 59, No. 1, 2009, pp. 233-254.

Gu Mingdong. "Is mimetic theory in literature and art universal". *Poetics Today*, 2005.

Gu Mingdong. "Aesthetic Suggestiveness in Chinese Thought: A Symphony of Metaphysics and Aesthetics". *Philosophy East and West*, Vol. 53, No. 4 (Oct., 2003), pp. 490-513

Gu Mingdong. "The Divine and Artistic Ideal: Ideas and Insights for Cross-Cultural Aesthetic Education". *The Journal of Aesthetic Education*, Vol. 42, No. 3 (Fall, 2008), pp. 88-105.

Gregory, Peter N. *Sudden and Gradual: Approaches to Enlightenment in Chinese Thought*, University of Hawaii Press, 1987, pp. 381-428.

Hawes, Colin. "Meaning beyond Words: Games and Poems in the Northern Song". *Harvard Journal of Asiatic Studies*, Vol. 60, No. 2 (Dec., 2000), pp. 355-383.

Hartman, Charles. "The Tang Poet Du Fu and the Song Dynasty Literati". *Chinese Literature: Essays, Articles, Reviews* (*CLEAR*), Vol. 30 (Dec., 2008), pp. 43-74.

Hartman, Charles. "Poetry and Politics in 1079: The Crow Terrace Poetry

Case of Su Shih". *Chinese Literature: Essays, Articles, Reviews* (*CLEAR*), Vol. 12 (Dec., 1990), pp. 15-44.

Hartman, Charles. "Recent Publications on Chinese Literature: I". *The Republic of China* (*Taiwan*). *Chinese Literature: Essays, Articles, Reviews* (*CLEAR*), Vol. 1 (Jan., 1979), pp. 81-86.

Hightower, James R. "The Songwriter Liu Yung: Part I". *Harvard Journal of Asiatic Studies*, Vol. 41, No. 2 (Dec., 1981), pp. 323-376.

Jia Jinhua. "A Study of the Jinglong Wenguan Ji", *Monumenta Serica*, Vol. 47 (1999), pp. 209-236.

Knechtges, David R. "The Problem with Anthologies: The Case of the 'Bai yi' Poems of Ying Qu (190-252)". *Asia Major*, THIRD SERIES, Vol. 23, No. 1, The Birth of Early-Medieval China Studies (2010), pp. 173-199.

Kong, Xurong. "Origins of Verisimilitude: A Reconsideration of Medieval Chinese Literary History". *Journal of the American Oriental Society*, Vol. 131, No. 2 (April-June 2011), pp. 267-286.

Laing, Ellen Johnston. "Sixteenth-Century Patterns of Art Patronage: Qiu Ying and the Xiang Family". *Journal of the American Oriental Society*, Vol. 111, No. 1 (Jan.-Mar., 1991), pp. 1-7.

Laing, Ellen Johnston. "Real or Ideal: The Problem of the 'Elegant Gathering in the Western Garden' in Chinese". *Journal of the American Oriental Society*, Vol. 88, No. 3 (Jul.-Sep., 1968), pp. 419-435.

Lee, Joseph J. "Tu Fu's Art Criticism and Han Kan's Horse Painting". *Journal of the American Oriental Society*, Vol. 90, No. 3 (Jul.-Sep., 1970), pp. 449-461.

Li, Xiaorong. "Beauty without Borders: a Meiji Anthology of Classical Chinese Poetry on Beautiful Women and Sino-Japanese Literati Interactions in the Seventeenth to Twentieth Centuries". *The Journal of the American Oriental Society*, April-June, 2016, Vol. 136 (2), pp. 371-398.

Li, Xiaorong. "Gender and Textual Politics during the Qing Dynasty: The Case of the Zhengshi ji". *Harvard Journal of Asiatic Studies*, Vol. 69, No. 1 (Jun., 2009), pp. 75-107.

Lin, Pauline. "Rediscovering Ying Qu and His Poetic Relationship to Tao

Qian", *Harvard Journal of Asiatic Studies*, Vol. 69, No. 1 (Jun., 2009), pp. 37-74.

Lynn, Richard John. "The Talent Learning Polarity in Chinese Poetics: Yan Yu and the Later Tradition". *Chinese Literature: Essays, Articles, Reviews (CLEAR)*, Vol. 5, No. 1/2 (Jul., 1983), pp. 157-184.

Lynn, Richard John. "Orthodoxy and Enlightenment: Wang Shih-chen's Theory of Poetry and Its Antecedents". *Seminars in Dermatology*, 1975, 7 (2), pp. 140-158.

Lynn, Richard John. "Reviewed Work (s): Poems on Poetry: Literary Criticism by Yuan Hao-wen (1190-1257) by John Timothy Wixted". *Harvard Journal of Asiatic Studies*, Vol. 47, No. 2 (Dec., 1987), pp. 696-715.

Lynn, Richard John. "Yan Yu's Canglang Shihua and the Chan-Poetry Analogy". *Comparative Literature: East & West*, 2001, pp. 1-23.

Mair, Victor H. "The Synesthesia of Sinitic Esthetics and Its Indic Resonances". *Chinese Literature: Essays, Articles, Reviews (CLEAR)*, Vol. 30 (Dec., 2008), pp. 103-116.

英文译著（中译本）

[德] 卜松山：《与中国作跨文化对话》，刘慧儒等译，中华书局2000年版。

蔡宗齐：《比较诗学结构：中西文论研究的三种视角》，刘青海译，北京大学出版社2012年版。

[美] 刘若愚：《中国文学理论》，杜国清译，江苏教育出版社2006年版。

[美] 刘若愚：《中国诗学》，长江文艺出版社1991年版。

[美] 刘若愚：《中国古诗评析》，河南大学出版社1989年版。

叶维廉：《中国诗学》，三联书店1992年版。

[美] 宇文所安：《中国文论：英译与评论》，王柏华等译，上海社会科学院出版社2003年版。

[美] 宇文所安：《晚唐》，贾晋华、钱彦译，三联书店2014年版。

[美] 宇文所安：《中国传统诗歌与诗学》，陈小亮译，中国社会科学出版社2013年版。